KB099655

내가 여기 있나이다 2

조너선 사프란 포어 장편소설 · 송은주 옮김

HERE I AM
by Jonathan Safran Foer

HERE I AM

내가 여기 있나이다 2

조너선 사프란 포어 장편소설 송은주 옮김

민음사

JONATHAN SAFRAN FOER

차례

5부

선택의 여지가 없는 것도 선택이다

이뤄라는 말

“안녕하십니까? 어제의 지진으로 피해를 입은 지역 주민 여러분께 미국 국민들의 심심한 애도와 변함없는 지지를 보내고 싶습니다. 피해 범위가 아직도 다 파악되지 않았습니다만 폐허가 된 동네, 아이들을 찾아 잔해를 뒤지는 아버지들, 어머니들의 모습을 보면서 가슴이 아픕니다. 사실 고통에 이미 익숙한 지역에 일어난 이러한 비극은 더욱 가혹해 보이고 이해하기 어렵습니다. 우리는 중동 지역의 사람들과 고국에 있는 사랑하는 이들의 운명을 아직 알지 못한 채 이 나라에 머무는 모든 사람들을 생각하고 기도합니다.

아직도 잔해 더미에 깔려 있는 사람들을 구조하는 긴급한 임무에 미국의 모든 자원을 지원하고, 앞으로 몇 주 동안 필요할 인도주의적 구조 물자를 보내도록 행정부에 지시했습니다. 그러한 노력에서 우리 정부, 특히 미국 국제개발처와 국무부와 국방부는 그 지역과 전 세계의 우리 파트너들과 긴밀히 협력하고 있습니다.

몇 가지 긴급하게 우선적으로 해야 할 일이 있습니다. 첫째, 그 지역에 거주하고 일하는 수많은 미국 시민들은 물론이고 텔아비브, 암만, 베이루트에 있는 미국 대사관 직원들과 그들의 가족들의 소재를 속히 확인하기 위해 노력하고 있습니다. 가족의 소재를 확인하려는 미국인들은 299-306-2828로 국무부에 연락하시기 바랍니다."

"그 말을 해." 타미르가 화면을 향해 말했다.

타미르가 뭐라건 대통령이 할 말을 계속했다. "둘째, 구조 활동을 돕기 위해 자원을 동원했습니다. 이런 재난 시에는 생명을 구하고 더 큰 비극을 막는 데 처음 며칠이 절대적으로 중요하므로 최대한 서둘러 현장에서 도움을 얻고 우리의 국제적 파트너들과도 공조하도록 행정부에 지시해 두었습니다."

"그 말을 하라고!"

"셋째, 필요한 다른 많은 자원들을 고려해 원조를 제공하는 정부들이 통일된 방식으로 움직이도록 조치를 취하고 있습니다. 미국 국제개발처 이사 필립 쇼 박사를 우리의 통합 재난 조정 책임자로 임명했습니다.

이제 이러한 구조와 복구 노력은 복잡하고 힘겨워질 것입니다. 우리는 중동으로 자원을 보내면서 많은 비정부 기구들과 유엔 파견단(그들 역시 피해를 입은 것으로 보입니다.), 지역 정부 기관들을 포함한 현장의 파트너들과 긴밀히 협력할 것입니다. 그리고 그 지역과 전 세계의 우리 파트너들과도 협력해야 합니다. 이것은 진정으로 세계적인 노력이 되어야 합니다."

"그 말을 하라니까!"

수십 년 만에 처음으로 제이컵은 어릴 때 가졌던 텍사스 인스트루먼트에서 나온 스피크 앤드 스펠*을 떠올렸다. 어느 여름에 그것을 바닷가에 가져갔는데, 야외 탁자 위에 녹아내린 채 "말해 봐요."를 반복했고, 전원을 끈 다음에도 유령처럼 반복했다. "말해 봐요, 말해 봐요, 말해 봐요……."

"그리고 마지막으로 지금은 우리 모두가 공유하는 공통의 인간애를 상기해야 할 때라는 점만 말씀드리고 싶습니다. 이 나라에서도 많은 이들이 힘든 시기를 겪고 있지만 긴급한 인도주의적 노력을 지원하고 싶은 미국인들은 WhiteHouse.gov에 접속해 주시기를 부탁드립니다. 그곳에 도울 수 있는 방법이 실려 있습니다. 지금은 경계선 뒤로 물러날 때가 아니라 우리 자신을, 우리의 동정심과 우리의 자원을 중동 지역 사람들에게 확장해야 할 때입니다. 비극의 범위가 차차 알려지면서 앞으로 며칠은 힘든 시간이 되리라는 점을 각오해야 합니다. 희생자와 그 가족들을 위해 기도합시다. 적극적으로, 단호하게 응답합시다. 그리고 피해 지역에는 오늘은 물론 앞으로도 미국이 여러분의 친구이자 파트너가 되겠다고 약속합니다. 여러분과 여러분을 위해 일하는 이들에게 신의 가호가 있기를. 감사합니다."

---

* 어린이용 장난감 컴퓨터.

"그는 결국 직접 그 말을 할 수 없었던 거야."

"너도 못 하는 것처럼 보이는데."

타미르가 제이컵에게 짜증이 나서 죽겠다는 표정을 지었다. 제이컵이 농담을 하는 게 틀림없다고, 당연히 농담을 한다고 가정하는 척하는 얼굴이었다.

"무슨 말? 군사적? 원조?"

타미르가 텔레비전 소리를 껐다. 텔레비전은 전투기들이 어마어마한 연기구름 속으로 날아가는 영상으로 넘어가 있었다. 그가 말했다. "이스라엘."

"바보 같은 소리 하지 마."

"너나 하지 마."

"물론 대통령이 그 말을 했어."

"물론 하지 않았어."

"했어. 이스라엘 국민이라고 했다고."

"그 지역 사람들이라고 했지."

"흠, 텔아비브라고 분명히 말했어."

"하지만 예루살렘이라고는 분명히 말하지 않았지."

"했어. 난 분명히 말했다고 보지만, 하지 않았다면 그건 너도 알다시피 충분히 그럴 만한 이유가 있어서 그런 거지."

"내가 뭘 아는데."

타미르의 전화기가 울리기 시작했다. 지진 이후로 그에게 오는 전화는 벨을 두 번 이상 울릴 필요가 없었다. 리브카나 노암으로부터의 소식일 수도 있었다. 집에 돌아가려는 그의 수십 가지 시도 중 하나에 대한 답일 수도 있었다. 그날 아침 일찍 이메일 답장이 와서 그는 그들이 무사하다는 것은 알았다. 그러나 행방불명된 가족과 친구들이 셀 수 없이 많았다.

위층에서 바락이 아이패드를 써도 되느냐고 건 전화였다.

"네 것은 어쩌고?"

"두 개가 필요해요."

타미르가 전화를 끊었다.

"한 지역에 닥친 재앙이야." 제이컵이 다시 말을 이었다. "이스라엘에 닥친 재앙이 아니고. 지리적인 것이지 정치적인 게 아니라고."

"정치적이지 않은 건 아무것도 없어." 타미르가 말했다.

"이건 정치적인 게 아니야."

"잠깐만 기다려 보면 알 거야."

"그리고 너희가 너희들 이름을 들어야겠다는 고집을 조금만 꺾으면 상대가 말하기가 좀 쉬워질 거야."

"아……."

"왜?"

"그게 우리 잘못이구나."

"그 말은 잘못 나왔어."

타미르가 계속했다. "그리고 좀 묻고 싶은데 너희들은 누구야? '너희가 너희들 이름을 들어야겠다는 고집을 조금만 꺾으면'이라고 말할 때 너희가 대체 누구냐고?"

"너지."

"나, 타미르?"

"응. 이스라엘인."

"이스라엘인이라. 좋아. 난 그저 네가 유대인을 의미한 게 아니라는 사실을 분명히 해 두고 싶었어."

"저기, 그건 성명이었어. 그리고 대통령은 신중을 기한 거라고."

"하지만 이건 정치적인 게 아니잖아."

"그는 정치적으로 만들고 싶지 않았던 거야."

"그래서 오늘 무얼 할 생각이에요?" 줄리아가 거실로 들어오며 물었다.

"덤바턴 오크스."* 제이컵이 대답했다.

"줄리아." 타미르가 그녀 쪽으로 몸을 돌리며 말했다. "하나만 물을게요. 친구들 중 누군가가 다친다면 신중해져야겠다는 생각이 들어요?"

"이론상으로요?"

"아뇨, 현실에서요."

"어떻게 다치는데요?"

"심각하게요."

"친구가 심각하게 다친 적이 있는지 모르겠어요."

"사람들의 삶에서요."

"이론상으로요? 네, 신중해질 거예요. 그럴 필요가 있다면

* 워싱턴 교외에 있는 정원.

요.”

“그럼 너는?” 타미르가 제이컵에게 물었다.

“당연히 신중해지겠지.”

“그 점에 대해 우린 생각이 다르군.”

“넌 경솔해져?”

“난 의리를 지키지.”

“의리를 지키려고 꼭 경솔해질 필요는 없잖아요.” 줄리아가 제이컵을 편들듯이 말했다. 사실 그럴 마음은 없었고, 그들이 무슨 이야기를 하는지 모르는 상황에서는 더욱 그랬다.

“아니, 경솔해져야 해요.”

“그리고 의리 지키다가 상황이 악화되면 누구에게도 도움이 안 돼.” 제이컵이 줄리아가 그가 그녀의 편을 들어 준다고 느끼기를 바라며 말했다.

“상황이 어쨌건 악화되지 않는다면야 그렇지. 네 아버지도 나와 같은 생각이실걸.”

“그렇다면 내 주장이 분별력 있다는 점이 입증될 뿐이지.”

타미르가 그 말에 웃음을 터뜨렸다. 그의 웃음으로 달아올랐던 분위기가 누그러지고 긴장이 풀렸다.

“워싱턴에서 제일 좋은 스시집이 어디야?” 타미르가 물었다.

“모르겠는데.” 제이컵이 대답했다. “하지만 이스라엘에서 최악의 스시집보다 못할걸. 거기는 일본 최고의 스시집보다 낫잖아.”

“오늘 둘이 외출할 동안 난 아마 집에 있을 거예요.” 줄리아가 말했다. "밀린 일이 좀 있어서."

"무슨 일인데요?" 타미르가 이스라엘인답게 직설적으로 물었다.

"바르 미츠바와 관련된 일이에요."

"취소된 줄 알았는데."

줄리아가 제이컵을 쳐다보았다. "당신이 취소됐다고 했어?"

"그러지 않았어."

"부인한테 거짓말하면 안 돼." 타미르가 말했다.

"왜 계속 그 말을 하는 거야?"

"타미르가 계속 그 말을 해?" 줄리아가 물었다.

제이컵이 줄리아에게 말했다. "당신한텐 보이지 않겠지만 타미르가 지금 나를 쿡쿡 찌르고 있어. 그냥 그렇다고."

타미르가 다시 한번 보이지 않게 제이컵을 쿡 찌르며 말했다. "네가 나한테 해 준 얘기는 아이작 할아버지의 죽음이랑 지진, 너희 둘 사이에 있었던 일……."

"난 아무 말도 안 했어." 제이컵이 말했다.

"부인한테 거짓말하면 안 된다니까, 제이컵."

줄리아가 물었다. "뭐야, 마크 얘기? 그리고 당신 전화기 얘기는 했어?"

"당신이 지금 타미르에게 말해 준 것들에 대해 난 아무 말도 하지 않았어."

"그리고 그것들은 내가 상관할 바 아니지." 타미르가 말했다.

제이컵이 줄리아에게만 말했다. "내가 그에게 한 얘기는 당신도 알다시피 모든 사정에 비추어 바르 미츠바를 어떻게 조정할지에 대해 우리가 상의하고 있다는 거였어."

"뭘 조정해요?" 샘이 물었다.

아이들은 어쩌면 저럴까? 제이컵은 의아했다. 소리도 없이 방에 들어올 뿐 아니라 꼭 최악의 순간에 들어온다.

"형의 바르 미츠바 말이야." 맥스가 말했다. 그리고 저 애는 또 어디에서 왔지?

"엄마랑 아빠는 너도 알다시피 지금 상황에서 바르 미츠바를 어떻게 하면 기분 좋게 치를까 얘기하고 있었단다."

"지진요?"

"무슨 지진?" 미로를 그리던 벤지가 고개도 들지 않고 물었다. 저 애가 죽 저기 있었나?

"그리고 증조할아버지 일도." 제이컵이 말했다.

"아빠랑 난……."

"그냥 우리라고 하면 되잖아요." 샘이 말했다.

"우리는 밴드를 부르지는 못할 것 같아." 제이컵이 줄리아에게 그가 난처한 소식을 전달할 능력도 가졌음을 보여 주려는 뜻에서 대화에서 부모 역할을 떠맡았다.

"좋아요." 샘이 말했다. "어차피 엿 같았어요."

열세 살짜리 남자아이와 생산적인 대화를 나누기란 대단히 어려운 일이다. 아무리 부드럽게 꺼낸 화제라도 최후의 대화가 되어 공격을 먼저 시작하지도 않았는데 반격과 방어 체계가 필요해지기 때문이다. 빨랫감의 주머니 속에 물건을 그대로 두는 습관에 대해 별 뜻 없이 한마디 한 것으로 시작해 결국 샘이 그의 키가 백 명 중 스물여덟 번째라서 유튜브에서 자살하고 싶다며 부모 탓을 하는 것으로 끝난다.

"엿 같지 않았어." 제이컵이 말했다.

여전히 미로에 정신을 집중한 채 벤지가 말했다. "엄마가 주차할 때 잘못 댔어요. 그래서 내가 차를 들어서 제자리에 놓았어요."

"그거 고맙구나." 줄리아가 벤지에게 말하고는 샘에게 말했다. "그보다 나은 표현이 있을 텐데."

"맙소사, 이제는 제 의견도 말하지 말아요?" 샘이 말했다.

"잠깐 멈춰." 제이컵이 말했다. "네가 그들을 선택했어. 엄마가 한 게 아니야. 내가 한 것도 아니고. 네가 했다고. 네가 대여섯 개 밴드의 비디오를 보았고, 네 바르 미츠바에 일렉트릭 브리게이드를 불러야 한다는 건 너의 의견이었어."

"완전히 한심한 선택지 셋 중에서 그나마 제일 덜 한심했으니까요. 전 압박에 못 이겨 그들을 선택한 거라고요. 그나마 광팬같이 보이지는 않을 테니까."

"무슨 압박?"

"이 모든 게 헛짓거리가 될 거지 같은 일이라는 걸 제가 안다는 걸 아빠도 아시는데 바르 미츠바를 해야만 한다는 압박요."

제이컵이 다시 한번 줄리아를 대신해 험한 말에 맞서려 했다. "헛짓거리가 될 거지 같은 일이라고, 샘?"

"이것도 잘못된 표현이에요?"

"질이 더 낮구나. 그리고 아빠가 아주 형편없는 일렉트릭 브리게이드에게 형편없는 노래를 형편없이 커버하라고 5000달러를 줄 필요가 없게 되면 너 못지않게 기쁠 거라고 말할 때는 좀 믿어 봐."

"하지만 통과의례 자체에 대해서는 타협할 수 없잖아요." 샘이 못을 박았다.

제이컵이 대답했다. "그래, 그건 맞아."

"아빠가 타협할 수 없었고 또……."

"그것도 맞아. 그게 유대 민족이 하는 일이지."

"타협하지 않는 거요?"

"바르 미츠바를 치르는 거."

"아…… 제가 전부 완전히 오해했네요. 그리고 이제 우리가 바르 미츠바를 하기 때문에 바르 미츠바를 한다는 걸 알았으니까 정말로 유대 여자랑 결혼해서 유대 아이들을 낳아야겠다는 생각이 드네요."

"진정 좀 해." 줄리아가 말했다.

"난 절대 매장되고 싶지 않아요." 샘이 말했다. 이제 갈 데까지 갔다. "특히 유대 율법에서 요구한다면요."

"그럼 나처럼 화장되면 되잖아." 맥스가 말했다.

"아니면 안 죽으면 되잖아." 벤지가 제안했다.

음악을 마무리하는 지휘자처럼 줄리아가 짧고 날카롭게 "그만."이라고 말하자 그것으로 상황이 끝났다. 그녀의 무엇이 그렇게 무서울까? 신체적, 감정적 폭력을 휘두른 적은커녕 벌을 주고 끝까지 본 적조차 없는 키 165센티미터 여인의 무엇이 남편과 아이들이 겁에 질려 무조건 굴복하는 지경까지 이르게 만들까?

제이컵이 상황을 수습하려 나섰다. "증조할아버지가 돌아가셨는데 우리는 삶을 너무 즐기는 것처럼 비치지 않도록 주의해야 해. 지진은 말할 것도 없고. 남 보기에 좋지 않고 기분이 좋지도 않을 거야."

"삶을 즐기는 것처럼 비친다고요?" 샘이 물었다.

"좀 세심해질 필요가 있다는 얘기야."

"그것에 대해 어떻게 생각하는 게 옳은지 내가 말해 줄까?" 타미르가 끼어들었다.

"나중에." 제이컵이 제지했다.

"그러니까 밴드만 없으면 우리가 삶을 즐기지 않는다는 게 확실해지는 거예요?" 샘이 말했다.

"이스라엘에서는 바르 미츠바 파티를 아예 안 해." 타미르가 말했다.

"마젤 토브."* 제이컵이 그에게 말했다. 그러고는 샘에게 말했다. "서명판도 생략할까 싶다."

"그건 저도 늘 생략하고 싶었어요." 샘이 말했다.

"널 위해 그거 만드느라 삼 주나 걸렸는데." 줄리아가 말했다.

"삼 주에 걸쳐서 만든 거지." 제이컵이 정정했다.

* Mazel tov. '축하합니다'라는 뜻의 히브리어.

"뭐라고?"

"그거 만드느라 삼 주를 꼬박 쓰지는 않았잖아."

"그걸 꼭 그렇게 꼬치꼬치 따져야 해?"

그는 갑자기 따질 생각이 없어져서 화제를 바꾸었다. "센터피스를 빼는 것도 고려해 봐야 할 것 같아."

"왜?" 줄리아는 그가 샘이 아니라 자신에게 맞서고 있다는 것을 깨닫기 시작했다.

"미국 유대인들은 어째서 이해하지도 못하는 말을 하고 싶어 하는지 나는 도저히 이해하지 못하겠더라." 타미르가 말했다. "의미의 부재에서 의미를 찾는 거 말이야. 난 모르겠어."

"그건…… 축제 같아." 제이컵이 말했다.

"우아하군."

"잠깐만요." 샘이 말했다. "그럼 뭐가 남아요?"

"뭐가 남느냐니?"

"바로 그 말이야." 타미르가 말했다.

제이컵이 샘의 어깨에 손을 올렸지만 샘이 곧 몸을 뺐다. "남는 건 네가 어른이 된다는 거야."

줄리아가 말했다. "남는 건 가족과 함께하는 거야."

"너희는 세계 역사상 가장 운 좋은 사람들이야." 타미르가 말했다.

"우리는 노력하고 있어." 제이컵이 샘에게 말했지만 샘이 눈을 내리깔고 이렇게 말했다. "엿 같아요."

"그렇지 않을 거야." 줄리아가 말했다. "정말로 특별하게 만들 거야."

"엿 같을 거라고 하지 않았어요. 엿 같다고 했어요. 지금요."

"너도 차라리 증조할아버지처럼 냉동고 안에 있고 싶어?" 제이컵은 자기가 말해 놓고도 다른 사람들과 마찬가지로 깜짝 놀랐다. 어떻게 그런 말을 생각해 내고 심지어 입 밖에 낼 수 있었을까? 그리고 이 말도. "너도 차라리 이스라엘에서 건물 밑에 깔려 있고 싶어?"

"제가 선택할 수 있는 거예요?" 샘이 물었다.

"아니, 하지만 넌 좀 시야를 넓힐 필요가 있어. 저기를 봐라." 제이컵이 소리를 끈 텔레비전을 가리키며 말했다. 텔레비전에서는 바퀴에 사다리가 달린, 흙을 파내는 거대한 기계들이 잔해 더미를 헤치는 영상이 나오고 있었다.

샘은 그 말을 이해하고 고개를 끄덕이며 부모의 시선을 피해 먼 곳으로 시선을 옮겼다.

"꽃도 안 돼요." 그가 말했다.

"꽃도 안 된다고?"

"너무 아름답잖아요."

"아름다운 게 문제가 될 것 같지는 않은데." 줄리아가 말했다.

"문제는……." 타미르가 말했다.

"그것도 문제의 일부예요." 샘이 타미르의 말을 끊고 말했다. "그러니까 포기할래요."

"흠, 그걸 포기해야 하는지는 나도 모르겠다." 제이컵이 말했다. "벌써 돈을 냈거든. 하지만 아직 분위기에 더 어울리는 쪽으로 디자인을 바꿀 수 있는지 물어볼 수는……."

"그리고 모노그램이 들어간 야물크도 버려요."

"왜?" 모노그램이 들어간 야물크의 글자 크기, 색깔, 소재를 고르느라 여섯 시간을 보낸 유일한 사람으로서 줄리아가 마음이 상해서 물었다.

"그것도 장식이잖아요." 샘이 말했다.

"좋아. 그것도 좀 어색할지 모르니 고려해 보자."

"어색하지 않아." 줄리아가 말했다.

"문제는……." 타미르가 다시 말을 시작하려 했다.

"그리고 아마 이 말은 할 필요도 없겠지요." 샘이 말할 필요가 없지 않은 이야기를 할 때면 늘 하던 대로 말했다. "파티 선물도 안 할 거예요."

"미안, 그건 좀 선을 그어야겠다." 줄리아가 말했다.

"나는 정말로 샘이 맞는 말을 했다고 생각해." 제이컵이 말했다.

"그래? 정말로?" 줄리아가 되물었다.

"그래." 제이컵이 정말로를 정말로 따라 하고 싶지 않아서 이렇게 말했다. "파티 선물은 파티를 뜻하잖아."

"문제는……."

"말도 안 돼."

"파티 선물이잖아, 줄리아."

"그건 사회적 관습이야. 그걸 하지 않으면 심각한 결례가 될 거라고. 제이컵."

"파티를 마무리하는 사회적 관습이지."

"그러니까 샘의 증조할아버지의 죽음과 판 구조론 문제 때문에 샘의 친구들이 벌을 받아야 한단 말이야?"

"열세 살짜리 아이들한테는 샘의 멀고 무심한 친척들이 사는 곳에서 온, 관광객에게 파는 장난감으로 가득한 쓰레기봉투를 귀찮게 주고 그걸 선물이라고 부르는 게 벌이지."

"별 거지 같은 소리를 다 듣겠네." 줄리아가 말했다.

"우아." 바락이 감탄했다.

저 애는 어디 있다 왔지?

"뭐라고?" 제이컵이 정확히 그녀가 했을 법한 반응을 보였다.

"내가 토라라도 읊었어? 그 말이 무슨 뜻인지 우리 둘 다 알잖아." 줄리아가 말했다.

"당신 갑자기 왜 그래?"

"나 원래 이랬어."

항아리 속에 갇힌 반딧불이들처럼 조그만 불빛들이 텔레비전을 가득 메웠다.

타미르가 일어서면서 말했다. "문제는 너희가 문제를 충분히 갖고 있지 않다는 거야."

"뻔한 얘기 해도 돼요?" 샘이 물었다.

"아니." 그의 부모가 동시에 말했다. 보기 드문 일치였다.

텔레비전에서는 국적도 민족도 알 수 없는 여성이 머리가 좌우로 홱홱 당겨질 만큼 세차게 자신의 머리카락을 쥐어뜯으면서 울부짖고 있었다. 화면 아래에는 자막이 나오지 않았다. 논평도 없었다. 그녀의 고통에 대해 어떤 이유도 말해 주지 않았다. 그저 고통뿐이었다. 머리카락을 움켜쥐고 가슴을 치는 여성뿐이었다.

받아들이거나 용서하거나

땅속에서 잘 분해되고 있어야 할 때에도 아이작은 여전히 베데스다의 인간 냉장고 신선 칸에서 여전히 신선함을 유지하고 있었다. 아이작에게만은 불행의 끝이 불행의 연장이 될 수도 있었다. 그는 마지막 소망을 유서에도 밝혔고 어브나 제이컵, 그 밖에 그 임무를 맡을 가능성이 있는 사람이라면 누구에게든 수도 없이 여러 차례 대화에서 밝혔는데, 바로 이스라엘에 매장되고 싶다는 것이었다.

"하지만 어째서요?" 제이컵이 물었다.

"유대인들이 가는 곳이 거기니까."

"크리스마스 휴가에나 가지요. 영원히가 아니라."

그리고 따라온 샘이 그곳에선 방문객도 훨씬 적을 거라고 지적하자 아이작은 "죽으면 다 끝"이며, 뇌가 죽은 사람에겐 누가 찾아오고 말고는 전혀 중요하지 않은 문제라고 말했다.

"할머니랑 다른 가족들과 함께 묻히고 싶지 않으세요?" 제이컵이 물었다.

"때가 오면 다 만나게 될 텐데, 뭘."

"그건 대체 무슨 의미예요?" 의미 자체가 거의 의미가 없는 때가 있기 때문에 제이컵은 그렇게 묻지 않았다. 유언이 그런 때였다. 아이작은 이십 년 전에 계획을 다 세워 두었다. 그때도 비용이 많이 드는 계획이었지만 그는 죽어서 빈털터리가 되는 것에는 신경 쓰지 않았다. 그래서 그의 마지막 소원이자 가장 오래 품은 소원을 이루어 주려면 그의 유해를 비행기에 실어 멀리 보내도록 실행 계획을 세우기만 하면 됐다.

그러나 막상 이스라엘로 아이작의 유해를 보내야 할 때가 오자 수송이 불가능해졌다. 몇 주 동안이나 모든 비행이 금지되었고, 영공이 다시 열렸을 때 이스라엘에서 받아들이기로 한 몸은 죽을 준비가 된 사람들의 것뿐이었다.

일단 나중에 매장하기로 격식에 따라 정해지자 해결책을 내려고 황급히 서두를 필요가 없어졌다. 그러나 그렇다고 가족이 유대 의식에 무관심하다는 말은 아니었다. 죽고서 매장하기까지 내내 누군가가 시신 곁에 있어야 했다. 회당에는 이 일을 해 줄 사람들이 있었지만 날이 갈수록 시신을 돌보는 일에 대한 열의가 사그라들었고 책임이 점점 블록 집안으로 넘어왔다. 그리고 그 책임은 이스라엘 친척들에게 후하게 손님 대접을 해야 할 책임과 타협해야 했다. 제이컵이 아이작의 시신 곁에 있을 동안 어브가 그들을 조지타운에 데려갈 수 있었다. 그다음에는 제이컵이 오후에 그들을 항공 우주 박물관에 데려가 아이맥스 영화관에서 「창공을 날아라!」를 보여 줄 동안 데버러가 아이작의 시신 옆에서 정반대의 경험을 했다. 일주일에 한 번씩 칠 분 정도 마지못해 스카이프 통화나 하던 가장이 이제는 매일 찾아가야 할 사람이 되었다. 웬 독특한 유대적 마법인지, 산 자에서 죽은 자로 넘어감으로써 언제나 무시당하던 처지에서 절대 잊어버리면 안 되는 존재로 바뀐 것이다.

제이컵이 가장 큰 책임을 맡았는데, 그가 자신이 제일 잘 감당할 수 있는 사람이라고 생각했기 때문이고, 다른 책임에서 빠져나가고 싶은 마음이 강해서이기도 했다. 그는 시신 돌보기의 연출자가 되기 전까지는 그 관습을 가리키는 표현인 스미라라는 말을 평생 들어 본 적도 없지만, 스미라를 적어도 하루에 한 번, 한 번에 보통 세 시간은 했다. 처음 사흘간은 시신을 유대인 매장소의 탁자 위에 시트를 씌운 채 두었다. 그다음에는 안쪽에 있는 부수적인 장소로 옮겨 놓았고, 결국 일주일이 다 될 무렵에는 매장하지 않은 시신들이 가는 곳인 베데스다로 옮겼다. 제이컵은 3미터 이상 거리를 유지하고 고막이 상할 만큼 소리를 잔뜩 키운 채 팟캐스트를 들으며 코로 숨을 들이쉬지 않으려 애썼다. 책을 가져가고 이메일을 훑어보고(휴대 전화 신호가 잡히도록 하려면 문 반대편에 서 있어야 했다.) 글을 좀 쓰기까지 했다. 한눈팔기를 연기하는 법. 귀신을 연기하는 법. 말로는 전할 수 없는, 느껴지는 기억들을 연기하는 법.

일요일 오전 중반쯤 제이컵은 할 일이 아무것도 없다는 맥스의 늘 되풀이되는 불평에 더는 참을 수 없을 만큼 짜증이 나서 맥스에게 시신 돌보기에 따라오라고 했다. 그러면 지루함조차 감사히 여길 거다라고 생각하며. 맥스는 아빠의 도발에 응했다.

문 앞에서 앞서 시신 돌보기를 하고 있던 사람이 그들을 맞아 주었다. 유대교 회당에서 온 노부인으로, 하도 냉기가 돌고 멍해 보여서 너무 진한 화장이 아니었다면 죽은 사람들 중 하나로 착각했을 것이다. 살아 있는 유대인들만 방부 처리를 하니까. 그들은 고개 숙여 인사를 나누었고, 그녀가 제이컵에게 현관 열쇠를 건네주고 화장지(당연히 대변도) 말고는 절대 아무것도 변기에 넣고 물을 내리면 안 된다고 상기시켰다. 버킹엄 궁전 밖에서 일어나는 것만큼 거창한 의식은 아니라도 경비병 교대식은 완벽했다.

"냄새가 너무 이상해요." 맥스가 접수처의 긴 참나무 탁자 앞에 앉으며 말했다.

"아빠는 숨을 쉬어야 할 때는 입으로 쉬어."

"누군가가 보드카병에 대고 방귀를 뀐 것 같은 냄새예요."

"네가 보드카 냄새가 어떤지 어떻게 알아?"

"할아버지가 맡아 보게 하셨어요."

"왜?"

"그게 비싸다는 걸 증명하려고요."

"비싸면 그런 냄새가 나?

"할아버지께 여쭤보세요."

"껌 씹는 것도 도움이 돼."

"껌 있으세요?"

"없을걸."

그들은 브라이스 하퍼*에 대해 이야기했다. 그리고 장르가 너무 소진되어 원래의 손가락을 들어 올릴 힘도 남지 않게 되었지만 슈퍼히어로 영화들은 아직도 꽤 괜찮았다. 그리고 자주 그랬듯이 맥스가 아빠에게 아거스가 강아지였을 때의 이야기를 해 달라고 졸랐다.

"아거스를 한번은 개 훈련 수업에 데려갔단다. 그 얘기 해 주지 않았니?"

"해 주셨어요. 하지만 또 해 주세요."

"그러니까 아거스를 데려온 직후였지. 선생이 먼저 개가 불안해하면 배를 쓰다듬어 긴장을 풀어 주라고 시범을 보였지. 우리는 둥그렇게 앉아 있었고, 스무 명 정도 되는 사람들이 무릎에 자기 강아지를 앉히고 있었어. 다들 자기 강아지의 배를 쓰다듬어 주었고, 곧 방 안은 건물 아래로 지하철이 지나가는 것처럼 요란하게 우르릉거리는 소리로 가득 찼단다. 내 무릎에서 나는 소리였어. 아거스가 코를 골았지."

"정말 귀여워요."

"정말 귀엽지."

"하지만 아거스는 버릇이 별로 좋지 않잖아요."

"훈련을 그만뒀거든. 시간 낭비라는 생각이 들었어. 하지만 이 년쯤 후 아거스에게 산책 때마다 목줄을 잡아당기는 버릇이

---

* 미국의 야구 선수.

생겼어. 그리고 갑자기 멈춰서 한 발짝도 더 가지 않으려 하는 거야. 그래서 공원에서 많이들 쓰는 사람을 고용했지. 이름은 기억이 안 나. 좀 뚱뚱하고 다리를 저는 세인트루시아 출신이었어. 그 사람이 아거스에게 초크 목줄*을 채우고는 우리와 함께 걸어가는 모습을 지켜보았어. 아니나 다를까, 아거스가 갑자기 멈췄어. '개를 당겨 보세요.' 그가 말했지. '누가 갑인지 보여 줘요.' 그 말에 엄마가 웃음을 터뜨렸단다. 내가 끈을 당겼어. 물론 내가 갑이니까. 하지만 아거스는 꿈쩍도 하지 않았어. '더 세게요.' 그 남자가 말했지. 그래서 더 세게 당겼지만 아거스는 끌려오지 않고 버텼어. '보여 줘야 해요.' 그 남자가 말했지. 다시, 이번에는 꽤 세게 당겼어. 아거스가 약간 숨이 막히는 소리를 냈지만 그래도 여전히 꿈쩍하지 않았지. 난 엄마를 쳐다보았어. 그 남자가 말했단다. '개한테 가르쳐 줘야 해요. 그러지 않으면 언제까지나 이런 식일 겁니다.' 그러자 이런 생각이 떠올랐던 게 기억나는구나. 언제까지나 이렇게 살면 되지, 뭐.

그날 밤 잠이 오지 않았어. 아거스를 그렇게 세게 잡아당겨서 마지막에는 목이 졸리게까지 만든 데 죄책감이 들었지. 그리고 죄책감이 점점 커져서 내가 그때껏 개에게 가르치려 했던 모든 것에 대해 죄책감이 들었어. 뒤따라오게 한다든가 명령하면 앞발을 내밀게 한다든가 심지어 돌아오라고 한 것까지 말이야. 처음부터 다시 할 수 있다면 아무것도 가르치려 하지 않을 거야.

---

* 잡아당기면 죄어지는 목줄.

그냥 있는 그대로의 아거스로 내버려 둘 거야."

한 시간이 지나고, 한 시간이 더 지났다.

그들은 교수형 집행인 게임*을 하고, 또 하고 또 했다. 맥스의 구절들은 항상 훌륭했지만 왜 그런지는 꼬집어 말하기 어려웠다. 밤 시간 전의 밤, 외알 안경을 통한 천식, 까마귀들의 불친절함에 키스 보내기.

"까마귀 떼를 부르는 말이에요." 제이컵이 머리, 몸통, 왼팔만으로 그것을 해결하자 맥스가 말했다.

"그렇다고 들었어."

"백조의 탄식. 벌새들의 반짝임. 홍관조의 빛."

"너는 어떻게 그런 걸 다 아니?"

"저는 아는 걸 좋아하거든요."

"아빠도 그래."

"유대인들의 미냔."

"훌륭해."

"블록 집안의 논쟁."

"맥스의 우주."

그들은 유령이라는 단어 게임을 했다. 차례대로 철자를 더해서 조각들을 키워 나가는 게임인데, 단어 조각으로 만들어 낼 수 있는 단어를 염두에 두되 먼저 단어를 완성하지 않도록 하는 것이다.

---

* 상대방이 생각한 단어나 문장을 교수형 그림을 완성하기 전에 맞히는 게임.

"A."

"A B."

"A B S."

"A B S O."

"A B S O R."

"젠장."

"어브저브(absorb)."*

"그래. 난 어브잘브(absolve)**를 생각했는데."

그들은 스무고개, 진실 두 가지와 거짓말 하나,*** 운 좋게 운 나쁘게****를 했다. 둘 다 텔레비전이 아쉬웠다.

"보러 가요." 맥스가 그들이 가져온 말린 망고를 먹어 보자고 제안하듯이 가벼운 투로 말했다.

"증조할아버지?"

"네."

"왜?"

"저기 계시잖아요."

"하지만 왜?"

"안 될 건 뭐예요?"

"그건 대답이 아니야."

---

* '흡수하다', '받아들이다'라는 뜻의 영어.

** '용서하다'라는 뜻의 영어.

*** 자신에 대한 진실 두 가지와 거짓말 한 가지를 말하고 어느 것이 거짓말인지 맞히게 하는 게임.

**** 운 좋은 사건과 운 나쁜 사건을 번갈아 대면서 이야기를 이어 나가는 게임.

"왜도 아니죠."

안 될 게 뭘까? 금지되지는 않았다. 불경스러운 일도 아니었다. 역겨운 일도 아니고, 역겹게 보아서도 안 되었다.

"아빠는 대학에서 철학 수업을 들었단다. 제목이 뭐였는지도 기억이 안 나고 교수 이름조차 기억이 안 나지만 어떤 금지들은 윤리적으로 근거가 없고 그런 일을 하지 않기 때문이라고 배운 기억은 난다. 자연사한 인간의 시체를 먹는 건 옳지 않다는 별의별 이유를 다 댈 수 있지만 결국 가장 중요한 것은 그냥 우리가 그러지 않는다는 거지."

"증조할아버지를 먹겠다고 하지는 않았어요."

"응, 알아. 그냥 아빠 생각을 말한 거야."

"누가 사람을 먹고 싶어 하겠어요?"

"냄새도 맛도 좋을 게 거의 확실해. 하지만 우리는 사람을 먹지 않지. 그런 일은 하지 않으니까."

"그걸 누가 정해요?"

"멋진 질문이다. 하지 않는 것은 보편적인 경우도 있고 어떤 문화나 심지어 어느 가족에게만 국한되는 경우도 있어."

"우리가 새우는 먹지만 돼지고기는 먹지 않는 것처럼요."

"우리가 새우를 관습적으로 먹지는 않지. 새우를 가끔 먹어. 하지만 맞아, 그런 식이야."

"이건 그런 식이 아니라는 것만 빼면요."

"뭐가 아닌데?"

"증조할아버지 보러 가는 거요."

그가 옳았다. 그것은 아니었다.

맥스가 말을 이었다. "우리는 증조할아버지랑 함께 있으려고 여기 온 거잖아요, 그렇죠? 그런데 왜 할아버지 옆에 있으면 안 돼요? 그저 다른 방에 있으려고 여기까지 와서 이렇게 시간을 보낸단 말이에요? 이러느니 집에 앉아서 팝콘을 먹으면서 텔레비전으로 할아버지 시신 동영상이나 보는 게 낫겠어요."

제이컵은 두려웠다. 아주 간단한 이유였다. 그 이유에 대한 이유는 더 얻기 어렵기는 했지만. 두려워할 게 무언가? 죽음과 가까이 있다는 것? 정확히는 아니었다. 불완전함과 가까이 있다는 것? 그로테스크하리만큼 솔직한 현실의 구체화된 증거? 삶과 가까이 있다는 것.

"갔다 와서 다시 만나요." 맥스가 말하고는 아이작의 시신이 있는 방으로 걸어 들어갔다.

제이컵은 수십 년 전 타미르와 함께 국립 동물원에 몰래 들어갔던 밤을 떠올렸다.

"너 괜찮니?" 그가 맥스에게 외쳤다.

"오싹해요."

"내가 말했잖아."

"그 말은 안 하셨어요."

"할아버지 모습이 어떠니?"

"와서 직접 보세요."

"난 여기 있는 게 편하다."

"스카이프 할 때처럼 보이지만 훨씬 멀리 계신 것 같아요."

"좋아 보이시니?"

"그렇다고는 말 못 할 것 같아요."

할아버지는 어떻게 보일까? 다른 식으로 돌아가셨다면 시신도 다르게 보였을까?

아이작은 제이컵의 역사의 화신이었다. 그의 민족의 심리적 식료품 저장실, 무너진 선반. 문자 그대로 믿을 수 없는 강함과 문자 그대로 믿을 수 없는 나약함이라는 그의 유산. 그러나 이제 그는 시신일 뿐이었다. 제이컵의 역사의 화신은 시신에 불과했다.

제이컵이 어릴 때 할아버지 댁에 자러 가면 함께 목욕을 하곤 했다. 아이작의 팔, 가슴, 다리에 난 긴 털이 연못의 수초처럼 물 위에 둥둥 떴다.

제이컵은 할아버지가 이발 망토를 두른 채 잠에 빠지는 모습을 지켜보던 기억을 떠올렸다. 그의 머리가 앞으로 푹 쓰러지고, 곧은 면도날이 이마 선 뒤부터 이발사의 손이 닿는 데까지 길을 냈다.

제이컵은 할아버지가 팔꿈치의 늘어진 살갗을 야구공도 잡을 정도로 큰 그물만큼 늘어날 때까지 잡아당겨 보라고 하던 일을 떠올렸다.

할아버지가 화장실을 쓴 후의 냄새도 기억났다. 역겹지는 않고 무서웠다. 그는 그 냄새를 끔찍이도 두려워했다.

할아버지가 젖꼭지 바로 아래 벨트를 매고 양말은 무릎 바로 위까지 끌어 올려 신던 모습, 할아버지의 25센트 동전만큼 두꺼운 손톱, 은박지처럼 얇은 눈꺼풀, 손뼉을 치는 사이사이 보이지 않는 책을 반복해서 덮었다 펴듯이, 책에 기회를 주지 않을 수 없다는 듯이, 책을 거부하지 않을 수 없다는 듯이, 한 번 더 기회를 주지 않을 수 없다는 듯이 손바닥을 하늘을 향해 펼치던 모습도 기억났다.

한번은 할아버지가 우노 게임을 하다가 흑빵을 입에 반쯤 문 채 잠이 들었다. 제이컵은 벤지 정도 나이였을 것이다. 그는 게임 실력이 변변찮은 할아버지의 손에 조심스럽게 와일드 드로 포 카드를 전부 쥐여 드렸다. 그러나 그가 할아버지를 흔들어 깨워 게임을 다시 시작했을 때 아이작은 자신의 카드에 전혀 놀라는 기색 없이 다음 차례가 되자 카드 더미에서 카드를 뽑았다.

"할아버지, 아무것도 없으세요?" 제이컵이 물었다.

아이작이 고개를 저으며 대답했다. "없다."

그는 할아버지가 자신의 프라이버시나 제이컵이 느낄 수치심은 전혀 생각지도 않고 아무 데나 편한 곳에서 수영복으로 갈아입는 모습을 지켜보던 기억도 떠올렸다. 주차된 차 옆에서, 화장실 한가운데서, 심지어 해변에서도 갈아입었다. 할아버지는 몰랐을까? 개의치 않은 것일까? 한번은 일요일 아침이면 자주 가던 공공 수영장에서 할아버지가 수영장 가장자리에서 옷을 벗었다. 제이컵은 그의 내면에서 부대끼는 타인들의 시선을 느끼며 분노의 불길을 지폈다. 제멋대로 판단하는 낯선 사람들에게, 품위라고는 없는 할아버지에게, 굴욕을 느끼는 자신에게.

안전 요원이 다가와서 말했다. "자판기 뒤에 탈의실이 있습니다."

"알겠네." 할아버지가 마치 순환 고속도로를 나가면 바로 홈디포가 있다는 말을 들은 것처럼 대답했다.

"여기에서 옷을 갈아입으시면 안 됩니다."

"왜 안 돼?"

제이컵은 그 왜 안 돼?를 수십 년간 생각했다. 왜 안 돼, 탈의실은 저기 있고 여기는 바로 여긴데? 왜 안 돼, 이게 뭐 얘기까지 해야 할 일인가? 왜 안 돼, 내가 본 것을 당신도 보았다면 당신도 부끄러움을 이해하는 능력을 잃어버렸을 텐데? 왜 안 돼, 몸뚱이는 그저 몸뚱이일 뿐인데?

몸뚱이는 몸뚱이일 뿐이다. 그러나 할아버지는 몸뚱이이기 이전에 화신이었다. 그리고 적어도 제이컵에게는 그것이 안 되는 이유였다. 할아버지의 시신은 시신에 불과할 수가 없었다.

얼마 동안이나 이렇게 계속할 수 있을까?

어브는 나머지 가족들과 최대한 가까운 곳인 옛 유대 정원에 땅 한 구역을 사자고 주장했다. 제이컵은 이스라엘의 상황이 정리될 때까지 기다렸다가 영원히 안식할 장소를 얻고 싶다는 아이작의 확고한 소원을 이뤄 줘야 한다고 우겼다.

"그럼 두어 달이 걸리면 어떡할래?"

"그때는 장례식장에 임차 비용을 훨씬 많이 내야겠지요."

"그럼 상황이 결코 정리되지 않으면?"

"그때는 우리 문제 중에서 이게 가장 큰 문제라니 우리가 얼마나 운이 좋은지 기억해야지요."

아이들이 어디까지 알까?

줄리아는 아이들과의 대화를 연습해 두고 싶었다. 제이컵은 바르 미츠바와 매장이 끝나고 상황이 안정되어야 실제로 대화를 할 수 있게 될 테니 지금은 그럴 필요가 없다고 주장했다. 그러나 그는 줄리아가 자신의 귀로 자신의 입이 하는 말을 듣기를 바라는 마음에 동의했다. 그리고 나아가 연습하고 싶다는 그녀의 소망을 역할극을 하고 싶다는 뜻으로 해석했다. 그녀가 확신을 갖고 인정하지 못할 뿐이라고. 기꺼이 연습하겠다는 그의 뜻을, 그가 사실은 목적의식을 가지고 앞으로 나아갈 준비가 되었다는 신호로 그녀가 해석했듯이.

"'얘기 좀 하자꾸나'는 어때?" 줄리아가 제안했다.

제이컵이 잠시 생각해 보고 반박했다. "'가족회의를 해야 해.'는?'"

"왜 그게 나은데?"

"우리가 가족이라는 사실을 재확인해 주니까."

"하지만 우린 가족회의를 하지 않잖아. 뭔가 문제가 생겼다는 암시를 줄 거야."

"문제가 생겼잖아."

"우리가 이 대화로 전하려는 요지는 문제가 전혀 없다는 거야. 무언가가 좀 달라졌을 뿐이지."

"그런 건 벤지한테도 안 먹히겠다."

"하지만 전 돈이 없어서……." 벤지가 말했다.

"벤지?"

"먹을 수 없어요."

"무슨 일이니?"

"두 분은 무얼 비시겠어요?"

"무슨 말이니, 아가?"

"학교에서 슈나이더먼 선생님이 우리한테 소원이 뭐냐고 물으셨어요. 휴가 때 이스라엘에 가시기로 해서 우리 소원을 통곡의 벽에 가져가 주셨어요. 그런데 저는 소원을 잘못 말한 것 같아요."

"무슨 소원이었는데?" 제이컵이 물었다.

"말할 수 없어요. 그랬다가는 소원이 이루어지지 않을 거예요."

"뭘 빌걸 그랬다고 생각하는데?"

"말할 수 없어요. 소원을 바꿀 수도 있으니까요."

"소원을 다른 사람에게 말하면 이루어지지 않는다면 왜 우리한테는 소원을 말해 보라는 거니?"

"아, 그렇네요." 그가 돌아서서 거실을 나갔다.

그들은 벤지의 발소리가 계단 위쪽으로 사라질 때까지 기다렸다가 대화를 계속했다.

줄리아가 전에 없이 차분한 목소리로 말했다. "그리고 어쨌거나 아이들에게 안전하다고 느끼게 해 주고 싶어. 그런 다음 변화를 만들어 가는 거야."

"'너희 잠깐만 거실로 와 볼래?' 이렇게?"

"주방이 아니라?"

"난 여기를 생각했는데."

"그다음에는 뭐, 아이들한테 앉으라고 해?" 줄리아가 말했다.

"응, 그게 암시도 될 거야."

"모두 차에 타게 될 때를 기다릴 수도 있어."

"그것도 괜찮겠네."

"하지만 그러면 아이들을 마주 볼 수가 없지."

"백미러로밖에 못 보겠지."

"불행한 상징이야."

그 말에 제이컵이 웃음을 터뜨렸다. 줄리아는 웃기려고 애썼다. 그녀의 노력에는 다정함이 있었다. 실제 상황이라면 줄리아는 결코 농담을 하지 않을 것이다.

"저녁 먹을 때는 어때?" 줄리아가 제안했다.

"우선 왜 우리가 함께 저녁을 먹는지에 대한 설명이 필요하겠는데."

"우리 늘 함께 저녁 먹잖아."

"때때로 잠깐씩 식탁에 모이지."

"저녁은 뭐예요?" 맥스가 「사인필드」*는 본 적이 없지만 크레이머와 똑같은 모습으로 거실로 뛰어 들어오며 물었다.

줄리아가 제이컵에게 그가 100만 가지 상황에서 100만 번은 보았을 아이들이 어디까지 알까? 하는 표정을 지어 보였다. 이 년 전 그들이 섹스하는 도중에(하느님 감사합니다. 정상위로 이불 속에서 지저분한 대화도 나누지 않고 하고 있었다.) 샘이 방에 들어왔을 때 그는 무엇을 알았을까? 제이컵이 줄리아의 산부인과 의사에게 양성 종양이 얼마나 양성이라는 것인지 성이 나서 따져 묻는 도중에 맥스가 수화기를 들었을 때 그는 무엇을 들었을까? 그들이 주방에서 분노를 쏟아 낼 때 주방으로 걸어 들어와 '전형'이라고 말했을 때 벤지는 무엇을 알았을까?

"저녁 식사 얘기를 하고 있었어." 제이컵이 말했다.

"네, 알아요."

"들었니?"

"저녁 먹으라고 부르시는 줄 알았어요."

"4시 30분밖에 안 됐는데."

"제 생각에는……."

"배고프니?"

"저녁 뭐예요?"

---

* 1989년부터 십 년간 NBC에서 방영된 시트콤.

"그게 네가 배고픈 거랑 무슨 상관이니?" 제이컵이 물었다.

"그냥 궁금해서요."

"라사냐랑 채소랑 이것저것." 줄리아가 말했다.

"그냥 라사냐요?"

"시금치."

"배고프지 않아요."

"흠, 한 시간 있으면 시금치 라자냐도 먹고 싶어질 거야."

"아거스 산책 좀 시켜 줘야 할 것 같아요."

"내가 방금 산책시켰는데." 제이컵이 말했다.

"똥 쌌어요?"

"기억 안 나."

"똥을 쌌으면 기억하실 텐데." 맥스가 말했다. "똥을 싸야 해요. 똥이 나오려고 하면 나와야 하는 똥의 끝부분을 핥는단 말이에요."

"그냥 데리고 산책하러 나가면 되지, 왜 그런 얘기를 우리한테 하는 거니?"

"왜냐하면 지금 증조할아버지의 장례식에서 할 연설을 준비하고 있어서 집중해야 하거든요."

"네가 연설을 한다고?" 제이컵이 물었다.

"아빠는 안 하세요?"

줄리아는 맥스가 귀엽게도 자기 잘난 맛에 세운 계획에 감동받았다. 제이컵은 자신이 자기 잘난 맛에 빠져 생각이 짧았던 데 대해 부끄러움을 느꼈다.

"짧게 할 거야. 아니면 실은 할아버지가 우리를 대표해서 말씀하실 수도 있고."

"할아버지가 저를 대신해 말씀하시는 건 아니잖아요." 맥스가 말했다.

"연설 준비하렴." 줄리아가 말했다. "아빠가 아거스 산책시키실 거야."

"벌써 산책시켰다니까."

"똥 쌀 때까지."

맥스가 주방으로 가더니 건강에 해로운 유기농 시리얼 상자를 들고 나와 자기 방으로 돌아갔다.

줄리아가 상기시켰다. "시리얼은 네 입 속에 있든가 상자 속에 있든가 둘 중 하나라야 해. 다른 곳은 안 돼."

맥스가 소리쳤다. "삼키면 안 돼요?"

"어쩌면 지금 당장 모두에게 얘기하는 건 잘못일지도 몰라." 제이컵이 신중하게 말했다. "먼저 샘에게 말해야 할지도 몰라."

"내 생각에는……."

"맙소사."

"왜?"

제이컵이 줄곧 켜져 있던 텔레비전 쪽을 가리켰다. 예루살렘의 축구 경기장 영상이 나오고 있었다. 제이컵과 타미르가 이십 년도 전에 경기를 보러 갔던 곳이었다. 열 대가 넘는 불도저가 있었다. 무엇을 하는지, 왜 이스라엘이 이런 영상들이 방송되도록 허용했는지 확실치 않았고, 이유를 알 수 없어서 두려웠다.

군사적 용도로 쓸 장소를 준비하는 것일까? 대규모 무덤을 파고 있나?

미국에 전해진 뉴스는 중구난방이라 믿을 수 없고 불안을 조장하는 내용들이었다. 블록 집안의 사람들은 그들이 가장 잘 하는 일을 했다. 감정을 억누름으로써 과잉 반응에 대한 균형을 잡은 것이다. 마음속으로 자신들이 안전하다고 믿으면, 지나치게 걱정하면서 이야기를 하고 또 하고, 스스로를, 서로를 고통의 거품이 되도록 채찍질했다. 안락한 거실에서 그들은 운동 경기처럼 펼쳐지는 뉴스를 따라갔고, 때로는 하던 일을 멈추고 드라마를 응원했다. 파괴의 추산치가 하향 조정되거나 공격 행위로 보인 것이 알고 보니 사고에 지나지 않는 것으로 밝혀지면 부끄럽지만 적게나마 실망감이 들었다. 그것은 게임이었다. 결과가 정해져 있는 한 게임의 비현실적 위험을 흥미롭게 떠들고 즐겼다. 그러나 조금이라도 진짜 위험의 기미가 있다면, 곧 그렇게 되겠지만 상황이 고약하게 돌아가기 시작한다면 삽날에서 불꽃이 일 때까지 땅을 팠다. 괜찮을 거야. 아무것도 아니야.

타미르는 대개 집에 없었다. 그는 매일 집에 돌아갈 방법을 찾느라 일부 시간을 썼지만 전혀 성과가 없었다. 그는 리브카나 노암과 이야기를 나누더라도 아주 은밀히 했고, 기본적인 것 말고는 아무에게도 알려 주지 않았다. 그리고 제이컵에게는 놀랍게도 그는 여전히 열의를 보이지 않는 바락을 끌고 온갖 기념물과 박물관을 두루 구경하고 싶어 했다. 타미르 자신은 보지 못하는 것이 제이컵의 눈에는 너무나 빤히 보였다. 그는 현실을 인정하기를 거부하는 것이다. 관광을 하면 볼 필요가 없어질 테니까.

경기장 장면이 지진으로 온 가족을 잃고 거리에서 헤매다 미국인 사진작가에게 발견된 어린 팔레스타인 소녀 아디아의 얼굴로 바뀌었다. 그 사연은 세계를 감동시키고, 계속 감동시켰다. 어쩌면 그 이야기는 그녀의 예쁜 얼굴만큼이나 단순했다. 그렇게 해서 사람들이 손을 맞잡게 되는지도 몰랐다. 비극의 와중에도 기분 좋은 소식이었으나 제이컵은 팔레스타인인과 미국인 간에 좋은 감정이 있다는 것이 비극이라고 생각했다. 어느 때부터인가 맥스는 신문에 실린 그 소녀의 사진을 베개 밑에 넣고 자기 시작했다. 아디아가 있던 고아원이 무너지고 그녀가 실종되었을 때 맥스 역시 실종되었다. 다들 그가 어디에 있는지 알았다. 숨은 것은 그의 목소리, 시선, 이뻐이었다. 그러나 그를 찾아낼 방법을 아무도 알지 못했다.

"여보세요?" 줄리아가 제이컵의 얼굴 앞에 손을 흔들며 불렀다.

"왜?"

"우리가 이야기하는 동안에도 보고 있었어?"

"곁눈질로."

"중동이 무너지고 있고, 온 세상이 허공 속으로 무너질 거야. 하지만 지금 당장은 이게 사실 더 중요해."

그녀가 일어나서 텔레비전을 껐다. 제이컵은 텔레비전이 내는 안도의 한숨 소리를 들은 것 같았다.

"가서 아거스 산책 좀 시켜 줘. 그러고 나서 이걸 끝내자고."

"아거스는 진짜로 산책을 하고 싶으면 문 앞으로 가서 낑낑거릴 거야."

"왜 꼭 그렇게 되게 만들어?"

"내 말은 때가 되면 말이야."

"우리가 샘에게 먼저 이야기해야 한다고 생각해? 다른 애들에게 하기 전에?"

"아니면 샘이랑 맥스. 둘 중 하나가 울기 시작할 때를 대비해서 말이야. 벤지는 형들 하는 대로 따라 할 테니까 아이들에게 이해하고 추스를 시간을 줘야 해."

"아니면 그냥 셋 다 같이 엉엉 울게 놔두든가." 줄리아가 말했다. "슬픔 속에서 동지애를 느끼도록."

"샘한테만 먼저 해도 되고. 어떤 반응이 됐건 그 애가 제일 강하게 반응할지 몰라. 하지만 그 애가 처리 능력도 가장 뛰어나."

줄리아가 커피 탁자 위에 있는 그림책을 건드렸다.

"내가 울면 어떡하고?" 그녀가 물었다.

그 질문은 제이컵을 포함했고, 그는 그녀를 만지고 싶어졌다. 그녀의 어깨를 잡고, 그녀의 뺨에 손바닥을 갖다 대고 그들의 지문의 나오고 들어간 부분이 겹쳐지는 것을 느끼고 싶었다. 그러나 이제 그런 행동이 받아들여질 수 있을지 알 수 없었다. 대화 내내 그녀의 차분한 태도는 쌀쌀하게 느껴지지는 않았지만, 그녀 주변에 공간을 만들어 냈다. 그녀가 울면 어떡할까? 물론 그녀는 울 것이다. 그들 모두 울 것이다. 울부짖을 것이다. 끔찍할 것이다. 아이들의 삶은 엉망진창이 될 것이다. 수만 명이 죽을 것이다. 이스라엘은 파괴될 것이다. 그는 공포를 바라서가 아니라 최악의 것을 상상함으로써 그곳에서 자신을 안전하게 지킬 수 있어서, 최후의 날에 집중하면 하루하루를 버틸 수 있기에, 그 모든 것을 원했다.

오래전 아이작을 방문하러 가는 길에 샘이 뒷좌석에서 물었다. "신은 어디에나 계시지요?"

제이컵과 줄리아는 대체 저건 또 뜬금없이 무슨 소리야 싶은 표정으로 마주 보았다.

제이컵이 나섰다. "신을 믿는 사람들은 그렇게 생각하지, 맞아."

"그리고 신은 늘 어디에나 계셨고요?"

"그랬겠지."

"그런데 제가 알 수 없는 건 이거예요." 그가 그들의 차를 따라오는 일찍 뜬 달을 바라보며 말했다. "신이 어디에나 계시면 신이 세상을 만들 때 세상을 어디에 놓으신 거예요?"

제이컵과 줄리아가 다시 한번, 이번에는 놀란 표정으로 서로를 보았다.

줄리아가 샘 쪽으로 고개를 돌렸다. 샘은 여전히 창밖을 보고 있었고, 그의 눈동자는 타자기의 캐리지처럼 계속 제자리로 돌아왔다. 줄리아가 말했다. "너 정말 놀랍구나."

"좋아요. 하지만 신이 세상을 어디에 놓으셨어요?" 샘이 물었다.

그날 밤 제이컵은 조사를 좀 해 본 끝에 샘의 질문이 수천 년에 걸쳐 엄청나게 많은 생각을 불러일으켰는데, 가장 널리 퍼진 답은 침춤*이라는 카발라의 개념이라는 것을 알게 되었다. 기본적으로 신은 어디에나 있었다. 샘이 추측한 대로 신이 세상을 창조하고자 했을 때 세상을 놓을 곳이 아무 데도 없었다. 그래서 신이 스스로를 더 작게 만들었다. 어떤 이들은 이를 축소 행위라 하고, 어떤 이들은 숨김이라고 부른다. 창조에는 자기 삭제가 요구되었고, 제이컵에게 그것은 가장 극단적인 겸손, 가장 순수한 관대함이었다.

지금 그녀와 함께 앉아서 무시무시한 대화를 연습하면서 제이컵은 어쩌면 그 세월 내내 줄리아를 둘러싼 공간들, 그녀의 차분함, 뒤로 물러서 있는 모습을 자신이 오해했던 게 아닐까 생각했다. 어쩌면 그것들은 방어를 위한 완충 공간이 아니라 가장 극단적인 겸손, 가장 순수한 관대함인지도 모른다. 그녀가 물러서지 않고 부추긴다면 어떻게 될까? 아니면 두 가지를 동시에 한다면? 물러서면서 부추긴다면? 그리고 더 나아가 그들의 아이들을 위한 세상, 심지어 제이컵을 위한 세상을 만든다면.

"당신은 울지 않을 거야." 그가 그 공간으로 들어가려 애쓰며 말했다.

"울면 안 좋을까?"

"나도 모르겠어. 내 생각에는 다른 조건이 다 같다면 울지

* '축소'라는 뜻의 히브리어.

않고 아이들에게 강요하듯 말하지 않는 편이 제일 좋을 것 같아. 강요는 센 표현이지. 내 말은…… 무슨 뜻인지 알 거야."

"알아."

그는 놀랐다. 그녀의 알아로 더욱 한편이 된 기분을 느꼈다.

"수십 번을 해 봐도 매번 다르게 느껴질 거야."

"그런다고 내가 절대 안 무너지지는 않을 거야."

"그리고 그 순간에 아드레날린이 눈물이 나오지 않도록 막아 줄 거야."

"당신 말이 맞겠지."

당신 말이 맞겠지. 어떤 식으로든 그녀가 그의 감정적 판단을 따라 준 게 얼마 만인지 모른다. 실버스 박사라면 얼마 만의 일로 느껴지는지라고 정정해 줄 터였다. 그녀가 반사적으로 그의 말에 맞서지 않은 게 얼마 만인지. 당신 말이 맞겠지라는 말에는 그를 무장 해제시키는 다정함이 있었다. 그가 꼭 맞을 필요는 없었지만 그에게는 그런 다정함이 필요했다. 그녀가 반사적으로 그의 말에 맞서거나 그저 무시해 버린 그 시간 동안 그에게 당신 말이 맞겠지라고 해 주었다면 어땠을까? 그는 그 다정함에 그녀의 말을 아주 쉽게 수긍할 수 있었을 것이다.

제이컵이 말했다. "그리고 눈물이 나면 그냥 울어."

"난 그저 아이들을 편하게 해 주고 싶어."

"그렇게는 안 될 거야."

"할 수 있는 한 편하게."

"어떤 일이 벌어지건 우리가 방법을 찾을 거야."

우리가 방법을 찾을 거야. 그들이 연습 중인 대화의 요점이 바로 방법을 찾을 수 없다는 것인데, 별 희한한 장담을 다 한다고 줄리아는 생각했다. 둘이 함께 찾을 수는 없었다. 그러나 그 장담은 우리라는 단란함의 형태를 취했다.

"물 한 잔 마셔야겠어. 당신도 가져다줄까?" 그녀가 말했다.

"진짜로 물이 마시고 싶어지면 문 앞으로 가서 낑낑거릴게."

"아이들이 상심할 거라 생각해?" 그녀가 주방으로 걸어가며 물었다. 제이컵은 물이 얼굴을 보지 않고 그 질문을 하려는 구실이 아니었을까 생각했다.

"잠깐 텔레비전을 켤게. 무음으로. 무슨 일이 일어나는지 좀 봐야겠어."

"여기에서 일어나는 일은 어떡하고?"

"나 여기 있어. 아이들이 상심할 거라 생각하느냐고 물었지. 그래, 딱 그 표현이 맞을 것 같아."

중동 지도에 다양한 군대들의 움직임을 표시하는 화살표들이 가득했다. 북쪽에서는 주로 시리아, 헤즈볼라와의 소규모 접전이 있었다. 터키인들은 점차 적대적인 분위기를 띠었고, 새롭게 생긴 트란스아라비아가 요르단이었던 곳에 비행기와 군대를 집결시키고 있었다. 그러나 그 정도는 억제할 수 있고, 통제할 수 있고, 그럴듯하게 부인할 수도 있었다.

제이컵이 말했다. "장담하는데 나는 울 거야."

"뭐라고?"

"물 좀 마셔야겠어."

"뭐라고 했는지 못 들었어."

"내가 우는 모습을 보이지는 않더라도 울 거라고 했어."

그것이 그가 말해야 했던 것, 아니, 말해야 한다고 느껴지는 것이었다. 그는 줄리아가 자신이 아이들과 감정적으로 더 강한 유대를 맺고 있으며, 어머니, 여자, 아니면 그저 그녀 자신이라는 이유만으로도 아버지, 남자, 제이컵은 맺을 수 없는 유대가 생긴다고 믿고 있음을 줄곧 알았다.(줄곧 느꼈다.) 그녀는 이런 사실을 항상 은근히 암시했고(은근히 암시하는 것처럼 느껴졌고) 장난치듯이 그와 아이들의 관계에서 특별한 것들에 대해 이야기하면서 슬쩍 흘리는 식이었지만 가끔은 대놓고 말하기도 했다.

그들의 부모로서의 정체성에 대한 그녀의 인식은 대개 깊이와 재미로 나뉘었다. 줄리아는 아이들에게 모유를 먹였다. 제이컵은 비행기가 입 속으로 날아 들어가는 흉내를 과장스럽게 내며 먹여 주는 식으로 아이들을 웃겼다. 줄리아는 아이들이 자는 동안 확인해 보고 싶은 본능적이고 억누를 수 없는 충동을 느꼈다. 제이컵은 야구 경기가 연장전에 들어가면 아이들을 깨웠다. 줄리아는 아이들에게 향수, 고뇌, 애수 같은 단어들을 가르쳤다. 제이컵은 "나쁜 말은 없어. 나쁘게 쓸 뿐이지."라는 말로 아이들은 좋아하지만 줄리아는 싫어하는 얼간이나 개 같은 등의 단어도 좋게 쓸 수 있다고 정당화하곤 했다.

깊이와 재미의 이분법을 바라보는 다른 방법이 있었다. 제이컵이 실버스 박사와 함께 셀 수 없이 많은 시간을 고려하며 보낸 방법으로, 무거움과 가벼움이었다. 줄리아는 모든 것에 무게를 부여하고, 모든 은밀한 감정을 터놓고, 지나가듯 한 말 한마디 한마디에도 완벽한 대화를 요구하고, 항상 슬픔의 가치를 주장했다. 제이컵은 대부분의 문제는 문제가 아니고 기분 전환이나 음식, 신체 활동으로 해결할 수 있거나 시간이 지나면 자연히 해결된다고 생각했다. 줄리아는 항상 아이들에게 박물관, 해외여행, 흑백 영화 등 진지한 생활을 주고 싶어 했다. 제이컵은 워터파크, 야구 경기, 커다란 즐거움을 주는 형편없는 슈퍼히어로 영화처럼 더 활기차고 의미 없는 활동에 아무 문제가 없으며 오히려 그것들이 큰 도움이 된다고 보았다. 그녀는 어린 시절을 정신이 형성되는 시기로 보았다. 그는 살면서 유일하게 안전과 행복을 느낄 기회로 보았다. 각자가 상대방에게서 무수히 많은 결점과 절대적 필요를 보았다.

줄리아가 물었다. "아주 오래전에 내 친구 레이철이 유월절 때 왔던 거 기억나?"

"레이철?"

"건축 학교 동창 말이야. 쌍둥이 데리고 왔잖아?"

"그리고 남편은 없었지."

"맞아. 남편은 헬스클럽에서 심장마비를 일으켰어."

"경고가 되는 이야기네."

"기억나?"

"물론이지, 그해에 위로차 초대했잖아."

"그 애가 어릴 때 예시바에 다녔던가 아니면 뭔가 엄격한 유대식 교육을 받았나 봐. 난 그건 몰랐는데, 나중에는 너무 창피한 기분이 들었어."

"뭐 때문에?"

"우리가 얼마나 일자무식 유대인들인지 깨달아서."

"하지만 그 친구 잘 있다 갔잖아, 그러지 않았어?"

"그랬지."

"그러니까 창피해하지 않아도 돼."

"오래전 일이야."

"창피함은 감정의 파르말라트*야."

그 말에 줄리아가 크게 웃었다. 그 웃음은 제이컵에게 기분 좋게 느껴졌다. 한창 머리를 굴려 작전을 짜다가 터져 나오는 억제할 수 없는 웃음.

"왜 지금 그 친구가 떠오른 거야?"

침묵도 웃음처럼 억제할 수 없다. 그리고 무게가 없는 듯한 눈송이처럼 쌓일 수 있다. 지붕을 무너뜨릴 수 있다.

"나도 잘 모르겠어." 줄리아가 대답했다.

제이컵이 대화를 꼭대기까지 끌어 올리려 했다. "아마 남한테 재단당한다는 게 어떤 기분인지 떠올리던 중이었나 보네."

"그럴지도. 그 애가 재단했다고 생각하지는 않아. 하지만 재단당하는 기분이었어."

"그리고 재단당할까 봐 두렵지?" 제이컵이 물었다.

며칠 전 밤에 줄리아는 전혀 꿈꾼 기억은 없지만 악몽을 꾼

* 이탈리아의 유제품 기업으로, 2003년 채권을 발행해 투자자들을 끌어모았다가 140억 유로의 부채를 지고 파산했다.

것처럼 잠에서 깼다. 주방으로 가서 잡동사니를 넣는 서랍에서 조지타운 데이 통학생 안내 책자를 발견했고 벤지가 그의 학년에서 주소가 두 개인 유일한 학생이 되리라는 사실을 확인했다.

"난 우리 가족이 재단당할까 봐 두려워." 그녀가 말했다.

"당신은 스스로를 재단해?"

"당신은 안 그래?"

"올해는 내가 위로차 초대받게 될 거야, 안 그래?"

줄리아가 대화의 방향을 틀어 준 데 대해 고마움을 느끼며 미소 지었다.

"올해가 다른 해들이랑 달라야 할 이유가 뭐겠어?"

삼 주 만에 처음으로 그들은 함께 웃었다.

제이컵은 이러한 온기에 익숙지 않았고 혼란스러웠다. 이 대화를 연습하면서 기대하지 않은 바였다. 그는 약간 수동 공격적이리라 예상했다. 그가 준비한 반박할 말들의 작은 무기고에 의지할 엄두도 내지 못하고 자기방어의 비용 편익 분석에서 타당한 이유를 찾아내지도 못한 채 불쾌한 꼴만 잔뜩 보게 될 줄 알았다.

실버스 박사는 그에게 그냥 그 자리에 있으라고, (되돌려 주기보다) 그의 고통과 함께 앉아 있으라고, 어떤 결과를 보겠다는 마음을 접으라고 충고했다. 그러나 제이컵은 그 상황이 아주 비동양적인 반응을 요구하리라 생각했다. 모든 것이 영구적으로 기록될 테니 언제라도 나중에 자신에게 불리하게 이용될 수 있을 법한 말은 피해야 한다. 조금도 양보하지 않으면서도 납작 엎

드리는 것으로(부드럽게 긍정하며 속으로 이미 취하고 있던 입장과 반대로 말하면서) 보여야 한다. 너무나 교활해서 사무라이의 교활함에 대한 책을 읽을 필요도 없는 사람의 교활함을 가져야 한다.

그러나 대화가 무르익으면서 제이컵은 통제할 필요를 느끼지 않았다. 이겨야 할 것도 없었다. 맞서 지켜 봤자 잃을 뿐이었다.

"'세상에는 많은 종류의 가족이 있어.' 이렇게 말하면 좋을 것 같지 않아?" 줄리아가 말했다.

"그렇네."

"'아빠가 둘인 가족들도 있어. 엄마가 둘인 가족들도 있고.'"

"'두 집에서 사는 가족들도 있고.'는?"

"그 말을 들으면 맥스가 주말 별장을 사면 신나겠다고 할 거야."

"주말 별장?"

"바닷가에 있는 집. '두 집에서 사는 가족들도 있어요. 집 하나는 도시에 있고, 하나는 바닷가에 있고.'"

주말 별장이라니. 줄리아는 맥스가 그러듯이 딴생각으로 빠졌다. 그녀와 제이컵은 그 이야기를 한 적이 있었다. 바닷가의 집은 아니었다. 그럴 여유는 없었지만 어딘가 다른 곳에 아늑한 집을 구하자는 이야기를 했다. 문제의 그날, 그녀가 마크에게 이야기하려 했던 중요한 소식이었다. 그런데 그 전에 그가 그녀의 삶에 얼마나 소식이랄 게 없는지 먼저 상기시켜 주었다. 주말 별장이 있으면 근사할 것이다. 너무 근사해서 다음 일시적 해결책을 찾아낼 때까지 모든 게 잘 굴러가고 제대로 된 가족 흉내도 낼 수 있을지 모른다. 행복한 모습. 그들이 그 모습을, 삶이 다른 사람들에게가 아니라 그들 자신에게 보여 주는 모습을 지탱할 수 있다면, 아무 문제 없이 굴러가는 실제 행복의 경험에 충분히 가까운 근사치가 될지도 모른다.

여행을 더 많이 할 수도 있었다. 여행 계획, 여행, 압력의 경감. 그것으로 얼마간 시간을 벌 수 있을 터였다.

부부 상담을 받으러 갈 수도 있었지만 제이컵은 실버스 박사에게 은연중에 기묘한 충성심을 갖고 있어서 다른 사람에게 간다면 죄짓는 기분이 들 것 같다는 뜻을 비친 적이 있었다.(아내가 아닌 여자에게 항문에서 정액을 흘리라고 요구한 것보다 분명 더 큰 죄였다.) 줄리아는 모든 게 드러날 가능성, 고통스럽게 침묵을 지키든가 끝없이 말하든가 둘 중 하나로 끝나게 될 주 2회 방문에 들 시간과 비용을 생각하면 필요한 만큼 희망을 갖기가 어려웠다.

그들은 그녀가 직업으로 하면서도 개인적인 삶에서는 비난했던 바로 그것, 집 리모델링을 할 수도 있었다. 그들의 집에는 개선할 것이 너무 많았다. 주방을 수리하고(최소한으로 한다면 싱크대를 바꾸는 정도지만 새 조리대에 새 주방 기기도 안 될 것 없고 이상적으로는 동선을 더 편하게 하고 보기 좋게 만들기 위해 구조 변경까지) 부부 욕실도 새로 하고 옷장도 새로 사고 집 뒤편에 정원으로 나가는 문을 내고 맨 위층 샤워실 위에 천창도 두어 개 뚫고 지하실도 마무리하는 것이다.

"'엄마가 살 집 하나, 아빠가 살 집 하나.'"

"좋아. 내가 잠깐 샘이 돼 볼게." 제이컵이 말했다.

"좋아."

"동시에 이사하실 거예요?"

"그러려고 해, 맞아."

"그럼 내 물건을 매일 이리저리 가지고 다녀야 하는 거예요?"

"우린 서로 걸어갈 수 있는 거리에 살 거야. 그리고 매일 그러지는 않을 거야." 줄리아가 대답했다.

"그걸 진짜로 약속할 수 있어? 지금은 나야."

"그 상황에서는 약속할 수 있을 거야."

"그럼 시간은 어떻게 나눌 거야?"

"나도 몰라. 하지만 매일은 아니야." 줄리아가 대답했다.

"그리고 여기서는 누가 살게 되나요? 다시 샘이야."

"화목한 가족이 살면 좋겠다."

"우리는 화목한 가족이에요."

"맞아, 그렇지."

"두 분 중 한 사람이 바람을 피웠나요?"

"제이컵."

"왜?"

"샘이 그런 질문을 하지는 않을 거야."

"첫째, 당연히 할 수 있어. 둘째, 아무리 있을 법하지 않아도 그 질문에 대한 대답을 반드시 준비해 둘 필요가 있어."

"좋아. 그럼 내가 샘을 할게." 줄리아가 말했다.

"좋아."

"두 분 중 한 사람이 바람을 피웠나요?"

"난 누구야? 나? 아니면 당신?" 제이컵이 물었다.

"당신."

"아냐. 그런 일은 없었어."

"하지만 전화기를 봤는데."

"잠깐, 샘이 봤다고?"

"그건 아니라고 생각하는데."

"당신 생각이 그렇다고? 아니면 그 애가 못 봤다고?"

"샘이 봤을 거라고 생각하지 않는다고."

"그런데 왜 봤다고 말해?"

"아이들은 우리가 모르리라 생각한 것도 아니까. 그리고 전화기 잠금 푸는 걸 샘이 도와줄 때……."

"샘이 전화기 잠금 푸는 걸 도와줬다고?"

"난 그게 누구 건지도 몰랐어."

"그럼 샘이 봤다는……?"

"아니."

"샘한테 말한 건……."

"당연히 안 했지."

제이컵이 다시 연습 중의 자신으로 돌아갔다.

"네가 본 건 내 드라마의 작가들 중 한 명과 주고받은 거야. 우리는 두 사람이 아주 부적절한 말들을 주고받는 장면에 넣을 대사를 주고받고 있었어."

"그럴듯하네." 줄리아가 혼잣말을 했다.

"그럼 엄마는?" 제이컵이 물었다. "바람피웠어요?"

"아니."

"마크 애들슨 씨랑 아무 일 없었어요?"

"없었어."

"모의 유엔에서 그에게 키스하지 않았어요?"

"이게 진짜로 도움이 되는 거야, 제이컵?"

"자, 내가 당신을 할게."

"당신이 나를 한다고?"

"그래, 샘, 모의 유엔 총회에서 마크랑 키스했어. 처음부터 그럴 생각은 아니었지만……."

"나는 절대 그런 식으로 말하지 않아."

"계획한 건 아니었어. 즐겁지도 않았고. 그냥 어쩌다 보니 그렇게 됐어. 그런 일이 생겨서 유감이야. 아빠한테 사과를 받아 달라고 했고, 아빠가 받아 줬어. 네 아빠는 아주 좋은 사람이고……."

"무슨 말인지 알겠어."

"하지만 정말로 우리의 추론에서 나올 결과를 어떻게 설명할 거야?" 제이컵이 말했다.

"결과?"

그들은 이혼이라는 말을 한 번도 쓰지 않았다. 제이컵은 그런 일은 일어나지 않을 것이기 때문에 그 말을 입에 올릴 수 있었다. 그러나 그 말을 공공연히 입 밖에 내고 싶지는 않았다. 줄리아는 정말로 확신할 수 없었기 때문에 그 말을 할 수 없었다.

그녀는 그 말을 어디에 놓아야 할지 몰랐다.

줄리아가 완전히 솔직해져야 한다면 그들이 말할 수 없는 일을 하려는 이유를 쉽게 말할 수 없을 것이다. 그녀는 자신의 불행이 다른 누군가의 행복이 되지 않으리라고는 확신하지 못했지만 불행했다. 채워지지 않은 욕망과 그것의 엄청난 양을 느꼈지만, 짐작건대 다른 기혼자들과 미혼자들도 다 마찬가지일 것이다. 모른다는 것이 예전에는 자극적으로 느껴졌다. 믿음처럼 느껴졌다. 이제는 불가지론자가 된 기분이었다. 알지 못하는 것처럼 느껴졌다.

"우리가 재혼할지 아이들이 궁금해하면 어떻게 할까?" 줄리아가 물었다.

"모르겠어. 당신 할 거야?"

"당연히 안 하지. 절대 안 해." 그녀가 말했다.

"끔찍이도 확신하네."

"다른 건 몰라도 그건 자신 있게 말할 수 있어."

"예전에는 모든 것에 확신이 없었잖아."

"예전에는 증거가 더 적었던 것 같아."

"당신이 유일하게 가진 증거는, 일을 해 나가는 우리의 특정한 방식이 당신이라는 특정한 사람한테는 먹히지 않았다는 점에 대한 것뿐이야."

"난 다음 장으로 넘어갈 준비가 됐어."

"독신 생활?"

"아마도."

"마크는 어때?"

"마크가 어떠냐고?"

"착하잖아. 잘생겼고. 한번 기회를 줘 보지그래?"

"어떻게 그렇게 당장에 나를 넘겨줄 수 있어?"

"아니, 아냐. 당신이랑 마크 사이에 무언가가 있는 것 같아서 그런 거야, 그리고……."

"내 걱정은 안 해도 돼, 제이컵. 난 괜찮을 거야."

"당신 걱정 안 해."

그 말은 잘못한 것 같았다.

그가 다시 시도했다. "당신이 내 걱정 안 하듯이 나도 당신 걱정 안 한다고."

역시 잘못했다.

"마크 아저씨는 좋은 사람이에요." 빌리가 구석에서 말했다. 아이들은 썩어 가는 고기에서 생기는 구더기처럼 소파 커버에서 저절로 생겨나는 걸까?

"빌리?"

"안녕하세요." 그녀가 제이컵에게 손을 내밀었다. "아저씨 얘기는 많이 들었지만 뵙기는 처음이네요."

정확히 무슨 얘기? 제이컵은 묻고 싶었지만 참고 그녀의 손을 잡고 말했다. "나도 네 얘기 많이 들었단다." 거짓말. "하여간 다 좋은 얘기였어." 진실.

"위층에서 샘이 바르 미츠바 사과문 만드는 거 돕고 있었어요. 그러다가 정확히 무엇을 사과라고 할 수 있는지 모른다는 데 생각이 미쳤어요. 사과가 되려면 분명한 부인이 필요할까요?"

제이컵이 줄리아에게 이런 건 사전에서 찾아봐야지 하는 시선을 쏘아 보냈다.

"그냥 무슨 일이 있었는지 얘기하고 설명하면 안 되나요? 죄송합니다라는 말이 꼭 필요해요?"

"왜 샘이 물어보지 않니?"

"샘은 아거스 산책시키러 나갔어요. 그리고 저한테 부탁했어요."

"잠시 가서 도와줄게." 제이컵이 말했다.

"꼭 도와주실 필요가 있는지, 정말로 샘이 도움을 원할지 잘 모르겠어요. 저희는 그냥 사과가 무엇을 뜻하는지만 알면 돼요."

"내 생각에는 분명한 부인은 필요할 것 같구나. 하지만 죄송합니다라는 말은 필요 없어." 줄리아가 말했다.

"저도 그런 것 같았어요. 좋아요, 감사합니다." 빌리가 말했다.

그녀가 거실에서 나가려고 돌아섰다. 줄리아가 그녀를 다시 불렀다. "빌리."

"네?"

"우리가 나누던 대화 들었니? 아니면 마크가 좋은 사람이라는 것만?"

"모르겠어요."

"네가 뭘 들었는지 모른다고? 아니면 편하게 대답할 수 있을지 모르겠다고?"

"후자예요."

"그건 그냥……."

"알아요."

"아직 아이들하고는 얘기하지 않았……."

"저 진짜로 알아요."

"그리고 전후 사정이 많아." 제이컵이 끼어들었다.

"저희 부모님은 이혼하셨어요. 이해했어요."

"우리는 방법을 찾고 있을 뿐이야. 해결해 보려는 것뿐이라고." 제이컵이 말했다.

"부모님이 이혼하셨니?" 줄리아가 물었다.

"네."

"언제?"

"이 년 전에요."

"유감이구나."

"부모님의 이혼이 제 탓도 아니고 아줌마 탓도 아닌걸요."

"너 재미있는 아이로구나." 줄리아가 말했다.

"감사합니다."

"이혼이 네가 놀라운 사람이 되는 데 방해가 되지 않은 건 확실하구나."

"흠, 그런 일이 없었다면 제가 어떤 사람이 됐을지는 결코 알 수 없겠죠."

"넌 정말 재미있어."

"정말 감사해요."

"네 입장이 곤란해지리라는 거 안다." 제이컵이 덧붙였다.

"괜찮아요." 빌리가 대답하고 다시 한번 자리를 뜨려고 돌아섰다.

"빌리?" 줄리아가 불렀다.

"네?"

"네가 보기에는 부모님의 이혼이 손실인 것 같니?"

"누구한테요?"

"제 소원을 바꾸고 싶어요." 벤지가 말했다.

"벤지?"

"가야겠어요." 빌리가 나가려고 돌아서며 말했다.

"가지 않아도 돼. 그냥 있으렴." 줄리아가 말했다.

"두 분이 샘 형을 믿어 달라고 빌 거예요."

"무엇에 대해 샘을 믿으라고?" 제이컵이 벤지를 무릎 위로 안아 올리며 물었다.

"가야겠어요." 빌리가 말하고 위층으로 향했다.

"모르겠어요. 샘 형이 맥스 형에게 하는 말을 들었어요. 형은 엄마가 자신을 믿어 주면 좋았을 거라고 했어요. 그래서 형 소원을 제 소원으로 하려고요." 벤지가 말했다.

"우리가 샘을 믿지 않는 게 아니야." 제이컵이 샘의 편을 들어 줄 수 없는 줄리아에게 다시 분노가 솟는 것을 느끼며 말했다.

"그럼 뭐예요?"

"샘이랑 맥스가 무슨 얘기를 한 건지 알고 싶니?" 줄리아가 물었다.

벤지가 고개를 끄덕였다.

"히브리어 학교에 있는 샘 책상에서 나쁜 말을 적은 종이가 발견돼서 샘이 곤란한 상황에 처했단다. 샘 말로는 자기가 한 게 아니래. 선생님은 샘의 짓이라고 믿고."

"그런데 왜 엄마는 형을 안 믿어요?"

"우리가 샘을 안 믿는 게 아니야." 제이컵이 말했다.

"우리는 항상 샘을 믿고 싶지. 엄마 아빠는 늘 자식들 편을 들어 주고 싶어. 하지만 이번에는 샘이 사실대로 말하는 것 같지 않거든. 사실대로 말한다고 샘이 나쁜 사람이 되지는 않아. 우리가 샘을 덜 사랑하게 되는 것도 아니고. 그게 우리가 샘을 사랑하는 방식이란다. 우리는 샘을 도와주려는 거야. 사람은 늘 실수를 하는 법이니까. 엄마도 항상 실수를 해. 아빠도 그러고. 그리고 우리 모두 서로의 용서에 의지한단다. 하지만 그러려면 사과를 해야 해. 좋은 사람은 실수를 덜 하는 게 아니라 사과를 잘할 뿐이야." 줄리아가 말했다.

벤지는 그 말에 대해 생각했다.

그가 목을 길게 빼고 제이컵을 보며 물었다. "그럼 왜 아빠는 형을 믿어요?"

"엄마랑 나는 같은 것을 믿어."

"아빠도 형이 거짓말한다고 생각해요?"

"모르겠다, 벤지. 그리고 엄마도 모른단다. 아는 사람은 샘뿐이지."

"하지만 형이 거짓말했다고 생각하세요?"

제이컵이 벤지의 허벅지에 손을 올리고 천사가 나오기를 기다렸다. 그러나 천사는 없었다. 숫양도 없었다. 제이컵이 말했다. "우리는 샘이 진실을 말한다고 생각하지 않아."

"슈나이더먼 선생님께 전화해서 제 쪽지를 바꿔 달라고 부탁해 주시면 안 돼요?"

"그렇게. 그렇게 할 수 있지." 제이컵이 말했다.

"하지만 어떻게 제 새 소원을 얘기하지 않고 선생님한테 말씀드리실 거예요?"

"네가 써서 선생님께 드리면 어떠니?"

"벌써 거기 계신데요."

"어디에?"

"통곡의 벽요."

"이스라엘에?"

"그럴걸요."

"아, 그건 걱정 마라. 틀림없이 여행을 취소하셨을 거야. 네 소원을 바꿀 기회가 있을 거다."

"어째서요?"

"지진 때문이지."

"무슨 지진요?"

"지난주에 이스라엘에서 지진이 났단다."

"큰 거예요?"

"엄마 아빠가 지진 얘기 하는 거 못 들었니?"

"저한테 말해 주지 않는 얘기만 잔뜩 하시잖아요. 벽은 괜찮아요?"

"그럼." 줄리아가 말했다.

제이컵이 덧붙였다. "다른 건 몰라도 벽은 멀쩡할 거야. 2000년이 넘도록 끄떡없었는걸."

"네, 하지만 원래는 벽이 세 개 더 있었잖아요."

"그것에 대해서라면 얘기가 길단다." 제이컵이 해 주려는 이야기를 기억해 낼 수 있기를 바라며 말했다. 그 이야기는 히브리어 학교에서 들은 후로 잊고 지냈다. 기억이 나지 않았고, 그 후로는 생각해 본 적도 없었지만 그것은 그의 일부로, 물려줄 일부로 그곳에 있었다. "로마 군대가 예루살렘을 정복했을 때 성전을 파괴하라는 명령이 떨어졌단다."

벤지가 말했다. "제2성전이죠. 첫 번째 것은 파괴됐으니까."

"맞아. 그걸 알다니 훌륭하구나. 어쨌든 벽 세 개가 무너졌지만 네 번째 벽은 저항했어."

"저항했다고요?"

"싸웠다고. 맞서 싸웠어."

"벽은 맞서 싸울 수 없어요."

"파괴되지 않았잖아."

"좋아요."

"벽은 망치, 곡괭이, 몽둥이에도 끄떡없었어. 로마인들은 코끼리에게 벽을 밀게도 해 보고, 불도 질러 보고, 쇳덩이를 휘두르는 기계까지 발명했지."

"멋져요."

"하지만 그 무엇으로도 벽을 무너뜨리지 못할 것 같았어. 성전 파괴를 맡은 군인이 돌아가서 지휘관에게 성전의 세 벽을 부쉈다고 보고했지. 하지만 네 번째 벽은 무너뜨릴 수 없었다고 인정하는 대신 그냥 남겨 두자고 제안했어."

"왜요?"

"자신들의 위대함의 증거로."

"이해가 안 돼요."

"사람들이 벽을 볼 때마다 성전이 얼마나 거대했고 그들이 패배시킨 적이 어떤 이들이었는지 떠올릴 수 있게 될 거라고."

"뭐라고요?"

줄리아가 설명했다. "실제 성전이 얼마나 거대했는지 알게 된다고."

"그렇군요." 벤지가 수긍했다.

제이컵이 줄리아에게 말했다. "유럽에 남은 토대에 파괴된 유대교 회당들을 다시 짓는 조직이 있지 않았어? 그게 그런 거지."

"아니면 9·11 기념비나."

"그걸 부르는 말이 있어. 예전에 들었는데……. 슏. 맞아, 슏이야."

"유대교 회당?"

"근사한 우연의 일치군. 하지만 아니야. 그건 티베트어야."

"티베트어를 당신이 어디서 배웠겠어?"

"나도 몰라. 하지만 배웠어." 제이컵이 대답했다.

"그래서? 티베트어 웹스터 사전이라도 가져올 때까지 기다릴 거야?"

"내가 잘못 알았을 수도 있지만 내 생각에는 그게 뒤에 남은 물리적 인상인 것 같아. 발자국처럼 말이야. 아니면 물이 흐르던 수로하고 비슷할 수도 있고. 코네티컷 거리에서 아거스가 잔 자리의 엉클어진 잔디라든가."

"눈 위에 만든 천사 자국도요." 벤지가 말했다.

"그거 멋지구나." 줄리아가 그의 얼굴로 손을 뻗으며 말했다.

"다만 우리는 천사를 믿지 않아요."

제이컵이 벤지의 무릎을 쓰다듬었다. "아빠가 한 말은 토라에는 천사들이 나오지만 유대교에서는 진짜로 천사를……."

"네가 엄마의 천사야." 줄리아가 벤지에게 말했다.

"그리고 실은 엄마가 이의 요정이죠." 그가 말했다.

제이컵의 소원은 너무 늦어서 적용할 수 없게 되기 전에 인생의 교훈을 배우는 것일 터이다. 그러나 그가 소원을 접어서 끼워 넣었던 벽처럼, 그 소원은 광대무변함을 떠올리게 했다.

벤지가 거실에서 나가고, 연습이 마무리되고, 맥스가 시금치 라사냐가 아닌 두 번째 저녁을 먹고, 샘과 빌리를 나머지 세상과 분리하는 문을 충분히 열어 두었다고 판단되자 제이컵은 몇 가지 꼭 필요하지는 않은 볼일을 보러, 보관하기 편한 짧은 호스를 사고, AAA 건전지 비축분을 보충하고, 전동 공구를 좀 구경하러 철물점에 가기로 했다. 그는 가는 길에 아버지에게 전화를 했다.

"항복이에요."

"블루투스로 통화하는 거냐?"

"네."

"흠, 그거 꺼라. 그래야 네 말이 들려."

"운전 중에 전화기를 쓰는 건 불법이에요."

"그리고 암도 걸리지. 다 대가가 있어."

제이컵이 전화기를 얼굴에 갖다 대고 말했다. "항복이라고요."

"그거 잘됐구나. 뭘 항복해?"

"할아버지를 여기에 매장해요."

"정말?" 어브가 놀라고 기쁘고 상심한 투로 물었다. "왜 그런 결정을 내리게 됐냐?"

아버지의 실용주의에 설득당했건, 사실대로 말하면 죽은 몸뚱이와 함께 시간을 보내기 위해 자기 생활을 바꾸는 데 지쳤건, 가족의 매장에 정신을 빼앗기느라 해야 할 싸움을 못 해서건 이유는 별로 중요하지 않았다. 여드레가 걸렸지만 결국 결정을 내렸다. 그들은 도시에서 삼십 분쯤 떨어진 곳에 있는 아주 평범하고 그럭저럭 예쁜 묘지, 옛 유대 정원에 아이작을 매장할 것이다. 아이작은 조문객들의 방문을 받고, 가족들 사이에서 영원의 시간을 보내고, 존재하지 않고 꾸물거리는 구세주가 첫 번째 혹은 천 번째로 들를 곳은 아닐지 몰라도, 어쨌든 그곳에 있을 것이다.

진짜 버전

뻔한 시작 단계인 아이식은 디지털 레몬 밭에 있었다. 어느 레모네이드 회사가 눈에 잘 띄게 가시철조망으로 둘러놓은 사유지였다. 그 회사는 관심은 있지만 선뜻 구매하지 않는 소비자들을 설득해, 그들이 마시는 것이 뭔가 진짜배기라고 믿게 만들기 위해 어느 정도 믿을 만한 배우들을 써서 어느 정도 웃기는 동영상을 제작했다. 샘은 이런 회사들을 자기 자신을 증오하는 절반만큼은 증오했다. 자신은 그런 회사들을 증오하고 그들을 증오한다고 떠들고 다니면서도, 씩 웃으며 '견디다'의 과거형이 무엇이든 받아들이는 또 하나의 응석받이 바보천치에 불과했기 때문이다. 그는 실제 삶에서는 절대 선을 넘지 않았다. 너무 윤리적이고 겁이 너무 많았다.(가끔 두 가지를 구분하기가 어려웠다.) 그러나 아더 라이프의 많고 많은 훌륭한 점들 가운데 하나, 어쩌면 그가 아더 라이프에 중독된 이유는 조금은 덜 윤리적이고, 조금은 덜

겁쟁이가 될 기회이기 때문이었다.

아이식은 무단 침입을 했다. 그렇다. 그러나 불을 내거나 나무를 베고 그래피티를 하려고(그것을 표현하는 적절한 말이 뭐건) 그곳에 들어간 건 아니고, 진짜로 무단 침입을 하려고 간 것조차 아니었다. 그는 혼자 있으려고 그곳에 갔다. 레몬 이불 밑에 끝도 없어 보이는 나무 줄기들의 대열 속에서 그는 혼자가 될 수 있었다. 혼자 있을 필요를 크게 느끼는 것 같지는 않았다. 필요는 샘의 엄마나 쓸 법한 말이었다.

"저녁 먹으러 가기 전에 끝내질 필요가 있는 숙제 있니?"

"끝낸다고 해야죠." 그가 엄마의 말을 정정하는 데 큰 즐거움을 느끼며 말했다.

"저녁 먹으러 가기 전에 끝낼 필요가 있는 숙제 있니?"

"필요라고요?"

"그래. 필요."

그는 엄마한테 똑똑한 체하면서 큰 즐거움을 느끼는 듯 보이지만 실은 전혀 즐거움을 느끼지 않았다. 그러나 그렇게 할 필요가 있었다. 엄마에게 매달리고 싶은 본능에 대처할 필요가 있었다. 가까이 다가갈 필요가 있는 것으로부터 멀어질 필요도 있었지만, 무엇보다 엄마의 필요의 대상이 되지 않을 필요가 있었다. 그것은 신체적인 것이었다. 그에게는 엄마가 자신에게 계속 키스할 필요가 아니라 그런 필요를 뻔히 보이게 억누르는 모습이 혐오스러웠다. 그는 엄마한테 도둑맞은 접촉에 혐오감을 느꼈다. 반감이 들고 구역질이 났다. 엄마는 필요 이상 그의 머리를 만져 주고, 손톱을 깎아 주면서 손을 잡았다.(그가 혼자서도 충분히 할 수 있는 일이었지만 엄마가 해 주어야 했다. 하지만 적절하고 제한된 방식을 정확히 따라야 했다.) 그리고 엄마가 몰래 힐끔거리며 보는 것도 싫었다. 그가 수영장에서 나올 때나 더 싫은 것은 그 자리에서 빨랫감을 내놓으려고 셔츠를 벗을 때였다. 엄마가 훔치는 것은 그에게서 훔친 것이었고, 혐오감뿐 아니라, 그리고 분노뿐 아니라 반발심을 불러일으켰다. 엄마가 원한다면 가질 수 있지만 빼앗아 갈 수는 없어요.

샘이 그에게 망신을 주도록 중앙 처리 장치가 프로그램된 친척들과의 대화를 피하여 아이작을 위해 시바* 의식을 행하고 있었던 덕분에, 아이식은 레몬 숲에서 홀로 있을 곳을 찾았다. 망신을 줄 생각이 아니면 몇 년 만에 보는 육촌이 왜 굳이 여드름 얘기를 꺼낼 마음이 들겠는가? 목소리가 저음이 되겠다는 이야기를 할 마음은 왜 들고? 윙크를 하면서 여자 친구들에 대해 물을 마음은 왜 들고?

아이식은 홀로 있을 곳을 찾았다. 혼자 있기 위해서가 아니라 다른 이들로부터 떨어져 있기 위해서였다. 그건 서로 달랐다.

>**샘?**

>…….

>**샘, 너니?**

---

* 부모나 자식, 형제, 배우자와 사별한 유대인이 장례식 후 지키는 이레의 애도 기간으로, 시바 의식은 낮은 스툴에 앉아 있는 것이다.

>누구한테 얘기하는 거야?

>ㄴㅓ.

>나?

>너. 샘.

>넌 누군데?

>너인 줄 알았어.

>누가 알았느냐고?

>나 못 알아보겠어?

알아본다고? 아이식에게 말을 거는 아바타는 플러시 천으로 된 무지개색 갈기를 가진 사자였다. 갈색 스웨이드 조끼에는 유백색 단추가 달려 있고, 흰색 턱시도 아래는 꼬리로 거의 가려져 있었다.(꼬리가 큐빅 눈송이로 장식되어 있었다.) 미백한 이빨은 립스틱을 바른 입술에 거의 가려져 있고(사자에게 입술이 있다면 말이지만) 주둥이는 좀 지나치다 싶을 정도로 축축하게 젖어 있으며 눈동자는 루비이고(루비 색이 아니고 루비) 자개 발톱에는 평화 기호와 다윗의 별이 새겨져 있었다. 그것이 좋은 것이라면 아주 좋았다. 하지만 좋은가?

누구인지 전혀 알아볼 수 없었다. 생각에 잠겨 있다가 들켰다는 놀라움, 자신의 이름과 존재가 들통났다는 부끄러움뿐이었다.

이론상으로는 최신 기술에 능통하지만 인생을 사는 낙이 없는 누군가가 아이식을 추적해 샘을 찾아냈을 수도 있다. 그러나 그가 아는 사람 중에 그만한 수고를 할 사람은 없었다. 적어도 그를 아는 사람 중에는 없었다. 어쩌면 빌리 빼고는.

자신의 컴퓨터 사용 내역을 '확인'하려는 부모님의 변변찮고 자비로운 시도는 둘째 치고, 그간 샘이 걸리지 않고 교묘히 넘어간 것들을 생각하면 놀라움을 금할 수 없었다.

증거: 그는 아직도 문 위에 그의 성이 붙어 있는 모퉁이 식료품점, 예전에 그의 증조할아버지가 영어 단어들보다는 죽은 형제들과 함께 열었던 가게에서 좀도둑질을 했다. 손가락을 촉촉하게 해서 지폐를 쉽게 집으려고 늘 금전 등록기 옆에 레몬 조각을 놓아두는 부지런한 한국인 이민자들 가게에서 정크푸드를 잔뜩 훔쳤다. 치토스를 잔뜩 훔치고(공기를 빼서 압축할 수 있도록 끝을 뾰족하게 간 클립으로 구멍을 뚫었다.) 주머니에는 멘토스를 쑤셔 넣었다. 샘 자신의 모퉁이 가게를 열기 위해서였다. 다른 이름을 가진 가게, 아무 이름도 없이 그냥 가게면 더 좋았다. 왜 그렇게 도둑질을 했을까? 가져온 것을 먹기 위해서는 아니었다. 절대, 단 한 번도 먹지 않았다. 항상, 매번 물건들을 다시 가져다 놓았다. 다시 가져다 놓으려면 훔치는 것보다 훨씬 솜씨가 좋아야 했다. 그는 자신이 할 수 있음을 증명하기 위해, 자신이 끔찍한 인간임을 증명하기 위해, 아무도 상관하지 않는다는 것을 증명하기 위해 그 일을 했다.

증거: 그가 본 포르노 영화의 양(테라바이트 단위)과 그가 흘린 정액의 양.(리터 단위) 코앞에서는 재수 없는 표현이지만 소위 부모라는 사람들이 자신들 뒷마당을 파서 정액으로 가득 메운 공동묘지를 그토록 까맣게 모를 수 있었을까?

시바 의식을 하고 있으니 조부모님과 부모님이 언젠가는 돌아가실 거라든가, 자신과 아거스도 죽을 것이라든가, 이해하지 못하는 의식들을 치르는 게 얼마나 편안한가 등등 많은 생각이 떠올랐다. 그러나 처음 자위를 했을 때(그때도 시바 때였다.) 생각이 가장 많이 났다. 도리스 고모할머니의 추도회에서였다. 다들 그녀를 도리스 고모할머니라 불렀지만 적어도 한 세대는 떨어진 친척들과 이어진 더 먼 관계였다.(그리고 그의 할아버지는 아주 비싼 보드카를 몇 잔 마시고 나서 그녀가 실은 전혀 혈연관계가 아니라고 슬쩍 흘렸다.) 사정이야 어찌 되었건 그녀는 평생 독신으로 살았고 자식도 없어서 가계도의 가지에 쭈뼛거리며 가까이 다가가기 위해 자신의 고독을 과시했다.

익숙하게 모인 낯선 가족들이 간단히 식사를 했다. 빈약한 덤불로 부름을 받은 모세처럼 샘은 자기 욕실로 내달렸다. 그는 방법은 이해하지 못해도 왠지 바로 그 순간이라는 것은 이해했다. 그날은 마침 헤어 젤이 옆에 있었고 끈적이는 것이었기 때문에 그것을 썼다. 자기 물건을 쥐고 위아래로 움직이면 움직일수록 무언가 진짜 의미 있는 일이 일어나고 있는지 모른다는 의심이 점점 커져 갔다. 기분 좋을 뿐 아니라 신비스러운 일이. 기분이 점점 좋아졌고 그는 점점 세게 쥐었다. 그러자 훨씬 기분이 좋아졌다. 한 사람에게는 한 번 세게 문지른 것이지만 인류에게는 형편없고 한심하며 진정성 없는 삶으로부터 협곡을 건너뛰어 지구의 서식지에서 남은 밤과 낮을 보내고 싶은, 남의 눈을 의식할 필요 없고 분노도 어색함도 없는 세계로 가는 거대한 도약이었다. 그의 음경에서 살면서 그 누구보다, 그 어떤 생각보다 사랑한다고 인정해야 할 물질이 뿜어져 나왔다. 너무 사랑해서 그것은 그의 적이 되었다. 가끔씩 덜 자랑스러운 순간이면 그는 배꼽에 엉겨 붙은 자신의 정액에게 말을 걸기까지 했다. 가끔은 그것의 수억 개의 눈을 똑바로 쳐다보며 그저 이렇게 말하기도 했다. "적들."

처음에는 경이였다. 처음 수천 번은. 그는 그날 오후 다시, 그날 밤 다시, 또다시 자위를 했다. 에베레스트 정상을 눈앞에 두고 친구들과 셰르파들을 모두 잃고 보충할 산소도 떨어졌지만 실패하느니 차라리 죽겠다고 각오한 사람의 결단력으로 수음을 했다. 머리 모양을 만드는 것이 목적인 물질을 음경에 그렇게 거듭해서 바르면 피부에 어떤 효과가 나타날지는 생각도 않고 매번 헤어 젤을 썼다. 사흘째 되던 날 그의 음모는 담배 파이프 소제 도구처럼 뻣뻣해지고 음경은 나병 환자의 몰골이 되었다.

그래서 그는 알로에로 수음을 하기 시작했다. 그러나 그 초록색이 정신적으로 거슬렸고 외계인과(하지만 몸이 좋지 않은) 섹스하는 듯한 기분이 들었다. 그래서 로션으로 바꾸었다.

그는 항상 자신의 손을 질과 더 가깝게 만들어 줄 방법을 찾아다니는 미친 과학자 수음꾼이었다. 진짜 질로 진짜 경험을 해 본 적이 있다면 도움이 됐겠지만 어차피 진짜를 경험해 본 적이 없으니 이러나저러나 마찬가지였다. 하여간 부인과 의학 자료는 인터넷에서 얼마든지 구할 수 있었다. 어쨌건 아기들이 절벽에서 떨어지지 않는 것과 비슷하게, 아는 방법을 배운 적이 없어도 누구나 알게 되는 것들이 있었다. 그는 그 사실들에 대해 95퍼센트는 확신했다. 무한히, 우주적으로, 부당하게 긴 오 년이라는 시간 후에야 진짜 여자와 진짜 성 경험을 처음 하게 되었다. 슬프지만 빌리가 아니라 그저 착하고 똑똑하고 예쁜 누군가였다. 그때 그는 자신이 상상했던 게 얼마나 정확했는지 알고 놀랐다. 그는 내내 알고 있었다. 모든 것을 알고 있었다. 어쩌면 그가 안다는 것을 알았다면 그 세월이 조금은 더 견디기 쉬웠을지 모른다.

그는 맨주먹을 썼다. 맨주먹에 꿀을 발랐다. 샴푸도 바르고 바셀린도 바르고 면도 크림, 쌀 푸딩, 치약(딱 한 번), 부모님이 진짜로 중요한 것은 다 내다 버릴 수 있었으면서도 차마 버리지 못한 A&D* 튜브에 남은 것도 써 봤다. 화장지 심으로 인공 질을 만들었다. 화장지 심의 한쪽 끝을 랩으로 덮고(고무줄로 묶었다.) 그 안에 메이플 시럽을 채우고 다른 쪽 끝을 랩으로 덮고(다시 고무줄을 썼다.) 구멍을 뚫었다. 베개, 담요, 수영장용 진공 청소기, 봉제 동물 인형에 했다. 빅토리아 시크릿 카탈로그, 《스포츠 일러스트레이티드》 수영복 특집호, 《시티 페이퍼》 뒷면 광고, 《퍼레이드》의 JC 페니 브라 광고에 수음했다. 못 구할 게 없는 자신의 능력에 한껏 자극된 상상력에 힘입어, 그 무엇이든 항문, 질, 젖꼭지, 입(그 순서로)이 될 수 있었다. 물론 중국 시민들이 평생에 걸쳐 볼 수 있는 것보다 많은 공짜 포르노에 마음껏 접근할

* 기저귀 발진의 치료, 예방에 쓰는 연고.

수 있었지만 항문에 미친 열두 살짜리라도 필요한 정신노동과 쾌락의 크기의 상관관계 정도는 이해했다. 그래서 그의 궁극적인 판타지는 진짜 순교자와 관계하러 가는 아랍 처녀를 가로채 그녀의 부르카 밑에 자신의 머리를 들이밀고 그 깊은 우주, 감각을 박탈당한 어둠 속에서 그녀의 항문 주위의 궤도를 빠는 것이었다. 이것이 종교나 민족, 심지어 금기와는 아무 관계가 없다고 하면 믿을 사람이 있을까?

그는 손목에 고무줄을 감았다. 자위할 때 고무줄이 없는 건 빵을 구울 때 밀가루가 없는 것이나 마찬가지였다. 손가락의 감각을 마비시켜 자기 것처럼 느껴지지 않게 하려는 것이었다. 기가 막히게 효과가 좋아서 자신의 손이 거의 자기 손이 아닌 것 같았다. 그는 나머지 몸은 보이지 않으면서 항문이 보이도록 거울의 각도를 맞추고, 그것이 그를 자신의 항문에 받아들이고 싶어 하는 여자의 항문이라고 스스로 믿게 할 수 있었다. 그는 우월하면서 열성인 손(온전하고 망쳐진 손)으로 자위를 하고 양손으로 동시에 성기를 문질렀다. 몇 달 동안 그는 그가 '로저 에버트 그립'이라고 부르는(물론 소리 내 말한 적은 없지만) 것을 선호했다. 손목을 반쯤 비틀어 엄지가 아래를 향하게 하는 것이었다.(그가 이해할 수 없고 굳이 이해할 필요도 느끼지 않는 이유들로 이것 또한 그의 손이 다른 사람 손 같다는 인상을 주었다.) 그는 눈을 감고 의식이 흐려질 때까지 숨을 참았다. 흥분한 마하리시*처럼 발바닥으로도 했다.

* 힌두교의 정신적 지도자.

몸에서 실제로 음경을 떼어 내려 한다 해도 그보다 세게 누르거나 잡아당기지는 못했을 것이다. 쾌감을 느낄 때조차 회복할 수 없을 만큼 심하게 스스로를 다치게 하고 있다고, 그렇게 되고 말 것이라고, 태어날 때부터 아는 또 하나의 기초 지식을 느꼈으면서도 진짜로 다치게 한 적은 한 번도 없다는 것이 기적이었다.

그는 기차 화장실, 비행기 화장실, 학교 화장실, 히브리어 학교 화장실, 서점 화장실, 갭과 자라와 에이치앤드엠 화장실, 식당 화장실, 화장실에 들어갈 수 있다는 이유로 들어가 본 모든 건물의 화장실에서 수음을 했다. 물만 내려가는 곳이면 수음을 했다.

몇 번이나 자신의 성기를 빨아 보려고 했던가?(손을 뻗으면 과일이 물러섰다는 탄탈로스처럼.) 자신의 항문에 해 보려고도 했지만 그러려면 도개교를 억지로 물에 닿게 하는 것처럼 가장 원치 않는 방향으로 성기를 밀어붙여야 했다. 음낭을 항문 주위에 문지를 수는 있었지만 그렇게 해 보아야 서글프기만 했다.

한번은 아날링구스* 커뮤니티에서 자위를 하면서 항문에 손가락을 찔러 넣으면 된다는 꽤 구미 당기는 주장을 보았다. 일단 괄약근을 훈련시켜서 반사적으로 차이니즈 핑거 트랩**처럼 되지 않게 만들자 아주 이상하지만 기분이 꽤 좋았다. 쿠키가 익기를 기다리지 못하는 누군가(다시 말해 자신)가 손가락으로 가장자리에 묻은 쿠키 반죽을 싹 닦아먹은 그릇이 된 기분이었다. 그

* 항문을 입으로 애무하는 것.

** 대나무로 짠 작은 통 같은 장난감으로, 손가락을 끼우면 세게 당길수록 더욱 조여진다.

는 진짜로 자신의 전립선을 찾을 수 있었고, 기대한 대로 절정에 오를 때 벽 너머를 보았다. 그러나 형편없는 옆방을 제외하고는 볼 것이 아무것도 없었다. 손가락을 빼면 모든 게 무너졌다. 우선 짧은 절정에 오르기 전까지는 좋은 정도가 아니라 논리적이고 꼭 필요하며 불가피한 듯했던 모든 게 절정을 느끼기가 무섭게 이해할 수 없고 정신 나간 혐오스러운 짓으로 보였다. 지금 막 무슨 말을 하고 무슨 짓을 했건 다 깎아내리거나 부인할 수 있었지만 제 항문 속의 손가락은 무시하거나 부인할 수 없었다. 그대로 두든가 뺄 수 있을 뿐이다. 그리고 그대로 둘 수는 없다.

샘은 절대 맞지 않는 옷을 입을 때도 그렇고, 뇌성마비 환자가 아닌 사람의 걸음을 우스꽝스럽게 흉내 낼 때도 그렇고, 자신의 몸에 대해 결코 편안하게 느껴 본 적이 없었다. 수음할 때를 제외하고는. 수음할 때면 자신의 몸을 소유하는 동시에 자신의 몸속에 존재했다. 힘들이지 않고 자연스러운 자기 자신이 되었다.

>ㄴㅏ야.

>그래도 몰라. 그리고 함부로 풀어쓰지 마.

>나야.

>빌리?

>빌리?

>맥스?

>아니.

>증조할아버지?

>ㄴㅗㅇㅏㅁ이야.

>소리 지르지 마.

>노암이라고. 네 육촌 형.

>내 이스라엘 육촌 형 노암?

>아니, 네 스웨덴 육촌 형 노암.

>재미있군.

>그리고 이스라엘적이고.

>형 아빠랑 동생 여기 있어.

>알아. 아빠가 묘지에서 이메일 보내셨어.

>그거 이상하네. 형네랑 연락이 안 된다고 하셨는데.

>아마 통화가 안 된다는 얘기였을 거야. 이메일은 계속 주고받아.

>우린 할아버지 댁에서 시바 의식을 하고 있어.

>응, 나도 알아. 아빠가 연어 사진 이메일로 보내 주셨어.

>왜?

>연어가 있었으니까. 그리고 아빠는 전화기로 사진을 찍어야 비로소 세상이 현실이 되거든.

>형 내보다 영어 잘한다.

>“나보다 잘한다.”

>맞아.

>하여튼 “너의 슬픔에 유감을 표한다.”의 진짜 버전이 뭐건 간에 그 말을 해 주고 싶었어.

>진짜 버전 같은 거 믿지 않아.

>네가 너무 슬퍼하지 않으면 좋겠어. 이건 어때?

>나를 어떻게 찾았어?

>너도 마음만 먹으면 충분히 나를 찾을 수 있을걸. 어렵지 않아.

>형이 아더 라이프에 있는지 몰랐어.

>매일 대부분의 시간을 여기에서 보내곤 했지. 하지만 레몬 밭에는 처음 와 봐.

>나도 레몬 밭에는 처음이야.

>사람들이 굳이 그럴 필요가 없는데도 같은 말을 부분적으로 되풀이하는 거 좋아해? 네가 방금 한 것처럼? 그냥 “나도.”라고 해 버릴 수도 있었지만 내가 한 말을 받아서 네 말을 했어. 난 “레몬 밭에는 처음 와 봐.”라고 했고 넌 “나도 레몬 밭에는 처음이야.”라고 했어.

>나는 사람들이 굳이 그럴 필요가 없는데도 같은 말을 부분적으로 되풀이하는 거 좋아해.

>내가 이모티콘을 쓴다면 여기에서 하나 썼을 텐데.

>형이 안 써서 다행이야.

>군대에서는 아더 라이프를 할 시간이 없어.

>진짜 삶으로 너무 바쁘지?

>진짜 삶이 있다고는 믿지 않아.

>;)

>난 완전 엉망이야. 내 발톱 좀 봐.

>형을 보라고? 나는 어떻고! 내 얼굴에는 아직 태반이 있다고.

>???

>우리 아빠가 아바타 학살을 저질렀어.

>왜?

>실수로 죽음의 꽃다발 냄새를 맡았어.

>왜?

>괄약근을 목걸이처럼 걸고 있어서 그게 뇌로 가는 혈류를 막아 버렸거든. 하여튼 나 자신을 다시 만들고 있어. 아직까지는 만족스럽지 않아.

>너…… 늙어 보여.

>응. 좀 우리 증조할아버지같이 됐어.

>왜?

>진짜 삶에서랑 같은 이유겠지, 아마? 내 말은 이 삶에서 말이야.

>회복 과일 좀 필요해?

>몇십만 개쯤 있으면 좋지.

>내 거 줄 수 있는데.

>농담이었어.

>난 아니었어.

>왜 준다는 거야?

>넌 그것들이 필요하고 난 필요하지 않으니까. 250,000개면 돼?

>250,000!

>소리 지르지 마.

>그거 모으려면 일 년은 걸렸을 텐데.

>아니면 삼 년.

>받을 수 없어.

>무슨 소리. 바르 미츠바 선물이야.

>바르 미츠바를 할지 안 할지도 모르는데.

>바르 미츠바는 하는 게 아니야. 되는 거지.

>될지 안 될지도 몰라.

>아기들은 뭐 태어난 걸 아나?

>울잖아.

>그럼 울어.

>형은 어디 있어?

>집에 두어 시간 더 있을 거야.

>형이 어딘가 위험한 데 있는 줄 알았어.

>너 우리 엄마 만난 적 있잖아.

>아저씨가 형이 서안 지구에 있다고 하셨어.

>거기 있었지. 하지만 지진 나기 전 날 돌아왔어.

>와, 이렇게 오래 얘기했으면서 형한테 잘 지내느냐고 아직 묻지도 않았다니 믿을 수가 없네. 나 좀 봐. 미안해.

>괜찮아. 기억해, 내가 너를 찾아냈잖아.

>내가 나쁜 놈이야.

>난 무사해. 우리 모두 무사해.

>형이 서안 지구에 그대로 있었다면 어떻게 됐을까?

>나도 모르지.

>추측해 봐.

>왜?

>궁금해서.

>흠, 지진이 일어날 때 거기 그대로 있었다면 일종의 임시 기지 같은 걸 만들어서 구출되기를 기다려야 했겠지.

>어떤 기지?

>뭐가 됐건 우리가 만들 수 있는 것. 아마 건물 하나를 점거하지 않았을까.

>형네를 죽이고 싶어 하는 사람들한테 에워싸인 채로?

>새삼스럽긴?

>형들한테 뭘 던졌을까?

>뭘?

>수류탄 같은 거.

>"수류탄 같은 거"는 없어. 무기는 정확해.

>맞아.

>그랬을지도. 그러지 않았을 수도 있고. 자기네 앞가림하느라 정신없었을 수도 있지.

>좋지 않았겠네.

>좋았을 만한 시나리오는 없어.

>어떤 시나리오가 최악이었을까?

샘은 자신의 아빠처럼 최악의 경우를 가정한 시나리오에 집착했다. 왜 그런 시나리오에 흥분하는지는 뻔했지만 그것들이 주는 위안에 대해서는 설명하기 어려웠다. 어쩌면 자신의 안전한 삶으로부터 그런 시나리오들이 얼마나 멀리 떨어져 있는지 알기 때문인지도 몰랐다. 아니면 가장 끔찍한 결과와 타협하게 해 주어 일종의 정신적 준비나 체념을 할 수 있게 되어서인지도 몰랐다. 단지 속이 뒤집히게 만들려는 목적인지도 몰랐다. 그가 싫어하지만 없으면 안 되는 동영상들처럼.

6학년 때 히브리어 학교 수업에서 강제 수용소에 대한 다큐멘터리를 보았다. 선생님이 게을러서였는지(두어 시간은 적당히 때울 수 있으니까), 그 내용을 가르칠 수 없었거나 가르치기 싫어서였는지, 그저 보여 주는 것 말고는 어떤 식으로든 도저히 가르칠 수 없다고 생각해서였는지는 확실치 않았다. 그때조차 샘은 그런 것을 보고 있기에는 자신이 너무 어리다고 느꼈다.

그들은 오른손잡이용 합판 책상에 앉아 있었고, 그 이름을 그들 모두 죽을 때까지 기억할 교사가 기억나지 않는 맥락과 영감과 부인의 말을 몇 마디 웅얼거리고 재생 버튼을 눌렀다. 아이들은 벌거벗은 여자들이 줄지어 선 모습을 보았다. 아이들을 품에 안은 사람도 많았다. 어머니들과 아이들이 울고 있었지만 왜 울고 있기만 했을까? 왜 그렇게 질서 정연했을까? 왜 그렇게 착했을까? 왜 어머니들이 도망가지 않았을까? 왜 자식들의 목숨을 살리려 하지 않았을까? 왜 자식들을 보호하지 않았을까? 그저 제 발로 죽으러 걸어가느니 도망가다 총에 맞는 편이 나을 텐데. 아무리 작은 기회라도 기회가 전혀 없는 것보다는 훨씬 낫다.

침묵에 빠진 아이들은 책상에 앉아서 보았다. 사람들이 자신들의 무덤이 될 구덩이를 판 다음 그 속에서 무릎 꿇고 앉아 깍지 낀 손을 머리 뒤에 올리는 것을 보았다. 왜 자기 무덤을 팠을까? 어쨌거나 살해당할 거라면 왜 살해를 돕는가? 고작 몇 분이라도 더 살겠다고? 그렇다면 말이 될 수도 있었다. 그러나 어떻게 저렇게 내내 평온할까? 그러면 몇 분이라도 더 시간을 벌 수 있으리라고 생각했나? 그랬을지도 모른다. 아무리 작은 기회라도 기회가 전혀 없는 것보다야 훨씬 낫지만 삶의 일순간은 영원이다. 착한 유대인 소년이 되어 착한 유대인 무덤을 파고 좋은 사람답게 무릎을 꿇어라. 샘의 유아원 교사였던 주디 쇼어가 "주는 대로 받으렴, 화내지 말고."라고 말하곤 했듯이.

그들은 과학 실험 대상이 되었던 사람들의 흐릿한 몽타주를 보았다. 샘이 기억하지 않을 수 없는, 탁자 위에서 서로 부둥켜안은 채 죽은 쌍둥이들이었다. 살아서도 저렇게 붙어 있었을까? 궁금해하지 않을 수 없었다.

그들은 해방된 수용소에서 찍은 사진들도 보았다. 수백 명, 수천 명의 뼈만 남은 시신 무더기, 반대 방향으로 꺾인 무릎과 팔꿈치들, 이상한 각도로 뒤틀린 팔다리들, 보이지 않을 만큼 쑥 들어간 눈들. 시체의 산. 죽은 시체는 아무것도 느끼지 못한다는 아이의 믿음을 시험하는 불도저들.

그에게 무엇이 남았을까? 독일인들이 악마, 악마, 악마였다는 것, 지금도 그렇다는 것, 자식들을 어머니한테서 떼어 내고 그 작은 몸뚱이를 갈기갈기 찢을 수 있었을 뿐 아니라 비독일인들이 개입하지 않았다면 독일인들이 지구상에서 유대인 남자, 여자, 아이를 한 명도 빼놓지 않고 죽여 버렸으리라는 것, 할아버지가 유대인은 종류나 크기에 상관없이 독일 제품을 절대 사면 안 되고, 독일인의 주머니에 돈을 넣어 주어서는 안 되고, 독일을 방문해도 안 되고, 야만인들의 그 극악한 언어의 소리에 움츠러들어서도 안 되고, 도저히 피할 수 없는 경우가 아니면 몇 살이건 독일인과는 어떤 교류도 해서는 안 된다고 말했을 때 정신 나간 소리로 들렸지만 그 말이 구구절절 옳다는 사실을 알게 되었다는 것. 집 문설주와 대문에 그 말을 새겨라.

아니면 그에게 남은 것은 한번 일어난 일은 무엇이든 다시 일어날 수 있고, 다시 일어나기 쉽고, 반드시 다시 일어나고, 일어날 것이라는 앎이었다.

아니면 그의 삶이 심오한 고통의 결과까지는 아니라도 적어도 불가해하게 그것과 얽혀 있으며, 그것이 무엇이고 그 의미가 무엇이건 간에 그의 삶과 그들의 죽음 사이에 일종의 실존적 등식이 있다는 앎이었다.

아니면 앎이 아니라 감정이었다. 어떤 감정? 그 감정은 어떤 것이었을까?

샘은 부모에게 그가 본 것에 대해 말하지 않았다. 설명이나 위안을 찾지도 않았다. 그리고 거의 무의식적이거나 지극히 미세하지만 절대 그것에 대해 묻지 말고 인정하지도 말라는 많은 암시를 받았다. 그래서 그 이야기는 절대 입에 올리지 않았고, 언제나 그 이야기를 하지 않았고, 그것은 영원한 비대화의 주제였다. 어디에서나 볼 수 있지만 그곳에 없었다.

그의 아빠는 낙관주의를 과시하고, 재산을 불리는 상상을 하고, 농담하는 데 집착했다. 엄마는 작별 인사를 하기 전 스킨십이나 어유(魚油), 겉옷, "바른 행동을 하는 것"에 집착했다. 맥스는 극단적으로 감정을 이입하고 자진해서 스스로를 고립시키는 데 집착했다. 벤지는 형이상학과 기본적인 안전에 집착했다. 그리고 그, 샘은 항상 갈망했다. 그 감정은 어떤 것이었을까? 그것은 외로움(그의 외로움과 타인의 외로움)과 관련된 것, 고통(그의 고통과 타인의 고통)과 관련된 것, 죄의식(그의 죄의식과 타인의 죄의식)과 관련된 것, 수치심(그의 수치심과 타인의 수치심)과 관련된 것, 공포(그의 공포와 타인의 공포)와 관련된 것이었다. 그러나 실은 그중 어느 것도 아니고 그것들을 다 합한 것도 아니었다. 그것은 유대인으로서 느끼는 감정이었다. 그러나 그 감정은 어떤 것이었을까?

오늘은 말하기 어려운 것들이 있습니다

이스라엘은 계속해서 상황을 감당할 수 있다고 말했으나 영공을 계속 차단했고, 그 바람에 휴가를 떠났던 이스라엘인 수만 명이 오도 가도 못하는 처지에 놓였으며, 돕고 싶어 하는 유대인들도 갈 수 없게 되었다. 타미르는 적십자 화물 비행기를 얻어 타려고도 해 보고, 대사관 군사 담당관을 통해 특별 입국 허가를 얻으려고도 해 보고, 건설 장비 수송에 동반할 방법도 찾아보았다. 그러나 집에 돌아갈 길이 없었다. 장례식에 참석한 것을 감사히 여긴 사람은 그 한 사람뿐인지도 모른다. 적어도 몇 시간은 평화롭게 쉴 수 있었으니까.

샘은 맞지 않는 바르 미츠바 예복을 입고 묘지에 갔다. 그 옷을 얻는 과정보다 그가 더 싫어한 것이 딱 하나 있다면 그 옷을 입는 것이었다. 고문실 같은 거울들, 어머니의 도움이 되지 않는 도움, 한 번도 두 번도 아니고 세 번이나 파킨슨병으로 떨리는 손으로 샘의 사타구니를 더듬으며 "많이 남네."라고 말하던 소아 성애자 재단사.

타미르와 바락은 바지와 단추 달린 반소매 셔츠를 입었다. 그 옷들은 회당에 가건, 식료품점에 가건, 마카비 텔아비브 팀의 야구 경기에 가건, 가부장의 장례식에 가건 어느 때나 그들의 제복이었다. 그들은 옷에서건 말투에서건 감정에서건 형식적 절차는 모두 신이 내려 주신 자신이 될 권리에 대한 일종의 침해라고 보았다. 제이컵은 이 점이 아주 불쾌하면서도 질투가 났다.

제이컵은 검은색 정장을 입고 주머니에 알토이즈* 상자를 넣었다. 그가 손바닥에 숨을 불어 보고 입 냄새가 날까 봐 걱정할 때 쓰는 물건이었다.

줄리아는 에치에서 거의 공짜나 다름없는 헐값에 찾아낸 아페세 원피스를 입었다. 정확히 장례식 복장은 아니었지만 그것을 입을 만한 행사가 한 번도 없어서 입고 싶었다. 바르 미츠바를 못 치르게 되었으니 장례식이 그나마 그녀에게는 가장 근사한 행사였다.

"'아름다워, 줄리아.'" 그녀가 그런 말을 하는 자신을 미워하며 제이컵에게 말했다.

"정말 아름다워." 제이컵이 그 말을 한 그녀를 미워하는 한편 그녀가 자신의 아름다움에 대한 그의 평가를 여전히 중요하게 여기는 데 대해 놀라면서 따라했다.

---

* 양철 상자에 든 작은 박하사탕.

"대사를 불러 주게 만들어서 감흥이 줄어들었어."

"장례식이잖아, 줄리아. 그리고 고마워."

"뭐가?"

"내가 멋지다고 말해 줘서."

어브는 육일 전쟁* 때부터 죽 입던 옷을 입었다.

아이작은 그의 결혼식 때 입었던 옷을 수의로 입었다. 속죄일마다 일 년에 한 번씩 남몰래 입어 본 수의였다. 그는 그 옷을 입고 가슴팍을 주먹으로 쳤다. 우리가 하느님 앞에서 입에 올려 저지른 죄에 대하여……. 하느님 앞에서 내놓고 혹은 남몰래 저지른 죄에 대하여……. 하느님 앞에서 혼란된 마음에 저지른 죄에 대하여……. 죽은 사람은 어떤 짐도 없이 매장되어야 하므로 수의에는 주머니가 없었다.

아다스 이스라엘에서 온 수적으로나 체구 면에서나 작은 부대가 산들바람처럼 슬픔 속을 통과해 지나갔다. 그들이 스툴을 가져오고 거울을 덮고 접시들을 챙기고 제이컵에게 청구서를 보냈다. 청구서는 항목별로 나뉘어 있지 않았지만 그에 대해 따져 묻는 것은 유대식 할복자살을 요구하는 것이나 마찬가지였다. 간소한 예배가 있고 나서 옛 유대 정원에 매장을 하고, 어브와 데버러의 집에서 소규모로 키두시를 올리고, 영원이 이어질 것이다.

* 1967년 이스라엘이 아랍 국가들을 상대로 벌여 엿새 만에 대승을 거둔 전쟁.

그 지역에 사는 친척들은 모두 장례식에 참석했고, 뉴욕, 필라델피아, 시카고에서 나이가 더 많고 더 괴짜 같은 유대인들이 몇 명 왔다. 제이컵이 평생 보아 온 이들이지만 오로지 바르 미츠바나 결혼식, 장례식 같은 통과 의례에서만 볼 뿐이었다. 그들의 이름은 몰랐어도 얼굴을 보면 일종의 조건반사적 실존주의가 떠올랐다. 당신이 여기 있다면, 내가 당신을 보고 있다면 무언가 중대한 일이 일어났다는 뜻이다.

수십 년 동안 아이작과 알고 지낸 랍비 아우어바흐가 한 달 전에 뇌졸중을 일으켜서 직무를 후임에게 넘긴 상황이었다. 그는 머리가 부스스한 젊은이로, 아주 영리하거나 혹은 어딘지 몰라도 랍비들을 만들어 내는 데서 나온 최신 멍청이일지 모른다. 그는 끈 풀린 운동화를 신고 다녔고, 제이컵에게는 그것이 폴란드의 빽빽한 숲에서 운동화를 먹었을지 모를 누군가에게 보내는 추레한 헌사처럼 느껴졌다. 어쩌면 스툴에 앉거나 거울을 덮는 것처럼 숭배심의 종교적 과시의 일종일지도.

그가 예배가 시작되기 전에 제이컵과 어브에게 다가왔다.

"삼가 조의를 표합니다." 그가 마치 공감이나 지혜나 공허함이 들어 있는 것처럼 두 손을 동그랗게 앞으로 모으고 말했다.

"네." 어브가 대답했다.

"몇 가지 예식상의……."

"길게 말씀 안 하셔도 됩니다. 우린 신앙심이 깊은 가족은 아닙니다."

"신앙심이 깊다는 말이 무슨 뜻이냐에 따라 다르겠지요." 랍비가 말했다.

"다르지 않을 겁니다." 제이컵이 아버지를 변호하려는 것인지 신의 부재를 변호하려는 것인지 랍비의 말을 정정했다.

"그리고 우리 입장도 선택이죠." 어브가 말했다. "게을러서도 아니고 동화되려는 것도 아니고 무력함도 아닙니다."

"뜻을 존중합니다." 랍비가 말했다.

"우리도 여느 유대인들이나 마찬가지입니다."

"대다수들보다는 나으십니다."

어브가 랍비의 말을 받아쳤다. "당신이 존중하건 존중하지 않건 나에게는 그다지 중요하지 않아요."

"그 말씀도 존중합니다." 랍비가 말했다. "신념이 강한 분이시니까요."

어브가 제이컵에게 말했다. "이 사람은 모욕을 받아들일 줄 모르는군."

"그만하세요. 시간 다 됐어요." 제이컵이 말했다.

랍비는 유대인이 믿는 것이 무엇이건 아이작이 그곳으로 잘 떠날 수 있도록 두 사람이 완전히 자발적으로 수행해야 할 몇 가지 소소한 의식들을 차례대로 보여 주었다. 어브는 처음에는 좀 내켜 하지 않더니 반대한다고 선언한 것으로 충분히 반대했다는 듯, 의욕을 보이는 정도가 아니라 적극적으로 나섰다. 그는 신을 믿지 않았다. 그런 어리석음에 자신을 열어서 절실히 필요한 위안을 받아들일 수 있게 된다 해도 믿을 수가 없었다. 믿음의 순간이 아니라 종교적이 되는 순간이 몇 차례는 있었고, 모두 제이컵과 관련된 경우였다. 데버러가 산통을 겪을 때 어브는 아내와 아기가 무사하게 해 달라고 누구에게랄 것도 없이 기도했다. 제이컵이 태어났을 때 그는 아들이 자신보다 오래 살게 해 달라고, 자신보다 많은 지식과 자기 이해를 얻고, 더 큰 행복을 경험하게 해 달라고 누구에게랄 것도 없이 기도했다. 제이컵의 바르 미츠바 때 어브는 계약의 궤 앞에 서서 누구에게랄 것도 없이 떨리는 목소리로, 그러다 갈라지는 목소리로, 그러다가 폭발하듯이 너무나 아름답게 거침없고 목이 터지도록 감사 기도를 쏟아 내 파티에서 연설할 때 목소리가 나오지 않을 정도가 되었다. 그와 데버러가 조지 워싱턴 병원 대기실에서 읽지도 않는 책을 펼쳐만 놓고 있는데 제이컵이 얼굴은 눈물범벅이 되고 수술복은 피투성이가 된 채 문짝이 떨어져 나가도록 벌컥 열어젖히고서 간신히 "이제 손자를 얻으셨어요."라고 말했을 때 어브는 눈을 감고 아무 내용도 없이 그저 힘 있게 누구에게랄 것도 없이 기도를 올렸다. 그 누구도 아닌 이들의 총합이 우주의 왕이었다. 그는 평생 어리석음과 싸울 만큼 싸웠다. 이제 묘지에서만은 그 모든 씨름이 어리석게 느껴졌다.

랍비가 번역을 하지도 대략의 뜻을 알려 주지도 않고 짤막한 기도를 올린 다음 어브의 옷깃으로 면도칼을 가져갔다.

"손자 녀석의 바르 미츠바 때 이 옷을 입어야 하는데요."

어브의 말을 듣지 못해서인지 들었기 때문인지 젊은 랍비가 천을 조금 자른 다음 어브에게 그 자리를 두 집게손가락으로 벌려 보라고, 진짜로 찢으라고 했다. 그런 제스처는 우스꽝스러웠다. 월경을 하면서 실수를 했다고 여자들에게 돌을 던지던 마법의 시대의 유물이었고 브룩스 브라더스 정장에 하기에는 심한 짓이었다. 그러나 어브는 아버지를 유대 율법과 전통에 따라 매장해 드리고 싶었다.

그가 손가락을 자신의 가슴 속에 넣듯 구멍에 넣고 잡아당겼다. 천이 찢어지자 어브의 눈에서 눈물이 쏟아졌다. 제이컵은 아버지가 우는 모습을 본 지가 오래되었다. 마지막으로 아버지가 우는 모습을 본 게 언제였는지 기억나지 않았다. 갑자기 아버지가 우는 모습을 한 번도 본 적이 없는 것 같기도 했다.

어브가 아들을 보며 속삭였다. "이제 나는 부모를 다 잃었구나."

랍비가 관을 영구차에 싣기 전에 지금이 바로 어브가 아버지를 용서하고 용서를 구할 때라고 말했다.

"됐습니다." 어브가 그 제안을 일축했다.

"압니다." 랍비가 대답했다.

"우리는 해야 할 이야기는 다 했습니다."

"그래도 하셔야 합니다." 랍비가 권했다.

"죽은 사람한테 말하는 건 어리석은 짓이에요."

"그래도 하십시오. 이 마지막 기회를 놓치고 후회하시는 건 바라지 않습니다."

"아버지는 돌아가셨어요. 아버지에게는 아무래도 상관없어요."

"당신은 살아 있습니다." 랍비가 말했다.

어브는 고개를 가로젓고 또 가로저었지만 무시의 대상은 예식이 아니라 그것에 참여하지 못하는 자신으로 바뀌었다.

그가 제이컵에게 말했다. "미안하구나."

"죽은 사람은 제가 아니에요."

"그래. 하지만 우리 둘 다 언젠가는 죽겠지. 그리고 지금은 여기 있고."

"뭐가 미안하시다는 거예요?"

"다 끝난 마당에 사과는 사과일 뿐이지. 내가 사과해야 할 모든 것에 대해 미안하다. 맥락은 없어."

"맥락이 없으면 우리는 괴물이 되는 줄 알았는데요."

"맥락이 있건 없건 우리는 괴물이야."

"네, 저도 얼간이예요."

"내가 얼간이라는 말은 안 했다."

"좋아요, 그럼 저는 얼간이예요."

어브가 제이컵의 뺨에 손을 얹고 미소 짓는 듯한 표정을 지었다.

"파티를 시작합시다." 그가 랍비에게 말하고 영구차 뒤쪽으로 다가갔다.

그가 잠시 관 위에 손을 얹고 고개를 숙였다. 제이컵은 속삭이는 말 몇 마디를 들었다. 다 듣고 싶었지만 그는 의미를 이해할 수 없었다.

속삭임은 "저를 용서해 주세요."를 지나 "아버지를 용서합니다."를 지나 계속되었다. 그가 뭐라고 속삭였을까? 어째서 블록 집안 사람들은 살아 있는 동안 서로 이야기하기를 그렇게 어려워했을까? 제이컵이 관 속에 누워 가족들의 말할 수 없는 감정을 듣고 나서 그가 알게 된 것을 가지고 산 자들의 세상으로 돌아올 수는 없을까? 그 모든 말은 그들에게 대답해 줄 수 없는 이들을 위한 것이었다.

너무 습했고 즉석 연설이 너무 많을 예정이었다. 사람들이 속옷 속으로, 흰 셔츠와 검은 정장 속으로 땀을 흘렸고, 가슴 주머니 속 손수건의 접힌 부분 사이로 땀을 흘렸다. 그들은 롯의 부인처럼 소금이 되려는 듯이, 아니면 그들이 그곳에 묻을 사람처럼 무(無)가 되려는 듯이 땀을 흘린 탓에 몸무게가 줄고 있었다.

예상대로 친척들 대부분이 몇 마디 해야 한다는 의무감을 느꼈으나 몇 마디로 준비해 온 사람은 아무도 없어서 그들은 그 습기 속에서 하나 마나 한 장광설을 한 시간이 넘도록 참고 들었다. 용기 있는 분이었다. 강인한 분이었다. 정이 많았다. 그리고 "우리를 위해 살아남으셨다."처럼 비유대인이 그런 경우에 고인에 대해 하는 말과는 당혹스럽게도 반대 의미인 것도 있었다.

맥스는 증조할아버지가 자신을 한쪽으로 데려가서 생일 아닌 날, 하누카, 훌륭한 성적표, 발표회, 통과 의례와 관련해 "뭘 가지고 싶으냐? 뭐든지 좋다. 얘기해 다오. 네가 원하는 걸 주고 싶구나."라고 하셨던 때에 대해 이야기했다. 맥스는 드론을 갖고 싶다고 말했다. 맥스가 다음번에 뵈러 갔더니 할아버지가 다시 그를 옆으로 데려가서 오셀로를 베낀 것인지 아니면 오셀로가 베낀 것인지 모를 리버시라는 보드게임을 주었다. 맥스는 추모객들에게 드론과 전혀 비슷하게 들리지 않는 단어를 생각해 낸다면 그것이 아마 리버시일 것이라고 말했다. 그러고는 고개를 끄덕인 것인지 인사를 한 것인지 모를 행동을 하고는 어머니 옆으로 돌아갔다. 교훈도, 위로도, 의미도 없는 이야기였다.

어브는 아이작이 죽기 한참 전부터 연설을 준비해 왔으나 침묵을 택했다.

타미르가 멀찍이 서 있었다. 감정을 억누르려는 것인지 북돋우려는 것인지 알 수 없었다. 그는 몇 번이나 전화기를 썼다. 그의 거침없는 태도는 한계를 몰랐고, 죽음이든 자연재해든 모든 것을 대수롭지 않게 여겼다. 그에게는 무언가 제이컵을 화나게 하는 것, 제이컵이 거의 분명히 질투하는 것이 있었다. 왜 타미르는 좀 더 제이컵 같을 수 없을까? 그것은 질문이었다. 그리고 왜 제이컵은 좀 더 타미르 같을 수 없을까? 그것은 다른 질문이었다. 그들이 중간쯤에서 만날 수 있다면 합리적인 유대인이 되었을 것이다.

드디어 랍비가 앞으로 걸어 나왔다. 헛기침을 하고 안경을 코 위로 밀어 올리더니 주머니에서 스프링 제본한 공책을 꺼냈다. 몇 장 넘기고는 내용을 다 외운 것인지 실수로 공책을 잘못 꺼냈음을 알아차린 것인지 도로 집어넣었다.

"아이작 블록에 대해 어떤 말을 할 수 있을까요?"

그가 몇몇 수사적인 애매한 대답들이 나오도록 잠시 뜸을 들였다. 실제로 질문하는 걸까? 무슨 말을 하면 좋을지 알 만큼 아이작을 잘 알지는 못한다고 인정하는 걸까?

아이작 블록에 대해 어떤 말을 할 수 있을까요?

제이컵이 영구차에서 느낀 것은 시멘트 같은 짜증은 말라서 치면 주먹이 부서질 듯한 것이 되었다. 그는 그 남자가 싫었다. 자신이 옳다는 듯한 나른한 태도, 공연히 젠체하는 모습, 강박적으로 수염을 쓰다듬으며 틀에 박힌 손짓을 하는 모습, 너무 꽉 죄는 칼라와 풀린 신발 끈과 삐딱하게 쓴 야물크가 싫었다. 이런 감정, 이 노골적이고 신속하고 영원한 혐오에는 때로는 제이컵까지 포함되었다. 그런 감정은 웨이터들, 데이비드 레터먼, 샘을 비난한 랍비에게도 일었다. 몇 번이나 그는 옛 친구, 살면서 꽤 오랜 시간을 알고 지낸 사람과 점심을 먹고 집으로 돌아와 무심하게 줄리아에게 말했다. "이제 그 녀석이랑은 끝난 것 같아." 처음에 줄리아는 그게 무슨 말인지 몰랐다. 뭐가 끝나? 왜 끝나? 그러나 이렇게 이분법적이고 좀처럼 용서하지 않는 사람, 자신의 가치에 대해서는 불가지론적이면서 다른 사람들의 가치에 대해서는 종교적인 확실성을 가진 사람 옆에서 몇 해를 살고 나서는 그를 이해까지는 못 해도 알게는 되었다.

"할 이야기가 너무 많은 사람에 대해 무슨 말을 할 수 있을까요?"

랍비가 재킷 주머니에 두 손을 넣고 눈을 감고 고개를 끄덕였다.

"말은 끝이 없습니다. 시간은 유한합니다. 지금부터 시간이 종말을 맞을 때까지 해도 비극과 영웅적 행동, 아이작 블록의 삶의 비극을 다 설명할 수 없습니다. 여기에서 그에 대해 이야기하기로 한다면 우리 자신의 장례식 때까지도 있을 수 있을 것입니다. 그래도 모자랄 것입니다. 저는 아이작 씨가 임종하던 날 아침에 그를 방문했습니다."

잠깐, 뭐라고? 그게 가능한가? 저 사람은 진짜로 훌륭한 랍비의 입이 절반쯤 움직이지 않게 되었다는 이유로 여기에 선 얼간이 랍비일 뿐이지 않나? 공항에서 집으로 돌아가는 길에 아이작의 집에 들렀다면 저 남자와 마주쳤을까?

"그가 전화했습니다. 저에게 좀 와 달라고 했습니다. 그분의 목소리에 급한 기색은 전혀 없었습니다. 필사적인 느낌도 없었습니다. 하지만 저는 바람을 읽었습니다. 그래서 갔습니다. 그분의 집에는 처음 가 보았습니다. 회당에서 한두 번 뵌 적은 있지만 오가며 스친 정도였습니다. 그분이 저에게 식탁에 앉으라고 하셨습니다. 진저에일을 한 잔 주시고, 얇게 썬 호밀 흑빵을 한 접시 주셨습니다. 여러분 중에도 그 식탁에서 그런 음식을 드셔 본 분이 많을 것입니다."

알아듣고 가볍게 쿡쿡 웃는 소리.

"그분이 천천히, 힘겹게 말했습니다. 샘의 바르 미츠바, 제이컵의 드라마, 벤지의 자전거 타기, 줄리아의 프로젝트, 그분 표현으로 어브의 바보짓에 대해 이야기하셨습니다."

웃음소리. 그가 이기고 있었다.

"그러고는 이렇게 말씀하셨습니다. '랍비님, 저는 이제 절망을 느끼지 않습니다. 칠십 년을 악몽만 꾸었습니다만 이제는 악몽을 꾸지 않습니다. 제 삶에 대해, 제가 살았던 매 순간에 대해 감사만 느낄 따름입니다. 좋았던 순간들만이 아닙니다. 제 삶의 모든 순간에 대해 감사를 느낍니다. 저는 아주 많은 기적을 보았습니다."

그것은 랍비건 누구건 할 것 없이 여태껏 한 것 중에서도 가장 대담하게 유대인 똥을 수북이 퍼 올린 김이 오르는 산이거나 아이작 블록의 의식을 살짝 드러내 보인 것이거나 둘 중 하나였다. 정확히 뭐라고 말했는지, 뭐라고 윤색했는지, 전체에서 무엇을 조작했는지는 랍비만 확실히 알 일이었다. 아이작이 절망이라는 단어를 쓰는 걸 들어 본 사람이 있던가? 혹은 감사는? 그는 이렇게 말하곤 했다. "끔찍했어. 하지만 그 정도이길 다행이지." 그러나 그가 그렇게 말했을까? 무엇에 대해 감사한다는 것이었을까? 그리고 그가 목격했다는 그 모든 기적은 무엇이었을까?

"그러고는 저에게 이디시어를 할 줄 아느냐고 물었습니다. 저는 못한다고 했습니다. 그분이 말씀하셨습니다. '이디시어를 못하는 랍비라니?'"

웃음소리.

"저는 제 조부님은 부모님께 이디시어를 쓰셨지만 부모님이 저는 절대 이디시어를 듣지 못하게 하셨다고 말씀드렸습니다. 부모님은 제가 영어를 배우기를 바라셨습니다. 이디시어는 잊기를 바라셨습니다. 아이작 씨도 자식들에게 그랬다고, 자신이 가족 중 마지막 이디시어 사용자이고, 그 언어 역시 이제 관 속에 들어가게 될 거라고 하셨습니다. 그러고는 제 손 위에 손을 얹고 이렇게 말씀하셨습니다. '이디시어 표현 하나 가르쳐 주겠소.' 그분이 제 눈을 똑바로 바라보며 이렇게 말씀하셨습니다. '케인 브리에레 이즈 오이치 아 브레이레.' 저는 무슨 뜻이냐고 물었습니다. 그분이 손을 거두고 말씀하셨습니다. '찾아보시오.'"

다시 웃음소리.

"저는 진짜로 찾아보았습니다. 그분 댁 화장실에서 휴대 전화로요."

다시 웃음소리.

"케인 브리에레 이즈 오이치 아 브레이레. 그 뜻은 '선택의 여지가 없는 것도 선택이다.'였습니다."

아니, 저런 말을 아이작이 했을 리 없었다. 너무 유식한 척하고, 너무 격식을 차리는 말이었다. 아이작 블록에게는 여러 가지 다른 면이 있었지만 그 가운데 체념은 없었다.

선택의 여지가 없는 게 선택이라면 아이작은 1938년 이후로 하루에 한 번씩 선택이 바닥났을 것이다. 그러나 가족에게는 그가 필요했다. 특히 가족이 존재하기 전에 그랬다. 그들은 그가 조부모에게, 부모에게, 다섯 형제에게 등을 돌리도록 요구했다. 슐로모와 그 구멍 속에 숨도록, 러시아를 향해 흰 다리로 걸어가도록, 밤에 다른 사람들의 쓰레기를 뒤져 먹고, 숨고, 훔치고, 먹을 것을 찾고, 도망가도록 요구했다. 배에 오르기 위한 서류를 위조하고, 미국 이민국에 적절한 거짓말을 둘러대고, 식료품을 사기 위해 하루 열여덟 시간씩 일하도록 요구했다.

젊은 랍비가 말했다. "그러고는 저에게 지금 할인 행사 중이니 세이프웨이에서 화장지를 좀 사다 달라고 부탁하셨습니다."

모두 쿡쿡거리며 웃었다.

"저는 이제 화장지를 더 사실 필요가 없다고 말씀드렸습니다. 유대인 요양소에서 알아서 할 테니까요. 그분이 저에게 다 안다는 듯한 미소를 짓고 말씀하셨습니다. '그래도 가격이…….'"

더 크고 거침없는 웃음소리.

"'그게 다인가요?' 제가 물었습니다. '그게 다입니다.' 그분이 대답하셨습니다. '더 듣고 싶은 얘기는 없으십니까? 하고 싶은 말씀이나?' '누구나 두 가지 필요한 게 있지요. 첫째는 자기가 세상에 보탬이 된다고 느끼는 것입니다. 동의하세요?' 저도 같은 생각이라고 말씀드렸습니다. '둘째는 화장지예요.'"

지금까지 가운데 가장 큰 웃음소리.

"저는 랍비 학생 때 배운 하시디즘의 가르침에 대해 생각하고 있습니다. 애도에는 세 단계가 있습니다. 눈물을 흘리다가 침묵을 지키다가 노래를 부르는 것입니다. 우리는 어떻게 아이작 블록을 애도할까요? 눈물로요, 침묵으로요, 아니면 노래로요? 그의 삶의 마지막을 어떻게 애도할까요? 그가 참여하고 귀감이 되었던 유대 시대의 종말을? 망가진 악기의 음악으로 말하는 유대인들, 문법을 거꾸로 뒤집어 놓고 모든 상투어를 잘못 이해하던 사람들, 나의 대신 내의, 나치 대신 독일 사람들이라고 말하던 분들, 건강에 말없이 감사를 느끼는 대신 완벽하게 건강한 친척들에게 제발 건강하라고 애원하는 분들의 종말을 말입니다. 150데시벨의 키스, 술 취한 유럽 문자의 종말을요. 그들이 사라지는 것을 보며 눈물을 흘릴까요? 말없이 슬퍼할까요? 노래로 찬양할까요?

아이작 블록은 그런 분들 가운데 마지막 분이 아니지만 그런 분들은 일단 사라지면 영영 사라질 것입니다. 우리는 그분들을 압니다. 우리는 그분들 속에서 살아왔고 그분들이 우리를 유대인과 미국인, 아들 딸, 손자 손녀로 만들어 놓으셨습니다. 그러나 우리가 그분들을 아는 시대가 거의 끝나 가고 있습니다. 그러고 나면 그분들은 영영 사라질 것입니다. 그리고 우리는 그들을 기억만 하게 될 것입니다. 기억하지 못할 때까지.

우리는 그분들을 압니다. 그들의 고통에 대해서는 눈물로, 말할 수 없는 모든 것에 대해서는 침묵으로, 그들의 전례 없는 활력에 대해서는 노래로 압니다. 약간의 좋은 소식을 임박한 파멸의 보장으로 해석하는 나이 든 유대인들은 더는 없을 것입니다. 눈보라가 오기 전에 식료품점처럼 뷔페를 차리는 분들, 같은 민족의 맥스웰 하우스 판 서사시의 페이지를 넘기기 전에 아랫입술에 손가락을 대는 분들 말입니다."

제이컵의 증오심이 누그러졌다. 사라지지 않고 심지어 녹아내리지도 않았지만 형체를 잃었다.

랍비가 잠시 말을 끊고 두 손을 모으며 탄식했다. "우리가 아이작 블록의 무덤가에 서 있을 때도 전쟁은 계속되고 있습니다. 두 가지 전쟁입니다. 하나는 막 터지려 하는 참입니다. 또 하나는 칠십 년간 계속되었습니다. 임박한 전쟁이 이스라엘의 생존을 결정지을 것입니다. 오래된 전쟁은 유대인의 영혼의 생존을 결정지을 것입니다.

생존은 유대인의 존재에서 처음부터 중심 주제이며 명령이었습니다. 우리가 그렇게 하기로 선택해서가 아닙니다. 우리에게는 늘 적이 있었고, 우리는 늘 쫓겼습니다. 모두가 유대인을 미워한다는 건 사실이 아니지만 우리가 여태껏 살았던 모든 나라에서, 모든 세기의 모든 시간에 우리는 증오를 맞닥뜨렸습니다.

그래서 우리는 한쪽 눈을 뜬 채 잠을 잤고, 벽장에 짐 가방을 꾸려 두고 셔츠 가슴팍 주머니에는 편도 기차표를 넣어 두고 살았습니다. 남을 거슬리게 하거나 시끄럽게 하지 않으려고 애썼습니다. 성공을 거두되 그 과정에서 우리 자신에게 지나친 관심이 쏠리지 않게 했습니다. 우리는 삶을 이어 나갈 의지를 가운데 두고 우리의 이야기와 관습, 가치, 꿈, 근심으로 우리의 삶을 구성했습니다. 누가 우리를 비난할 수 있겠습니까? 우리는 트라우마를 지닌 민족입니다. 그리고 트라우마보다 마음과 정신을 왜곡시키는 힘이 강한 것은 없습니다.

백 명의 유대인에게 금세기를 대표하는 유대인의 책이 무엇이냐고 묻는다면 모두 같은 대답을 할 것입니다. 『안네 프랑크의 일기』라고요. 금세기를 대표하는 유대인의 예술 작품이 무엇이냐고 묻는다면 역시 같은 대답을 들을 것입니다. 그 일기가 책으로 쓰인 것도, 예술 작품으로 만들어진 것도 아니고 질문을 던진 세기의 것이 아니라도 그렇습니다. 하지만 그 호소력은 상징적으로나 그 자체로나 압도적입니다."

제이컵은 자신 말고도 그의 말이 취하는 방향에 놀란 사람이 있는지 주위를 둘러보며 확인했다. 당황한 듯 보이는 사람은 아무도 없었다. 동의할 수 없으면 고개를 가로젓는 어브조차 고개를 끄덕이고 있었다.

"하지만 그게 우리에게 무슨 소용입니까? 엄격함보다 신랄함을, 구하기보다는 숨기기를, 의지력보다 희생양 만들기를 앞세운 것이 잘한 일이었을까요? 아무도 안네 프랑크한테 죽었다고 비난할 수 없지만 그녀의 이야기를 우리의 것인 듯 이야기한 데 대해 우리 스스로를 비난할 수는 있습니다. 우리의 이야기는 우리에게는 너무 당연해서 우리가 그것들을 선택했다는 사실을 쉽게 잊어버립니다. 우리는 우리 역사책에서 어떤 페이지들은 뜯어내고 다른 것들을 우리의 메이즈자*로 돌돌 말기로 선택했습니다. 다양한 삶의 가치들을 구분하기보다, 더 과격하게 말해 살아 있는 것보다 훨씬 중요한 것이 있다고 인정하기보다 생명을 궁극적인 유대인의 가치로 만들기로 선택했습니다.

오늘날 유대교에서도 많은 것이 진짜 성경 대신 안네 프랑크의 일기를 우리의 성경으로 받아들이기로 선택한 데 따른 직접적인 결과입니다. 래리 데이비드를 아주 재미있는 코미디언 이상의 존재로 본다든가, 유대계 미국인 공주가 있어야 한다고 우긴다든가, 서투름을 포용하고 분노를 두려워하고 논쟁보다 고백을 앞세우는 태도가 다 관련 있습니다. 하지만 유대의 가치를 설명하고 전파하는 것을 목적으로 삼는 유대 성경은 삶이 그 자체로 가장 고귀한 야망은 아니라는 것을 아주 분명히 밝히고 있습니

* 「신명기」의 몇 절을 기록한 양피지 조각.

다. 가장 고귀한 야망은 바로 의로움입니다.

아브라함은 주민들의 의로움 때문에 소돔을 구해 주어야 한다고 신과 논쟁했습니다. 생명이 본래 구할 가치가 있어서가 아니라 의로움이 마땅히 구제되어야 하는 것이기 때문이라고 말입니다.

신은 세상을 홍수로 멸망시키고 노아만 구하셨습니다. 그는 '그의 시대의 의로운' 사람이었습니다.

'미련퉁이 보브닉'이라는 개념이 있습니다. 매 세대에 있는 의로운 사람 서른여섯 명을 가리킵니다. 그들의 의로움 덕에 온 세상이 멸망을 면하게 되는 것입니다. 인류는 구할 가치가 있어서가 아니라 몇몇 사람의 의로움이 나머지의 존재를 정당화해 주기 때문에 구제되는 것입니다.

제가 받았고 아마 여러분도 받았을 유대 교육 중에 『탈무드』에 나오는 비유가 한 가지 있었습니다. '한 생명을 구한 사람은 온 세상을 구한 것이다.' 근사한 생각입니다. 지키고 살 가치가 있지요. 그러나 그것이 담은 것 이상으로 의미를 부여해서는 안 됩니다.

우리의 야망이 죽지 않는 것 대신 의롭게 사는 것이었다면 오늘날 유대 민족이 얼마나 더 위대하겠습니까? 우리의 주문이 '나에게 그 일이 일어났다.' 대신 '내가 그 일을 했다.'였다면 말입니다."

그가 말을 멈췄다. 오래 눈을 깜박이며 아랫입술을 지그시 물었다.

"오늘은 말하기 어려운 것들이 있습니다."

그는 어브가 제이컵의 얼굴을 쓰다듬으면서 거의 미소를 지었듯이 거의 미소를 지었다.

"유대교는 단어들과 특별한 관계를 맺고 있습니다. 한 단어를 하나의 사물에 주는 것은 그것에 생명을 주는 것입니다. '빛이 있으라.' 하느님께서 말씀하셨습니다. '그러자 빛이 있었다.' 마법이 아닙니다. 손을 들어 천둥을 울리지도 않았습니다. 말을 하는 것만으로 가능해졌습니다. 표현은 생성하는 힘이 있다는 것, 아마 이것이야말로 모든 유대의 개념 가운데서도 가장 강력한 것일 것입니다.

결혼도 마찬가지입니다. '맹세합니다.'라고 말하면 그렇게 됩니다. 결혼한다는 것이 진짜로 무엇일까요?"

제이컵은 두피에 불이 붙는 듯한 느낌이 들었다. 줄리아는 손가락을 움직여야 했다.

"결혼한다는 것은 여러분이 결혼했다고 말하는 것입니다. 배우자 앞에서만이 아니라 공동체 앞에서, 신자라면 신 앞에서 그 말을 하는 것입니다.

그래서 그것은 기도, 진실한 기도와 함께합니다. 기도는 절대 요청이 아닙니다. 칭찬도 아닙니다. 달리 표현할 길이 없을 엄청나게 중요한 무언가를 표현하는 것입니다. 아브라함 조슈아 헤셸*은 이렇게 썼습니다. '기도가 우리를 구해 주지 못할지도

---

* 폴란드 태생의 유명한 미국인 랍비.

모른다. 그러나 기도가 우리를 구제될 가치가 있는 존재로 만들어 줄 수는 있다.' 우리는 표현에 의해 가치 있게 되고 의로워집니다."

그가 다시 아랫입술을 깨물고 고개를 저었다.

"오늘은 말하기 어려운 것들이 있습니다.

아무도 알지 못하는 것을 누구나 말하는 경우가 종종 있습니다. 오늘은 누구나 아는 것을 아무도 말하지 못합니다.

우리 앞의 전쟁, 우리의 생명을 구하기 위한 전쟁이자 우리의 영혼을 구하기 위한 전쟁을 생각하면 우리의 가장 위대한 지도자를 생각하게 됩니다. 바로 모세입니다. 모세의 어머니 요게벳이 모세의 생명을 구할 마지막 희망으로 그를 고리버들 바구니에 숨겨 나일강에 떠내려 보낸 일을 여러분도 기억할 것입니다. 바구니는 파라오의 딸에게 발견됩니다. '봐!' 그녀가 말합니다. '울고 있는 히브리인 아기야!' 그러나 공주는 어떻게 모세가 히브리인인 줄 알았을까요?"

랍비가 말을 멈추고 그저 날아가고 싶어 하는 새의 생명을 단호하게 구하듯 동요한 침묵을 제자리에 붙잡아 놓았다.

맥스가 소리쳤다. "아마 히브리인들이 자기 아이들을 죽음에서 구하려 하던 중이었을 테니까요. 그런 상황에 놓인 사람이 아니면 누가 아기를 바구니에 넣어 강으로 떠내려 보냈겠어요?"

"어쩌면." 랍비가 맥스의 자신감에 업신여기는 듯한 기쁨 대신 그의 생각에 감탄하는 빛만 보이며 말했다. "어쩌면."

그리고 그가 다시 침묵을 강요했다.

샘이 소리쳤다. "저, 아주 진지하게 하는 말인데요, 아마 아기가 할례를 받은 것을 보지 않았을까요? 그렇죠? '봐.'라고 했잖아요."

"그랬을 수도 있겠구나." 랍비가 고개를 끄덕이며 말했다.

그러고는 침묵을 지켰다.

벤지가 말했다. "전 아무것도 모르지만 아기가 유대어로 울었던 거 아니에요?"

"유대어로 어떻게 울지?" 랍비가 물었다.

"전 아무것도 모른다니까요." 벤지가 다시 말했다.

"모두 아무것도 모른단다. 그러니까 다 같이 배워 보자는 거야. 유대어로 어떻게 울까?" 랍비가 말했다.

"아기들은 진짜로 말을 하지는 못할걸요."

"눈물은 흘릴까?"

"몰라요."

"이상하네요." 줄리아가 말했다.

"뭐가요?"

"아기가 우는 소리를 듣지 못한 게 아닐까요? 원래 그렇잖아요. 아기가 우는 소리를 들으면 당연히 그쪽으로 가겠죠."

"그렇죠, 그렇죠."

"그런데 공주는 '봐! 울고 있는 히브리인 아기야.'라고 했어요. 봐. 그러니까 공주는 아기가 우는 소리를 들은 게 아니라 아기가 우는 걸 본 거예요."

"그러면 그게 무슨 의미인지 말씀해 주세요." 그가 빼기는 기색도 내려다보는 기색도 자기만 옳다는 기색도 없이 말했다.

"그녀는 유대인들만 소리 없이 울기 때문에 아기가 히브리인이라는 걸 안 거예요."

일순간 제이컵은 세상에서 가장 지적인 사람을 잃어버릴 뻔했다는 공포에 사로잡혔다.

"공주가 맞았나요?" 랍비가 물었다.

줄리아가 대답했다. "그렇죠. 아기는 히브리인이었어요."

"하지만 유대인은 소리 없이 운다는 공주의 생각이 맞았나요?"

"제 경험으로는 아니에요." 줄리아가 쿡쿡 웃자 다른 사람들도 따라 웃었다.

랍비가 움직이지도 않고 침묵의 무덤 속으로 발을 옮겼다. 그가 줄리아를 마치 살아남은 사람은 그들 둘뿐인 듯이, 서 있는 사람들과 매장된 사람들을 구별해 주는 것은 90도의 각도뿐이라는 듯이, 거의 참을 수 없을 만큼 똑바로 줄리아를 쳐다보았다.

그가 줄리아를 쳐다보며 물었다. "하지만 당신의 경험으로 유대인들이 소리 없이 우나요?"

그녀가 고개를 끄덕였다.

"그러면 이제 벤지, 너에게 질문을 하나 할게."

"좋아요."

"유대인으로서 우리에게 선택지가 두 가지 있다고 치자. 네 어머니가 말씀하셨듯이 조용히 우는 것과 네 말처럼 유대어로 우는 것 말이다. 유대어로 운다면 어떻게 들릴까?"

"모르겠어요."

"아무도 몰라. 그러니까 어떤 대답을 해도 된단다."

"짐작도 안 되는걸요."

"웃음소리 같지 않을까요?" 맥스가 제안했다.

"웃음소리 같다고?"

"저도 몰라요. 우리도 그럴 때가 있잖아요."

일순간 제이컵은 세상에서 가장 아름다운 세 사람을 망쳐 놓을 뻔했다는 공포에 사로잡혔다.

그는 샘이 어릴 때 긁히고 베이고 델 때마다, 피검사를 할 때마다, '너무 높아' 보이는 모든 나뭇가지에서 떨어질 때마다 땅에 갑자기 불이라도 붙은 듯 급히 그를 안아 올리고는 "괜찮아, 아무 일 없다. 아무것도 아니야. 괜찮아."라고 말하던 기억을 떠올렸다. 그러면 샘은 항상 그를 믿었다. 제이컵은 그것이 얼마나 효과가 좋았는지 전율을 느끼고, 얼마나 효과가 좋았는지 수치심을 느꼈다. 가끔 더 큰 거짓말이 필요할 때면, 피가 눈에 보일 때면 제이컵은 이런 말까지 했다. "재미있잖아." 그러면 그의 아들은 그를 믿었다. 아들들에게는 선택의 여지가 없으니까. 그러나 아들들도 진짜로 고통을 느낀다. 그리고 고통을 표현하지 않는다고 해서 느끼지 않는 것은 아니다. 그것은 다른 고통이다. 손이 으스러졌을 때 샘은 이렇게 말했다. "재미있네요, 재미있어요. 그렇죠?" 그것은 그가 받은 유산이었다.

제이컵의 다리는 더는 자신의 무거운 심장의 무게를 견딜 수 없었다. 그는 약해서인지 비굴해서인지 자신이 찌그러지고 있다고 느꼈다.

랍비가 다시 권위 있는 태도를 취하며 말했다. "그러면 아이작 블록에 대해 우리가 무슨 말을 할 수 있으며 그를 어떻게 애도해야 할까요? 그분 세대의 유대인들은 두 종류뿐입니다. 죽어 없어진 이들과 살아남은 이들이지요. 우리는 희생자들에게 헌신을 맹세했고, 그들을 결코 잊지 않겠다는 약속을 충실히 지켰습니다. 그러나 우리는 인내한 이들에게는 등을 돌리고 그들을 잊었습니다. 우리의 눈물은 모두 죽은 이들을 위한 것이었습니다.

그러나 이제 그 두 종류의 유대인들이 동등하게 죽음을 맞고 있습니다. 아이작은 사후 세계에서는 형제들과 함께하지 못할지 모르지만 죽음에서는 형제들과 함께합니다. 그래서 이제 그에 대해 무슨 말을 할 수 있으며 그를 어떻게 애도해야 할까요? 그의 형제들이 죽은 것은 그들에게 힘이 없어서가 아니었습니다. 아이작이 살아남았다가 죽은 것은 그의 힘 덕분이었습니다. 케인 브리에레 이즈 오이치 아 브레이레. 선택의 여지가 없는 것도 선택입니다. 아무 선택권도 가져 보지 못한 사람의 이야기를 어떻게 하면 될까요? 의로움에 대한, 구할 가치가 있는 생명에 대한 우리의 개념이 위태로운 상황입니다.

모세가 무엇 때문에 울었을까요? 자기 자신을 위해 울었을까요? 굶주림이나 두려움 때문에? 자신의 민족을 위해 울었을까요? 그들의 속박, 그들의 고통 때문에? 아니면 감사의 눈물이었을까요? 어쩌면 파라오의 딸은 그녀가 고리버들 바구니를 열어 보기 전에는 모세가 울지 않았기 때문에 그의 울음소리를 듣지 못했을지도 모릅니다.

아이작 블록을 어떻게 애도해야 할까요? 눈물로라면 어떤 눈물로? 침묵으로라면 어떤 침묵으로? 아니면 어떤 노래로? 우리의 대답이 그를 구하지는 못하겠지만 우리를 구할 수는 있을지 모릅니다."

물론 세 가지 다였다. 제이컵은 5000년을 떨어져서 랍비의 움직임을 볼 수 있었다. 비극 때문에, 우리의 숭배심 때문에, 우리의 감사 때문에, 세 가지 다였다. 우리를 이 순간으로 데려오기 위해 필요했던 모든 것 때문에, 앞에 놓인 거짓말들과 너무 강렬해서 행복과는 전혀 무관한 기쁨의 순간들 때문에. 눈물로, 침묵으로, 노래로 그가 살아남아서 우리가 죄지을 수 있었기 때문에, 우리의 종교가 콜 니드레*가 새겨진 스테인드글라스처럼 화려하고 불투명하고 부서지기 쉬웠기 때문에, 「전도서」가 틀렸기 때문에. 모든 일에는 때가 없기 때문에.

뭘 가지고 싶으냐? 뭐든지 좋다. 얘기해 다오. 네가 원하는 걸 주고 싶구나.

제이컵은 울었다.

울부짖었다.

* 유대교에서 속죄일 전야 예배를 시작하기 전에 외는 기도문.

이름들은 장엄했다

제이컵이 친척들과 관을 옮겼다. 그가 상상했던 것보다 훨씬 가벼웠다. 그렇게 무거운 삶을 산 사람이 어떻게 이처럼 가벼울 수 있을까? 그리고 그 일은 놀라울 만큼 어려웠다. 그들은 두어 번 거의 엎어질 뻔했고, 어브는 하마터면 자신의 아버지와 함께 무덤 속으로 굴러 떨어질 뻔했다.

"여기는 여태껏 본 가운데 최악의 묘지야." 맥스가 딱히 누구에게 들으라고는 아니지만 다 들릴 만큼 큰 목소리로 말했다.

마침내 그들은 단순한 형태의 소나무 관을 무덤 속으로 내릴 넓은 천 위에 놓을 수 있었다.

그리고 드디어 그 순간이 왔다. 어브가 계율에 따른 특권으로 아버지의 관 위에 첫 삽을 떠서 흙을 뿌릴 책임을 졌다. 그가 삽 가득 흙을 퍼서 구멍으로 몸을 돌리고 삽을 기울여 흙을 떨어뜨렸다. 흙 한 알갱이 한 알갱이가 동시에 나무를 두드리는 듯,

훨씬 높은 곳에서 떨어지는 듯 응당 그래야 하는 것보다 크고 격렬한 소리가 났다. 제이컵은 움찔했다. 줄리아와 아이들도 움찔했다. 모두가 움찔했다. 어떤 이들은 관 속의 시신을 생각했다. 어떤 이들은 어브를 생각했다.

어릴 때 기억을 연기하는 법

내 최초의 기억들은 할아버지의 마지막 집 주변에 아피코먼*처럼 숨겨져 있다. 할아버지의 집에는 식기 세척용 거품 물비누, 항상 다치는 것으로 끝난, 생존자들의 손자들과 지하실에서 무릎으로 하는 축구 게임, 골다 메이어의 초상화의 움직이는 듯한 눈, 인스턴트커피 결정, 모든 액체 표면의 기름방울, 부엌 식탁에서 하는 우노 게임이 있었다. 우리 둘뿐이었고 전날 산 베이글, 지난주 《주이시 위크》, 역사상 최후의 중요한 할인 행사가 언제였는지 몰라도 그때 산 농축액 주스가 있었다. 나는 항상 할아버지를 이겼다. 가끔은 하룻밤에 게임을 백 번은 할 때도 있었고, 주말 이틀 밤 내내 할 때도 있었고, 한 달에 삼 주 주말마다 할 때도 있었다. 할아버지가 항상 졌다.

내가 최초의 기억으로 생각하는 것이 내 최초의 기억일 리는 없었다. 그것은 내 인생이 한참 지났을 때의 일이었다. 줄리아가 지적하곤 했듯이 나는 집의 첫 번째 층이 보통 2층이고 가끔은 3층이기도 한 것과 같은 식으로 기초적인 것과 최초의 것을 혼동한다.

* 유월절에 저녁 식사 후 먹는 무교병.

나의 최초의 기억은 이것이다. 집 앞에서 낙엽을 긁어모으다가 옆문에서 무언가를 보았다. 개미들이 죽은 다람쥐를 뒤덮기 시작하고 있었다. 언제부터 그곳에 있었을까? 독약을 먹었나? 어떤 독약을? 이웃집 개가 죽이고서 너무 후회가 되어 자신의 수치를 갖다 놓은 것일까? 아니면 자부심에서였나? 그도 아니면 다람쥐가 안으로 들어오려다 죽었나?

나는 안으로 달려 들어가 어머니에게 말했다. 어머니의 안경에 김이 서려 있었다. 어머니는 당신의 눈으로 볼 수 없는 냄비를 젓고 있었다. 어머니가 고개도 들지 않고 말했다. "아빠한테 가서 도와 달라고 하렴."

문 건너편 안전한 쪽에서 열린 문을 통해 아버지가 그날 아침의 《포스트》가 들어 있던 깨끗한 비닐봉지를 손에 씌우고 다람쥐를 집어 든 다음 비닐봉지를 뒤집어 다람쥐를 넣으며 손을 빼내는 모습을 보았다. 아버지가 욕실 세면대에서 손을 씻을 동안 나는 그 옆에 서서 아버지에게 끊임없이 질문을 퍼부어 댔다. 나는 언제나 교훈을 배우고 있었고, 그래서 모든 것이 꼭 필요한 정보, 어떤 도덕을 전한다고 여기게 되었다.

차가웠나요? 언제 죽은 것 같아요? 어떻게 죽은 것 같아요? 아빠는 괜찮으세요?

"괜찮으냐고?" 아버지가 물었다.

"역겹지 않으시냐고요."

"당연히 역겹지."

"하지만 그냥 나가서 아무렇지도 않게 해치우셨잖아요."

아버지가 고개를 끄덕였다.

나는 거품이 묻은 아버지의 결혼반지를 유심히 쳐다보았다.

"구역질 난다고 생각하셨어요?"

"그랬지."

"정말 역겹더라고요."

"그래."

"저라면 못 했을 거예요."

아버지가 아버지답게 웃고는 말했다. "언젠가 너도 하게 될 거다."

"못 하면 어떡해요?"

"네가 아빠가 되면 네 위에는 아무도 없어. 내가 해야 할 일을 하지 못하면 누가 그 일을 하겠니?"

"그래도 전 못 했을 것 같아요."

"하고 싶지 않을수록 너는 더 아빠다워질 거야."

벽장에는 비닐봉지가 한가득 있었다. 아버지가 나에게 교훈을 가르치기 위해 깨끗한 것을 골랐다.

나는 며칠 동안 온통 다람쥐 생각으로 머릿속이 가득했다가 이십오 년 동안 완전히 잊고 지냈다. 그러다가 줄리아가 샘을 임신했을 때 다시 떠올렸다. 그때 우리 동네 길거리에 줄지어 놓인 죽은 다람쥐들의 꿈을 반복해서 꾸기 시작했다. 다람쥐 수천 마리가 있었다. 도로 경계석을 따라 누워 있고, 공용 쓰레기통을 가득 채우고, 자동 스프링클러에 털을 흠뻑 적시며 최후를 맞은 자세 그대로 누워 있었다. 꿈속에서 나는 언제나 어딘가에서 집으로 돌아오는 길이었고, 늘 우리 집이 있는 거리를 걸어왔고, 늘 하루가 끝날 무렵이었다. 집의 창문 블라인드가 텔레비전 화면처럼 빛났다. 우리 집에는 불을 피울 수 있는 벽난로가 없었지만 굴뚝에서 연기가 올라왔다. 다람쥐를 밟지 않으려면 발끝으로 걸어야 했는데, 피하지 못할 때도 있었다. 나는 사과했다. 누구에게? 창틀에도, 집 앞 계단에도 다람쥐가 있었고, 도랑에서도 다람쥐가 쏟아져 나왔다. 차양 아래에서 다람쥐들의 실루엣을 볼 수 있었다. 다람쥐들은 먹을 것이나 물을 찾으려던 것인지 아니면 그저 안에서 죽으려던 것인지 우편물 투입구에도 반쯤 몸뚱이가 밖으로 걸쳐져 있었다. 마치 내가 어릴 때 살던 집 안에서 죽고 싶어 한 다람쥐처럼. 나는 내가 그 다람쥐들을 전부 처리해야 한다는 걸 알았다.

제이컵은 아이 때 그랬듯이 아버지 옆으로 가서 어떻게 할아버지의 무덤에 흙을 퍼 넣었는지 물어보고 싶었다.

구역질 난다고 생각하셨어요?

그랬지. 아버지는 이렇게 대답했을 것이다.

저라면 못 했을 거예요.

아버지는 아버지답게 웃고 이렇게 말했을 것이다. 언젠가 너도 하게 될 거다.

못 하면 어떡해요?

죽은 사람은 매장돼야 하기 때문에 자식들이 죽은 부모를 매장한다. 부모는 자식들을 세상에 꼭 내놓지 않아도 되지만 자식들은 부모를 세상에서 내보내야 한다.

어브가 제이컵에게 삽을 건넸다. 둘의 눈이 마주쳤다. 아버지가 아들의 귀에 대고 속삭였다. "우리는 여기 있고 앞으로도 그럴 거다."

제이컵은 자식들이 자신보다 오래 사는 모습을 상상해 봐도, 남들에게도 자식을 가지라고 부추기는 사람들의 진부한 표현인 불멸 따위를 느낄 수 없었다. 어떤 충족도 평화도 만족도 느끼지 못했다. 그저 무언가를 잃어버렸다는 압도적인 슬픔만 느꼈다. 아이들을 생각하면 죽음이 공정하지 않게 느껴졌다. 벤지가 누구와 결혼할까?(제이컵은 자기도 모르게 당연히 벤지가 결혼할 마음이 있을 것이고 결혼을 하리라는 유대인다운 확신을 잃지 않았다.) 샘은 어떤 윤리적이면서 수입도 좋은 직업으로 이끌릴까? 맥스는 또 어떤 이상한 취미에 빠질까? 그들이 어디로 여행을 갈까? 그들의 자식들은 또 어떤 모습일까?(당연히 자식을 낳고 싶어 할 것이고, 자식을 낳을 것이다.) 아이들이 어떻게 위기를 잘 넘기고 축하할까? 각자 어떻게 죽게 될까?(적어도 그가 아이들의 죽음은 보지 않아도 될 것이다. 아마 그것이 그가 죽어야 한다는 사실에 따르는 보상일 것이다.)

차로 돌아가기 전에 제이컵은 산책을 했다. 그는 거대한 책의 책장 같은 묘비들을 읽었다. 이름들은 장엄했다. 이름들이 유대식 하이쿠였기 때문이고, 이름의 주인들은 뒤에 남겨졌지만 이름들은 타임머신을 타고 여행했기 때문이고, 종이로 말아 놓은 동전 뭉치들처럼 사람을 부끄럽게 만들었기 때문이고, 배에 실은 병 속의 배들처럼 아름다웠기 때문이고, 연상 기호들이었기 때문이다. 미리암 아펠, 세인델 포타시, 베릴 드레슬러……. 그는 그 이름들을 기억했다가 나중에 사용하고 싶었다. 랍비의 신발끈, 매듭 풀린 슬픔의 멜로디, 비 내릴 때 방문한 사람의 딱딱하게 굳은 발자국들까지 전부 기억해서 전부 나중에 사용하고 싶었다.

시드니 랜데스먼, 에델 카이저, 레벨 아우어바흐, 데버러 피시바흐, 레이저 베렌봄…….

그는 그 이름들을 기억할 것이다. 잃어버리지 않을 것이다. 사용할 것이다. 더는 아무것도 아닌 것에서 무언가를 만들어 낼 터였다.

쇼사나 오스트로브, 엘사 글레이저, 시모어 카이저, 수라 니들먼, 하이미 래트너, 심차 티시, 디나 펄먼, 루첼 뉴스타트, 이지 라인하르트, 루벤 피시먼, 힌델 슐츠…….

유대인의 강에 귀를 기울이듯이. 그러나 강물에 두 번 들어갈 수 있다. 누구나 그럴 수 있다. 제이컵은 그럴 수 있었다. 그럴 수 있다고 믿었다. 잃어버린 것을 전부 가져와 다시 찾아내 되살려 그 이름들, 그 억양들, 그 관용구와 매너리즘과 존재 방식의 망가진 폐에 새로운 생명을 불어넣을 수 있다고. 젊은 랍비가 옳았다. 아무도 다시는 이런 이름을 쓰지 않을 것이다. 그러나 그가 틀렸다.

메이어 보겔, 프리다 왈저, 위셀 오펜바허, 레이철 블루멘스타인, 벨벨 크론버그, 레아 베커만, 멘델 포겔먼, 사라 브론스타인, 슈무엘 거시, 울프 셀리그먼, 애브너 에델슨, 주디스 와이즈, 버나드 로젠블루스,

엘리저 우만스키, 루스 아브라모비츠, 어빙 펄먼, 리어나드 골드버거, 네이던 모스코비츠, 핀커스 지스킨드, 솔로몬 올트먼…….

그는 전 인류 역사를 통틀어 죽은 사람들보다 지금 살아 있는 사람이 더 많다고 어디에선가 읽은 적이 있었다. 그러나 그렇게 느껴지지는 않았다. 모두 죽은 듯이 느껴졌다. 그리고 그 모든 개성에는, 그 극단적으로 특이한 유대인들의 이름의 극단적 특이성에는 단 하나의 운명만 존재했다.

그러다 어느새 광대한 모든 것의 모퉁이, 드넓은 묘지의 모퉁이에서 두 개의 벽이 만나는 곳에 이르렀다.

그는 돌아서서 광대무변함을 마주했다. 바로 그때 그에게 어떤 생각이 떠올랐다. 아니면 바로 그때야 그가 스스로에게 인정하도록 허락하지 않았던 것을 인정할 수밖에 없게 되었다. 그는 자살자들 가운데 서 있었다. 나머지 사람들과 함께 매장되기에 부적합한 사람들을 위한 게토에 있었다. 이 모퉁이는 수치심을 차단한 곳이었다. 말할 수 없는 수치가 땅 밑에 묻혀 있는 곳이었다. 접시 한 세트 위에는 우유가 있고, 다른 세트에는 고기가 있었다. 둘은 결코 만나서는 안 되었다.

미리암 아펠, 샤인델 포타시, 베릴 드레슬러…….

그는 스스로 목숨을 끊는 것이 금지된 일이며, 그렇게 하면 죽음 이상의 대가가 따른다는 막연한 인식을 가지고 있었다. 그 벌은 죄인의 것이 아니라 희생자들, 뒤에 남겨져 이제 죽은 사람들을 다른 땅에 매장해야 하는 이들의 것이었다. 그는 몸을 훼손하는 행위이며, 역시 다른 땅에 묻히게 만들 일인 문신에 대한 금지를 기억하듯이 그것을 기억했다. 그리고 덜 영적이지만 완전히 종교적인 금지로 펩시 콜라를 마시면 안 된다는 것도 있었다. 펩시가 이스라엘이 아니라 아랍 국가들에 제품을 출시하기로 했기 때문이다. 그리고 비유대인 여성을 원하는 대로 만지면 안 된다는 금지도 있는데, 수치스러운 일이기 때문이었다. 연장자가 원하는 어떤 방식으로든 신체의 어떤 부분이든 만져도 저항하면 안 된다는 금지도 있었다. 그들이 죽어 가고 있고, 영원히 죽어 가고 있기 때문이고, 그것이 계율이기 때문이었다.

벽으로 둘러싸이지 않은 그 게토에 서서 그는 에루브에 대해 생각했다. 에루브가 어떤 금기를 피하는 것인지 알기도 전에 줄리아와 공유했던, 놀랍도록 유대적인 뒷구멍이었다. 그녀는 유대 교육의 맥락에서가 아니라 건축 학교에서 그것을 배웠다. '마술적 구조'의 예였다.

유대인들은 안식일에는 '나를' 수 없다. 열쇠, 돈, 휴지나 약, 유모차나 지팡이, 심지어 걷지 못하는 아이조차 나를 수 없다. 나르는 것에 대한 금기는 엄밀히 따지면 사적 영역에서 공적 영역으로 나르는 것에 대한 금지였다. 그러나 대부분의 지역이 사적 영역이 된다면 어떨까? 온 동네가 사적 영역이라면? 도시 전체가 그렇다면? 에루브는 한 지역을 에워싸서 사적인 곳으로 만들어 나르는 일을 허용해 주는 끈 또는 선이었다. 예루살렘은 에루브로 에워싸여 있다. 사실 맨해튼 전체가 에루브로 둘러싸여 있다. 전 세계 거의 모든 유대 공동체에 에루브가 있다.

"D. C.에도?"

"당연하지."

"난 본 적이 없는데."

"찾아보지 않았으니까."

그녀가 리노 거리와 대븐포트 거리의 교차로로 그를 데려갔다. 그곳에서 모퉁이를 돌면 잘 보였다. 치실처럼 그것이 있었다. 그들은 그것을 따라 대븐포트 거리에서 리니언 거리와 브랜디와인 거리, 브로드브랜치 거리까지 갔다. 선이 도로 표지판에서 가로등으로, 전력용 전신주로, 전화용 전신주로 이어져 있었기 때문에 그들은 선 밑을 걸었다.

자살자들 가운데 서 있을 때 제이컵의 주머니는 가득 차 있었다. 샘이 구부려 비행기를 만든 클립, 구겨진 20달러짜리 지폐, 맥스가 장례식에서 쓴 야물크(제이컵은 들어 본 적도 없는 두 사람의 결혼식에서 얻은), 그가 입은 바지의 드라이클리닝 표, 벤지가 무덤에서 주워 제이컵에게 가지고 있어 달라고 부탁한 조약돌, 그의 삶에 있는 자물쇠보다 많은 열쇠들이었다. 그는 나이를 먹을수록 더 많은 것을 가지고 다녔고, 그것이 그를 더 강하게 만들었어야 했다.

아이작은 주머니 없는 수의를 입고 20만 시간을 함께한 부인과 500미터 떨어진 곳에 묻혔다.

시모어 카이저. 다정한 형, 다정한 아들, 오븐 속에 머리를 넣다. 쇼사나 오스트로브. 다정한 아내, 욕조에서 손목을 긋다. 엘사 글레이저. 다정한 어머니이자 할머니, 천장 선풍기에 목을 매다. 수라 니들먼. 다정한 아내, 어머니, 언니. 주머니에 돌을 가득 넣고 강 속으로 걸어 들어가다. 하이미 래트너. 다정한 아들, 욕실 개수대에서 손목을 긋다. 심차 티시. 다정한 아버지, 다정한 형제, 스테이크 나이프로 배를 찌르다. 디나 펄먼. 사랑하는 할머니, 어머니, 자매. 계단 꼭대기에서 뛰어내리다. 루첼 뉴스타트. 다정한 아내이자 어머니. 편지 개봉용 칼로 목을 찌르다. 이지 라인하르트. 다정한 아버지, 남편, 형제. 메모리얼 브리지에서 뛰어내리다. 루벤 피시먼. 다정한 남편. 시속 160킬로미터로 나무에 차를 들이박다. 힌델 슐츠. 다정한 어머니. 빵 칼로 손목을 긋다. 아이작 블록. 다정한 형제, 남편, 아버지, 할아버지, 증조할아버지. 주방에서 허리띠로 목을 매다.

제이컵은 그의 검은 정장에서 실을 잡아 뽑아 모퉁이의 나무에 묶어 놓고 자살 게토의 주위를 걸으면서 풀려 나가는 실로 그곳을 에워싸고 싶었다. 그렇게 해서 공적 영역이 사적 영역이 되면 수치심을 나를 것이다. 하지만 어디로?

모든 대륙은 물로 에워싸여 있다. 모든 해안은 에루브였을까?

적도는 지구를 둘러싼 에루브였을까?

명왕성의 궤도는 태양계를 에워쌌을까?

그리고 아직도 그의 손가락에 끼워져 있는 결혼반지는?

환생

>그래서 새로운 소식이 있어?

>형네는 위기의 한복판에 있어.

>그건 다 아는 사실이고.

>여기는 별일 없어. 증조할아버지가 돌아가신 것만 빼고.

>가족들은 다 괜찮아?

>응. 아빠가 충격을 많이 받으신 것 같지만 항상 좀 정신없어 보여서 평소랑 크게 다르지는 않아.

>그렇구나.

>하여간 할아버지가 그렇게 되신 건 아니니까. 증조할아버지지. 그래도 슬프기야 하지만 덜 슬프지. 훨씬 덜.

>그래.

>나는 사람들이 말을 조금씩 되풀이하는 거 진짜 좋아해. 왜 그럴까?

＞나도 모르지.

＞아저씨랑 바락 형은 잘 지내는 것 같아. 형 걱정이야 물론 하지만. 계속 형 얘기를 해. 하지만 그들이 거기 있을 수 없다면 여기 있어서 다행이지, 뭐.

＞뭔가 찾아냈대?

＞뭐 말이야?

＞집.

＞집을 왜 찾아?

＞사려고.

＞여기에 집을 왜 사?

＞우리 아빠가 그 얘기 안 하셨어?

＞무슨 얘기?

＞네 아빠랑도 안 하셨나?

＞형네 식구 이주해?

＞아마도.

＞왜?

＞몇 년 전부터 얘기하셨는데, 내가 군대에 갈 때가 되니까 찾아보기 시작하셨어. 웹사이트에서만. 아마 그쪽에서 중개인 도움도 받으셨나 봐. 말뿐인 줄 알았는데, 내가 서안 지구에 배치되니까 더 진지하게 찾아보기 시작하셨어. 괜찮은 데로 몇 군데 골라 놓으신 것 같더라. 그 일 때문에 지금 거기 가 계신 거야. 직접 보시려고.

＞난 내 바르 미츠바 때문에 오신 줄 알았는데.

>그래서 며칠 더 머물기로 하신 거고.

>몰랐어.

>아빠가 부끄러우셨을지도 몰라.

>아저씨가 부끄러움을 느낄 수 있는 분인지 몰랐어.

>느끼기야 하지. 티를 안 낼 뿐이지.

>아주머니도 이주하고 싶어 하셔?

>모르겠어.

>형은 이주하고 싶어?

>내가 다시 부모님과 살게 될지 모르겠어. 군 복무가 끝나면 학교가 있잖아. 학교를 졸업하면 내 인생이 있고. 그러기를 바라.

>하지만 형 생각은 어때?

>생각 안 하려고 해.

>부끄러워?

>아니. 그건 적절한 표현이 아니야.

>아저씨가 바람피운다고 생각해?

>그건 이상한 질문이네.

>그런가?

>응.

>이상한 질문이라는 거야? 아니면 아저씨가 바람피운다고 생각한다는 거야?

>둘 다.

>맙소사. 진짜?

>그런 질문을 하는 사람이 대답에 그렇게 놀라면 안 되지.

>왜 아저씨가 바람을 피운다고 생각하게 됐어?

>넌 왜 그런 질문을 하게 됐는데?

>나도 몰라.

>그럼 스스로에게 물어봐.

>왜 내가 그런 질문을 하게 됐을까?

샘은 이유 없이 질문하지 않았다. 엄마가 아빠의 다른 전화기를 찾아내기 전날 그가 찾아냈기 때문에 한 질문이었다. 아빠가 즐겨 숨기는 장소를 뒤진 끝에 발견했으니 찾아냈다는 말은 적절하지 않을 것이다. 서랍장의 양말 더미 밑, 벤지가 태어났을 때 할아버지가 준 대형 괘종시계 위 '선물 벽장' 뒤쪽의 상자 속 같은 곳. 전리품은 포르노처럼 외설스러운 것이었다. "왜?" 그는 묻고 싶었지만 물을 수 없었다. "왜 데스크톱, 노트북, 태블릿 컴퓨터, 스마트폰이 있는데 굳이 포르노를 돈 주고 볼까?"

그는 50달러짜리 지폐 뭉치를 발견했다. 아마도 아빠가 엄마에게는 알리지 않고 쓰고 싶은 데 쓰려던 돈인 듯했다. 실은 절대 쓰지 않으리라는 사실을 엄마에게 지적당할까 봐 두려운 전동 공구처럼 뭔가 완전히 무해한 것을 사려는 돈일 것이다. 조그만 마리화나 봉지를 찾은 적도 있었는데, 일 년 반이 지나서 확인해 보니 크기가 줄어 있었다. 핼러윈 사탕을 숨겨 둔 것도 찾았다. 그저 슬펐다. 겉장에 '「항상 죽어 가는 민족」에 대한 지침서'라는 라벨이 붙은 종이 뭉치도 찾았다.

욕망을 연기하는 법

하지 마라. 당신에게는 필요로 하거나 원할 만한 것이 전부 있다. 당신은 건강하고(지금은) 그것은 좋은 일이다. 이 순간을 가능하게 만들기 위해 얼마만큼의 고통과 노고가 필요했는지 아는가? 당신에게 가능하게 만들기 위해서? 그것이 얼마나 멋진 일인지, 당신이 얼마나 운이 좋고 만족스러운지만 생각하라.

너무 지루해서 더 살펴볼 수가 없었다.

그러나 그때 아빠의 침대 협탁 서랍을 뒤지다가 전화기를 찾았다. 아빠의 전화기는 아이폰이었다. 아이폰이 얼마나 놀라운지, 얼마나 아이폰에 의존하는지 아빠가 끝없이 늘어놓는 불평으로 모두 괴로워했기 때문에 그것을 모르는 사람이 없었다.("아이폰이 말 그대로 내 생활을 망치고 있어." 아빠는 사흘 뒤의 날씨를 확인하는 따위의 전혀 불필요한 기능들을 작동시키면서 이렇게 말하곤 했다. "비가 올 가능성 있음. 재미있군.") 이것은 날강도 수준의 바가지 요금제를 쓰면 공짜로 주는, 회사 이름이 붙어 있지 않은 스마트폰이었다. 아빠가 옛 추억 때문에 버리지 못한 예전 전화기인가? 아마 그 속에는 샘과 동생들의 사진이 가득 들어 있을 것이다. 아빠는 사진을 자신의 아이폰으로 옮길 만큼 똑똑하지 못하니까(휴대 전화 상점에 가거나 기술 면에서 뛰어난 아들에게조차 도움을 청하기에는 자신이 너무 똑똑하다고 생각하지만) 보관해 두었을 것이다. 시간이 흐르면 서랍은 사진으로 가득 찬 전화기들로 가득 차게 될지도 모른다.

스마트폰 잠금 푸는 법을 알아내기야 누워서 떡 먹기였다. 아빠는 보안 장치가 필요한 곳이면 가족 비밀번호를 세 가지로 빤히 예측할 수 있게 바꾸어 돌려썼다.

기본으로 설정된 바탕 화면인 해넘이 장면.

게임은 없었다. 앱도 계산기 정도였다. 이러려면 스마트폰을 왜 가진담?

그것은 엄마용 전화기였다. 부부끼리만 아는 전화기였다. 그게 왜 필요한지는 이해하기 어려웠지만 아마 그럴 필요가 없다는 것이 이유였을 것이다. 그것은 사실 달콤했다. 설득력은 없지만 좀 낭만적이었고, 그래서 좀 추잡스럽기도 했다. 선불 국제 분당 요금제로 해서 여행갈 때 가져가는 전화기라든가 하는 식으로 그가 짐작할 만한 어떤 간단명료한 이유가 있다면 몰라도.

문자를 스크롤해 내려가면서 그런 설명이 틀렸음이 확실해졌다. 완전히 틀렸다. 부모님은 그가 생각했던 분들이기는커녕 그와 비슷하지도 않든가 세상에 줄리아가 한 명 더 있든가 둘 중 하나라는 사실이 확실해졌다. 엄마인 줄리아는 절대, 아니, 죽어도 엄지를 움직여 내 질에서 애액을 묻혀서 네가 들어올 수 있게 내 항문에 발라 줘 같은 문자를 입력할 리 없었다.

그는 전화기를 욕실로 가져가 문을 잠그고 스크롤 해 내려갔다.

네 손가락 두 개를 내 구멍들에 각각 넣어 주면 좋겠어.

뭐, 스폭처럼? 이게 대체 무슨 일이지?

엎드려서 다리를 쫙 벌리고 손은 뒤로 하고 항문을 할 수 있는 데까지 활짝 열고 네 거기에서 애액이 시트 위로 뚝뚝 떨어지게……

대체 이게 다 뭐야?

그러나 샘이 그 질문을 세 번째로 하기도 전에 현관 문이 열리는 바람에 전화기를 변기 뒤로 떨어뜨렸다. 엄마의 목소리가 들렸다. "엄마 왔다." 그는 발소리를 죽이고 계단을 올라 자신의 방으로 갔다.

그는 실버스 박사를 만나 본 적은 없지만 실버스 박사가 뭐라고 말할지는 알았다. "전화기를 고의로 그곳에 놔둔 것이다." 가족들 중 아빠만 제외한 모두와 마찬가지로 샘은 실버스 박사를 아주 싫어했고, 그렇게 비밀을 털어놓을 사람이 있는 아빠가 부러웠고, 아빠가 있는 실버스 박사가 부러웠다. 전화기를 발견한 게 과연 누구에게든 어떤 면으로든 이득이 될까?

>**아저씨가 바람피우셔?**

갑자기 실제의 비현실 세계의 삶으로 돌아가 아이식이 비틀거리며 몇 미터 걸어갔다. 그는 다리를 살짝 절면서 힘겹게 걸었다. 항성도 없는 곳 주위를 도는 행성이나 신랑도 없는 곳 주위를 도는 신부처럼 아무것도 없는 곳의 주위를 원을 그리며 돌더니 아더 라이프의 아주 초기 세대들 중 하나, 아마 삼 년쯤 전의 것일 새 화석을 주웠다. 트위터 로고였다. 아이식은 바위를 멍하니 쳐다보더니 그것을 내려놓았다가 다시 집어 들었다가 던지려는 듯한 동작을 취했다가, 자기 자신이 얼마나 잘 익었나 알아보려는 듯이 그것으로 머리를 두드렸다.

>**이 결함 보여?**

>**결함 아냐. 전송을 시작했어.**

>**뭘?**

>**회복 열매.**

>**하지 말라고 그랬잖아.**

>**그런 말 안 했어. 그리고 네가 했더라도 무시했을 거야.**

데이터를 처리할 수 있게 되자마자 디지털 이미지의 홍수가 화면 위에 하나씩 열렸다가 사라졌다. 사만타의 아더 라이프에서 저장된 순간들, 그녀가 했던 대화와 경험도 있고 더 인상적인 것들도 있었다. 그는 자신이 보았던 화면들이 노암이 보았을 화면들과 뒤섞이는 것을 보았다. 파란 하늘의 비행운, 에치에 올라온 코바늘로 짠 무지개 색 천, 늙은 여자에게 닿은 불도저 삽, 탈의실에서 뒤에서 하는 쿤닐링구스,* 몸부림치는 실험실 원숭이,

---

* 구강성교.

몸이 붙은 쌍둥이(한 명은 웃고 한 명은 우는), 시나이 반도의 위성 사진, 의식을 잃은 축구 선수들, 매니큐어 색상표, 에반더 홀리필드의 귀,* 안락사당하는 개들.

>몇 개나 전송하는 거야?

>전부.

>뭐?

>1,738,341개.

>세상에, 말도 안 돼! 그렇게 많이 모았다고?

>전부 전송하고 있어.

>뭐?

>잘 들어, 난 갈 준비를 해야 해.

>어디로?

>예루살렘으로. 우리 부대가 동원됐어. 하지만 우리 아버지에게는 말하지 마, 알겠지?

>왜 말하면 안 돼?

>걱정하실 테니까.

>하지만 걱정하셔야지.

>하지만 걱정하셔 봤자 아버지한테나 나한테나 도움 될 게 없어.

>이렇게까지 필요하지도 않아. 아빠가 나를 죽였을 때도

---

* 미국의 권투 선수로, 타이슨과의 대전에서 귀를 물어뜯겼다.

45,000개밖에 없었어.

>너를 멋지게 만들어 봐.

>내 아바타지.

>네 증조할아버지.

>이건 너무 많아.

>그럼 내가 이걸 썩혀야겠어? 회복 열매 술이라도 만들까?

>형이 써야지.

>하지만 난 안 쓸 거야. 그리고 넌 쓸 거잖아.

이미지들이 더 빨리 왔다. 너무 빨라서 알아볼 수도 없이 들어왔다. 이미지들이 겹치고 뒤섞였다. 귀퉁이의 몇 개의 픽셀부터 번져 가 화면에 얼룩지며 퍼지는 빛, 망가진 파이프가 천장에 남긴 어둠 같은 빛, 영원히 새로워지는 이미지들을 쏟아 내는 빛이었다. 그러다가 이미지보다 빛이 많아지고, 거의 온통 흰색의 화면이지만 흰색보다 밝은, 눈사태 속을 들여다보는 것처럼 모호한 이미지들이 되었다.

어쩌면 자신의 인생에서 가장 순수한 공감의 순간일지도 모를 그때, 샘은 노암이 바로 그 순간 그의 화면에서 무엇을 보고 있을지 상상해 보려 했다. 퍼져 가는 빛 같은 어둠일까? 생명력이 줄어든다는 경고를 받고 있을까? 샘은 노암이 그런 경고에 몇 번이고 거듭 무시함을 클릭하고, 거슬리는 경고음을 무시하고, 마지막으로 그의 최종 선택을 확인하도록 재촉받고 확인 버튼을 클릭하는 모습을 상상했다.

사자가 노인에게 걸어가 그 옆에 무릎을 꿇고 거대하고 자부심 넘치는 앞발을 아이식의 구부린 어깨에 올리고, 아침에 깎았는데도 저녁 무렵 희끗희끗 자란 수염을 일일이 핥았다. 실은 아이식이 그의 삶 이전으로 자신을 되돌리려 하고 있는 그 순간, 사자는 마치 아이식을 되살리려는 듯이 핥고 또 핥았다.

>**어디 좀 봐, 바르 미츠바.**

사자가 아이식의 푹 꺼진 가슴에 거대한 머리를 기댔다. 아이식이 사자의 흘러내리는 갈기 속에 손가락을 넣었다.

증조할아버지의 추도회가 진행되는 가운데 샘은 울기 시작했다. 그는 잘 울지 않았다. 아거스가 이 년 전 두 번째로 고관절 전치환술을 하고 프랑켄슈타인 같은 바늘 자국이 다 드러나도록 엉덩이 털을 반쯤 민 채로 고개를 푹 숙이고 눈을 내리깔고 돌아왔을 때 이후로 운 적이 없었다.

제이컵이 말했다. "회복되는 중이라 저렇게 보이는 것뿐이야. 한 달 후면 원래대로 돌아갈 거다."

"한 달요?"

"금방 지나가."

"아거스에게는 아닐걸요."

"우리가 잘해 주면 되지."

"제대로 걷지도 못하는데요."

"필요 이상으로 산책하면 안 돼. 수의사 말이 회복에 제일 중요한 건 되도록 다리를 안 쓰게 하는 거래. 산책은 꼭 줄을 매고 해야 하고. 계단도 안 돼. 1층에 둬야겠다."

"하지만 잘 때는 어떻게 올라가요?"

"여기 아래에서 자야겠지."

"하지만 올라갈 텐데요."

"아닐 거다. 아거스도 자기 다리가 얼마나 약한지 아니까."

"올라갈 거예요."

"계단에 책을 좀 놓아서 길을 막을게."

샘은 내려가서 아거스의 상태를 확인하려고 알람을 새벽 2시에 맞췄다. 다시 알림 버튼을 한 번 누르고 한 번 더 눌렀지만 세 번째로 울리자 죄책감이 깨어났다. 그는 반만 깬 채 침대에서 나와 비틀거리며 계단을 내려가다 쌓아 놓은 『그로브 미술 백과사전』 때문에 전신이 마비될 뻔하고는, 아버지가 침낭 위에 앉아 아거스에게 숟가락으로 음식을 떠먹이고 있는 걸 보았다. 바로 그때 울었다. 그 순간 아빠를 정말 사랑했지만 아빠를 사랑해서가 아니라 바닥에 있는 두 동물 가운데 아빠가 더 안쓰럽게 느껴졌기 때문이다.

>어디 좀 봐, 바르 미츠바.

그는 창가에 있었다. 친척 아이들은 플레이스테이션을 하고 있었다. 어른들은 위층에서 유대인들이 반성하는 기간에 갑자기 필요로 하는 구역질 나고 냄새가 고약한 훈제 젤리 같은 음식을 먹고 있었다. 아무도 그의 존재를 알아채지 못했고, 그것이 그에게 필요한 것은 아닐지라도 그가 원하는 바였다.

그는 자신 앞에 있는 것 때문에 우는 것이 아니었다. 증조할아버지의 죽음이나 노암의 아바타의 죽음 때문이 아니고, 부모님의 결혼 생활이 파탄 났다거나 그의 바르 미츠바가 끝장났기 때문도 아니고, 이스라엘의 건물들 때문도 아니었다. 그의 눈물은 기억을 돌이키고 있었다. 노암이 다정함을 보여 준 순간 덕분에 입을 크게 벌린 다정함의 부재가 드러났다. 아빠는 삼십팔 일 동안 바닥에서 잤다.(신중을 기하느라 한 주 더.) 개한테는 거부당할 위험이 없으니까 다정함을 베풀기가 더 쉬웠을까? 아니면 동물의 요구는 너무나도 동물적인 반면 인간의 요구는 너무나 인간적이기 때문일까?

그는 결코 성인이 될 수 없을지 모르지만 증조할아버지는 이십 분 떨어진 곳의 땅속에 완전히 홀로 있고, 아바타는 무에 가까운 어딘가의 냉동된 데이터 저장 센터에서 화소로 나뉜 먼지로 돌아가고, 부모님은 바로 천장 반대쪽(하지만 그 천장에는 모서리가 없다.)에 있을 때, 창가에서 울면서 샘은 다시 태어났다.

단지 통곡일 뿐

제이컵은 유대교가 죽음을 제대로 이해한다고 생각했다. 유대교는 우리가 무엇을 해야 할지 가장 알기 어려우면서도 무언가를 해야 한다는 저항하기 어려운 욕구를 느낄 때 무엇을 해야 할지 일러 준다. 이렇게 앉아야 한다. 그러겠습니다. 이렇게 옷을 입어야 한다. 그러겠습니다. 이러한 순간에는 이런 말을 하되 음역해서 읽어야 한다. 나아세(Na-ah-seh).

제이컵은 한 시간도 전에 울음을 그쳤지만 여전히 벤지가 "울음 끝의 숨"이라고 부르는 상태였다. 어브가 그에게 복숭아 진을 한 잔 가져다주며 "랍비한테 와 주면 고맙겠다고 했지만 올지는 모르겠다."라고 말하고는 창턱의 피난처로 돌아갔다.

저녁 식탁 가득 음식 접시들이 차려졌다. 모든 호밀 흑빵 베이글, 모든 미니 베이글, 모든 납작한 베이글, 비알리,* 크림치즈, 양파 크림치즈, 연어 스프레드, 두부 스프레드, 훈제하고 식초에 절인 생선, 화이트 초콜릿이 사각 우주처럼 소용돌이치는 새까만 브라우니, 블론디,** 루겔럭스,*** 철 지난 하만타시****(딸기, 자두, 양귀비 씨), '샐러드.'(유대인들은 샐러드라는 단어를 손으로 집을 수 없는 것이면 무엇에든 갖다 붙였다. 오이 샐러드, 흰 살 생선과 참치와 구운 연어 샐러드, 렌틸콩 샐러드, 파스타 샐러드, 퀴노아 샐러드.) 그리고 자주색 탄산음료, 블랙커피, 홍차, 항공모함도 띄울 정도의 탄산수, 유대인의 피보다도 유대적인 액체인 케뎀 포도 주스와 피클 두세 종류가 있었다. 케이퍼는 어떤 음식에도 어울리지 않지만 아무도 숟가락을 대지 않으려 한 케이퍼는 누군가의 반쯤 마시다 만, 카페인을 반만 제거한 커피처럼 정말로 어울리지 않는 음식들에 들어가 있었다. 그리고 식탁 한가운데에는 말도 안 되게 퍽퍽한 쿠겔*****이 그 주위의 빛과 시간을 휘게 하고 있었다. 열 배는 많은 음식이었다. 그러나 그렇게 많아야 했다.

친척들은 접시를 천장까지 쌓아 올리면서 아이작에 대한 이야기를 나누었다. 그들은 아이작이 얼마나 재미있는 사람이었고(고의로 그리고 우연히), 얼마나 고집스럽게 눈엣가시 같은 사람이 될 수 있었는지(고의로 그리고 우연히) 하는 이야기를 나누었다.

---

* 다진 양파를 얹은 납작한 롤빵.

** 쿠키나 케이크의 일종으로 밀가루, 갈색 설탕, 버터, 달걀, 베이킹파우더, 바닐라를 이용해 만든다.

*** 크림치즈 반죽으로 속을 채운 쿠키.

**** 속을 넣은 삼각형 쿠키로, 유대인들의 봄 축제인 퓨림 축일에 먹는다.

***** 수플레와 비슷한 유대식의 냄비 구이 요리.

그가 얼마나 영웅적이었는지(고의로 그리고 우연히) 반추했다. 조금 울기도 했고, 약간 어색한 침묵도 얼마간 흘렀다. 가족이 모일 기회가 생겼다며 감사했다.(친척들 중에는 리아의 바트 미츠바 이후 처음 보는 이들도 있었고, 도리스 고모할머니가 죽었을 때 보고 못 본 이들도 있었다.) 다들 전화기를 보았다. 전쟁 소식, 경기 점수, 날씨를 확인했다.

아이들은 아이작의 죽음에 대해 느꼈을지 모를 일인칭의 슬픔은 벌써 잊고 지하실에서 일인칭 비디오 게임을 하고 있었다. 맥스는 육촌이라고 생각한 아이가 암살을 시도하는 걸 보고 심장이 배로 빨리 뛰었다. 샘은 아이패드를 가지고 옆으로 물러나 앉아 가상의 레몬 밭을 돌아다녔다. 늘 이렇게 수직으로 나뉘었다. 그리고 아니나 다를까, 어른의 세계를 피할 만큼 지각 있는 어른들은 자리를 옮기곤 했다. 제이컵이 그렇게 했다.

친척 아이들이 열 명은 넘었다. 데버러 쪽 아이들이 많았고, 줄리아 쪽 아이들은 몇 없었다. 어린아이들이 한 번에 하나씩 모든 보드 게임을 꺼냈다. 가지고 놀려는 게 아니라 꺼내서 작은 조각들을 뒤섞기 위해서였다. 가끔가다 한 번씩 누군가가 저도 모르게 흥분했다. 좀 나이가 있는 아이들은 바락을 둘러싸고 그가 텔레비전에서 나오는 극단적인 폭력 행위를 완벽하게 구현하는 모습을 구경했다. 텔레비전이 하도 커서 가장자리를 보려면 반대편 벽에 기대앉아야 했다.

벤지는 혼자 베니션 블라인드 사이에 구겨진 모노폴리 지폐를 쑤셔 넣고 있었다.

"창문에 인심 쓰고 있구나." 제이컵이 말했다.

"진짜 돈 아니에요."

"아니라고?"

"농담하시는 거 알아요, 아빠."

"혹시 엄마 못 봤니?"

"못 봤어요."

"얘야?"

"네?"

"이런, 너 울었니?"

"아뇨."

"정말이니? 운 것 같은데."

"망할!" 한 아이가 외쳤다.

"말조심!" 제이컵이 맞받아 외쳤다.

"안 울었어요."

"증조할아버지 때문에 슬프니?"

"아뇨."

"그럼 왜 그렇게 속상해하니?"

"아무것도 아니에요."

"아빠도 이런 일에 대해 알아."

"그럼 제가 왜 속상한지는 왜 모르세요?"

"아빠가 모든 걸 아는 건 아니니까."

"하느님만 모든 걸 아시죠."

"누가 그런 말을 해 줬니?"

"슈나이더먼 선생님요."

"그게 누군데?"

"히브리어 학교 선생님이에요."

"슈나이더먼. 맞아."

"하느님은 전부 아신대요. 하지만 저는 말이 안 되는 것 같아요."

"아빠도 이해가 안 돼."

"하지만 그건 아빠가 하느님을 믿지 않으니까 그런 거예요."

"확신하지 못하겠다고 말했을 뿐이야. 하지만 아빠가 정말로 하느님을 믿는다 해도 여전히 이해는 되지 않을 거야."

"맞아요. 하느님이 모든 걸 아신다면 왜 우리가 벽에 꽂아 넣을 쪽지를 써야 되겠어요?"

"좋은 지적이구나."

"슈나이더먼 선생님은 하느님이 모든 걸 아시지만 가끔 잊어버리신대요. 그래서 쪽지로 뭐가 중요한지 일깨워 드리는 거래요."

"하느님이 잊어버린다고? 정말?"

"선생님이 그러셨어요."

"네 생각은 어떠니?"

"이상해요."

"아빠 생각도 그래."

"하지만 그건 아빠가 하느님을 믿지 않아서 그런 거예요."

"아빠가 하느님을 믿는다면 그분은 기억하는 하느님일 거야."

"제 하느님도 그럴 거예요."

신의 존재에 대해서는 그 질문의 의미에 대해 그렇듯 불가지론적 입장이지만(신에 대해 이야기하면서 누구든 두 사람이 정말로 같은 것을 언급할 수 있을까?) 제이컵은 벤지가 믿기를 바랐다. 아니면 어쨌든 실버스 박사는 그러기를 바랐다. 벤지가 죽음에 대해 느끼는 불안이 몇 달 동안 서서히, 꾸준히 커져서 이제는 귀엽게 봐 줄 수준을 넘어 문제가 되는 지경에 이르렀다. 실버스 박사는 이렇게 말했다. "벤지는 평생 신학적 문제들에 대한 답을 생각해 나갈 수 있겠지만 세계와의 최초의 관계를 발전시키는 지금 이 시기는 절대 돌아오지 않습니다. 벤지가 안전하다고 느끼게 만들어 줘야 합니다." 신을 믿으라고 전도할 생각만 해도 제이컵은 당혹감을 느꼈지만 그게 옳은 것 같기는 했다. 벤지가 죽음에 대해 느끼는 공포가 다시 커졌을 때, 상상할 수 있는 것 가운데 가장 끔찍한 것은 영원한 비존재라는 데 동의하라고 제이컵의 본능이 촉구한 바로 그때, 제이컵은 실버스 박사의 명령을 기억해 냈다. 벤지가 안전하다고 느끼게 만들어 줘야 합니다.

"저, 너도 천국에 대해 알지?" 제이컵이 존재하지 않는 천사가 날개를 잃게 만들면서 말했다.

"아빠는 천사가 진짜가 아니라고 생각하시잖아요."

"흠, 그거야 아무도 모르는 일이지. 아빠도 물론 모르고. 하지만 천국이 뭔지는 알잖니?"

"사실은 몰라요."

그래서 제이컵은 갖은 화려한 표현을 동원해 최대한 위로가 될 만한 설명을 해 주었다.

"그럼 제가 천국에서는 늦게까지 안 자고 깨어 있고 싶어 하면요?" 벤지가 이제 소파에 털썩 앉으면서 물었다.

"매일 밤 네가 원하는 만큼 늦게까지 깨어 있을 수 있지."

"그리고 저녁을 먹기 전에 디저트를 먹을 수도 있겠네요."

"아예 저녁을 먹을 필요가 없겠지."

"하지만 그럼 건강이 나빠지잖아요."

"건강은 중요하지 않게 돼."

벤지가 고개를 옆으로 돌렸다. "생일요."

"생일이 뭐?"

"생일은 어떤가요?"

"음, 물론 생일이 언제까지나 끝나지 않지."

"잠깐요, 항상 생일이라고요?"

"응."

"매일 파티를 하고 선물을 받아요?"

"하루도 안 빼고 매일."

"잠깐요, 그럼 감사 편지를 써야 하잖아요."

"고맙다고 말할 필요도 없어."

"잠깐요. 그럼 제가 0이나 무한이라는 뜻이에요?"

"뭐가 되고 싶은데?"

"무한요."

"그럼 너는 무한이야."

벤지가 벌떡 일어나 머리 위로 손을 쳐들고 말했다. "지금 당장 죽고 싶어요!"

다만 벤지가 지나치게 안전하다고 느끼게 만들지는 말아야 합니다.

제이컵은 어브와 데버러의 지하실에서 더 미묘한 신학적 질문을 마주하고 다시 벤지의 감정적 안전을 위해 사실대로 알려 주고픈 본능에 맞섰다. "하느님이 정말로 모든 걸 기억할 수도 있겠지만 가끔은 잊기로 하시지 않을까?"

"왜 그러시겠어요?"

"그래야 우리가 기억하니까." 제이컵이 자신의 임기응변에 만족하며 말했다. 그가 말을 이었다. "소원처럼 말이야. 하느님이 우리가 무엇을 원하는지 아신다면 우린 소원을 빌 필요가 없을 테니까."

"그리고 하느님은 우리가 스스로의 힘으로 알기를 바라시는 거고요."

"그럴 수도 있지."

"저는 예전에는 증조할아버지가 하느님이라고 생각했어요."

"그랬니?"

"네, 하지만 할아버지는 돌아가셨으니까 하느님이 아니었던 게 분명해요."

"그렇게 생각할 수도 있겠다."

"엄마가 하느님이 아니라는 것도 알아요."

"그건 어떻게 알아?"

"저에 대해서는 절대 잊지 않으시니까요."

"네 말이 맞아. 엄마는 잊지 않을 거야."

"어떤 거라도요."

"어떤 거라도."

아이들 사이에서 또 한 차례 욕설을 웅얼거리는 소리가 돌았다.

"하여간 그것 때문에 울었어요." 벤지가 말했다.

"엄마 때문에?"

"통곡의 벽에 꽂아 넣을 제 쪽지 때문에요."

"하느님이 얼마나 잘 잊어버리시는지 생각하다가?"

"아뇨." 벤지가 텔레비전을 가리키며 말했다. 텔레비전에서 나오는 것은 제이컵이 생각했던 것처럼 비디오 게임이 아니라 가장 최근의, 가장 심각했던 여진의 결과였다. "통곡의 벽이 무너졌거든요."

"벽이?"

그것들이 세상으로 쏟아져 나왔다. 틈새마다 박혀 있던 모든 소원, 그러나 모든 유대인의 가슴에도 박혀 있던 모든 소원.

"이제 더는 그들이 얼마나 위대했는지에 대한 증거가 되지 못해요." 벤지가 말했다.

"뭐라고?"

"아빠가 로마인들에 대해 해 주신 말씀 있잖아요."

아이들은 얼마나 많은 것을 알까, 얼마나 많은 것을 기억할까?

"제이컵!" 어브가 위층에서 큰 소리로 불렀다.

"통곡의 벽." 제이컵이 마치 그 이름을 크게 말하면 벽이 다시 존재하게 되기라도 할 것처럼 말했다.

제이컵은 자식들이 안전하다고 느끼게 만들어 줄 수 있었다. 하지만 아이들을 계속 안전하게 지켜 줄 수 있을까?

벤지가 고개를 저으며 말했다. "이제는 단지 통곡일 뿐이에요."

봐! 울고 있는 히브리인 아기야

줄리아는 타미르의 존재 그 자체를 도저히 다 이해할 수 없었다. 그뿐 아니라 그는 그녀에게 활력 넘치는 집주인이 되라고 요구했다. 그리고 제이컵의 할아버지의 죽음은 그녀의 마음이 슬픔과 의심으로만 가득한 순간에 적어도 사랑과 돌봄을 실천하도록 요구했다. 그녀는 치솟는 분노를 잘 다스리고 심지어 자신의 수동 공격성을 억누를 수 있을 만큼 선했지만, 착한 사람이 되라는 요구에 문득문득 자신과 다른 이들에 대한 증오심이 일었다.

여느 산 사람들과 마찬가지로 그녀도 공상을 했다.(인간이라는 사실에 느끼는 어마어마한 죄의식 때문에 그녀 자신도 "여느 산 사람들과 마찬가지"라는 사실을 끊임없이 상기시킬 필요가 있었지만.) 공상 속에는 그녀가 설계한 집들이 있었지만 다른 것들도 있었다.

그녀는 빅서*에서 홀로 보내는 한 주를 꿈꾸었다. 포스트 랜치 인에 묵어도 좋고, 바다가 보이는 방에 묵어도 좋을 것이다.

마사지를 받든가 얼굴 마사지나 아무것도 치료하지 않는 '트리트먼트'라도 괜찮다. 미국삼나무가 터널을 이룬 숲에서 주위로 휘어진 나이테들 사이로 산책해도 좋을 것이다.

개인 요리사를 두는 상상을 했다. 채식주의자들이 더 오래 살고, 더 건강하고, 피부도 더 좋으니까 채식을 하면 좋을 것이다. 누군가가 그녀를 위해 장을 보고 요리를 하고 청소를 해 준다면 편할 것이다.

마크가 그녀에 대해 자신도 미처 알아차리지 못했던 것들을 알아봐 주는 상상을 했다. 귀엽게도 잘못 쓰는 관용구들, 치실질을 할 때 발의 움직임, 디저트 메뉴와 그녀의 재미있는 관계 같은 것들.

목적지 없이, 에디슨 전구가 실제로 불쾌할까 같은 논리적으로 전혀 중요하지 않은 것들을 생각하며 산책하는 상상을 했다.

비밀스러운 숭배자가 그녀에게 익명으로 잡지를 구독해 주는 상상을 했다.

흙먼지 날리는 길에서 까마귀의 발자국이 사라지듯 잔주름이 사라지는 상상을 했다.

화면들이 그녀의 삶에서, 아이들의 삶에서, 헬스클럽, 의사들의 진료실, 택시 뒷좌석, 술집, 식당 구석, 지하철에서 아이패드를 든 사람들의 아이워치에서 사라지는 상상을 했다.

바람이 잔뜩 든 고객들의 죽음과 더욱더 무거운 주방 기구

* 미국 캘리포니아 센트럴코스트에 있는 자연 경관이 훌륭한 지역.

들에 대한 그들의 꿈을 상상했다.

사 년 전 맥스의 대답에 쿡쿡거리고 웃은 선생이라는 작자의 죽음을 상상했다. 아이에게 학교 가는 기쁨을 되살려 주느라 그녀는 한 달 동안이나 아이와 잠자리에서 대화를 나눠야 했다.

실버스 박사는 적어도 두 번은 죽어야 하리라.

제이컵이 집에서, 존재 자체에서 갑작스럽게 사라지는 상상을 했다. 그가 헬스클럽에서 쓰러져 죽는 상상을 했다. 그러려면 먼저 그가 헬스클럽에 가는 상상을 해야 했다. 그 전에 그가 직업상의 성공과 그녀에게 서툴게 감춘 탈모 치료 이외의 방법으로 매력적이 되고 싶다는 욕구를 다시 가지는 상상을 해야 했다.

물론 그가 진짜로 죽기를 바라지는 않았다. 조금도, 무의식적으로라도 그런 마음은 없었다. 그의 죽음을 공상했다 해도 늘 고통 없는 죽음이었다. 그는 가끔씩 공포에 사로잡혀 가슴 속으로 손을 쑥 넣어 제대로 작동하지 않는 심장을 움켜쥐려 할 것이다. 그는 가끔씩 아이들 생각을 할 것이다. 가끔씩의 끝에서 그는 영원히 사라질 것이다. 그녀는 홀로 남을 테고, 드디어 홀로가 아닐 것이고, 사람들이 그녀를 위해 슬퍼해 줄 것이다.

그녀는 모든 식사를 요리하고(늘 그러듯이), 모든 청소를 하고(늘 그러듯이), 벤지의 답 없는 미로를 그릴 모눈종이를 사고, 맥스를 위해서는 데리야키 양념구이 해초 스낵을, 샘을 위해서는 지난번에 그녀가 사 준 것이 찢어지면 근사하지만 과해 보이지 않는 메신저 백을 사 줄 것이다. 아이들에게 자라와 크루컷에서 연말 할인 때 산 옷을 입혀 학교에 보낼 것이다.(늘 그러듯이.)

혼자 힘으로 먹고살아야 할 것이다.(지금의 생활방식으로는 어렵겠지만 남편이 들어 둔 생명 보험을 고려하면 괜찮을 것이다.) 그녀의 상상은 너무 강력해서 그녀에게 상처를 줄 정도였다. 그녀는 그 상처를 혼자만 간직할 정도로 나약했다.

그러고 나면 가장 아픈 생각, 뇌의 손가락 끝으로조차 건드릴 수 없는 생각이 떠올랐다. 자식들의 죽음이었다. 그녀는 샘을 가진 후로 몇 번이나 가장 끔찍한 생각들을 떠올렸다. 유산을 상상하고, 유아 돌연사 증후군을 상상하고, 아이가 계단 발판에서 몸을 숨기려다 계단에서 굴러 떨어지는 상상을 하고, 암에 걸린 아이를 볼 때마다 암을 상상했다. 스쿨버스에 아이들을 태울 때마다 버스가 언덕 비탈을 굴러 얼어붙은 호수로 빠지고 버스의 윤곽 주위로 얼음이 다시 어는 상상을 했다. 아이들 중 하나가 전신마취를 할 때마다 마치 작별 인사를 하듯이 인사를 했다. 자연스럽게 느끼는 불안을 넘어 모든 게 끝장날 듯한 기분을 느꼈다. 그러나 샘이 다친 후 너무 많이 사랑해서 행복해질 수 없다고 한 제이컵의 말은 옳았다.

샘의 부상. 그곳은 돌아 나오는 길이 없어서 가고 싶지 않은 곳이었다. 그러나 그녀의 뇌에 있는 트라우마 센터가 항상 그녀를 그곳으로 밀어붙였다. 그리고 그녀는 항상 온전히 돌아오지 못했다. 왜 그런 일이 일어났는지에 대해서는 납득했다. 사실 이유는 없었다. 그러나 어떻게 그렇게 되었는지에 대해서는 납득하지 못했다. 일련의 사건들이 무엇이었건 필요하지도, 불가피하지도 않은 것들이었으므로 너무나 고통스러웠다. 제이컵은 절대 그녀에게 문을 연 사람이 그녀였는지 묻지 않았다.(샘이 혼자서 열기에는 너무 무거웠다.) 줄리아는 절대 제이컵에게 그가 문을 닫아 샘의 손가락이 끼게 만들었는지 묻지 않았다.(어쩌면 샘이 문을 움직이게 했을 수도 있다. 관성 때문에 나머지 일이 일어났을 수도 있지 않을까?) 오 년 전 일이었다. 백 년은 되는 듯했던 응급실에서의 아침, 이 주에 한 번씩의 성형외과 의사 방문, 일 년간의 재활 등 그 과정 덕분에 그들은 그 어느 때보다 가까워졌다. 그러나 그 일은 또한 침묵의 블랙홀을 만들었다. 모든 것이 그것과 안전거리를 유지해야 했다. 그 블랙홀은 너무나 많은 것을 삼켜 버려서, 찻숟가락 한 개만큼만 해도 100만 개의 달에 있는 100만 가족의 사진 100만 장을 태워버리는 100만 개의 태양 이상의 무게가 나갔다.

그들은 운이 참 좋았다는 이야기는 할 수 있었지만(샘은 손가락들을 잃어버릴 뻔했다.) 운이 나빴다는 말은 절대 하지 않았다. 일반론은 이야기할 수 있었지만 세부를 떠올리며 이야기할 수는 없었다. 프레드 박사는 부모의 눈을 바라보며 제발 그만하게 해달라고 애걸하고 비는 샘의 손가락에 감각이 있는지 검사하기 위해 되풀이해서 바늘을 꽂았다. 집에 돌아오면 제이컵은 비닐봉투에 피투성이가 된 셔츠를 담아 코네티컷 거리 모퉁이에 있는 쓰레기통으로 가져갔다. 줄리아는 낡은 베갯잇 속에 자신의 피투성이 셔츠를 넣어 바지 무더기 속에 반쯤 처박았다.

너무 많이 사랑하면 행복해질 수 없다. 그러나 얼마나 많은 행복이라야 충분할까? 얼마나 있어야 그 모든 일을 다시 하게 될까? 그녀는 항상 고통을 인내하는 능력에서는 누구 못지않다고 믿었다. 당연히 자식들이나 제이컵보다 낫다고 생각했다. 그녀가 짐을 지는 편이 가장 쉬울 것이다. 그리고 어쨌든 결국 그녀가 지게 될 것이다. 남자들만이 아기가 없었던 셈 칠 수 있다. 그러나 그녀가 그 모든 일을 다시 할 수 있다면?

그녀는 종종 쓰나미 이후 가동을 중단한 핵 발전소에 자원해서 간 은퇴한 일본 기술자들을 생각했다. 그들은 치명적인 양의 방사선에 노출되리라는 사실을 알았지만 자신들의 기대 수명이 암으로 죽는 데 걸릴 시간보다 짧다는 사실을 고려하면 암에 걸리면 안 될 이유를 찾지 못했다. 철물 전시장에서 마크는 삶에서 행복해지기에 아직 너무 늦지 않았다고 말했다. 줄리아의 삶에서 솔직해질 수 있을 만큼 늦은 때는 언제일까?

모든 게 바뀌었는데 바뀐 게 거의 없다니 놀라운 일이었다. 대화의 범위는 계속 넓어졌지만 무슨 이야기를 하는지는 이제 확실치 않았다. 제이컵이 자신이 이사할 후보지들의 목록을 그녀에게 보여 주었을 때, 예전에 그들이 이사할 후보지의 목록을 보여 주었던 때보다 실감이 났던가? 그들이 각자의 행복한 독립생활에 대한 비전을 함께 이야기할 때, 그들이 함께 행복한 삶을 누릴 비전을 공유하곤 하던 때보다 현실감이 들었던가? 아이들에게 어떻게 이야기할지 연습하노라면 삶을 바로잡기보다 연극의 한 장면을 바로잡으려 하는 듯한 느낌이었다. 그녀는 제이컵에게 그것이 일종의 게임이고, 그가 즐기고 있다는 느낌을 받았다. 아니면 더 나쁘지만 별거 계획을 짜는 것이 그들을 함께하게 해 주는 새로운 의식이라는 느낌이었다.

가정생활에서 활기가 사라졌다. 그들은 제이컵이 다른 곳에서 자면 어떨까 이야기했지만, 손님방에는 타미르가 있고 소파에서는 바락이 잤다. 다들 잠들고 나면 호텔로 갔다가 누가 깨기 전에 돌아오는 것은 잔인한 데다 낭비로 느껴졌다. 그들은 어떤 식으로 계획을 짜면 아이들을 잘 보듬고 잘 넘어가면서 손실을 최소화할 수 있을지를 놓고 거듭 이야기했다. 그러나 망가진 것을 수리할지 그냥 버릴지에 대해서는 전혀 진전을 보지 못했다.

장례식이 끝나면…….

바르 미츠바가 끝나면…….

이스라엘 친척들이 떠나면…….

학기가 끝나면…….

그들은 자신들의 절망에 대해 무심한 태도를 취했고 어쩌면 당분간은 그 이야기를 하는 것으로 충분했다. 더는 어쩔 수 없을 때까지는 기다릴 수 있었다.

그러나 장례식은 비행기가 난기류를 만났을 때나 마흔 번째 생일처럼 언젠가는 죽어야 한다는 사실을 떠올리게 한다. 다른 날이었다면 그녀와 제이컵은 그들의 연옥에서 계속 살아갈 방법을 찾아냈을지 모른다. 해야 할 자질구레한 일들, 기분 전환 거리, 감정상의 탈출구, 공상들을 만들어 냈을지 모른다. 장례식 때문에 대화를 나누면서 죄짓는 기분이 들었지만, 한편으로는 줄리아에게 가차 없는 질문들이 떠올랐다. 좀 더 미룰 수 있었던 것들이 이제는 절박해졌다. 그녀는 시간이 얼마 남지 않았다는 맥스의 강박을 떠올렸다. "나는 인생을 낭비하고 있어요!"

그녀는 수십 벌의 코트가 쌓여 있는 침실로 갔다. 코트들은 죽은 시체처럼, 유대인의 시신처럼 보였다. 그 이미지들은 줄리아의 어린 시절에도 각인되었고 이제 어떤 되울림에서는 빠져나갈 수 없다는 것을 알게 되었다. 아이들을 가슴팍에 끌어안은 벌거벗은 여인들의 이미지. 처음 한 번 본 후로는 다시 본 적이 없었지만 그 이미지를 지울 수 없었다.

랍비는 참을성 있게 기다리는 무덤을 힐끗 보고 줄리아를 보았다. 그가 물었다. "하지만 당신의 경험으로 유대인들이 소리 없이 우나요?" 그가 아무도 듣지 못하는 것을 들은 걸까?

그녀가 자신의 코트를 찾아 걸쳤다. 주머니에 요리법과 아이들을 달랠 때 쓰는 사탕들, 열쇠, 명함, 계획하고 짐을 싼 기억은 나지만 정작 다녀온 기억은 없는 여행에서 남은 갖가지 외국 지폐가 가득했다. 타슐리흐 의식을 치르듯 이것들을 전부 두 주먹 가득 쥐어 쓰레기통으로 옮겼다.

그녀는 멈추지 않고 현관으로 갔다. 거실을 통과하고 양배추 샐러드, 블랙커피, 등 푸른 생선, 블론디를 지나 자주색 탄산음료와 복숭아 슈냅스를 지나 투자, 이스라엘, 암에 대한 잡담을 지나 걸어갔다. 조문객의 카디시*를 웅얼거리는 소리를 지나 천을 씌워 놓은 거울을 지나 콘솔 위에 놓인 지난번 방문 때 이스라엘

* 유대교에서 사망한 근친을 위해 하는 기도.

친척들과 찍은 아이작의 사진, 줄리아의 마흔 번째 생일에 찍은 사진, 소파에 앉아 가까운 곳을 멍하니 응시하는 사진들을 지나 걸어갔다. 문까지 가서 처음으로 협탁 위에 방명록이 펼쳐진 채 놓여 있는 것을 보았다. 그녀는 아이들이 무언가 써 놓았는지 보려고 방명록을 뒤적였다.

샘: 죄송해요.

맥스: 죄송해요.

벤지: 죄송해요.

그녀 역시 죄송했다. 문지방을 넘어가면서 메이즈자를 만지려 했지만 손가락이 닿지 않았다. 그녀는 제이컵이 그들의 집 현관 문의 메이즈자에 꾸며 넣을 그들만의 글귀를 고르자고 제안했던 일이 떠올랐다. 그들은 『탈무드』에서 한 구절을 골랐다. "잔디 하나하나마다 굽어 살피며 속삭여 주는 천사가 있다. '자라라! 자라라!'" 그 집에서 다음으로 살 가족이 알기나 할까?

사자 우리

타미르와 제이컵은 그날 밤늦게까지 깨어 있었다. 줄리아는 그 자리에 없었다. 아이작은 그곳에 없고, 어디에도 없었다. 아이들은 방에서 자고 있어야 했지만 샘은 아더 라이프에서 빌리와 스냅챗을 하고, 맥스는『호밀밭의 파수꾼』에서 이해하지 못하는 단어들을 찾아보고 있었다. 종이 사전을 써야 한다니. 홀든한테 배운 말로 하자면 꼭지가 돌았다. 바락은 손님방에서 잠들어 있었다. 아래층에는 육촌 둘뿐이었다. 옛 친구들이자 중년 남자들이자 아직 어린 아이들의 아버지들이었다.

제이컵이 부드럽게 웅웅 소리가 나는 냉장고에서 맥주를 가져와 텔레비전 소리를 끄고 무겁고 과장된 한숨을 내쉬며 타미르의 맞은편에 자리를 잡고 앉았다.

"힘든 하루였어."

"할아버지는 오래, 좋은 삶을 사셨어." 타미르가 이렇게 말하고 길게 한 모금 들이켰다.

"내 생각도 그래." 제이컵이 말했다. "좋은 삶이라는 부분을 빼면."

"증손주도 보셨잖아."

"'당신의 독일 사람들에 대한 복수'라고 부르신 손주들 말이지."

"복수는 달콤한 거야."

"할아버지는 절대 사지 않을 물건들의 쿠폰을 오리고 아무도 그분 말을 듣지 않는데도 아무한테나 이야기를 하면서 지내셨어." 술 한 모금. "한번은 아이들을 데리고 베를린의 동물원에 갔는데……."

"베를린에 간 적이 있어?"

"거기에서 촬영을 했는데, 마침 학교 방학 기간이랑 겹쳐서."

"아이들을 이스라엘이 아니라 베를린에 데려갔단 말이야?"

"방금 말했듯이 동베를린의 동물원에 데려갔는데, 내가 여태껏 가 본 곳 가운데 제일 우울한 곳이었어. 크기는 장애인 주차장만 하고 플라스틱 중국 음식 모형만큼 가짜인 게 확실해 보이는 식물 장식을 해 놓은 우리에 표범이 있더라. 8 모양을 그리면서 정확히 똑같은 길을 계속 걷더라고. 표범은 몸을 돌릴 때마다 고개를 뒤로 홱 젖히고 눈을 가늘게 떴어. 매번. 우리는 홀린 듯 사로잡혀서 십 분, 십오 분을 계속 구경했어. 아마 일곱 살쯤이었을 텐데 샘이 손바닥을 유리 벽에 꼭 붙이고 물었어. '증조할아버지 생일이 언제예요?' 줄리아와 나는 서로 마주 보았지. 이런 순간에 이런 질문을 하는 일곱 살짜리는 대체 어떤 아이일까?"

"증조할아버지가 우울한 표범 같다고 걱정하는 아이겠지."

"바로 그거야. 그리고 샘이 옳았어. 매일이 똑같은 일과의 반복이야. 인스턴트 블랙커피를 마시고, 크림치즈를 바른 흑빵을 먹고, 어마어마한 돋보기로 《주이시 위크》를 느릿느릿 읽고, 전등이 다 꺼졌는지 집 안을 확인하고, 다리에 테니스공을 끼운 보행기를 밀고 회당까지 걸어가서 검버섯이 핀 똑같은 노인들과 병의 예후와 졸업에 대한 소식에서 이름만 바뀐 똑같은 대화를 나누고, 회당에서 집으로 돌아오고, 얼린 닭고기 수프를 녹이면서 똑같은 사진 앨범을 뒤적이고, 《주이시 위크》를 한 문단 더 읽으면서 흑빵과 수프를 먹고, 똑같은 다섯 편의 영화 중 하나를 틀어 놓고 낮잠을 자고, 거리를 건너가서 코왈스키 씨가 여전히 잘 있는지 확인하고, 저녁을 건너뛰고, 전등이 다 꺼졌는지 집 안을 확인하고, 7시에 잠자리에 들어서 똑같은 악몽을 열한 시간 꾸지. 그게 행복인가?"

"행복에도 여러 종류가 있잖아."

"아무도 그런 행복을 선택하지는 않을 거야."

"그런 걸 선택할 사람도 많아."

제이컵은 아이작의 형제들, 굶주린 피난민들, 자신들을 무시할 가족도 없는 생존자들을 생각했다. 그는 증조할아버지에게 용인된 부적당한 삶과 그것이 부적당하다고 판단하는 것 모두에 부끄러움을 느꼈다.

"아이들을 베를린에 데려갔다니 믿을 수가 없어." 타미르가 말했다.

"굉장한 도시야."

"하지만 이스라엘보다 먼저?"

워싱턴과 텔아비브의 거리는 구글이 알고 있고 식탁의 너비는 줄자로 잴 수 있지만, 제이컵은 타미르와의 감정적 거리는 가늠조차 할 수 없었다. 그는 궁금했다. 우리가 서로를 이해하고 있을까? 아니면 이해하는 척하는 타인에 가까울까?

"우리가 좀 더 자주 연락하고 지냈으면 좋았을 텐데." 제이컵이 말했다.

"너랑 할아버지?"

"아니. 우리."

"원했으면 그렇게 했겠지."

제이컵이 말했다. "잘 모르겠어. 하고 싶었지만 하지 않은 일도 많은걸."

"당시에 하고 싶었다는 거야, 아니면 돌이켜 보니까 그렇다는 거야?"

"말하기 어려운데."

"알기 어려워? 아니면 말하기 어려워?"

제이컵이 맥주를 한 모금 삼키고 자신이 그런 것들을 내버려 둘 수 있는 사람이라면 좋겠다고 생각하며 식탁 위에 남은 컵 자국을 손바닥으로 닦았다. 그는 벽 뒤, 천장 위, 마룻바닥 아래에서 일어나는 모든 일과 자기 집에서 일어나는 일에 대해 자신이 얼마나 모르는가를 생각했다. 플러그를 다 빼면 콘센트에서는 무슨 일이 일어날까? 그 순간에 파이프 속에는 물이 있을까? 수도꼭지를 틀면 바로 물이 나오니까 틀림없이 있기는 할 것이다. 그렇다면 집이 대기 중인 물로 계속 가득 차 있다는 의미일까? 그 무게가 어마어마하지 않을까? 인체의 60퍼센트 이상이 물이라고 학교에서 배웠을 때 그는 아버지가 가르쳐 준 대로 의심했다. 그 말이 사실이라기에는 물은 그 정도로 무겁지 않았다. 그래서 아버지가 가르쳐 준 대로 아버지에게서 진실을 구했다. 어브는 쓰레기통에 물을 가득 채우고 제이컵에게 들어 보라고 했다. 제이컵이 낑낑대며 애를 쓰자 어브가 말했다. "피를 느껴 보렴."

제이컵이 맥주를 입가로 가져갔다. 텔레비전에서는 통곡의 벽 영상이 나오고 있었다. 그가 몸을 뒤로 젖히고 말했다. "우리 부모님 집에서 몰래 빠져나갔던 거 기억나? 아주 오래전에?"

"아니."

"우리가 국립 동물원 갔을 때?"

"국립 동물원?"

"진짜?" 제이컵이 물었다. "내 바르 미츠바 며칠 전 밤이었잖아?"

"당연히 기억하지. 공항에서 오는 길에 내가 차에서 그 얘기한 거 기억 안 나나 보구나. 그리고 네 바르 미츠바 전날 밤이었어. 며칠 전이 아니라."

"맞아. 알아. 알았지. 왜 그렇게 바꾸어 기억했는지 모르겠네."

"실버스 박사는 뭐라고 할까."

"네가 그의 이름을 기억하다니 놀라운데."

"네가 기억하게 만들었잖아."

"실버스 박사라면 뭐라고 하겠냐고? 아마 내가 기억을 흐리게 해서 스스로를 보호하려 했다고 하겠지."

"그 남자한테 돈을 얼마나 내?"

"터무니없이 많이 내. 그리고 보험 회사에서 나머지 3분의 2를 지불하고."

"무엇으로부터 스스로를 보호해?"

"더 많은 걱정거리로부터?"

"나보다 더할까."

"여기서 나의 깨달음을 두고 논쟁을 하진 않겠어."

그리고 벽 뒤, 천장 위, 마룻바닥 밑뿐만 아니라 거실 자체가 제이컵이 아주 희미하게밖에 인식하지 못하는 활동들로 가득했다. 수십, 수백의 라디오 방송들, 수백, 수천 개의 텔레비전 방송국, 수십만 개의 스마트폰 대화, 블루투스, 와이파이, 전자레인지에서 새어 나오는 극초단파, 오븐과 전구에서 나오는 방사선, 그중에서도 가장 큰 오븐과 전구에서 나오는 태양광. 그 모든 것이 방을 끊임없이 통과하고, 그중 일부는 그를 서서히 죽이고 있었지만 아무것도 감지되지 않았다.

"우린 너무 멍청했어." 타미르가 쿡쿡 웃었다.

"지금도 그래."

"하지만 그때는 훨씬 더 멍청했다고."

"하지만 낭만적이기도 했지."

"낭만적이라고?"

"삶에 대해서. 어땠는지 기억 안 나? 삶 자체가 사랑의 대상이 될 수 있다고 믿었던 거?"

타미르가 맥주를 한 병 더 가지러 간 동안 제이컵은 줄리아에게 문자를 보냈다. 어디야? 매기한테 전화했는데 당신 거기 안 갔다던데.

"아니, 기억 안 나." 타미르가 냉장고를 열고 말했다.

삼십 년 전의 그날 아침 동물원에서 그들은 양말이 젖은 스펀지가 되도록 땀을 흘렸다. 여름의 D. C.에서는 모든 것이 정화의식이었다. 그들은 유명한 판다 링링과 싱싱, 코끼리와 그들의 기억들, 고슴도치와 필기도구로 이루어진 그들의 방패를 보았다. 부모들은 D. C.와 하이파 중 어느 도시의 날씨가 더 견딜 만한지를 놓고 논쟁했다. 지는 것이 이기는 것이므로 서로 지려고 기를 썼다. 제이컵보다 여섯 달 먼저 태어났다는 사실을 아주 중요하게 여기는 타미르는 계속해서 동물원의 보안이 매우 취약해서 쉽게 숨어 들어갈 수 있다고 지적했다. 동물원이 열려 있고, 그들이 동물원에 있고, 입장이 무료라는 건 모르는 모양이었다.

동물원을 구경한 후 코네티컷 거리를 따라 듀퐁 서클로 갔다. 어브와 슐로모가 앞자리에 앉고, 아디나와 데버러가 뒷좌석, 제이컵과 타미르는 볼보 뒤편에 뒤를 보고 앉았다. 별로 인상적이지 않은 카페에서 샌드위치를 먹은 다음 항공 우주 박물관에서 이십칠 분짜리 근사한 「창공을 날아라!」를 보려고 줄을 서서 기다리며 오후를 보냈다.

빈약한 점심 식사를 보충하려고 저녁에는 "D. C. 최고의 시카고 피자"를 먹으러 아맨드에 갔다가 스웬슨에서 아이스크림선디를 먹고 업타운에서 재미없는 액션 영화를 보았다. 그러면서 너무 커서 묻혀 있는 것과 반대되는 기분, 어쩌면 죽어 간다는 것과 반대되는 기분을 느끼게 해 주는 스크린의 위력을 경험했을 뿐이었다.

다섯 시간 후 보안 시스템의 키패드에서 나오는 불빛만 남았을 때 타미르가 제이컵을 흔들어 깨웠다.

"무슨 일이야?" 제이컵이 물었다.

"가자." 타미르가 속삭였다.

"왜?"

"어서."

"나 자고 있어."

"자는 사람이 어떻게 말을 해?"

"자면서 말하는 거야."

"가자고."

"어딜?"

"동물원."

"무슨 소리야?"

"가자니까, 이 자식아."

“내일이 내 바르 미츠바야.”

“오늘이지.”

“맞아. 그러니까 난 자야 해.”

“네 바르 미츠바 동안 자면 되지.”

“왜 동물원에 가자는 거야?”

“숨어 들어가려고.”

“왜 그런 짓을 해?”

“계집애같이 굴지 마.”

제이컵이 아직 제정신이 돌아오지 않았던 것인지 아니면 타미르한테 계집애 같다는 소리를 듣기가 정말 싫었던 것인지 몰라도 일어나 앉아서 눈을 부비며 옷을 주워 입었다. 그의 머릿속에 이건 정말 나답지 않아라는 말이 떠올랐다. 그것은 그날 밤 내내 그가 원래의 자신과 정반대인 사람이 되는 순간까지 자기도 모르게 되풀이할 말이었다.

그들은 어둠 속에서 뉴어크 거리를 걸어가 클리블랜드 파크 공공 도서관 분원에서 오른쪽으로 돌았다. 모사드 요원이라기보다는 몽유병자처럼 말없이 코네티컷 거리를 걸어 내려가 클링글 밸리 브리지를 건너(제이컵은 그 다리를 건널 때마다 다리에서 뛰어내리는 상상을 했다.) 케네디워런 아파트를 지나갔다. 잠은 깼지만 꿈속이었다. 드디어 푸른 녹이 덮인 사자와 동물원이라고 쓰인 커다란 콘크리트 글자까지 갔다.

타미르가 옳았다. 허리 높이의 콘크리트 장벽을 뛰어넘기는 식은 죽 먹기였다. 함정이 아닌가 싶을 정도로 쉬웠다. 제이컵은 경계를 넘고 법 위반을 공식화하고 나서 떨리는 손에 새로 얻은 무단 침입 배지를 들고 바로 돌아오기만 했어도 충분히 만족했을 것이다. 그러나 타미르는 그 정도로는 만족하지 않았다.

타미르는 작은 특공대원처럼 웅크리고 가시 범위를 훑어본 다음 제이컵에게 따라오라고 짧게 손짓했다. 제이컵은 따라갔다. 타미르는 안내소를 지나고 안내 지도를 지나서 거리에서 점점 멀어져 마침내 선원의 눈에 해변이 더는 보이지 않게 되듯 거리가 보이지 않는 곳까지 제이컵을 이끌었다. 제이컵은 타미르가 자신을 어디로 데려가는지 몰랐지만 그가 이끄는 대로 따라가야 한다는 것은 알았다. 이건 정말 나답지 않아.

제이컵이 알아볼 수 있는 한 동물들은 잠들어 있었다. 들리는 소리라고는 엄청나게 많은 대나무 사이를 지나가는 바람 소리, 유령같이 웅웅대는 자판기 소리뿐이었다. 낮에는 동물원이 노동절의 쇼핑몰 같았다. 그때는 바다 한복판에 있는 듯한 기분이었다.

동물들은 제이컵에게 항상 수수께끼였지만 잠들어 있을 때가 제일 그랬다. 조잡하고 빈약한 추정이기는 했으나 깨어 있는 동물의 의식이라면 대강 짐작은 해 볼 수 있을 듯했다. 그러나 코뿔소가 무슨 꿈을 꿀까? 코뿔소가 꿈을 꾸기는 할까? 동물이 깨어 있다가 깜짝 놀라 잠에 빠지는 법은 없다. 서서히, 평화롭게 잠든다. 그러나 잠자던 동물은 거의 항상 화들짝 놀라면서 깨어나는 것 같았다.

사자 우리까지 가자 타미르가 발을 멈추었다. "오늘 아침에 여기 온 후로 계속 이 생각만 했어."

"무슨 생각?"

그가 난간에 손을 올리고 말했다. "땅에 발을 딛고 싶다고."

"땅에 발을 딛고 있잖아."

"저기 말이야."

"뭐?"

"잠깐 동안이라도."

"정신 차려."

"진심이야."

"말도 안 돼."

"진짜라니까."

"그럼 넌 미친 거야."

"그래. 하지만 진짜 진심이야."

제이컵은 그제야 타미르가 『정신 질환 진단 및 통계 편람』 5판에 사례로 나오는 사람이 타넘을 수 있을 만큼 우리 벽이 낮은 곳으로 그를 데려갔음을 깨달았다. 그는 낮에 그곳을 발견하고 심지어 눈으로 대충 재 보고 아마도 틀림없이 마음속으로 그 장면을 그려 보았을 게 분명했다.

"안 돼." 제이컵이 말했다.

"왜 안 돼?"

"왜 안 되는지 알잖아."

"몰라."

"사자한테 잡아먹힐 테니까, 타미르. 빌어먹을."

"다들 잠들었어."

"다들?"

"세 마리야."

"세어 봤어?"

"응. 그리고 명판에도 그렇게 적혀 있어."

"아무도 자기 영역을 침범하지 않으니까 자고 있는 거지."

"그리고 여기 나와 있지도 않아. 안에 있어."

"네가 어떻게 알아?"

"사자들이 보여?"

"내가 망할 동물학자야? 지금 벌어지는 모든 일들 중에서도 사자만은 살펴보고 싶지 않을 거라고."

"사자들은 안에서 자고 있어."

"집에 가자. 사람들한테 네가 뛰어내렸다고 말해 줄게. 네가 사자를 죽였다든가 사자가 입으로 해 줬다든가 하여간 영웅이 된 기분이 들 만한 짓은 다 했다고 말해 줄게. 그러니 제발 여기서 나가자."

"내가 여기서 원하는 건 남들이랑은 상관없어."

타미르가 이미 담을 기어오르기 시작했다.

"너 그러다 죽어." 제이컵이 말했다.

"너도 마찬가지야." 타미르가 대꾸했다.

"사자가 깨서 너한테 달려오면 난 어떡해야 돼?"

"네가 어떡해야 하느냐고?"

그 말에 제이컵은 웃음을 터뜨렸다. 그리고 그의 웃음에 타미르도 웃었다. 그의 작은 농담으로 긴장이 풀어졌다. 그의 작은 농담으로 세상에서 제일 멍청한 생각이 그럴듯하게 보였다. 심지어 거의 말이 되는 것 같고 천재적으로 보이기까지 했다. 제정신을 차린다는 대안이 오히려 미친 짓이 되었다. 그들은 어렸으니까. 딱 한 번뿐인 삶에서 젊은 시절은 딱 한 번뿐이니까. 경솔함만이 무를 향해 날릴 수 있는 주먹이니까. 살아 있음을 어디까지 견딜 수 있을까?

그 일은 너무 빨리 일어났고 영원에 맞먹는 시간이 걸렸다. 타미르가 펄쩍 뛰어올랐다가 쿵 소리를 울리며 착지했다. 그 순간 제이컵의 눈과 마주친 그의 눈 속에 떠오른 공포로 보아 그 소리는 예상치 못했던 게 분명했다. 그러고 나서 그는 마치 땅이 용암이라도 되듯이 땅에서 벗어나려 했다. 처음 뛰어올랐을 때는 난간에 손이 닿지 않았지만 두 번째 시도는 쉬워 보였다. 그가 기어 올라오자 제이컵이 그를 유리벽 너머로 끌어 올려 주었다. 그들은 깔깔 웃으며 함께 보도 위로 나뒹굴었다.

제이컵은 육촌과 함께 웃으며 어떤 기분이었을까? 그는 삶을 비웃었다. 스스로를 비웃었다. 열세 살짜리라도 자신이 아무것도 아니라는 것은 안다. 특히 열세 살짜리라면.

"이제 네 차례야." 몸을 일으켜 세워 옷을 털면서 타미르가 말했다.

"절대 안 해."

이건 정말 나답지 않아.

"어서."

"차라리 죽겠다."

"두 가지 다 할 수 있어. 어서, 넌 해야 돼."

"네가 했으니까?"

"너도 하고 싶으니까."

"난 하고 싶지 않아."

"어서. 정말 행복해질 거야. 오랫동안 행복해질 거라고."

"행복은 나한테 중요하지 않아."

그러자 그가 단호한 목소리로 말했다. "지금이야, 제이컵."

제이컵은 타미르의 번뜩이는 공격성을 웃어넘기려 했다.

"바르 미츠바를 하기 전에 죽으면 부모님이 나를 죽일 거야."

"이게 너의 바르 미츠바가 될 거야."

"말도 안 돼."

그러자 타미르가 제이컵 앞으로 얼굴을 바짝 들이댔다. "안 하면 한 방 날릴 거야."

"잠깐만."

"안 하면 말 그대로 주먹을 날릴 거야."

"하지만 난 안경을 꼈고 여드름도 있어."

그 작은 농담은 아무 효과도 없었다. 아무것도 말이 되게 만들지 못했다. 타미르가 제이컵의 가슴팍에 주먹을 날렸다. 그의 몸이 난간으로 밀려갈 정도의 위력이었다. 제이컵으로서는 처음 주먹으로 맞아 보는 것이었다.

"무슨 짓이야, 타미르?"

"왜 우는 거야?"

"나 울지 않는데."

"울지 않는다면 그만 울어."

"안 운다니까."

타미르가 제이컵의 양 어깨에 손을 올리고 이마를 제이컵의 이마에 갖다 댔다. 제이컵은 일 년 동안 모유를 먹었고, 주방 개수대에서 목욕을 했고, 아버지의 어깨에서 1000번은 잠이 들었다. 그러나 이런 친밀함은 처음 경험해 보는 것이었다.

"넌 해야 해." 타미르가 말했다.

"하고 싶지 않다고."

"하고 싶지만 두려운 거야."

"아니라니까."

그러나 그는 하고 싶었다. 그러나 두려웠다.

"자." 타미르가 제이컵을 벽으로 데려갔다. "쉬워. 잠깐이면 돼. 봤잖아. 별거 아니라는 거 다 봤잖아. 그리고 영원히 이 일을 기억하게 될 거야."

이건 정말 나답지 않아.

"죽은 사람에게는 기억이 없어."

"네가 죽게 두지 않을게."

"죽게 두지 않는다고? 네가 뭘 할 건데?"

"나도 너랑 같이 뛰어내릴 거야."

"그래서 같이 죽자고?"

"응."

"하지만 그런다고 내가 덜 죽게 하지는 못하잖아."

"덜 죽게 해. 이제 가."

"무슨 소리 못 들었어?"

"응, 아무 소리도 안 났으니까."

"진짜야. 난 죽고 싶지 않아."

어찌 된 일인지 아무 일도 일어나지 않았는데, 어떤 결정도 내리지 않았는데, 뇌에서 근육에 어떤 신호도 보내지 않았는데 그렇게 되었다. 제이컵은 유리 벽을 기어오른 적이 없는데 어느새 반쯤 올라가 있었다. 손이 하도 덜덜 떨려서 간신히 붙잡고 있었다.

이건 정말 나답지 않아.

"놔." 타미르가 말했다.

그는 가만히 있었다.

이건 정말 나답지 않아.

"놓으라고."

그가 고개를 젓고 손을 놓았다.

그리고 그는 사자 우리 안 땅 위에 있었다.

이건 정말 나답지 않아.

나라의 수도 한복판, 초원처럼 꾸며 놓은 한복판의 땅 위에서 그는 너무나 억누를 수 없고 진실해서 자신의 삶을 망치거나 구하거나 둘 중 하나가 될 어떤 감정을 느꼈다.

삼 년 후 그는 원하기만 하면 자신의 팔이라도 기꺼이 잘라 주었을 소녀의 혀에 자신의 혀를 갖다 댈 것이다. 그리고 그 이

듬해에는 에어백이 그의 각막에 상처를 입히면서 그의 생명을 구하게 될 것이다. 그리고 이 년 후에는 자신의 음경을 넣은 입을 놀란 눈으로 바라보게 될 터였다. 그해 후반에는 아버지가 몇 년 동안이나 그에 대해 하던 말을 그가 아버지에게 할 것이다. 대마초를 피우고, 바보 같은 터치 풋볼* 경기를 하다 자신의 무릎이 반대편으로 꺾이는 걸 보고, 외국의 도시에서 한 여자와 아기가 그려진 그림을 보고 알 수 없는 감동에 눈물을 흘리고, 동면하는 갈색곰과 멸종 위기에 빠진 천산갑을 만져 보고, 일주일 동안 검사 결과를 기다리고, 새 생명이 몸에서 나올 때 비명을 지르는 아내의 생명을 위해 말없이 기도하게 될 것이다. 삶이 크고 귀중하게 느껴지는 많은 순간이 있다. 그러나 그런 순간들은 지상에서 그의 시간들 중에서 아주 작은 부분만을 차지했다. 일 년에 오 분이나 될까? 다 모으면 어느 정도가 될까? 하루? 기껏해야 그 정도일까? 사십 년의 삶에서 살아 있다는 느낌이 드는 것은 하루라고?

사자 우리 안에서 그는 자기 자신의 존재에 에워싸이고 받아들여진 기분을 느꼈다. 아마도 평생 처음으로 안전하다고 느꼈다.

그러나 그때 그 소리를 듣고 정신이 들었다. 고개를 들자 타미르와 눈이 마주쳤다. 타미르도 그 소리를 들었다는 것을 알 수 있었다. 무언가가 움직이는 소리. 터벅거리는 소리. 바스러지는

* 미식축구의 일종으로 태클 대신 터치를 한다.

낙엽. 그들은 시선 속에서 무엇을 교환했을까? 공포? 그러나 그것은 웃음소리처럼 느껴졌다. 그들끼리 주고받은 농담들 중에서도 가장 멋진 농담처럼 느껴졌다.

제이컵은 고개를 돌려 짐승을 보았다. 그의 마음속에 있는 것이 아니라 실제 세계의 실제 동물이었다. 신중히 생각하지도, 자세히 설명하지도 않는 동물. 할례를 받지 않은 동물. 50미터 밖이었지만 그것의 뜨거운 숨에 제이컵의 안경에 김이 서렸다.

한마디 말도 없이 타미르가 울타리를 기어 올라 손을 뻗었다. 제이컵은 그 손을 향해 펄쩍 뛰어올랐지만 손이 닿지 않았다. 손가락이 닿았으나 그 사이의 거리가 무한하게 느껴졌다. 제이컵은 다시 뛰어올랐다. 다시 손끝이 스쳤고 이제 사자는 한 번 성큼 뛸 때마다 그들 사이의 거리를 절반으로 줄이면서 달려오고 있었다. 제이컵은 정신을 차리거나 어떡하면 조금 더 높이 뛸 수 있을지 생각할 틈 없이 그저 다시 시도했다. 아드레날린 때문인지 신이 갑자기 자신의 존재를 입증하고 싶었던지 몰라도 이번에는 타미르의 손목을 잡았다.

그리고 제이컵과 타미르는 다시 한번 보도 위에 대자로 뻗었고, 타미르가 웃기 시작했다. 제이컵도 웃기 시작했다. 그리고 동시에 제이컵은 울기 시작했다.

어쩌면 그는 알았을지 모른다. 그 보도 위에서 울고 웃는 10대였던 그는 다시는 그런 감정을 느껴 보지 못하리라는 것을 깨달았을지 모른다. 그 산꼭대기의 정상에서 그의 앞에 놓인 위대한 범속함을 보았을지 모른다.

타미르도 울고 있었다.

삼십 년이 지난 후 그들은 여전히 우리 가장자리에 있었다. 아무리 키가 자랐어도 이제는 들어갈 수 있을 것 같지 않았다. 유리 벽도 자랐다. 그들이 자란 이상으로 자랐다.

"그날 밤 이후로 살아 있다고 느껴 본 적이 없어." 제이컵이 타미르에게 맥주를 한 병 더 갖다 주며 말했다.

"삶이 그렇게 지루했어?"

"아니. 많은 일이 있었지. 하지만 그런 감정은 느껴 보지 못했어."

"행복에도 여러 종류가 있지." 타미르가 말했다.

제이컵이 잠시 침묵을 지키다 병을 따고 나서 말했다. "저기, 내가 그걸 믿는지 잘 모르겠어."

"넌 믿고 싶지 않은 거야. 네 일이 전쟁만큼 의미가 있어야 한다고, 긴 결혼 생활이 첫 번째 데이트와 똑같은 흥분을 줘야 한다고 믿고 싶은 거지."

"알아." 제이컵이 말했다. "너무 많이 기대하지 마라. 무감각해지는 것을 사랑하는 법을 배워라."

"그런 말이 아니었어."

"난 평생 우리가 아이 적에 얘기한 모든 게 적어도 아주 조금은 진실을 품고 있다고 믿어 왔어. 느껴지는 삶의 약속이 거짓이 아니라는 것 말이야."

"왜 그렇게 느낌을 강조하는지 스스로에게 물어본 적 있어?"

"그럼 달리 뭘 강조해?"

"평화."

"평화는 많은데." 제이컵이 말했다. "너무 많아."

"평화에도 여러 종류가 있지."

바람이 집을 스쳐지나고, 레인지 후드 안쪽 깊은 곳에서 통풍 조절판이 펄럭였다.

"줄리아는 내가 아무것도 믿지 않는다고 생각해." 제이컵이 말했다. "줄리아가 맞을지도 몰라. 이걸 믿음으로 쳐야 할지 불신으로 쳐야 할지 모르겠지만 할아버지가 지금 계신 곳은 다른 어디도 아니고 땅속이라는 건 확신해. 우리는 지금 가진 것 이상은 앞으로도 갖지 못할 거야. 우리의 일, 우리의 결혼……."

"실망했어?"

"그래. 아니면 충격에 빠졌든가. 아니, 실망과 충격 사이 어디쯤이야. 기가 꺾였다고 해야 하나?"

싱크대 위로 끈질기게 희미하게 드리우던 빛이 딱 소리와 함께 어두워졌다. 어딘가 연결이 불안정했다.

"힘든 하루였지." 타미르가 말했다.

"응, 하지만 그런 날이 수십 년 이어졌어."

"겨우 몇 초처럼 느껴졌는데도?"

"누가 나한테 어떻게 지내느냐고 물으면 난 이렇게 대답해. '난 통로를 통과하고 있어.' 목적지까지 내내 모든 것이 이행과 격변의 연속이야. 하지만 난 지금까지 오랫동안 나의 남은 삶은 하나의 긴 통로가 되리라는 사실을 받아들여야 한다고 말했어.

양쪽의 둥근 부분이 없는 모래시계랄까. 조금씩 계속 흘러내리기만 하지."

"제이컵, 너한텐 진짜로 문제가 충분하지 않구나."

"충분히 많아." 제이컵이 다시 줄리아에게 문자를 보내면서 말했다. "정말이야. 하지만 내 문제들은 아주 사소하고 아주 가정적인 것들이지. 우리 아이들은 하루 종일 화면만 쳐다보고 살아. 우리 개는 요실금이 있고. 난 포르노를 끊을 수가 없지만 내 앞에 아날로그 성기가 있다 해도 발기가 될 것 같지는 않아. 머리가 벗어지고 있고. 모르는 척해 줘서 고맙지만 너도 눈치챘겠지."

"너 머리 벗어지지 않았어."

"내 인생은 시시해."

타미르가 고개를 끄덕이고는 물었다. "시시하지 않은 사람이 누가 있어?"

"너."

"뭐가 시시하지 않다는 거야? 듣고 싶어 죽겠네."

"넌 전쟁에 나갔고, 미래의 전쟁의 그림자 속에서 살고 있어. 맙소사, 노암은 지금 예측 불허의 상황에 있지. 네 삶의 위기가 삶의 크기를 반영하는 거야."

"그리고 그게 부러워할 거리가 되고?" 타미르가 물었다. "한 병만 덜 마셨어도 방금 한 말에 마음 상했을 거야." 그가 반병쯤 쭉 들이마셨다. "한 병 더 마셨더라면 분개했을 거고."

"기분 나빠할 이유 없어. 난 그저 네가 위대한 범속함을 탈출했다고 말하는 거야."

"넌 내가 모두 텔레비전에 빠져서 서로에 대해서는 알지도 못하는 지루한 동네의 지루한 하얀 집에서 사는 건 죽어도 원치 않는다고 생각하지?"

"그래. 넌 우리 할아버지 못지않게 미쳐 버릴 거야."

"그분은 미치지 않았어. 미친 건 너지."

"그런 뜻이 아니라……."

불이 다시 탁 하고 켜져서 제이컵은 자신의 말이 무슨 뜻이었는지 알아야 하는 상황을 모면했다.

"너 자신에게 귀 기울여 봐, 제이컵. 넌 이게 다 게임이라고 생각해. 넌 팬일 뿐이니까."

"그건 무슨 소리야?"

"팬보다 나빠. 넌 네가 누구를 응원하는지도 몰라."

"야, 타미르. 너 내가 하지도 않은 말을 넘겨짚고 있잖아. 왜 그래?"

타미르가 텔레비전 화면 속 서예루살렘으로 들어가려는 성난 팔레스타인 군중을 저지하는 이스라엘 군대를 가리키더니 말했다. "저게 바로 지금 상황이야. 넌 알아차리지도 못했겠지?"

"하지만 내가 하던 얘기가 바로 저거야."

"드라마. 맞아. 넌 드라마를 너무 좋아해. 너를 부끄럽게 하는 건 바로 우리야."

"뭐? 누가 부끄럽게 한다고?"

"이스라엘."

"타미르, 그만해. 네가 무슨 소리를 하는지, 왜 대화가 이런 쪽으로 왔는지 모르겠다. 그냥 나 신세 한탄 좀 하면 안 돼?"

"나는 나 자신을 옹호하려는 것뿐이야."

제이컵과 줄리아는 맥스에게 힘을 조금만 실어 주면 그가 공황 상태에서 빠져나올지 모른다는 희망에서 혼자서 동네를 돌아다니는 모험을 하게 하기 시작했다. 그들은 그를 피자 가게, 도서관, 빵집에 보냈다. 어느 날 오후 그가 약국에 갔다가 마분지로 된 엑스레이 안경을 가지고 돌아왔다. 제이컵은 그가 안경을 써 보고 다시 포장을 읽고 다시 써 보고 다시 포장을 읽는 모습을 몰래 지켜보았다. 맥스가 안경을 쓰고 아래층을 돌아다니다 점점 흥분했다. "이거 전부 거지 같아!" 그가 안경을 바닥에 던지며 외쳤다. 제이컵은 안경이 다른 사람들에게 자신이 사물을 투시할 수 있다고 생각하게 만들려는 의도로 만들어진 속임수라고 조심스럽게 설명해 주었다. "왜 포장에다 그걸 분명히 밝히지 않아요?" 맥스의 분노가 굴욕감으로 바뀌었다. "그리고 진짜로 사물을 투시하는 것보다 왜 이게 더 재미있다는 거예요?"

타미르의 내면에서는 무슨 일이 벌어지고 있을까? 제이컵은 행복에 대한 따뜻한 농담이 어쩌다 혼자서만 열을 올리는 정치 논쟁으로 바뀌었는지 이해할 수 없었다. 그가 무언가를 건드렸다. 하지만 무엇을?

타미르가 말했다. "난 일을 많이 해. 너도 알지. 난 항상 일을 많이 했어. 어떤 사람들은 가족으로부터 떨어져 있으려고 일을 해. 난 내 가족을 부양하려고 일했어. 내가 하는 말 믿지?"

제이컵은 무슨 말을 해야 좋을지 몰라 고개만 끄덕였다. "믿고말고."

"노암이 어릴 때 저녁 식사를 같이 못 하는 날이 많았어. 하지만 아침마다 꼭 학교에 데려다줬어. 나한테는 중요한 일이었어. 나처럼 아이를 데려다주는 다른 많은 부모들과도 아는 사이가 됐어. 나는 그 사람들을 좋아했어. 하지만 한 아버지는 참을 수가 없었어. 진짜 개자식이었어. 나처럼. 그래서 자연스럽게 그의 아들도 싫어하게 됐지. 이름이 에이탄이었어. 그러니까 이 이야기가 어떻게 이어질지 너도 알겠지?"

"실은 모르겠어."

"노암이 군대에 갔을 때 그의 부대에 누가 있었게?"

"에이탄."

"바로 에이탄이야. 그의 아버지와 나는 둘 중 한 사람이 무언가 작은 소식이라도 알게 되면 이메일을 주고받았어. 함께 시간을 보낸 적은 없고 통화한 적도 없어. 하지만 메일은 꽤 많이 주고받았지. 그 사람이 조금도 더 좋아지지는 않았어. 오히려 상대해야 할수록 더 싫어하게 됐어. 하지만 실은 난 그를 정말로 좋아했어." 그가 빈 병을 손으로 감싸 쥐었다. "질문 하나 해도 돼?"

"물론."

"넌 이스라엘에 돈을 얼마나 보내?"

"돈을 얼마나 보내느냐고?" 제이컵이 맥주가 한 병 더 필요해서가 아니라 좀 움직일 필요가 있어서 냉장고로 가면서 되물었다. "그거 재미있는 질문이네."

"그래. 넌 이스라엘에 뭘 주느냐고? 나 진지해."

"뭐, 유대인원조연합에? 벤구리온 대학에?"

"물론 다 포함해서. 그리고 부모님들이랑 네 가족들과 함께 간 이스라엘 여행도 포함하고."

"너도 알다시피 줄리아랑 아이들을 이스라엘에 데려간 적은 없어."

"맞아, 넌 베를린에 갔지. 흠, 이스라엘에 갔다고 상상해 봐. 네가 묵었을 호텔, 택시 탑승, 팔라펠, 네가 가져왔을 예루살렘 돌로 만든 메이즈자를 상상해 보라고."

"네가 무슨 뜻으로 묻는 건지 모르겠다."

"흠, 난 내 봉급의 60퍼센트 이상을 주고 있어."

"세금으로? 너야 거기에서 살잖아."

"그러니까 더욱 네가 재정 부담을 져야 하는 거야."

"난 무슨 얘기인지 못 따라가겠어, 타미르."

"그리고 넌 네가 응당 해야 할 몫을 내기를 거부하는 정도가 아니라 빼앗아 가고 있어."

"뭘 빼앗아?"

"우리의 미래. 이스라엘인들의 40퍼센트 이상은 이민을 고려한다는 거 알아? 설문 조사가 있었어."

"그게 내 탓이야? 타미르, 이스라엘이 대학촌이 아니고 지금 이 순간 가족과 떨어져 있어서 얼마나 괴로울지 알아. 하지만 넌 상대를 잘못 짚었어."

"이봐, 제이컵."

"왜?"

"넌 네가 기가 꺾였다고, 네 삶이 시시하다고 불평했어." 타미르가 몸을 앞으로 숙였다. "난 겁이 나."

제이컵은 할 말을 잃었다. 마분지 엑스레이 안경을 끼고 주방으로 들어가 좌절해서 바닥에 안경을 내팽개친 기분이었다. 타미르는 안경이 단지 다른 사람들에게 네가 사물을 투시할 수 있다고 믿게 만들려는 것이라고 설명해 주는 대신 자신을 투명하게 만들어 버렸다.

그가 다시 말했다. "난 겁이 나. 그리고 에이탄의 아빠하고의 유대 관계도 진저리 나."

"에이탄의 아버지만 있는 건 아니잖아."

"맞아. 우리에게는 아랍인들이 있지."

"우리말이야."

"우리? 네 아이들은 유기농 매트리스에서 자고 있어. 내 아들은 저기 한복판에 있다고." 타미르가 다시 텔레비전을 가리켰다. "난 내가 가진 전부에서 반 이상을 내놔. 넌 최대한으로 쳐도 1퍼센트를 내놓고. 넌 서사시의 일부가 되고 싶어 하고, 나한테 내 집을 이끌어 가는 법을 말해 줄 자격이 있다고 여기면서도 아무것도 주지 않고 아무것도 하지 않아. 더 많이 내놓든가 아니면 말을 줄여. 하지만 우리라는 말은 하지 마."

타미르는 제이컵처럼 주머니에 전화기를 넣고 다니지 않는 편을 선호해서 탁자나 카운터 위에 놓아두곤 했다. 자신의 전화기와는 전혀 비슷하지 않은데도 제이컵은 본능적으로 그의 전화기를 여러 차례 집어 들었다. 처음에 홈 화면은 코너킥을 차려고 일렬로 서 있는 노암의 어릴 때 사진이었다. 다음번에는 다른 사진, 군복 차림으로 경례를 하는 노암이었다. 그다음에는 리브카의 팔에 안겨 있는 노암이었다.

제이컵이 말했다. "네가 걱정하는 마음은 이해해. 나 같아도 제정신이 아닐 거야. 그리고 내가 너라면 아마 나도 나한테 화를 낼 거야. 긴 하루였어."

"네가 우리 방공호에 푹 빠졌던 거 기억나? 처음 방문했을 때? 너희 아버지도 그랬지. 난 거기에서 너를 거의 끌어내야 했어."

"그건 사실이 아니야."

"우리가 1948년 아랍 군대를 패배시켰을 때……."

"우리라고? 넌 그때 태어나지도 않았어."

"맞아. 우리라는 말을 쓰면 안 됐는데. 너도 마찬가지고 넌 그 일과 아무 관계도 없어."

"나도 너만큼은 관계있어."

"우리 아버지가 생명의 위험을 무릅썼고 그래서 내 생명도 위태로웠다는 점만 빼면."

"아저씨는 달리 선택의 여지가 없었잖아."

"미국은 항상 우리에게 선택할 수 있는 것이었어. 이스라엘이 너에게 그렇듯이. 매년 너희는 유월절을 '내년에는 예루살렘에서.'라는 말로 끝내지. 그러면서 매년 미국에서 유월절을 기념하기로 선택하고."

"그건 예루살렘이 하나의 관념이니까."

타미르가 웃음을 터뜨리고 식탁을 쾅 내리쳤다. "거기에 사는 사람들에게는 그렇지 않아, 그렇지 않다고. 자식한테 방독면을 씌워 줄 때는 그렇지 않아. 1973년에 이집트인과 시리아인이 우리를 바다까지 몰아붙이고 있을 때 아저씨는 뭘 하셨지?"

"아버지는 기명 논평을 쓰고, 행진을 이끌고, 로비를 하셨어."

"너도 알다시피 난 아저씨를 아주 좋아해. 하지만 네가 솔직해지면 좋겠어, 제이컵. 기명 논평이라고? 우리 아버지는 탱크 부대를 지휘하셨어."

"우리 아버지도 도왔어."

"아저씨는 희생하거나 위험을 무릅쓰지 않고 줄 수 있는 것을 주셨거나 아무것도 주지 않으신 거야. 비행기를 타거나 싸우러 갈 생각을 해 보셨을 것 같아?"

"아버지는 싸우는 법을 모르셨어."

"그렇게 어려운 일이 아니야. 죽지 않으려고만 하면 돼. 1948년에 유럽에서 배를 타고 온 사람들이 내리자마자 그 해골같이 말라빠진 사람들에게 소총을 줬어."

"그리고 집에는 우리 어머니가 계셨어."

"말도 안 돼."

"그리고 이스라엘은 아버지의 나라가 아니었어."

"빙고."

"아버지의 나라는 미국이었어."

"아니야, 아저씨에겐 나라가 없었어."

"미국이 아버지의 조국이었어."

"미국은 아저씨가 방을 빌린 곳이지. 그리고 아주 많은 이들이, 우리 중 아주 많은 이들이 두려워한 대로 우리가 전쟁에 졌다면 어떤 일이 일어났을지 알아?"

"하지만 지지 않았잖아."

"하지만 만약 졌다면? 우리가 바다까지 밀려갔거나 우리가 있던 자리에서 그냥 살육당했다면?"

"하고 싶은 말이 뭐야?"

"아저씨는 기명 논평을 쓰셨겠지."

"네가 이런 정신적 훈련으로 뭘 하겠다는 건지 모르겠어. 넌 이스라엘에 살고 난 살지 않는다는 사실을 보여 주려는 거야?"

"아니, 너한테는 이스라엘이 없어도 그만이라는 걸 보여 주려는 거야."

"없어도 그만이라고?"

"그래. 넌 이스라엘을 사랑하고 지지하고 이스라엘에 대해 노래를 부르고 이스라엘을 위해 기도하고 그곳에 사는 유대인들을 부러워하기까지 해. 하지만 이스라엘이 없어도 잘 살 거야."

"내가 숨쉬기를 멈추지는 않으리라는 의미에서?"

"그런 의미에서."

"흠, 그런 의미에서라면 나한테는 미국 역시 없어도 그만이야."

"그건 백번 옳은 말이야. 사람들은 팔레스타인인들이 나라

잃은 사람들이라고 생각하지만 그들은 자기 조국을 위해 죽을 거야. 동정받아야 할 사람은 너지."

"내가 조국을 위해 죽지 않을 거라서?"

"맞아. 그 정도가 아니지. 넌 무엇을 위해서도 죽지 않을 거야. 네 감정을 상하게 했다면 미안하지만 내가 부당하거나 사실이 아닌 말을 한 척하지는 마. 줄리아가 옳았어. 넌 아무것도 믿지 않아."

둘 중 하나 아니면 둘 다 불같이 화를 내야 할 순간이었을 것이다. 그러나 제이컵은 식탁 위에 있는 전화기를 집어 들고 차분히 말했다. "나 소변 좀 보고 올게. 그리고 돌아오면 지난 십 분 동안 아무 일도 없었던 셈 치자." 타미르는 아무런 표정 변화를 보이지 않았다.

제이컵은 화장실에 들어갔지만 소변을 보지 않았다. 싸움이 없었던 척하지도 않았다. 그는 주머니에서 전화기를 꺼냈다. 홈 화면은 맥스의 여섯 번째 생일에 찍은 사진이었다. 그와 줄리아는 맥스에게 코스튬을 가득 넣은 여행 가방을 주었다. 광대 코스튬. 소방관 코스튬. 인디언. 벨보이. 보안관. 맥스가 제일 먼저 입어 보고 디지털로 기념해 놓은 것은 군인 코스튬이었다. 제이컵은 변기에 아무것도 흘려보내지 않고 전화기 설정으로 들어가 사진을 초기 이미지들 중 하나인 나무 없이 이파리만 있는 사진으로 바꿨다.

제이컵은 주방으로 돌아가 다시 타미르의 맞은편에 앉았다. 그는 스바루와 발기의 차이에 대해 농담을 해 보려 했지만 첫 마디를 꺼내기도 전에 타미르가 말했다. "노암이 어디 있는지 몰라."

"무슨 소리야?"

"며칠 동안은 집에 있었어. 이메일을 주고받았고 통화도 했어. 하지만 오늘 오후 배치됐어. 리브카는 그 애가 어디로 갔는지 모른대. 그리고 나도 아무 소식도 듣지 못했어. 노암이 전화를 걸었지만 바보같이 내가 전화기를 안 가지고 있었어. 무슨 아버지가 이 모양이야?"

"아, 타미르. 정말 미안해. 네가 어떤 기분일지 상상도 못 하겠다."

"할 수 있어."

"노암은 무사할 거야."

"나한테 약속할 수 있어?"

제이컵이 멀쩡한 팔을 긁으며 말했다. "그랬으면 좋겠다."

"내가 한 말 중에서 많은 것을 믿었어. 하지만 믿지 않는 것도 많았어. 아니면 믿는다고 확신할 수 없거나."

"나도 내가 한 말을 다 믿는 건 아니야. 그럴 수도 있지, 뭐."

"왜 한 줄짜리 이메일이라도 못 보내는 거지? 두 마디면 되는데. 잘 있어요."

제이컵이 말했다. "줄리아가 어디 있는지 모르겠어." 타미르의 진심에 그도 진심으로 반응을 보이려 하면서 말했다. "일하러 간 건 아닌데."

"아니라고?"

"아니야. 걱정되네."

"그럼 우리가 얘기할 수 있겠군."

"지금까지 한 건 뭐고?"

"시끄러운 헛소리였지."

"다 내 잘못이야. 줄리아. 가족. 난 내 가정이 없어도 그만인 것처럼 굴었어."

"진정해. 무슨 일인지 얘기……."

"줄리아가 전화기를 찾아냈어." 제이컵이 마치 그 말을 하려면 무언가 하던 이야기를 중간에 끊고 들어가야 한다는 듯이 말했다. "내 비밀 전화기."

"젠장. 왜 비밀 전화기 따위를 갖고 있어?"

"진짜 바보 같았지."

"너 바람피웠어?"

"그 말이 무슨 의미인지도 모르겠다."

"줄리아가 바람을 피운다면 알겠지." 그 말에 제이컵의 마음에서 비상 브레이크가 풀렸다. 바로 지금 마크와 섹스를 하고 있을까? 그들이 줄리아 이야기를 할 동안 마크와 그 짓을 하고 있나? 타미르가 물었다. "너 그 여자랑 잤어?"

제이컵은 질문을 좀 생각해 봐야겠다는 듯, 잔다는 말이 무슨 뜻인지도 모른다는 듯 잠시 입을 다물었다. "잤어."

"한 번 이상?"

"응."

"집에서는 아니고."

"응." 제이컵이 그 암시에 마음 상한 듯이 말했다. "호텔에서였지. 사무실에서도 한 번. 그건 우리의 불행을 인정해도 좋다는 허락에 불과했어. 줄리아는 어쩌면 그런 일이 터져서 심지어 고마워할지도 몰라."

"원치 않는 허락에 다들 아주 고마워하지."

"그럴지도."

"그건 우리가 방금 하던 대화랑 똑같아. 완전히 똑같아."

"다 헛소리였다고 생각했는데?"

"일부는 그렇지. 하지만 다 헛소리는 아니야. 넌 이렇게 말하지 못하지. '나 원래 이런 놈이야.' 이렇게 말하지도 못하고. '난 유부남이야. 멋진 아이들이 셋 있고, 근사한 집에, 좋은 직업도 있지. 원하는 걸 다 갖고 있지는 않아. 원하는 만큼 존경받지도 않고. 원하는 만큼 부유하거나 사랑받거나 섹스를 하지도 않아. 하지만 이게 나야. 내가 택한 거고, 인정해야지.' 넌 그렇게 말하지 못해. 하지만 더 필요하고 더 원한다고 인정도 못 하지. 다른 사람들은 잊어버려. 넌 너의 불행을 스스로에게조차 인정하지 못하는 놈이야."

"난 불행해. 그 말을 꼭 들어야겠다면 바로 그거야. 난 더 많은 걸 원해."

"그게 바로 시끄러운 헛소리야."

"그럼 시끄러운 헛소리가 아닌 건 뭐야?"

"이스라엘로 가는 거. 살러."

"좋아, 이제야 농담을 하네."

"네가 이미 아는 사실을 말하는 거야."

"이스라엘로 이주하면 내 결혼 생활이 나아지리라는 거?"

"네가 일어나서 '나 원래 이런 놈이야.'라고 말할 수 있다면 최소한 너 자신의 삶을 살게 되리라는 거. 다른 사람들한테는 너의 본모습이 추악할지라도 말이야. 네 본모습이 너에게도 추악하더라도."

"내가 내 삶을 살지 않는다고?"

"응."

"그럼 누구 삶을 산단 말이야?"

"아마 네 할아버지가 네 삶이라고 생각하신 거겠지. 아니면 네 아버지든가. 너 자신의 생각일 수도 있고. 어쩌면 아예 삶이 아닐 수도 있지."

제이컵은 화를 내야 하나 생각했다. 타미르에게 본능적으로 반격하고 싶으면서도 부끄러움과 감사하는 마음 또한 느꼈다.

"긴 하루였어. 우리 중 하나라도 자기가 하는 말이 무슨 뜻인지 알고 말하는지 모르겠다. 네가 여기 있어서 좋아. 어릴 때가 생각나. 네가 여기 있어서 좋다고 계속 말하고 싶어. 건질 수 있는 거라도 건져 보자."

타미르가 3분의 1쯤 남은 맥주를 한 번에 쭉 들이켰다. 그가 제이컵이 지금껏 본 적이 없을 만큼 부드럽게 병을 식탁에 도로 내려놓고 말했다. "언제쯤이면 우리가 건질 수 있는 건 건지는 짓을 그만둘까?"

"너랑 나?"

"물론이지."

"안 건지면 어떡하게? 전부 잃자고?"

"아니면 우리 것을 되찾든가."

"네 것이랑 내 것?"

"물론."

그가 제이컵의 남은 맥주까지 다 마시고 빈 병 두 개를 쓰레기통에 던져 넣었다.

"우린 재활용하는데." 제이컵이 말했다.

"난 안 해."

"위층에 수건은 충분해?"

"내가 수건으로 뭘 한다고 생각해?"

"좋은 집주인 노릇 좀 해 보려는 거야."

"넌 항상 뭔가가 되려고 하지."

"그래. 난 항상 뭔가가 되려고 해. 나에 대해 뭔가 좋게 말해 줄 수 있는 거."

"맞아."

"그리고 너 역시 늘 뭔가가 되려고 해. 바락도 마찬가지고. 줄리아랑 샘이랑 맥스랑 벤지도. 모두가 그래."

"난 뭐가 되려고 하는데?"

제이컵이 신중하게 잠시 침묵을 지켰다.

"넌 실제 너보다 크게 되려고 해."

타미르의 미소가 주먹을 날리는 힘을 드러냈다.

"아."

"다들 뭔가가 되려고 해."

"네 할아버지는 아니잖아."

이것은 무엇일까? 멍청한 농담? 지혜로움에 꽂는 일종의 게으른 일침?

제이컵이 말했다. "그러기를 그만두셨지. 그게 할아버지를 죽였어."

"틀렸어. 할아버지는 우리 가운데 유일하게 실제로 성공한 분이야."

"뭐에?"

"무언가가 되는 데."

"죽은 거?"

"진짜인 거."

제이컵은 하마터면 이렇게 말할 뻔했다. 무슨 소리인지 모르겠어.

이렇게 말할 뻔했다. 이제 위층으로 올라갈게.

이렇게 말할 뻔했다. 네가 한 말에 전혀 동의하지 않지만 너를 이해해.

그것으로 밤을 마무리하고 대화를 끝낼 수도 있었다. 함께 나눈 것을 처리하고 소화하고 양분이 될 만한 것만 남기고 배출할 수도 있었다.

그러나 그 대신 제이컵은 이렇게 물었다. "맥주 한 병 더 할래? 아니면 그러면 더 취하거나 살찔 뿐일까?"

"뭐든 네가 하자는 대로 할게." 타미르가 대답했다. "더 취하거나 살찌는 것도."

"그리고 머리가 벗어지는 것도."

"아니, 그건 내 것까지 네가 처리해."

"저기, 위층에 마리화나가 좀 있어. 어딘가에. 아마 맥스 나이만큼 오래됐겠지만 마리화나는 절대 못쓰게 되지 않잖아, 그렇지?"

"아이들이 못쓰게 되는 만큼은 아니지." 타미르가 말했다.

"젠장."

"최악이라고 해 봤자 무슨 일이 있겠어? 뿅 가지 않는 거?"

문틈에서

줄리아가 마크의 아파트까지 걸어가는 데 세 시간이 걸렸다. 제이컵이 문자를 보내고 전화를 하고 문자를 보내고 전화를 했지만 그녀는 마크가 집에 있는지 확인하려고 먼저 문자를 보내거나 전화를 하지 않았다. 아파트 초인종을 눌렀다 손가락을 바로 뗐다. 새가 창문에 부딪혀 깜짝 놀랄 때만큼 순간적으로 회로가 연결되었다.

"누구세요?"

그녀는 가만히 말없이 서 있었다. 마이크가 그녀의 심장 뛰는 소리를 감지할 수 있을까? 마크가 네 층 위에서 그녀가 내쉬는 숨소리를 들을 수 있을까?

"당신이 보여, 줄리아. 초인종 바로 위에 작은 카메라가 있어."

"줄리아야." 줄리아가 마치 방금 전의 몇 초를 싹둑 잘라 내고 보통 사람처럼 "누구세요?"에 대답할 수 있다는 듯이 말했다.

"응, 당신 보고 있어."

"불쾌한 느낌이네."

"그러니까 카메라 프레임에서 나와서 위로 올라와."

문이 저절로 열렸다.

그다음에는 엘리베이터 문이 그녀를 위해 열리고 다시 그녀를 위해 열렸다.

"당신이 올 줄은 몰랐는데." 마크가 그녀를 안으로 들이며 말했다.

"나도 내가 올 줄 몰랐어."

그녀가 반사적으로 아파트를 훑어보았다. 모든 것이 새것이고 새로워 보였다. 가짜 몰딩, 볼링을 해도 될 정도로 광이 나는 바닥, 두꺼운 플라스틱 조도 조절기.

마크가 말했다. "보다시피 아직 다 안 끝났어."

"뭐가 안 끝나?"

"내일 가구가 잔뜩 올 거야. 내일은 완전히 다른 모습이 될 거야."

"흠, 그럼 그 전에 와서 보게 되어 기쁘네."

"그리고 여기는 임시 거처야. 있을 곳이 필요했는데, 여기가⋯⋯ 괜찮아서."

"내가 당신을 재단하는 것 같아?"

"아니, 하지만 당신이 내 아파트를 재단하는 것 같아서."

그녀는 마크를, 그가 노력한 것들을 보았다. 그는 운동을 하고 헤어 제품을 쓰고 누군가가 그에게 멋지다고 말해 주었거나 잡지나 상점에서 본 옷을 샀다. 그녀는 아파트를 둘러보았다. 천장이 얼마나 높은지, 창문이 얼마나 긴지, 집기들이 얼마나 윤이 나는지.

"밥은 어디에서 먹어?"

"밖에서, 보통. 늘."

"메일은 어디에서 열어 봐?"

"저 소파에서 모든 걸 해."

"잠도 저기에서 자?"

"잠자는 것 빼고 다."

잠자는 것 빼고 다. 참을 수 없이 암시적인 말이었다. 아니면 줄리아가 그렇게 느꼈는지도 모른다. 그러나 모든 것이 바로 지금 그녀에게는 참을 수 없이 암시적으로 느껴졌다. 그녀가 참을 수 없이 노출되어 있었기 때문에. 피부에 다시 새살이 돋아 치유되기 전에 샘의 손의 속살이 일부 밖으로 드러났을 때는 감염이 늘 걱정거리였다. 유치하게도 줄리아는 아이의 손이 취약한 것을 아이의 손 탓으로 돌리고 싶지 않았다. 그래서 아이는 늘 똑같은 자리에 머물러 있는데 세상이 더 위협적으로 변했다고 보았다. 그들은 병원에서 나가 곧장 아이스크림을 먹으러 갔다. "토핑을 전부요?" 점원이 물었다. 줄리아는 손으로 문을 밀면서(그 무거운 문이 닫힌 후 그녀가 처음으로 연 문이었다.) 영업 중이라고 적힌 표시판의 뒷면을 보았다. "봐." 그녀가 자신을 미워할 이유를 하나 더 찾아내고는 농담을 했다. "세상이 닫혔네."

샘이 말했다. "아니에요. 가깝다고요.* 근처요."

자신을 미워할 이유 하나 더.

마크에게 할 수도 있을 말이 너무나 많았다. 가볍게 건넬 만한 말이 얼마든지 있었다. 그녀가 깔끔하게 각을 잡아 침대 시트를 정리하는 법을 배운 것은 여름 캠프에서였다. 대단히 많은 초(秒) 사이에 말들을 꼭꼭 접어 숨기는 법을 배운 것은 병원에서였다. 그러나 지금은 무언가를 정리하거나 숨기고 싶지 않았다. 그렇다고 그들이 느끼는 대로 풀어헤쳐 다 드러내고 싶지도 않았다.

그녀는 무엇을 원했을까?

"내가 무엇을 원할까?" 그녀가 우주에서 걷는 것처럼 조용히 물었다.

속에 든 것을 밖으로 뒤집고 싶었지만, 어떤 속을 얼마나?

"뭐라고?" 마크가 물었다.

"왜 당신한테 묻는지 나도 모르겠어."

"당신이 뭐라고 물었는지 못 들었어." 그가 그들 사이의 거리를 아마도 더 잘 듣기 위해 좁히며 말했다.

그녀는 전부 시도해 보았다. 해독 주스, 미친 듯이 시 읽기, 코바늘뜨기, 멀어진 사람들에게 편지 쓰기, 십육 년 전 펜실베이니아에서 그들이 서로에게 약속한, 어떤 매개도 거치지 않는 정직의 순간들. 대여섯 번은 명상을 시도해 보았으나 몸을 '기억'하라는 말을 들을 때마다 어찌할 바를 몰랐다. 무슨 뜻인지는 알지만 할 수도 없고 할 마음도 없었다.

---

* 영어 단어 'close'의 '닫다'와 '가까운'이라는 두 가지 의미를 이야기하는 상황이다.

그녀가 아마도 그녀가 할 수 없던 모든 말이 더 잘 들리도록 그들 사이의 거리를 좁히려 마크에게 한 걸음 다가갔다.

그러나 지금 애쓰지 않고도 그녀는 자신의 몸을 기억했다. 자신의 가슴을 기억했다. 젊을 때 이후로 다른 남자에게는 (성적인 의미로) 보여 준 적이 없는 가슴이었다. 가슴의 무게를, 그것이 그녀의 생물학적 시계를 움직이는 추를 천천히 내리고 있음을 기억했다. 가슴은 너무 일찍 나타났지만 너무 천천히 자랐다. 그녀가 아직도 유일하게 생일을 기억하는 대학 시절 남자 친구는 그녀의 가슴을 보며 "플라토닉해."라고 말했다. 생리 때는 가슴이 너무나 민감해져서 집에서는 가슴을 붙잡고 걸었다. 유축기를 그만 쓰게 된 지 몇 년이 지나서도 이따금 죽지 않으려 애쓰는 천식 환자 소리 같은 메델라 유축기 소리가 들렸다. 나이가 들면서 두려워해야 할 것이 더 많았기에 자신의 가슴을 더 친밀히 알게 되었다. 그러나 지난 삼 년간은 해마다 유방암 검진용 엑스레이 촬영 판 사이에 가슴이 눌릴 때마다 눈길을 돌렸다. 매번 방사선 기사는 대서양 횡단 비행 시 노출되는 것보다 적은 방사선이 나온다고 청하지도 않은 약속을 했다. 마흔한 번째 생일에 제이컵이 그녀를 파리에 데려갔을 때 그녀는 아이들이 하늘을 보며 엄마가 탄 비행기를 찾는 모습, 그녀의 가슴이 아이들을 위해 피폭된 신호등처럼 빛나는 모습을 상상했다.

그녀가 무엇을 원했을까?

바깥의 모든 걸 원했다.

무언가 불가능한 것, 이루면 그녀를 망가뜨릴 것을 원했다.

그리고 제이컵을 이해했다. 그가 자신이 한 말은 그냥 말뿐이었다고 했을 때 그를 믿었지만 결코 이해하지는 못했다. 이제는 이해했다. 그는 문틈에 손을 넣어야 했던 것이다. 그러나 스스로 문을 닫고 싶지는 않았다.

무언가 불가능한 것, 이룬다면 그녀를 구할 수 있는 게 필요했다.

"그 말을 하려고 여기까지 온 거야?"

그녀가 고개를 끄덕였다.

그가 똑바로 서자, 이제 그 어느 때보다 키가 컸다. 그가 말했다. "당신이 어떤 여행을 하고 있다는 거 알아. 나만큼 잘 이해할 사람은 없어. 그리고 당신이 다리도 좀 쭉 뻗고, 기름도 넣고, 소변도 볼 수 있는 휴게소 역할을 할 수 있어서 정말로 기뻐."

"제발 화내지 마." 그녀가 거의 소녀처럼 말했다.

피부가 공포로 달아올랐다. 그가 화를 낼까 봐, 화를 낼 만할까 봐, 드디어 그녀의 못된 짓에 마땅히 받아야 할 벌을 받게 될까 봐 두려웠다. 자신의 아이들을 다치게 두어도 용서받을 수 있었지만, 알면서도 아이들을 다치게 한다면 어떤 벌도 충분치 않다. 그녀는 가족을 망가뜨리려 하고 있었다. 고의로. 그리고 대안이 없어서도 아니었다. 그러나 그녀는 선택의 여지를 갖지 않기로 선택하려 했다.

마크가 이제는 자신의 상처를 굳이 감추려 애쓰지도 않고 말을 이었다. "나 덕분에 많이 성장할 수 있었다면 좋겠어. 정말로. 당신이 나와 배운 것을 나중에 다른 사람에게 적용할 수 있게 되면 좋겠어. 하지만 내가 공짜 조언 좀 해 줘도 될까?"

"난 그냥 집에 가야겠어." 그녀가 그가 다음에 무슨 말을 할지 겁에 질려서 말했다. 마법처럼 정의가 실현돼 아이들이 죽게 될까 봐 무서웠다.

"문제는 당신이 아니야, 줄리아. 당신 삶이 문제야."

다정함은 그녀가 가장 두려워한 것보다 더 나빴다.

그가 문을 열었다. "그리고 우리 둘 다 평온을 찾기를 바랄게. 다음번에 당신 얼굴을 화면에서 보게 되면 그때는 당신이 기다리게 두지도 않을 거야."

"난 집에 가야겠어." 그녀가 말했다.

"조심해서 가."

그녀가 떠났다.

택시를 타고 자신이 개축을 감독했던 호텔로 갔다.

1만 개의 샹들리에 크리스털 아래 우스꽝스러울 정도로 거대하고 부자연스럽도록 대칭을 맞춘 꽃 장식이 있었다.

그리고 벨 보이가 손 안에 숨긴 마이크에 대고 무언가를 말했다. 마이크 선은 소매 속으로 이어져 옆구리로 내려가 허리춤에 찬 송신기에 연결돼 있었다. 의사소통을 하기에 그다지 좋은 방법은 아니었다.

그리고 샘의 십오 년 후 모습과 닮았지만 왼손이 멀쩡한 접수 담당 직원이 물었다. "열쇠를 몇 개 드릴까요?"

그녀는 이렇게 말하는 것을 생각했다. "전부 주세요." 이렇게 말하는 것도 상상했다. "하나도 필요 없어요."

빈방에 누가 있을까?

제이컵이 마리화나를 가지고 아래층으로 내려가 보니 타미르가 벌써, 보아하니 도구도 없이 사과로 파이프를 만들어 놓았다.

"인상적이군." 제이컵이 말했다.

"난 인상적인 사람이야."

"흠, 과일 조각을 마약 흡입 용품으로 바꿀 수 있는 건 분명하네."

"아직도 마리화나 냄새가 나는데." 타미르가 가장 안쪽에 든 봉지를 열면서 말했다. "좋은 신호야."

그들은 창문을 조금 열어 놓고 제이컵이 창피하게도 기침하는 소리만 빼고 침묵 속에서 마리화나를 피웠다. 그들은 편안히 앉았다. 기다렸다.

어느새 채널이 ESPN*으로 바뀌어 있었다. 아이가 들어와서 바꿨나? 텔레비전이 지각과 의지를 갖게 됐나? 1988년 웨인 그레츠키가 에드먼턴 오일러스에서 L. A. 킹스로 간 트레이드에 관한 다큐멘터리였다. 그 일이 그레츠키, 에드먼턴, L. A., 하키라는 스포츠, 행성 지구, 우주에 미친 효과에 대한 내용이었다. 다른 때였다면 제이컵은 텔레비전을 박살 내든가 못 본 척했을 텐데, 갑자기 가장 만족스럽게 상황을 모면하는 방법이 되었다. 타미르가 틀었나?

그들은 시간이 얼마나 지났는지 감각을 잃어버렸다. 사십오 초가 흘렀을 수도 있고 사십오 분이 지났을 수도 있었다. 아이작에게 그렇듯이 그들에게도 아무 상관 없었다.

"기분 좋은데." 제이컵이 어린 시절 유월절 밤 축제에서 자유로운 사람에게 어울리는 자세라고 들었던 대로 뒤로 기대며 말했다.

"아주 기분 좋아." 타미르가 말했다.

"그냥 기본적으로, 근본적으로…… 좋아."

"그 기분 알아."

"하지만 문제는 내 인생은 좋지 않다는 거야."

"응."

"응, 알지? 응, 내 인생도 그저 그래?"

"응."

"어릴 때가 좋지." 제이컵이 말했다. "그다음부터는 고달프

* 미국의 오락, 스포츠 전문 유료 케이블 텔레비전 방송국.

다니까. 운이 좋으면 신경 안 써도 되겠지. 하지만 정도 차이일 뿐이야."

"하지만 그 정도란 게 중요해."

"그런가?"

"한 가지가 중요하면 모든 게 중요하고."

"그거야말로 지혜의 진짜 훌륭한 체현이로군."

"돼지고기 볶음면은 중요해. 멍청하고 지저분한 농담도 중요해. 단단한 매트리스랑 부드러운 시트도 중요하지. 보스도 중요하고."

"보스?"

"스프링스턴* 말이야. 따뜻한 변기 시트도 중요해. 사소한 것들, 예를 들면 전구를 간다든가, 야구 경기에서 아이한테 져 준다든가, 정처 없이 드라이브하는 것도. 너의 그 위대한 범속함이 있어. 얼마든지 계속할 수 있어."

"그보다는 네가 처음으로 돌아가서 그걸 정확하게 다시 하고 내가 기록하면 어떨까?"

"중국요리도 중요해. 멍청하고 지저분한 농담도 중요하고. 단단한 매트리스랑 부드러운 시트……."

"나 뿅 갔어."

"난 위에서 샹들리에를 보고 있어."

"먼지 많아?" 제이컵이 물었다.

---

* 미국의 록 가수 브루스 스프링스턴. '보스'라는 별명으로 불린다.

"다른 사람이라면 아름다우냐고 물어볼 텐데."

"너무 늦어서 아이를 가질 수 없게 되기 전까지는 사람들에게 결혼하도록 허락해 주면 안 돼."

"너라면 그렇게 만들기 위해 필요한 서명을 받을 수 있을지도 몰라."

"그리고 만족스러운 경력을 쌓기란 불가능하지."

"누구에게나?"

"좋은 아버지들에게. 하지만 벗어나기 너무 힘들어. 내 손바닥을 뚫은 이 망할 유대 못들."

"유대 못?"

"기대. 처방. 계명. 모두를 기쁘게 하고 싶은 마음. 그리고 나머지 것들도."

"나머지 것들?"

"너 아우슈비츠에서 죽은 아이가 쓴 시인지 일기인지 뭔지를 읽어야 했던 적이 있어? 아니면 트레블링카*였나? 세부 사항이 진짜 중요한 건 아니고 난 그저……. '다음번에 공을 던질 때는 나를 위해 던져 줘.' 같은 거?"

"아니."

"진짜?"

"읽은 적 없는 것 같은데."

"운 좋은 줄 알아. 하여간 내가 정확히 이해하지 못했을지

---

* 폴란드 바르샤바 부근에 있던 나치 강제 수용소.

모르지만 대충 이런 얘기였어. 나를 애도하지 말고 나를 위해 살아 줘. 난 가스실에서 죽게 될 테니 내 부탁을 들어줘. 재미있게 즐겨."

"한 번도 들어 본 적 없어."

"난 1000번은 들었을 거야. 내가 받은 유대식 교육의 주제가였고, 그게 모든 걸 망쳤어. 공을 던질 때마다 나였어야 했을 아이의 시체가 생각나서가 아니야. 형편없는 텔레비전 앞에서 느긋하게 쉬고 싶은데 이런 생각이 떠오르거든. '진짜로 공을 던지러 가야 하는데.'"

타미르가 웃음을 터뜨렸다.

"우습지, 공 던지는 게 좋은 성적을 받으려는 태도가 되고, 실패의 단위로 완벽함으로부터의 거리를 재는 것이 되고, 살해당한 아이가 죽도록 가고 싶었을 대학에 가는 것이 되고, 관심은 없지만 괜찮고 가치 있고 돈 잘 버는 일을 공부하는 것이 되고, 유대인답게 결혼해서 유대인 아이들을 낳고 유대인답게 사는 것이 된다는 게 문제지만. 점점 자기 삶에서 소외되는 고통을 만회하려고 미친 듯이 애쓰면서 말이야."

"너 좀 더 피워야겠다."

제이컵이 사과를 다시 가져가며 말했다. "문제는 기대했던 것을 이루면 근사하게 느껴지지만 일단 이루면 그것으로 끝이라는 거야. 'A 받았다!' '결혼한다!' '아들이다!' 그러고 나면 다 지난 경험이 돼 버리는 거지. 당시에는 아무도 그걸 몰라. 다들 나중에야 알게 되지. 하지만 아무도 인정하지 않아. 그랬다가는 유대인의 젠가 탑에서 토대가 되는 조각을 빼내는 셈이거든. 감정적인 야심을 동지애와 맞바꾸고, 용기 가득한 육체에 사는 삶을 동지애와 맞바꾸고, 탐구심을 동지애와 맞바꾸지. 헌신에도 장점이 있다는 건 알아. 시간이 지나면서 성장하고 성숙해지고 충만해져야 하지. 하지만 대가가 있어. 우리가 그 얘기를 하지 않는다고 그게 견딜 만하다는 뜻은 아니야. 그토록 많은 축복이 있는데, 누구라도 왜 축복을 원해야 하는지 물어볼 생각을 한 적이 있을까?"

"축복은 다른 이들이 부러워하는 저주일 뿐이야."

"너 좀 더 피워야겠다, 타미르. 피우니까 망할 요다나 적어도 디팩 초프라*까지는 되잖아."

"어쩌면 약 때문에 네가 다르게 듣게 된 건지도 모르지."

"봐! 내 말이 바로 그 말이야."

"너 점점 재미있어진다." 타미르가 사과를 입으로 가져가며 말했다.

"난 항상 재미있었어."

"아마 그래서 내가 다르게 듣는 사람일 거야."

타미르가 한 모금 더 마셨다.

"줄리아는 어떻게 반응했어? 그 문자에 대해?"

"좋지 않았지. 당연히."

"계속 같이 살 거야?"

* 인도 태생의 미국인 의학 박사이자 작가. 고대 인도의 정통 치유 과학인 아유르베다와 현대 의학을 접목시킨 심시 의학을 창안했다.

"응. 물론이지. 아이들이 있잖아. 그리고 우리가 함께해 온 삶이 있는데."

"확신해?"

"저기, 별거 얘기는 했지."

"네 생각이 맞기를 바란다."

제이컵이 한 모금 더 마셨다.

"내 드라마 얘기 너한테 해 줬던가?"

"물론이지."

"아니, 내 드라마 말이야."

"나 취했어, 제이컵. 차근차근 말해 봐."

"우리에 대한 드라마를 쓰고 있어."

"너랑 나?"

"음, 아니, 너 말고. 쓸 수도 있지만 아직은 아니야."

"난 드라마에 나오면 멋질 거야."

"우리 가족 얘기야."

"나도 네 가족이잖아."

"여기 있는 가족 말이야. 할아버지. 부모님. 줄리아랑 아이들."

"그런 걸 누가 보고 싶어 한대?"

"아마 다들 원할걸. 하지만 중요한 건 그게 아니야. 중요한 건 아마 진짜로 근사하리라는 거야. 난 그걸 쓰기 위해 태어났는지도 몰라. 지난 십 년 동안 그걸 위해 온 힘을 바쳐 왔다고."

"십 년?"

"그리고 아직 아무한테도 보여 주지 않았어."

"왜?"

"음, 할아버지가 돌아가시기 전에는 할아버지에 대한 배신이 될까 봐 두려웠거든."

"왜 배신이 돼?"

"우리가 어떤 존재고, 우리가 어떤 모습인지에 대한 진실 때문에."

"그게 어떻게 배신이 돼?"

"며칠 전 아침에 라디오를 듣고 있었어. 내가 좋아하는 과학 팟캐스트야. 이 년 동안 거대한 돔 안에서 생활한 여자랑 인터뷰를 하더라고. 아무것도 안으로 들어가지 못하고 밖으로 나오지도 못하는 돔이었어. 아주 흥미로웠어."

"지금 들어 보자."

"아냐, 난 은유를 찾는 것뿐이야."

"지금 들어 보면 좋을 텐데."

"진심인지 나를 놀리는 건지 모르겠다."

"제발, 제이컵."

"아직도 모르겠어. 하지만 어쨌건 그 여자는 그렇게 닫힌 환경에서 살다 보니 생명의 상호 연결성을 깨닫게 되었다고 말했어. 이게 이걸 먹고 똥을 싸고, 그게 이걸 먹고 어쩌고저쩌고. 그러더니 나도 이미 아는 얘기로 옮겨 갔어. 내가 뭐 대단히 똑똑해서가 아니라 그냥 웬만하면 다 아는 얘기였거든. 숨을 한 번 들이마실 때마다 폴 포트나 카이사르, 심지어 공룡이 내쉰 분자를 호흡하는 것일 수도 있다고 말이야. 공룡 부분에 대해서는 내가 틀렸을 수도 있어. 난 요즘 들어 공룡에 진짜 관심을 갖게 됐어. 왜인지는 모르겠어. 공룡 생각은 완전히 잊고 산 지가 삼십 년이 넘었는데, 갑자기 다시 흥미가 생겼어. 다른 팟캐스트에서는……."

"너 팟캐스트 많이 듣는구나."

"알아. 진짜 그래. 좀 창피한 일이지?"

"네가 창피하다고 느꼈는지를 나한테 묻는 거야?"

"수치스러워."

"왜 그렇다는 건지 모르겠네."

"그 어떤 사람이 아무도 없는 방에 몰래 들어가서 거의 무음으로 해 놓은 전화기를 자기에게, 자기한테만 들리게 귀에 꼭 붙이고 반향 위치 측정 같은 엉뚱한 이야길 설명하는 걸 듣고 있겠어? 수치스럽지. 그리고 수치는 수치스러운 거야." 제이컵이 맥주병으로 식탁 위에 응결된 물의 원을 그렸다. "하여간 다른 팟캐스트에서는 공룡들이, 공룡 대부분 정도가 아니라 전부가 어떻게 한 번에 멸종되었는지에 대해 얘기했어. 수백만 년 동안 땅 위에서 어슬렁거리다가 한 시간 남짓 되는 시간 내에 사라졌다는 거야. 왜 사람들은 공룡 얘기를 할 때면 항상 어슬렁거린다는 표현을 쓸까?"

"모르겠는데."

"하여간 그래. 공룡들은 땅 위에서 어슬렁거렸어. 이상하지."

"맞아."

"정말 이상해, 그렇지?"

"생각할수록 이상해지네."

"유대인들은 수천 년 동안 유럽에서 어슬렁거리다……."

"십 년 남짓 되는 기간에……."

"하지만 내가 말하려던 건 다른 얘기였어. 그 돔 안에 있던 여자…… 공룡…… 폴 포트에 대해서였나?"

"숨 쉬는 거."

"맞아! 숨을 들이쉴 때마다 우리가 분자를 들이마신다 어쩌고. 하여간 그 얘기는 그냥 진부한 내용을 과학이랍시고 뒤섞어 놓은 것 같아서 그냥 그랬어. 하지만 거기에서 더 나아가서 우리가 내쉬는 숨도 마찬가지로 우리 다음, 다음, 다음, 다음 세대 자손들이 들이마시게 된다는 거야."

"그리고 미래의 공룡들도."

"미래의 폴 포트도."

그들이 웃었다.

"하지만 무슨 까닭인지 몰라도 진짜로 마음이 상했어. 울거나 했던 건 아니야. 차를 한쪽으로 댈 필요까지는 없었어. 하지만 팟캐스트를 꺼야 했어. 갑자기 계속 듣고 있기가 힘들어졌거든."

"왜 생각해?"

"생각 자체를 왜 하느냐고?"

"아니. 왜 네 다음, 다음, 다음, 다음, 다음, 다음, 다음 자손이 네 숨을 들이마신다고 상상하니까 마음이 상했다고 생각해?"

제이컵이 마지막 말을 하며 들이쉬었을 숨을 내쉬었다.

"생각해 봐." 타미르가 말했다.

"내 생각에." 들숨 한 번 더. "내 생각에 자라면서 내가 내 앞에 있었던 모든 것들만큼 가치 있는 존재가 아니라고 배웠던 것 같아. 하지만 아무도 내가 나 다음에 올 모든 것들만큼 가치 있는 존재가 아니라는 사실을 받아들이도록 준비시킨 적은 없었던 거지."

타미르가 식탁에서 사과를 들어 실눈을 뜨고 샹들리에 빛이 사과 가운데를 통해 똑바로 떨어지도록 들고 말했다. "이 사과랑 하고 싶다."

"뭐?"

"내 성기는 너무 커." 그가 손마디에 털이 잔뜩 난 집게손가락을 그 속에 밀어 넣으려 하며 말했다. "손가락으로도 안 되네."

"사과 내려놔, 타미르."

"이건 진실의 사과야." 타미르가 제이컵의 말을 무시하고 말했다. "그리고 이거랑 하고 싶어."

"맙소사."

"진심이야."

"진실의 사과랑 하고 싶은데 성기가 너무 크다고?"

"응. 바로 그게 곤란한 점이야."

"현재의 곤란한 점? 아니면 삶에서 곤란한 점?"

"둘 다."

"너 취했어."

"너도."

"공룡에 대해 얘기하던 과학자가……."

"무슨 얘기 하는 거야?"

"팟캐스트 말이야. 그 과학자가 죽고 싶도록 아름다운 얘기를 했어."

"죽지는 마."

"청취자들한테 물속에서 발사된 탄환을 상상해 보라고 했어. 탄환이 그 뒤로 원뿔 모양의 속이 텅 빈 궤적을 남기겠지. 물속에 구멍이 생긴 거야. 물이 다시 합쳐지기 전까지 말이야. 소행성도 비슷한 궤적을 남긴다고 했어. 대기 속을 찢어 놓는대. 소행성을 본 공룡은 낮의 하늘에서 밤의 구멍을 보았을 거래. 그게 바로 멸종하기 직전에 공룡이 보았을 만한 거야."

"넌 죽고 싶었던 게 아니라 공룡이 되었던 거구나."

"어?"

"공룡은 멸종되기 전에 믿을 수 없을 만큼 아름다운 것을 보았어. 넌 그 이야기를 듣고 믿을 수 없이 아름답다고 생각했어. 그래서 너도 파괴될 거라 생각한 거야."

"그들은 완전히 잘못된 민족에게 맥아더를 줘."

"나 거짓말했어."

"뭐에 대해?"

"거의 다."

"뭐?"

"리브카랑 나는 이민을 가자고 의논 중이었어."

"진짜로?"

"의논했어."

"어디로 이민을 가?"

"진짜로 듣고 싶어?"

"그래."

"여기로."

"설마."

"얘기만 했어. 그냥 생각만 해 봤다고. 가끔 일자리 제의가 들어오는데, 한 달 전에 어떤 하이테크 회사에서 진짜 괜찮은 제안, 근사한 제안이 들어왔어. 리브카랑 저녁 식탁에서 그 자리를 받아들인다면 어떨까 상상하면서 가정해 봤어. 그러다 보니 점점 대화가 가정에서 그치지 않게 됐어."

"네가 거기에서 잘 사는 줄 알았는데? 게다가 미국에 방 하나 세든 거라느니 한 얘기는 다 뭐고?"

"내가 아까 한 얘기를 듣기는 한 거야?"

"네가 나더러 알리야를 하라고 애걸한 거 말이야?"

"그래야 내가 하일라를 할 수 있거든."

"그게 뭔데?"

"알리야를 거꾸로 하는 거."

"머릿속으로 그런 생각을 하고 있었어?"

"네가 얘기하는 동안."

"그리고 뭐, 블록블로멘베르크 상수 같은 거라도 유지해야 돼?"

"유대인 상수지. 이상적으로는 미국 유대인과 이스라엘 유대인이 자리만 바꾸는 거야."

"우리가 내내 하던 얘기가 결국 이거야? 이스라엘을 떠나는 데 대한 네 죄책감?"

"아니, 우리는 결혼 생활을 그만두려는 데 대한 네 죄책감에 대해 얘기하고 있었지."

"난 결혼 생활을 그만두려는 게 아니야."

"그리고 난 이스라엘을 떠나지 않을 거야." 타미르가 말했다.

"다 그냥 얘기만 해 본 거야?"

"할바를 하나 더 먹으라든가 저녁 산책을 가자든가 하는 아버지의 제안을 거절할 때마다 아버지는 이렇게 말씀하셨어. '데 젤베 프라이즈.' 밑져야 본전이지. 아버지가 이디시어를 쓰실 때는 그때뿐이었어. 아버지는 이디시어를 싫어하셨어. 그래도 가끔은 쓰셨지. 그리고 이디시어를 할 뿐 아니라 할아버지의 목소리를 흉내 내곤 하셨어. 이스라엘을 떠날지 얘기를 하는 거야 상관없지. 얘기를 하나 안 하나 밑져야 본전이지. 아버지가 할아버지를 흉내 내던 말투가 귓가에 선하다. 데 젤베 프라이즈."

타미르가 전화기를 켜서 제이컵에게 노암의 사진을 보여 주었다. 병원에 있을 때, 첫발을 떼었을 때, 학교에 입학한 날, 첫 번째 축구 경기, 첫 데이트, 군복을 처음 입었을 때. "난 이 사진들에 집착했어." 타미르가 말했다. "계속 보지는 않아도 거기 있다는 걸 알아야 했어. 가끔은 탁자 밑에서 확인하지. 욕실에 가서 확인할 때도 있고. 아이들이 어릴 때 슈퍼마켓에 데려갔을 때 기억나? 아이들이 보이지 않을 때마다 영영 사라진 듯한 느낌? 바로 그런 거야."

공룡들은 다 사라졌지만 일부 포유동물은 살아남았다. 그중 대부분은 굴을 파는 동물이었다. 땅속에서 그들은 지상에 사는 모든 것을 없애 버린 극한의 열기로부터 스스로를 보호했다. 타미르는 전화기 속에, 아들의 사진들 속에 자신을 묻고 있었다.

"우리는 좋은 사람들인가?" 타미르가 물었다.

"참 이상한 질문이군."

"그런가?"

"우리를 재단할 더 높은 힘이 있다고는 생각하지 않아." 제이컵이 말했다.

"하지만 우리가 어떻게 스스로를 재단하지?"

"눈물로, 침묵으로, 그리고……."

"내 고백조차 거짓말이었어."

"내가 거짓말할 이유를 줬겠지."

"난 떠나고 싶어. 리브카는 떠나고 싶어 하지 않고."

"이스라엘을 떠나고 싶다고? 아니면 네 결혼 생활에서 떠나고 싶다고?"

"이스라엘."

"너 바람피웠어?"

"아니."

"리브카는?"

"아니야."

"난 항상 피곤해." 제이컵이 말했다. "항상 지쳐 있어. 좀 전까지만 해도 왜 그런지 한 번도 궁금해한 적이 없는데, 실은 내가 지친 적이 한 번도 없었던 거라면? 내 피로가 은신처에 불과했다면?"

"더 나쁜 은신처도 있어."

"그리고 내가 다시는 지치지 않기로 마음먹는다면? 그냥 지치지 않기로 해 버린다면 말이야. 몸은 지칠 수 있을지 몰라도 나는 지치지 않는 거야."

"모르겠어, 제이컵."

"아니면 내가 내 힘으로는 은신처에서 나오지 못한다면? 너무 익숙하고 너무 안전하다면? 그래서 나를 나가게 하려면 연기라도 피워야 한다면?"

"내가 보기에는 지금 네가 연기를 피워 스스로를 내쫓고 있는데."

"줄리아가 연기를 피워 나를 내보내야 한다면?"

제이컵이 그들 사이에 놓인 사과를 보았다. 그는 사과랑 하고 싶다던 타미르의 말뜻을 이해했다. 성적인 갈망이 아니라 누군가의 진실 속으로 들어가고 싶다는 실존적인 갈망이었다.

"내가 지금 무얼 하고 싶은지 알아?"

"뭔데?" 타미르가 물었다.

"내 머리를 밀어 줘."

"왜?"

"그러면 내 머리가 진짜로 얼마나 벗어졌는지 보일 거 아냐. 그리고 다들 볼 수 있겠지."

"팝콘이나 좀 만드는 게 어때?"

"그거 끔찍하겠는데. 하지만 못 할 게 뭐야. 하지만 끔찍할 거야. 하지만 기꺼이 할게."

"너 같은 말을 계속 되풀이하고 있어."

"잠들려나 봐."

"그럼 자."

"하지만……."

"왜?"

"나도 거짓말했어."

"알아."

"안다고?"

"응. 어느 부분인지 모를 뿐이지."

"나 바람피운 적 없어."

"없다고?"

"아니면 바람은 피웠는데 자지는 않았어."

"그럼 뭘 했는데?"

"그냥 문자만 했지. 그나마 많이도 안 했어."

"왜 거짓말했어?"

"걸리기 싫어서."

"나한테."

"아. 모르겠어."

"이유가 있었어."

"나 취했어."

"하지만 네 거짓말은 그것뿐이야."

"줄리아가 전화기를 찾아내서 내가 실제로는 아무 일도 없었다고 사실대로 말했더니 나를 믿어 줬어."

"잘됐네."

"하지만 나를 신뢰해서가 아니야. 내가 그런 짓을 할 위인이 못 된다는 거 잘 안대."

"그래서 내가 너를 그런 짓을 할 사람으로 생각해 주기를 바랐구나."

"그게 내 해석이야, 그래."

"네가 그럴 사람이 못 된다 해도."

"바로 그렇지."

"아까 어떤 사람이 과학 팟캐스트나 남몰래 듣고 다니느냐고 물었지?"

"응."

"손도 안 댈 여자한테 같은 전화기로 야한 문자를 보내는 사람이지."

"다른 전화기였어."

"같은 손이었잖아."

"그럼 이제 네가 내 머리를 민 거야." 제이컵이 눈을 감으며 말했다. "내가 볼 수 없는 걸 말해 줘."

"내가 생각한 것보다는 더 벗어졌고, 네가 생각한 것보다는 나아."

제이컵이 반사적으로 몸을 움찔했다. 엘리베이터가 아래로 떨어지듯 잠의 시작을 알리는 신호였다. 그는 시간의 경과나 생각들 사이의 움직임, 생각하지 않고 지속된 시간을 가늠할 수 없었다.

시간의 소리에 무슨 일이 일어날까? 그와 줄리아가 연습한 모든 것이 실행된다면? 생각을 검토해 보는 게 밑져야 본전이 아니라면? 더는 아이들의 귓가에 대고 달콤하게 속삭이는 일은 없을 것이다. 그날 오후의 생일 파티를 생각하며 접시를 닦을 일도 없을 것이다. 더는 아이들이 마지막으로 딱 한 번만 뛰어내릴 수 있도록 갓길에 낙엽을 갈퀴로 긁어 놓는 일도 없을 것이다. 그는 자신의 삶을 듣기 위해 무엇에 귀를 기울이게 될까? 아니면 삶을 듣지 못하게 될까?

그가 다음으로 의식한 것은 손, 목소리였다. "뉴스 좀 봐." 타미르가 제이컵의 팔을 잡아 흔들며 말했다.

"왜?"

"너 잠들었어."

"아니야. 잠들지 않았어. 그냥 생각 중이었어."

"중요한 뉴스가 있어."

"잠깐만."

제이컵이 눈을 껌벅이며 멍한 머리를 빙그르 돌리면서 소파로 걸어갔다.

두 시간 전 제이컵과 타미르가 약에 취해 있을 동안 젊은 이스라엘 극단주의자 한 무리가 바위 사원에 들어가 불을 질렀다. 불꽃은 거의 피해를 입히지 않았다고 이스라엘 측은 주장했지만 그런 짓을 했다는 것만으로 이미 충분했다. 어느새 ESPN에서 CNN으로 채널이 바뀐 텔레비전에서는 분노의 영상들이 나오고 있었다. 남자들이 하늘을 향해 주먹질을 하고, 하늘에 대고 총알을 퍼붓고, 하늘을 죽이려 하고 있었다. 제이컵은 전에도 그런 모습을 본 적이 있었지만 영상들은 항상 지진이 일어난 인근 지역, 주로 가자 지구와 서안 지구의 것들이었다. 그러나 지금 CNN은 화면을 바꿔 가며 끝이 없을 듯한 분노를 내보내고 있었다. 자카르타에서 이스라엘 국기를 불태우는 사람들, 카슘에서 이스라엘 총리 모형에 막대기를 휘두르는 사람들, 카라치, 다카, 리야드, 라호르의 사람들. 파리에서 얼굴을 반다나로 가리고 유대인 상점을 박살 내는 사람들, 테헤란에서 억양이 너무 세고 영어를 백 마디도 모를 것 같은데 카메라에 대고 "유대인들에게 죽음을!"이라고 영어로 외치는 사람.

"이거 좋지 않은데." 제이컵이 그 영상들 때문에 몸이 얼어붙고 흥분한 채 말했다.

"좋지 않다고?"

"아주 나빠."

"집에 돌아가야겠어."

"알아." 제이컵은 너무 녹초가 되어 상황을 이해할 수 없었고, 아직도 자고 있는지 깨어 있는지조차 분간이 가지 않았다. "방법을 찾아보자."

"지금. 대사관에 가야 해."

"그래. 알았어."

타미르가 고개를 젓고 말했다. "지금, 지금, 지금."

"알았다고. 옷 좀 입고."

그러나 둘 다 소파에서 움직이지 않았다. 텔레비전이 유대인의 분노로 가득했다. 런던에서 히브리어로 고함을 지르는 검은 모자를 쓴 사람들, 제이컵이 알아들을 수 없는 단어들을 히스테릭하게 되풀이하며 카메라에 대고 손가락을 흔들어 대는, 마지막으로 남은 키부츠 중 한 곳 출신인 가무잡잡한 사람들, 성전산을 지키는 유대인 군인들과 충돌하는 유대인들.

타미르가 말했다. "너도 가야 해."

"물론이지. 잠깐만."

"아니." 타미르가 제이컵의 어깨를 삼십 년 전 동물원에서처럼 힘 있게 움켜쥐고 말했다. "너도 집으로 돌아가야 해."

"난 집에 있어. 무슨 소리야?"

"이스라엘로."

"뭐?"

"나와 함께 이스라엘로 가야 해."

"내가?"

"그래."

"타미르, 넌 이스라엘을 떠나고 싶댔잖아."

"제이컵."

"그런데 이제 와서 나보고 가라고?"

타미르가 텔레비전을 가리켰다. "저거 보여?"

"일주일 내내 봤어."

"아니. 저런 건 아무도 본 적이 없어."

"무슨 소리를 하는 거야?"

"이렇게 끝나는 거야." 그가 말했다. "이렇게." 그리고 타미르가 D. C.에 온 후 처음으로, 정말로 처음으로 제이컵은 친족 간의 닮은 모습을 보았다. 자신의 아이들의 겁에 질린 눈을 보았다. 혈액 검사를 하기 전과 피를 흘리는 상처를 입은 후에 보던 공포였다.

"어떻게 끝나는데?"

"이스라엘이 파괴되는 걸로."

"무슬림들이 자카르타와 리야드에서 소리를 지른다고? 그들이 뭘 어쩌겠어, 예루살렘까지 걸어가?"

"그래. 말을 타고 가고, 고물 차를 타고 가고, 버스를 타고 가고, 배를 타고 갈 거야. 그리고 그들만이 아니야. 우리를 봐."

"지나갈 거야."

"그렇지 않아. 이렇게 다 끝날 거야."

화면의 영상보다, 타미르의 말보다 제이컵을 두렵게 한 것은 타미르의 눈에 비친, 자신의 아이들의 눈 속에서 보았던 공포였다.

"네가 정말로 그렇게 믿는다면 타미르, 가족을 이스라엘에서 데리고 나와야 해."

"그럴 수가 없어!" 제이컵은 타미르의 이를 앙다문 모습에서 어브의 분노를 보았다. 방향도 없이 격분해서 날뛰는 것 말고는 어떤 표현도 알지 못하는 내면의 깊은 슬픔이었다.

"왜? 네 가족의 안전보다 중요한 게 어디 있단 말이야?" 제이컵이 물었다.

"가족을 데리고 나올 수가 없어, 제이컵. 들어가는 비행기도 나오는 비행기도 없어. 내가 시도해 보지 않은 줄 알아? 내가 하루 종일 뭘 할 것 같아? 박물관에 간다고? 쇼핑하러 간다고? 난 가족을 안전하게 지키려고 애쓰고 있어. 하지만 가족들을 데리고 나올 수가 없어. 그러니까 내가 가야 해. 그리고 너도 가야 하고."

제이컵은 이제 잠이 확 깨어 더 이상 무심한 척할 수 없었다.

"이스라엘은 내 조국이 아니야, 타미르."

"아직 파괴되지 않았으니까 그럴 뿐이지."

"아니야, 그곳은 내 조국이 아니기 때문이야."

"하지만 그곳은 내 조국이야." 이제 제이컵은 줄리아를 보았다. 그녀의 집을 아직 구할 수 있을 때에는 볼 수 없었던 애원을 보았다. 자신의 무지를 보았다.

"타미르, 너……."

그러나 말로 표현할 어떤 생각도 없었으므로 말이 나오지 않았다. 타미르가 더는 듣고 있지 않았으므로 상관없었다. 그는 몸을 옆으로 돌리고 문자를 보내고 있었다. 리브카인가? 노암인가? 제이컵은 자신이 나설 자리가 아닌 것 같아서 묻지 않았다.

그의 자리는 텅 빈 방, 문자를 입력하는 것이었다. 당신의 꽉 조이는 질에 넣어 달라고 애원하지만 아직은 안 돼.

그의 자리는 텅 빈 방, 그에게, 그에게만 들리도록 같은 손으로 다른 전화기를 귀에 바짝 대는 것이었다. "'눈먼 사람들도 볼 수 있습니다. 진짜예요. 입으로 혀 차는 소리를 내서 근처에 있는 물체에 부딪혀 돌아오는 메아리로 자신의 위치를 알아낼 수 있답니다. 이렇게 해서 눈먼 사람들은 바위가 많은 지형에서 하이킹을 하고, 도시의 거리를 돌아다니고, 심지어 자전거도 탈 수 있지요. 하지만 그게 보는 것일까요? 음파를 탐지하는 사람들의 뇌를 스캔해 보면 시력이 있는 사람들의 뇌에서와 똑같은 시각 중추에서 활동이 관찰됩니다. 그들은 눈 대신 귀를 통해 보는 것뿐입니다.'"

그의 자리는 텅 빈 방, 읽는 것이었다. 남편이 이번 주말에 아이들 데리고 멀리 가. 진짜로 와서 나랑 자자.

그의 자리는 텅 빈 방, 듣는 것이었다. "'그러면 왜 더 많은 눈먼 사람들이 자전거를 타지 않을까요? 탁월한 음파 탐지 교사인 데이비드 스펠먼에 따르면 방법을 배우는 데 필요한 자유를 얻을 수 있는 사람이 드물기 때문입니다.

눈먼 자식이 자신의 팔을 잡지 않고 교차로에 다가가는 모습을 가만히 보고 있을 수 있는 부모는 아마 백 명 중 한 명, 어쩌면 그보다 적을 겁니다. 부모들은 사랑하니까 자식을 위험에서 지켜 주지만 바로 그 사랑이 아이들을 보지 못하게 하기도 합니다. 아이들에게 자전거 타는 법을 가르치다 보면, 볼 수 있는 아이들의 경우와 마찬가지로 불가피하게 부딪히는 경우가 생깁니다. 하지만 눈먼 아이들의 부모들은 거의 항상 이를 아이들에게 무리한 것을 요구하는 증거로 받아들이고 아이를 보호하려 나서

지요. 부모들은 아이들이 보기를 더 간절히 바랄수록 아이들이 더 보지 못하게 만듭니다. 그 사랑이 방해가 되기 때문이지요.'

'선생님은 어떻게 그런 것을 극복하고 배우실 수 있었나요?'

'제 아버지는 제가 태어나기 전에 세상을 떠나셨고, 제 어머니는 일을 세 가지나 하셨습니다. 사랑이 없었기 때문에 제가 볼 수 있게 된 것이죠.'"

밑져야 본전

타미르는 위층으로 올라갔고, 제이컵은 그곳에 앉아서 지난 몇 분, 지난 두 시간, 지난 이 주, 지난 십삼 년, 십육 년, 사십이 년간의 일을 되새겨 보려 했다. 무슨 일이 일어났던가?

타미르가 제이컵은 무엇을 위해서도 죽지 않을 것이라고 말했다. 그 말이 사실이라 해도 그것이 왜 중요할까? 그런 궁극적인 헌신이 뭐 좋단 말인가? 돈을 충분히 잘 벌고, 충분히 좋은 음식을 먹고, 충분히 괜찮은 집에서 살고, 상황이 허락하는 한 윤리를 지키고 야심을 가지려 하는 것이 뭐 잘못인가? 그는 노력했다. 매 시간 충분히 노력하지는 못했더라도 무슨 기준으로 그것을 평가한단 말인가? 그는 가족에게 충분히 괜찮은 생활을 주었다. 한 번뿐인 삶이니 충분히 좋은 정도로는 만족할 수 없다고 느낄 수도 있지만, 더 많은 것을 얻으려 애써도 결국 허사가 되는 경우도 얼마나 많은가.

몇 년 전 줄리아와 제이컵이 아직 서로의 일을 공유하고 있을 때 줄리아가 머그컵을 양손에 하나씩 들고 지하실로 와서 잘 돼가느냐고 물었다.

제이컵이 머리 뒤로 손을 깍지 끼고 관절을 꺾고는 이렇게 말했다. "흠, 최대한으로 잘된 수준에는 턱도 없이 못 미치지. 하지만 지금 내가 할 수 있는 만큼은 잘된 것 같아."

"그럼 최대한으로 잘된 거네."

"아니야. 이보다 훨씬 나을 수도 있었어."

"어떻게? 다른 사람이 쓴다면? 당신이 당신 인생에서 다른 때에 쓴다면? 우린 늘 무언가 다른 게 있을 거라고 얘기하지."

"내가 더 나은 작가라면."

"하지만 아니잖아." 줄리아가 그의 책상 위에 머그잔을 놓았다. "당신은 완벽해."

그가 줄리아에게 줄 수 없었던 것들도 있었지만 그럼에도 그는 많은 것을 주었다. 그는 대단한 예술가는 아니었지만 (충분히) 열심히 일했고, 자신의 글쓰기에 (충분히) 헌신적이었다. 복잡성을 인정하는 것은 약점이 아니다. 한발 물러선다고 후퇴는 아니다. 그는 바위 사원에서 기도 매트를 깔고 울부짖는 사람들을 질투할 만큼은 아니었지만 그들의 헌신에 비추어 자신의 실존적 창백함을 볼 수 있을 정도는 되었다. 불가지론은 근본주의 못지않게 독실하다. 어쩌면 그는 충분히 좋은 완벽함에 눈이 멀어 자신이 사랑하는 것을 파괴했는지도 모른다.

줄리아의 휴대 전화로 전화를 걸었다. 그녀는 받지 않았다.

새벽 2시였지만 하루 어느 때라도 그녀가 그의 전화를 받지 않은 적은 없었다.

안녕하세요, 줄리아의 전화…….

그러나 그가 연락했다는 것은 알 터였다.

삐 소리가 나자 그가 말했다. "나야. 당신도 뉴스 봤는지 모르겠지만 극단주의자들이 바위 사원에 불을 질렀어. 아니면 지르려고 시도했어. 엄밀히 말하면 성공한 것 같아. 아주 작은 불이었어. 하지만 당신도 알다시피 엄청난 사건이야. 하여간 당신도 볼 수 있을 거야. 아니면 기사를 읽거나. 당신이 어디 있는지 모르겠네. 어디 있어? 그럼……."

음성 메시지가 끊겼다. 그가 다시 전화를 걸었다.

안녕하세요, 줄리아의 전화…….

"끊어졌어. 어디까지 말했는지 모르겠지만 중동에서 지금 막 난리가 났다는 얘기를 하고 있었어. 타미르는 완전히 히스테리 상태고, 나한테 오늘 밤에 대사관에 데려가 달래. 지금이 새벽 2시인데. 어떻게든 비행기를 타야겠대. 그리고 실은 나한테 같이 가야 한대. 처음에는 그냥 그 말이……."

음성 메시지가 끊어졌다. 그가 다시 전화를 걸었다.

안녕하세요, 줄리아의 전화…….

"그리고…… 나야. 제이컵. 당연히. 하여간 타미르가 제정신이 아니라는 얘기를 하고 있었어. 그를 대사관에 데려가야 해. 샘을 깨워서 우리가 나간다고 알려 줄 거고 그러면 샘이……."

음성 메시지가 끊어졌다. 허용된 분량이 줄어드는 것 같았다. 그가 다시 전화를 걸었다.

"제이컵?"

"줄리아?"

"몇 시야?"

"당신 전화기가 꺼진 줄 알았어."

"왜 전화했어?"

"어, 실은 메시지를 남기고 있었는데……."

"몇 시냐고?"

"2시쯤 된 거 같아."

"왜, 제이컵."

"당신 어디야?"

"제이컵, 새벽 2시에 왜 전화했느냐고?"

"중요한 일이니까."

"아이들은 괜찮아?"

"응, 다 괜찮아. 하지만 이스라엘이……."

"아무 일도 없지?"

"응. 아이들한테는 아무 일 없어. 자고 있어. 문제는 이스라엘이야."

"아침에 얘기해, 알았지?"

"줄리아, 전화할 수밖에 없었던 건……."

"아이들이 괜찮은 거라면 무슨 얘기가 됐건 나중에 해도 돼."

"그럴 수가 없어."

"내 말 믿어, 그래도 된다니까. 잘 자, 제이컵."

"극단주의자들이 바위 사원에 불을 지르려고 했어."

"내일 얘기해."

"우리에게 맞서는 전쟁이야."

"냉장고에 배터리 잔뜩 있어."

"뭐?"

"나도 몰라. 졸려 죽겠어."

"난 갈까 생각하고 있어."

"고마워."

"이스라엘에. 타미르랑 같이."

그는 그녀가 자세를 바꾸는 소리, 낮은 잡음 소리를 들었다.

"당신은 이스라엘에 안 가."

"진짜로 생각 중이야."

"그런 멍청한 말은 당신 대본에조차 쓴 적이 없어."

"그게 무슨 뜻이야?"

"내일 아침에 얘기하자는 뜻이지."

"난 이스라엘에 갈 거야." 그가 이번에는 "생각하고 있어."라는 말을 빼고 말했다. 그러자 그 말이 전혀 다르게 전해졌다. 제이컵은 소리 내어 확실하게 말해 보고는 자신에게 확신이 부족하다는 사실을 깨달았다. 처음에는 그녀에게 "가지 마."라는 말을 듣고 싶었다. 그러나 줄리아는 그 말을 해 주는 대신 그를 믿지 않았다.

"그런데 왜 가려는 거야?"

"도우려고."

"뭐, 육군 신문에 글이라도 쓸 거야?"

"하라는 건 뭐든 할 거야. 샌드백을 가득 채우고, 샌드위치를 만들고, 싸우지."

줄리아는 깔깔 웃다 보니 잠이 다 깼다. "싸운다고?"

"그래야 한다면."

"왜 그렇게 된다는 거야?"

"남자들이 필요해."

줄리아가 쿡쿡 웃었다. 제이컵은 쿡쿡 웃는 소리를 들었다고 생각했다.

그가 말했다. "난 당신이 존중하거나 인정해 주기를 바라는 게 아니야. 앞으로 두어 주 동안 어떤 상황이 될지를 알아야 하니까 말하는 거야. 당신이 집에 와서……."

"영웅이 되고 싶은 당신의 마음은 존중하고 인정해. 특히 지금 같은 때……."

"당신이 허튼짓하고 있는 때 말이지."

"아니." 그녀의 목소리가 이제는 공격적으로 또렷해졌다. "당신이 허튼짓하고 있는 때지. 한밤중에 이런 바보 천치 같은 연극으로 나를 깨워서…… 그걸 뭐라고 해야 할지도 모르겠네. 결단? 용기? 이타심? 내가 집으로 갈 거라고 생각해? 좋아. 그다음에는 뭐야? 당신의 전쟁놀이가 언제까지 계속되든지 내내 나 혼자 아이들을 돌보고? 그 정도야 문제도 아니지. 아이들을 위해 하루 세끼를 준비하고(셋 중에서 두 아이도 같은 것을 먹는 법이 없으니 아홉 끼라고 해야겠네.) 첼로 레슨, 언어 치료, 축구, 축구, 히브리어 학교, 온갖 건강 전문가들한테 태워다 주고? 그래, 나도 영웅이 되고 싶어. 영웅이 된다면 근사하겠지. 하지만 우선 망토 치수 재기 전에 우리가 이미 가진 걸 유지나 할 수 있을지부터 보자고."

"줄리아……."

"아직 안 끝났어. 이런 말 같지도 않은 헛소리로 나를 깨웠으니 나도 할 말 좀 해야겠어. 당신이 한동안 전투에 나간다는 이런 웃기지도 않은 생각을 진짜로 해 보겠다면, 당신을 전투병으로 받아 줄 군대라면 아주 절박한 상황일 거라는 사실부터 인정해야 할 거야. 절박한 군대가 한 사람 한 사람의 생명을 전 인류의 생명처럼 다루기는 어렵겠지. 당신은 군사 기술도 전혀 없으니 폭탄 해체라든가 정교한 암살 같은 전문적인 작전에 투입되지는 않을 거야. 대신 '이 총탄 앞에 서면 우리가 진짜로 중요하게 생각하는 인물한테 총알이 박히기 전에 네 고기가 적어도 시간을 벌어 줄 것이다.' 같은 일이나 하겠지. 그러면 당신은 죽을 거야. 그리고 우리 아이들은 아버지 없는 자식이 될 거고. 당신 아버지는 훨씬 더한 공공의 멍청이가 되겠지. 그리고……."

"그리고 당신은?"

"뭐?"

"당신은 어떻게 되느냐고?"

"병들 때나 병들 때나." 제이컵의 어머니가 그의 결혼식에서 한 말이었다. "그게 내가 너희에게 바라는 거란다. 기적을 찾거나 기대하지 마. 기적 같은 건 없어. 더는 없단다. 그리고 가장 아픈 상처에 쓸 치료제도 없어. 서로의 고통을 믿고 그것을 위해 있어

주는 것만이 약이란다."

제이컵은 어릴 때 청력을 잃어버린 척했다가 되찾았고, 어른이 되어서도 계속 귀먹음에 대해 특별한 관심을 갖게 되었다. 그는 이것이 불쾌하고 하지 말아야 할 짓처럼 느껴져서 줄리아를 비롯해 누구에게도 이야기한 적이 없었다. 아무도, 실버스 박사조차 그가 수화를 할 수 있다거나 국립청각장애인협회의 D. C. 지부 연례 총회에 참석하곤 했다는 사실을 몰랐다. 그는 총회에 가서는 청각 장애인인 척하지 않았다. 청각 장애인 초등학교의 교사인 척했다. 아버지가 청각 장애인이라 아이 때부터 관심을 갖게 되었다고 설명했다.

"당신은 어떻게 되는 거야, 줄리아?"

"내가 무슨 말을 하기를 바라는지 모르겠어. 혼자서 세 아이를 키워야 한다고 생각하니 이기적이 되었다고?"

"아니."

"내가 속으로는 그걸 바란다고 암시하는 거야?"

"그런 거야? 난 그런 생각은 해 본 적이 없지만 당신은 해 본 게 분명하군."

"진심이야?"

"당신은 어떻게 되는 거냐고?"

"나를 어디로 유도하려 하는지 전혀 모르겠어. 하지만 난 지금 피곤해 죽겠어. 이런 대화 지친다고. 그러니까 할 말 있으면……."

"왜 나한테 가지 말라고 하지 않아?"

“뭐?”

“내가 가지 않으면 좋겠다는 말은 왜 하지 않는지 이해가 안 돼.”

“오 분 동안 계속 한 얘기가 그거잖아.”

“아니야, 아이들한테 부당하다는 말만 했어. 당신한테 부당하다고 했고.”

“부당하다는 당신 표현이지.”

“한 번도 당신은, 줄리아 당신은 내가 가지 않으면 좋겠으니까 가지 말라는 말은 안 했어.”

랍비가 장례식에서 어브의 재킷을 살짝 찢어 열었듯 그녀가 침묵을 열었다.

제이컵이 말했다. “과부, 당신은 바로 과부가 될 거야. 당신은 당신의 욕구와 두려움을 계속해서 아이들이나 나에게, 아니면 손 닿는 곳에 있는 아무한테나 투사해. 당신, 바로 당신이 과부가 되고 싶지 않다고 그냥 인정할 수는 없어?”

그는 매트리스 스프링이 삐걱이며 움직이다 잠잠해지는 소리를 들었다. 들었다고 생각했다. 어떤 침대에서 일어나는 거지? 그녀의 몸이 어느 정도의 어둠 속에, 어느 만큼 드러나 있을까?

“그야 난 과부가 되지 않을 테니까.” 그녀가 말했다.

“아니, 될 거야.”

“아니, 제이컵. 되지 않을 거야. 과부는 남편이 죽은 사람을 부르는 말이야.”

“그리고?”

"그리고 당신은 내 남편이 아니야."

1970년대에 니카라과에는 청각 장애 아동을 돌볼 기반 시설이 전혀 없었다. 학교도 교육이나 정보 자원도 없었고, 체계적으로 정리된 수화조차 없었다. 나카라과에 최초의 청각 장애인 학교가 문을 열었을 때 교사들은 스페인어 독순술을 가르쳤다. 그러나 운동장에서 아이들은 자신들이 집에서 개발한 신호를 이용해 의사소통을 하고 공유하는 어휘와 문법을 조직적으로 만들어 냈다. 여러 세대의 학생들이 학교를 거치면서 되는대로 만든 이 언어가 발전하고 성숙했다. 그 말을 쓰는 사람들이 대충 그러모은 것에 의해서만 만들어진 언어가 문서로 기록된 유일한 예이다. 어른이 도운 적도 없고, 종이에 기록하지도 않았고, 본보기도 없었다. 오로지 의사소통을 하려는 아이들의 의지만 있었다.

제이컵과 줄리아는 노력했다. 그들은 신호를 만들어 냈고, 아이들이 아직 어릴 때는 아이들 앞에서 단어의 철자를 말했고, 암호가 있었다. 그러나 그들이 만들어 냈고, 그때도 만들고 있던 언어는 세상을 더 명확하게 만들기보다 더 작게 만들었다.

난 당신의 아내가 아니야.

그 문자들 때문인가? 나열된 몇백 개의 글자 때문에 모든 것을 무너뜨린다고? 그는 무슨 일이 일어나리라고 생각했을까? 그리고 무슨 짓을 하고 있다고 생각했을까? 줄리아의 말이 맞았다. 순간적으로 약해진 게 아니었다. 그가 대화를 성적인 내용으로 끌고 갔고, 다른 전화기를 샀고, 문자를 입력하지 않을 때는 단어들을 만들고 있었고, 답이 들어오기 무섭게 읽으려고 자리를 피했다. 새로운 메시지를 보고 수음하려고 벤지에게 영화를 틀어 준 적이 한두 번이 아니었다. 왜일까?

그것이 완벽했기 때문이다. 그는 아들들에게는 아버지였고, 아버지에게는 아들이었고, 아내에게는 남편이었고, 친구들에게는 친구였지만 누구에게 자신이었을까? 디지털의 베일은 자신의 모습을 사라지게 만들어 마침내 자신을 표현할 수 있게 해 주었다. 그는 아무도 아닐 때 비로소 자유로이 자기 자신이 되었다. 억눌린 성적 욕구로 터질 듯한 것은 사실이었지만 그것 때문만은 아니었다. 중요한 것은 자유였다. 바로 그것이 그녀한테 남편이 이번 주말에 아이들이랑 멀리 가. 진짜로 와서 나랑 자자라고 문자가 왔을 때 답하지 않은 이유였다. 그리고 아직도 자위를 하고 있는 건 아니겠지!라는 문자에 답하지 않은 이유였다. 그리고 무슨 일이야?가 그들의 전화기 사이를 오간 마지막 말이 된 이유였다.

"내가 한 짓에 대해 더 이상 어떻게 미안하다고 할 수 있을지 모르겠어." 그가 말했다.

"우선 미안하다는 말부터 하면 되지."

"사과는 몇 번이나 했잖아."

"아니, 사과했다는 말을 여러 번 했지. 사과는 한 번도 안 했어."

"주방에서 그날 밤 했어."

"안 했어."

"침대에서."

"아니."

"당신이 모의 유엔 총회에 가 있을 때 차에서 전화로 했어."

"당신이 사과했다고 말했지. 하지만 사과는 안 했어. 난 주의를 기울이고 있어, 제이컵. 기억한다고. 내가 전화기를 찾은 후로 정확히 딱 한 번 당신이 '미안해.'라고 했어. 내가 당신 할아버지가 돌아가셨다고 말했을 때야. 그런데 그 말을 나한테 한 건 아니었어. 누구한테도 한 게 아니었어."

"어, 그런 거라면 문제 될 거 없……."

"그런 거 맞아. 그리고 문제 돼."

"그런 거라면 문제 될 거 없어. 왜냐하면 당신이 사과한 걸 기억하지 못한다면 내가 분명히 충분히 제대로 사과하지 않은 거니까. 그러니 지금 내 말 좀 들어 줘. 정말 미안해, 줄리아. 부끄럽게 여기고 있고, 미안해."

"문자 때문이 아니야."

전화기를 발견한 날 밤 줄리아가 제이컵에게 말했다. "당신은 행복해 보이지만 실은 그렇지 않아." 그리고 더한 말도 했다. "당신은 불행이 너무 두려워서 배에 물이 샌다고 인정하느니 차라리 배와 함께 가라앉는 쪽을 택할 거야." 그녀가 배와 함께 가라앉지 않으려고 하면 어떻게 될까? 문자 때문이 아니라면, 그렇다면 모든 것 때문이었다. 제이컵이 스스로를 텅 빈 방에 가두었을 때, 실은 줄리아를 텅 빈 집에 가둔 것이었다면? 그가 모든 것에 대해 사과해야 한다면?

"말해 봐. 그냥 말해 봐. 왜 우리 가족을 망가뜨리려는 거야?" 그가 말했다.

"당신이 감히 그런 말을 하다니."

"하지만 사실이잖아. 당신이 우리 가족을 망가뜨릴 거잖아."

"아니야. 난 우리 결혼을 끝내려는 거야."

그는 그녀가 방금 감히 무슨 말을 한 것인지 믿을 수 없었다.

"우리 결혼을 끝내는 게 우리 가족을 망가뜨리고 말 거야."

"아냐. 그렇게 되지 않아."

"어째서? 왜 우리 결혼을 끝내려는 거야?"

"지난 삼 주 동안 내가 대체 누구를 붙잡고 얘기한 거야?"

"우리는 얘기를 한 거야."

그녀가 잠시 그 말을 되새겨 보도록 놔두고는 말했다. "그게 이유야."

"우리가 얘기를 해서?"

"당신은 항상 얘기를 하는데 당신 말은 아무것도 의미하지 않거든. 당신은 벽 뒤에 가장 큰 비밀을 숨기고 있어. 기억나지?"

"아니."

"우리 결혼식. 난 당신 주위를 일곱 바퀴 돌았어. 당신을 사랑으로 둘러쌌고 수년 동안 그렇게 했어. 그리고 그 벽이 무너졌어. 내가 무너뜨렸어. 하지만 내가 무얼 발견했는지 알아? 당신의 가장 큰 비밀은 가운데 돌에 닿을 때까지 죽 당신 자신이 벽이라는 거야. 거기에는 아무것도 없어."

이제 그에게는 선택의 여지가 없었다. "난 이스라엘에 갈 거야, 줄리아."

그녀의 이름을 덧붙였기 때문인지, 아니면 그의 어조가 바뀐 탓인지, 아니면 그보다 그럴듯한 이유는 대화가 끝날 때가 되어서인지 그 말이 새로운 의미를 띠었다. 줄리아는 그 말을 믿었다.

"믿을 수가 없군." 그녀가 말했다.

"가야 해."

"누구를 위해?"

"우리 아이들. 그리고 그 애들의 아이들."

"우리 애들에게는 애들이 없어."

"하지만 생길 거야."

"그러니까 맞교환이로군. 아버지를 잃고 아이를 얻는 거야?"

"당신도 말했잖아, 줄리아. 아이들은 컴퓨터만 있으면 난 잊어버릴 거야."

"그런 말은 안 했어."

"당신은 그들이 나에게 총을 줄 만큼 멍청하지는 않을 거라고 했지."

"아니, 그런 말도 안 했어."

제이컵은 램프가 딸깍이는 소리를 들을 수 있었다. 호텔인가? 마크의 아파트인가? 어떻게 해야 비난하거나 질투하는 티를 내지 않으면서, 혹은 그녀가 마크의 집에 갔다는 이유로 벌주기 위해 그가 이스라엘에 가려 한다는 식으로 들리지 않게 하면서 어디 있느냐고 물어볼 수 있을까?

언어학자, 소설가, 호사가들이 자연어의 부정확함, 불충분함, 불규칙성을 바로잡을 꿈을 품고서 1000번 이상 '인공 언어'를 발명해 냈다. 어떤 인공 언어들은 음계에 기초해 노래로 불린다.

어떤 것들은 색에 기초해 소리가 없다. 가장 감탄을 산 인공 언어들은 의사소통이 무엇이 될 수 있는가를 보여 주기 위해 설계되었으나 그 가운데 어느 것도 실제로 쓰이지 않는다.

"당신이 그렇게 하겠다면, 당신이 진짜로 그렇게 하겠다면 내가 당신에게 바라는 건 두 가지야." 줄리아가 말했다.

"무슨 뜻이야?"

"당신이 이스라엘에 가겠다면……."

"갈 거야."

"나를 위해 두 가지 일을 해 줘야 해."

"좋아."

"샘은 바르 미츠바를 치러야 해. 떠나기 전에 끝까지 도와 줘."

"좋아. 내일 하자고."

"오늘 말이지?"

"수요일에. 여기서 하자."

"그 애가 하프타라를 다 알기는 할까?"

"알 만큼은 알아. 올 수 있는 가족은 다 초대하고, 샘이 초대하고 싶어 하는 친구도 다 초대할 수 있어. 이스라엘 사람들은 여기 있고. 필요한 것 가운데 90퍼센트는 홀푸드에서 구할 수 있어. 의복은 어쩔 수 없이 생략해야겠지만."

"우리 부모님은 못 오실 텐데."

"그 점은 미안해. 스카이프로 통화하면 안 될까?"

"그리고 토라도 필요해. 그건 의복이 아니야."

"맞아. 이런, 제기랄. 랍비 싱어가 참석하지 않을 거라면……."

"그는 안 올 거야."

"아빠가 조지타운에 있는 회당에 부탁하실 수 있을 거야. 거기에 아는 분들이 많으니까."

"당신이 챙길 거야?"

"응."

"좋아. 내가 구할 수 있는 건…… 그리고 만약 내가……." 그녀가 마음속 계획으로, 그녀의 뇌에서 결코 쉬는 법이 없는 모성 담당 부분으로 빠져들었다. 이 주 전부터 아이들끼리 놀게 해 줄 약속을 잡고, 아이 친구들의 음식 알레르기에 신경 쓰고, 항상 모두의 신발 사이즈를 알고, 알람을 맞추지 않고도 일 년에 두 번 하는 치과 정기 검진 예약을 챙기고, 생일 선물을 준 사람들을 절대 헷갈리지 않고 감사 편지가 나가도록 관장하는 곳이었다.

"두 번째는 뭐야?" 제이컵이 물었다.

"미안, 뭐라고?"

"두 가지를 해 줘야 한다고 했잖아."

"아거스를 안락사시켜 줘."

"그를 안락사시키라고?"

"응."

"왜?"

"때가 됐고 당신 개니까."

제이컵은 어릴 때 돌아가는 지구본을 손가락으로 멈추고 네덜란드나 아르헨티나, 중국, 수단에서 태어났다면 어떤 삶을 살았을까 상상해 보곤 했다.

제이컵은 어릴 때 손가락으로 진짜 지구를 일시적으로 멈추게 하는 상상을 했다. 아무도 지구의 자전을 느끼지 못하듯이 아무도 알아차리지 못했다. 하지만 태양이 하늘의 있던 자리에 그대로 머물고, 바다에서 파도가 멎고, 냉장고에서 사진이 떨어졌다.

줄리아가 때가 됐고 당신 개니까라고 말했을 때 그녀의 손가락이 그의 삶을 정지시켰다.

때가 됐고 당신 개니까.

두 절이 만나는 곳에 있는 공간이 그의 집이었다.

하지만 그가 그곳에서 살 수 있었을까?

제이컵은 마지막으로 참석한 총회에서 청각 장애인 부모와 여덟 살 된 청각 장애인 아들을 만났다. 아들이 자동차 사고로 왼손을 잃어서 최근에 영국에서 미국으로 이주했다고 아버지가 설명했다.

"유감입니다." 제이컵이 주먹으로 가슴 주위에 원을 만들며 수화를 했다.

아이의 어머니가 키스 없이 키스를 날리는 것처럼 네 손가락을 아랫입술에 갖다 댄 다음 팔을 쭉 펴고 손가락을 아래로 둥글게 구부렸다.

제이컵이 물었다. "여기 의사들이 더 나은가요?"

아이의 어머니가 수화를 했다. "영국의 수화는 손가락으로 철자를 표시하는 데 양손을 다 쓴답니다. 미국 수화는 한 손만 써요. 영국에서도 버티기야 하겠지만 최고의 기회를 다 주고 싶어서요.”

어머니와 아들이 공예 천막으로 가고 제이컵과 아이의 아버지는 뒤에 남았다. 그들은 자신들의 생활에 대한 이야기로 분위기를 바꿔 말없이 한 시간가량 대화했다.

제이컵은 청각 장애인 아이를 원하는 청각 장애인 부모에 대해 읽은 적이 있었다. 어느 부부는 심지어 유전적으로 청각 장애인 아이를 선택했다. 그는 그런 선택의 도덕적 함의에 대해 꽤 자주 생각하게 되었다. 웬만큼 대화를 나누어 캐묻는다는 느낌을 주지 않을 정도가 되자 제이컵이 그 남자에게 아들이 자신처럼 듣지 못한다는 사실을 알았을 때 기분이 어땠는지 물었다.

“사람들이 저한테 아들을 원하는지 딸을 원하는지 물어보곤 했어요.” 아이의 아버지가 수화를 했다. “전 그저 건강한 아기면 족하다고 했지요. 하지만 남몰래 원하는 것이 있었어요. 병원에서 퇴원할 때가 다 돼서야 청각 검사를 한다는 거 아시지요?”

“몰랐습니다.”

“귀에 소리를 보내는 방식으로 한답니다. 소리가 되울리면 아기가 들을 수 있는 거예요. 그래서 귀에서 양수가 빠지도록 시간을 충분히 두어야 하지요.”

“소리가 되울리지 않으면 아기가 청각 장애를 가진 건가요?”

“맞습니다.”

“소리는 어디로 가나요?”

“귀먹음 속으로요.”

“그럼 알기까지 시간이 얼마나 걸리나요?”

"하루요. 하루 동안 제 아이는 듣지 못하는 것도 듣는 것도 아니었어요. 간호사가 아이가 듣지 못한다고 말하자 저는 울고 또 울었답니다."

제이컵이 다시 한번 주먹으로 가슴에 원을 그렸다.

아이의 아버지가 수화를 했다. "아뇨, 들을 수 있는 아기라면 축복이었을 겁니다. 듣지 못하는 아기는 특별한 축복이었어요."

"그러기를 원하신 겁니까?"

"혼자 속으로만 바랐지요."

"하지만 아들에게 최고의 기회를 다 주고 싶다고 하셨잖아요?"

"혹시 유대인이신가요?" 남자가 수화를 했다.

너무나 갑작스러운 질문이라 제이컵은 잘못 들었나 싶었지만 고개를 끄덕였다.

"우리도 유대인입니다." 제이컵은 그 말에 당황스러우면서도 오래된, 커다란 위안의 감정을 느꼈다. "어디 출신이십니까?"

"여기저기에서 왔습니다. 하지만 대개는 드로호비치에서요."

"우린 동향인이로군요." 아이의 아버지가 수화를 했다. 그가 실제로는 이렇게 수화를 했다. "우리는 같은 지역 출신이군요." 그러나 제이컵은 그가 이디시어로 수화를 하고 있다는 것을 알았다.

아이의 아버지가 수화를 했다. "유대인이면 더 힘들어요. 최고의 기회를 다 갖지는 못한답니다."

"그건 다르지요." 제이컵이 수화를 했다.

남자가 수화를 했다. "시에서 이런 구절을 읽은 적이 있어요. '죽은 새 한 마리를 찾더라도 그 새의 무리는 어디에서도 보이지 않을 것이다.'" 무리라는 수화는 두 손을 몸통에서 멀리 파도처럼 움직이는 것이다.

제이컵은 안식일 저녁 식사에 맞춰 총회에서 집으로 돌아갔다. 그들은 초를 축성하고 불을 붙였다. 와인을 축성하고 마셨다. 할라를 축성하고 조금씩 뜯고 다음 사람에게 돌리고 먹었다. 축복의 기도는 우주의 귀먹음 속으로 사라졌지만 제이컵과 줄리아가 아이들의 조그만 귀에 속삭이는 기도는 되울렸다. 식사가 끝난 후 제이컵과 줄리아와 샘과 맥스와 벤지는 눈을 감고 집 안을 돌아다녔다.

6부

이스라엘의 파괴

조국으로 돌아오라

결국 그들이 바르 미츠바를 서둘러 치르지는 않아도 되었다. 타미르와 제이컵이 이스라엘에 갈 방법을 찾는 데 여드레가 걸렸던 것이다. 그러나 아거스를 안락사시키기에는 확실히 시간이 모자랐다. 제이컵은 동정적인 수의사 몇 명과 이야기해 보았으나 끔찍한 유튜브 동영상도 몇 개 보았다. 진짜로 고통받는 동물들에게 진짜로 평화로운 죽음을 준다는 점에서 안락사가 분명히 좋은 선택일 때조차 끔찍했다. 그는 할 수 없었다. 준비가 되지 않았다. 아거스도 준비가 되지 않았다. 그들은 준비가 되지 않았다.

대사관은 여전히 도움이 되지 않았고, 이스라엘행 민영 항공기의 운항은 계속 중단된 상태였다. 그래서 언론인 증명서를 알아보고, 국경없는의사회에 자원도 해 보고, 다른 나라로 비행기를 타고 가 배로 이스라엘에 들어가는 방법도 알아보았으나 모두 가망이 없었다.

그들의 상황을 바꾸고 모든 것을 바꾼 것은 전 세계에서 텔레비전으로 방송된 이스라엘 총리의 연설이었다. 연설문을 쓸 때부터 미래의 유대인 학생들이 외우거나 기념비에 새겨지리라는 것을 틀림없이 알았을 법한 연설이었다.

총리가 카메라를, 시청하는 모든 유대인들의 유대 영혼을 똑바로 들여다보며 이스라엘의 존재에 가해진 전례 없는 위협을 알리고 열여섯 살부터 쉰다섯 살까지의 유대인에게 "조국으로 돌아오라."고 요청했다.

들어오는 항공기에는 영공을 개방할 것이며, 더 많은 사람들을 태우도록 좌석을 치운 민영 점보제트기가 쉬지 않고 뉴욕, 로스앤젤레스, 마이애미, 시카고, 파리, 런던, 부에노스아이레스, 모스크바, 그 외 유대인들의 주요 거주 지역 인근 이착륙장에서 날아오를 것이다.

비행기들은 이륙 직전까지 연료를 넣지 않았다. 총 무게가 얼마나 될지 아무도 가늠조차 할 수 없었기 때문이다.

오늘 저는 성인이 아닙니다

“가족회의를 좀 해야겠어.” 샘이 말했다. 대충 급히 준비한 그의 바르 미츠바 전날 밤이었다. 열두 시간 후면 케이터링 업체에서 음식이 도착하기 시작할 것이다. 그리고 곧 이렇게 급히 연락했는데도 올 수 있는 몇몇 친척들과 친구들도 올 것이다. 그러면 성년이 된다.

맥스와 벤지는 샘의 침대에 바닥 쪽으로 발을 늘어뜨리고 앉아 있었고, 샘은 그가 좋아하는 회전의자에 41킬로그램의 몸을 실었다. 의자가 빙빙 돌아가서 능력자가 된 기분이 들어서 좋아하기도 했고,아빠가 쓰던 것이라 좋아하기도 했다. 그의 데스크톱 컴퓨터에서는 군대가 시나이반도를 가로질러 이동하는 장면이 깜박이고 있었다.

샘이 아버지의 전화로 인해 생긴 일과 어머니와 마크의 관계에 대해 맥스가 차에서 엿들은 정보들, 빌리가 모의 유엔 총회에서 보고 추측한 것, 자신이 종합한 것으로 아는 데까지 부모처럼 상냥한 태도로 아이들 나이에 맞게 설명해 주었다.("그게 뭐 큰 일인지 모르겠네." 벤지가 말했다. "사람들끼리 항상 키스하는 게 뭐 어때서?") 샘은 이스라엘로 가기로 했다는 아버지들의 결정에 대해 바락이 들은 이야기 외에도 빌리가 엿들은 부모님의 별거 대화 연습(맥스가 염탐한 결과도 덧붙여서)에 대해서도 말해 주었다. 제이컵이 줄리아는 현장을 방문하러 가서 밤을 새우고 들어왔다고 했을 때 다들 거짓말인 줄 알았지만, 그녀가 진짜로 어디 있었는지 그도 모른다는 걸 눈치챘으므로 아무도 그 이야기를 입에 올리지 않았다.

샘은 종종 동생들을 죽이는 상상을 했지만 그들을 구해 주는 상상도 했다. 아이들이 자신의 형제인 한, 반대 방향으로 잡아당기는 두 가지 힘을 느꼈다. 말하자면 아기 벤지를 안아 주는 바로 그 팔로 벤지의 갈비뼈를 으스러뜨리고 싶었다. 그렇게 공존하는 충동의 강도가 그의 형제애를 정의했다.

하지만 지금은 그렇지 않았다. 지금은 아이들을 보듬어 주고만 싶었다. 지금은 소유욕도, 각자의 몫이 줄어든다는 것도, 맹렬히 치솟는 까닭 없는 짜증도 전혀 느끼지 못했다.

"이제 모든 게 바뀔 거야." 샘의 이야기가 절정에 이르렀을 때 맥스가 울기 시작했다. 샘은 자기도 모르게 이렇게 말할 뻔했다. "재미있지, 재미있어." 그러나 훨씬 강한 충동이 압도해서 이렇게 말했다. "알아, 형도 알아." 맥스가 울음을 터뜨리자 벤지도 울기 시작했다. 벤지의 울음은 물이 넘치는 저수지에 흘러들어 더 흘러넘치게 만드는 저수지 같았다. "거지 같지." 샘이 말했다. "하지만 다 잘될 거야. 우리가 꼭 그렇게 만들 거야."

벤지가 울면서 말했다. "난 이해가 안 돼. 키스는 좋은 거야."

"우리가 어떻게 해야 해?" 맥스가 물었다.

"부모님은 내 바르 미츠바가 끝날 때까지 모든 걸 미루고 있어. 바르 미츠바가 끝나면 이혼 얘기를 꺼내실 거야. 아빠는 바르 미츠바가 끝나고 집에서 나가실 거고. 그리고 내 바르 미츠바 후에 이스라엘로 가실 거야. 그래서 난 바르 미츠바를 안 할 거야."

"그거 좋은 계획이네. 형은 역시 똑똑해." 벤지가 말했다.

"하지만 두 분이 가만있지 않으실걸." 맥스가 말했다.

"두 분이 어쩌겠어? 내 코를 잡아 비틀어서 하프토라를 내뱉게 만들어?"

"외출을 금지할 거야."

"누가 상관한대?"

"영화를 못 보게 하실 거야."

"누가 상관하느냐고?"

"형."

"난 상관 안 해."

"형이 도망가 버리면 어떨까?" 벤지가 제안했다.

"도망간다고?" 형과 동시에 되묻자 맥스가 자기도 모르게 외쳤다. "찌찌뽕!"

"샘, 샘, 샘." 벤지가 샘을 침묵에서 불러냈다.

"도망갈 수는 없어." 샘이 말했다.

"전쟁이 끝날 때까지만." 맥스가 말했다.

"너희를 두고 가지는 않을 거야."

"그리고 형이 보고 싶을 거야." 벤지가 말했다.

제이컵과 줄리아는 샘과 맥스에게 남동생이 생긴다는 소식을 알리면서 아이들에게 동생의 이름을 지어 주면 좋겠다는 암시를 흘리는 실수를 저질렀다. 사랑스러운 생각이지만 1억 번을 시도해도 만족스러운 결과를 한 번도 얻지 못할 게 뻔했다. 맥스는 재빨리 「라이언 킹」에 나오는 스카의 충성스러운 심복의 이름을 따서 하이에나 에드로 정했다. 새 동생이 자신의 충실한 심복이 될 것이라는 생각에서였다. 샘은 포미라는 이름을 붙여 주고 싶어 했다. 사전을 훌훌 넘기다가 아무 데나 짚어서 세 번째로 고른 단어였기 때문이다. 그는 뭐든 첫 번째 단어로 하겠다고 약속했으나 첫 번째는 강탈이었고, 두 번째는 양가감정이었다. 문제는 형제들의 의견이 일치하지 않는다는 게 아니라 하이에나 에드와 포미 둘 다 너무 멋진 이름이라는 것이었다. 이런 이름이라면 누구라도 탐낼 것이고, 멋진 인생을 보장해 줄 것이다. 그들은 동전을 던지기로 했다. 한 번으로 안 되어 세 번을 던지고 다시 일곱 번을 던졌다. 줄리아는 줄리아답게 이긴 이름이 적힌 종이로 다정하게 새를 접어서 열린 창으로 날려 보냈지만, 두 아이들에게 '포미의 형'이라는 글씨를 다리미로 박아 넣은 티셔츠를 만들어 주었다. 물론 아기 옷에도 '포미'라고 새겼다. 맥스한테 쉽게 동의를 받아 하이에나 에드라는 이름을 붙인 볼보의 뒷좌석에서 포미 옷을 입고 잠든 세 아이를 찍은 사진이 있었다.

샘이 무릎을 어루만지며 벤지를 손짓으로 불렀다. "나도 네가 보고 싶을 거야, 포미."

"포미가 누구야?" 벤지가 형의 무릎 위로 기어 올라가며 물었다.

"네가 될 뻔했어."

맥스는 이 모든 것이 감정을 너무 심하게 자극해서 인정할 수도 이름 붙일 수도 없다는 걸 알게 되었다. "형이 도망가면 나도 갈 거야."

"아무도 도망가지 않을 거야." 샘이 말했다.

"나도." 벤지가 말했다.

"우린 여기 있어야 해." 샘이 말했다.

"왜?"

"찌찌뽕!"

"벤지, 벤지, 벤지."

샘은 너희를 돌볼 사람이 있어야 하는데, 나 혼자 돌볼 수는 없으니까라고 말할 수도 있었다. 아니면 이건 내 바르 미츠바일 뿐이니까 나만 그걸 피해 도망가면 돼라고 하든가. 아니면 인생이 웨스 앤더슨 영화 같지는 않으니까라고 말하든가. 그러나 그렇게 말하는 대신 이렇게 말했다. "그럼 우리 집이 완전히 텅 비게 되잖아."

"비어야지. 그래야 마땅해." 맥스가 말했다.

"그리고 아거스."

"아거스도 데려가자."

"아거스는 모퉁이까지도 못 걸어가. 어떻게 도망을 가겠어?"

맥스는 점점 더 필사적이 되었다. "그럼 아거스를 안락사시키고 도망가자."

"바르 미츠바를 중단시키기 위해 아거스를 죽이겠다고?"

"삶을 중단시키기 위해 아거스를 죽이려는 거야."

"그래, 아거스의 삶."

"우리 삶."

"질문이 있어." 벤지가 말했다.

"뭔데?" 형들이 동시에 물었다.

"찌찌뽕!"

"맙소사, 맥스."

"좋아. 샘, 샘, 샘."

"질문이 뭔데?"

"맥스 형이 전쟁이 끝날 때까지 샘 형이 도망가면 된댔잖아."

"아무도 도망가지 않는다니까."

"전쟁이 끝나지 않으면 어떡해?"

오, 유대인이여, 그대들의 때가 왔도다!

줄리아는 아이들을 재울 시간에 맞춰 집으로 돌아갔다. 줄리아나 제이컵이 상상했던 만큼 고통스럽지는 않았지만, 그녀는 침묵의 밤을 상상했고 제이컵은 고함으로 시끄러운 밤을 상상했기 때문일 뿐이었다. 그들은 포옹을 하고 부드러운 미소를 나누고 일을 시작했다.

"아빠가 토라를 구해 놓으셨어."

"그리고 랍비는?"

"토라에 딸려 와."

"제발, 기도문 독창자는 안 돼."

"맙소사, 아니야."

"홀푸드에서 다 구했어?"

"케이터링 업체를 찾았어."

"하루 전날에?"

"최고의 업체는 아니지. 근거는 없지만 살모넬라균이 나왔다는 얘기가 있어."

"그냥 헛소문이겠지. 사람이 글쎄, 열다섯 명 정도 되겠지? 스무 명?"

"백 명분의 음식이 올 거야."

"스노글로브들은……." 줄리아가 진심으로 아쉬워하는 투로 말했다.

그것들은 가로로 열다섯 개, 세로로 여덟 개씩 이불장 선반 세 칸에 줄지어 놓여 있었다. 오랫동안 손도 대지 않은 채 그 자리에 그대로 있게 될 것이다. 모아 놓은 뽁뽁이 비닐 속에 갇힌 공기처럼, 생각의 거품 속에 갇힌 말들처럼, 물이 너무 많이 차 있었다. 물이 서서히 증발하면서 반구형 유리에 가느다란 실금이 생길 것이다. 아마 일 년에 0.6센티미터쯤? 벤지가 바르 미츠바를 하거나 하지 않을 준비가 될 즈음이면 물기가 다 마른 도시의 거리 위로 눈이 내려앉을 것이다.

"하여간 아이들은 아무것도 몰라. 당신이 어젯밤에 현장을 방문하러 갔다고만 말했고 아이들이 더 묻지 않았어."

"아이들이 무얼 아는지 우리가 어떻게 알겠어?"

"그리고 그 애들도 모르겠지."

"딱 하룻밤이었어." 그녀가 식기세척기에 접시들을 넣으면서 말했다. "하지만 아이들과 떨어져 있기로 선택한 건 처음이었지. 그렇게 할 수밖에 없었어. 끔찍한 기분이야."

제이컵은 그녀의 감정을 달래 주기보다 함께 나누려 했다.

"힘들지." 그러나 악마가 작은 발톱으로 제이컵의 어깨를 파고들었다. "당신 마크 집에 있었어?"

"언제?"

"거기 갔던 거야?"

그 질문에 대답할 방법은 여러 가지였다. 그녀가 선택했다. "응."

그가 지하실에서 여분의 접시를 가져왔다. 그녀는 어깨 근육을 풀고 샘의 정장에 김도 쐴 겸 샤워를 했다. 그는 아거스를 로즈데일 공원까지 산책시켰고, 그곳에서 다른 개들이 어둠 속에서 던진 것을 물어오는 소리를 들었다. 그녀는 아이들의 속옷과 양말과 행주를 빨았다. 그러고 나서 그들은 주방으로 돌아가 깨끗해진, 아직 온기가 남은 접시들을 꺼냈다.

의도한 것은 아니지만 줄리아가 이야기하다 만 지점으로 돌아갔다. "아이들이 어릴 때는 잠시도 아이들한테서 눈을 떼지 않았어. 하지만 우리가 며칠 동안이나 계속 말을 하지 않게 되는 때가 곧 올 거야."

"오지 않을 거야."

"온다니까. 부모들은 다 자기들한테는 그런 일이 닥치지 않을 줄 알지. 하지만 누구에게나 그런 때가 와."

"우리는 오게 하지 않을 거야."

"그러는 동시에 오게 만들 거야."

그러고서 그들은 위층으로 올라갔다. 그녀는 자신이 무엇을 찾는지 잊어버리게 될 때까지 화장 소품들을 뒤졌다. 그는 다른 해보다 좀 이르게 스웨터와 티셔츠의 위치를 바꾸었다. 창밖이 어두컴컴했지만 그녀는 아침을 위해 셰이드를 쳤다. 그는 전구에 손이 닿도록 발받침 의자에 올라섰다. 그러고서 그들은 나란히 세면대 앞에 서서 이를 닦았다.

"팔려고 내놓은 집 중에 관심 가는 집이 있던데." 제이컵이 말했다. "록 크리크 공원 근처에."

"대븐포트 거리에?"

"뭐?"

그녀가 거품을 뱉고 나서 말했다. "대븐포트 거리에 있는 집?"

"응."

"나도 봤어."

"거기 가 봤어?"

"목록을 봤지."

"좀 관심이 가지 않아?"

"이 집이 더 나아." 그녀가 말했다.

"이 집은 최고지."

"아주 좋은 집이야."

그가 거품을 뱉고 칫솔을 헹구고 혀를 닦기를 되풀이 했다. "난 소파에서 자야겠어." 그가 머그잔에 칫솔을 꽂으며 말했다.

"내가 거기서 자도 되는데."

"아냐, 내가 갈게. 불편한 장소에서 자는 데 익숙해져야 해. 나 자신을 좀 단련할 필요가 있어." 그의 농담이 진지한 상황에 무게를 더했다.

“빈티지한 소파가 그런 결핍은 아니지.” 그녀가 농담으로 맞받아쳤다.

“아이들이 아침에 우리가 같이 있는 모습을 발견할 수 있도록 아주 일찍 알람을 맞춰 놓고 침실로 돌아오는 게 좋지 않을까?”

“아이들도 언젠가 알아야 할 텐데, 뭐. 그리고 어쩌면 벌써 알지도 몰라.”

“바르 미츠바가 끝나면. 아이들한테 마지막으로 조금은 누리게 해 주자고. 다들 연극하는 줄 알더라도.”

“당신이 이스라엘에 가는 것에 대해서는 진짜 좀 더 얘기하지 않아도 돼?”

“얘기할 게 남았어?”

“그건 미친 짓이야.”

“그 말은 벌써 했어.”

“나한테 부당한 일이야. 아이들한테도.”

“그 말도 벌써 했어.”

하지 않은 말, 그가 듣고 싶었던 말, 그가 다른 선택을 하게 만들었을지도 모를 말은 바로 “당신이 가지 않으면 좋겠어.”였다. 그러나 그렇게 말하는 대신 그녀는 이렇게 말했다. “당신은 내 남편이 아니야.”

소파는 완벽하게 편안했다. 줄리아가 고집을 부려 산 7000달러짜리 유기농 해초와 조랑말 털 매트리스보다 편안했다.

그러나 제이컵은 잠을 이루지 못했다. 이리저리 몸을 뒤척일 수조차 없었다. 자신이 느끼는 감정이 무엇인지 확실히 알 수 없었다. 죄책감일 수도 있고, 굴욕감일지도 모르고, 그냥 슬픔일지도 모른다. 언제나 그랬듯이 감정의 정체를 알아내지 못하자 그 감정은 분노가 되었다.

그는 지하실로 가서 텔레비전을 켰다. CNN, MSNBC, 폭스 뉴스, ABC를 보았다. 온통 중동 소식이어서 무엇을 봐도 상관없었다. 그는 왜 자신의 드라마를(심지어 자신의 드라마조차 아닌데) 찾고 있을 뿐이라는 사실을 죽어도 인정할 수 없을까? 그것은 자존심이 아니라자학이었다. 그것이 자존심이었다.

그 드라마는 TBS에서 방영 중이었다. 가끔 제이컵은 욕설이나 짧게 스쳐 지나가는 누드 장면을 빼는 편이 낫다고 확신했다. 그런 장면들을 내보내는 이유는 단지 그런 일을 할 자유를 행사해야 그 자유가 정당화되기 때문이다. 제이컵은 제작 책임자들이 대체 방송을 위해 뭘 만드는 걸까 궁금해하며 채널을 바꾸었다.

그는 요리 리얼리티 쇼, 엑스게임 비슷한 것, 진짜 나쁜 「슈퍼 배드」 재방송을 계속 돌렸다. 모든 것이 처음부터 좋지 않았던 것을 살짝 바꾼 데 불과했다. 텔레비전 채널들을 한 바퀴 다 돌아서 출발점으로 돌아왔다. CNN이었다.

울프 블리처*가 다시 새로운 안경으로 갈아 끼고 턱수염도 아니고 턱수염이 아닌 것도 아닌, 속죄의 턱수염의 무시무시한 장

* CNN 방송의 앵커.

력을 다시 한번 드러냈다. 그는 텔레비전 속에서 텔레비전 앞에서 있었다. 중동의 지정학을 설명하기 위해 이 텔레비전 속 텔레비전을 이용했다. 제이컵은 어느새 멍해졌다. 평소 같았으면 자위하는 생각을 하면서 이 생각 저 생각 하거나 파이럿 부티* 무더기가 소파 바닥에서 발견된다면 위층으로 가도 할 말이 있을까 하는 생각을 하며 그 시간을 보냈을 것이다. 그러나 다음 날 있을 바르 미츠바에 자극받았는지, 거의 삼십 년 전에 열렸던 자신의 바르 미츠바를 생각했다. 그가 읽을 부분은 키 티사**였는데, 운 나쁘게도 「출애굽기」에서 가장 긴 부분이었고, 토라에서도 가장 긴 부분에 속했다. 거기까지는 기억이 났다. 키 티사는 '당신이 가져갈 때'라는 뜻이고 유대인들의 최초의 인구 조사를 가리키는 말로, 그 부분에서 제일 먼저 나오는 특징적인 단어들이었다. 그 멜로디가 희미하게 기억났지만, 그것도 사람들이 창피해서 차마 모른다는 말은 못 하고 기도문을 읊는 척 웅얼거리는 소리가 유대어처럼 들리는 악구라고 하는 편이 나을 듯했다.

그 부분에는 최초의 인구 조사, 시나이산을 올라간 모세, 황금 송아지, 석판을 부순 모세, 시나이산을 두 번째로 올라가 십계명이 되는 것을 가지고 돌아온 모세 등 극적인 내용이 많았다. 그러나 그가 가장 뚜렷이 기억하는 것은 토라 자체가 아니고 랍비가 준 관련 글인 『탈무드』의 한 구절로, 깨진 석판으로 무엇을 했느냐는 질문이었다. 무심한 열세 살짜리였던 제이컵조차 아름

---

* 쌀과 옥수수로 만든 과자.

** 토라에서 21주 차 부분.

다운 질문이라고 느꼈다. 『탈무드』에 따르면 신은 모세에게 온전한 석판과 깨진 석판을 둘 다 계약의 궤에 넣으라고 일렀다. 그들은 깨진 것과 온전한 것을 가지고 사십 년 동안 방랑하다가 둘 다 예루살렘 신전에 두었다.

"왜일까?" 랍비가 물었다. 제이컵은 그의 얼굴이 떠오르지 않았고, 목소리도 생각해 낼 수 없었다. 당연히 그는 지금은 이 세상 사람이 아니었다. "왜 그들은 석판들을 신성한 말씀에 걸맞게 그냥 묻지 않았을까? 아니면 신성 모독에 걸맞게 버릴 수도 있었을 텐데?"

제이컵의 초점이 다시 CNN으로 옮겨 갔을 때까지 울프가 아야톨라의 홀로그램을 앞에 놓고 곧 있을 그의 연설 내용을 추측하고 있었다. 바위 사원 방화 사건 이후 처음 있는 이란의 공식 논평이었다. 이슬람 세계와 유대 세계에서는 그가 무슨 이야기를 할지를 놓고 분명 기대가 컸다. 그의 말이 상황에 대한 가장 극단적인 반응을 굳히고 상황을 극단으로 밀어붙일 것이다.

제이컵은 위층으로 뛰어 올라가 파이럿 부티와 구운 해초 한 봉지, 마지막 두 봉지 남은 뉴먼스 온의 오레오 쿠키 모방품, 헤페바이젠* 한 병을 움켜쥐고 방송이 시작되는 때에 맞춰 다시 급히 내려갔다. 울프는 연설이 밖에서, 아자디 광장에서, 2만 명 앞에서 행해질 것이라는 말은 하지 않았다. 그는 텔레비전 언론의 죄 가운데서도 용서받지 못할 죄를 저질렀다. 바로 값

* 효모를 여과하지 않은 탁한 밀 맥주.

을 후려치고, 기대를 낮추고, 실제로는 없어서는 안 될 텔레비전을 선택의 문제인 것처럼 만든 것이다.

약간 통통한 남자가 마이크 앞으로 다가갔다. 새까만 터번을 두르고 눈처럼 흰 턱수염에 고함 소리로 가득 찬 검은 풍선 같은 검은 장옷 차림이었다. 그의 눈에는 부인할 수 없는 지혜가 있었고, 부드러움마저 있었다. 그의 얼굴에는 유대인의 얼굴과 구별되는 점이 한 가지도 없었다.

조국으로 돌아오라

"지금 이스라엘은 오후 9시입니다. 뉴욕은 오후 2시입니다. 런던은 오후 7시, 로스앤젤레스는 오전 11시, 파리는 오후 8시, 부에노스아이레스는 오후 3시, 모스크바는 오후 9시, 멜버른은 오전 4시입니다.

이 연설은 모든 주요 언론 매체를 통해 전 세계로 방송되고 있습니다. 수십 개 언어로 동시통역되고, 전 세계 모든 종교, 인종, 문화의 사람들이 시청할 것입니다. 그러나 저는 유대인들에게만 말하겠습니다.

이 주 전 파괴적인 지진이 일어난 후로 이스라엘은 잇따른 재난을 견뎌 냈습니다. 일부는 어머니 대자연의 무심한 손이 일으킨 것이고, 일부는 우리 적들의 주먹이 가한 것이었습니다. 우리는 놀라운 재주와 힘, 결단력으로 유대인들이 항상 해 왔던 일을 했습니다. 우리는 살아남았습니다. 유대 민족이 살아남을 동안 얼마나 많은 더 강력한 민족들이 지구상에서 사라졌습니까? 바이킹은 어디 있습니까? 마야인은 어디 있습니까? 히타이트인은요? 메소포타미아인은요? 그리고 항상 우리를 수적으로 능가했던 우리의 역사적인 적들은 다 어디 있습니까? 우리의 첫째 아이들을 다 죽였지만 우리를 멸망시키지는 못했던 파라오들은 어디에 있습니까? 우리의 성전을 파괴했으나 우리를 파괴할 수는 없었던 바빌로니아인은 어디에 있습니까? 우리의 제2성전을 파괴했으나 우리를 파괴할 수는 없었던 로마 제국은 어디에 있습니까? 우리를 파괴하지 못했던 나치는 어디에 있습니까?

그들은 사라졌습니다.

그리고 우리는 여기 있습니다.

우리는 전 세계 곳곳에 퍼져서 다른 언어로 다른 꿈을 꾸고 있지만 세계를 빛냈던 다른 어느 민족보다 풍요롭고 자랑스러운 역사를 함께하고 있습니다. 우리는 살아남았고, 살아남았고, 살아남았고, 언제나 살아남으리라 믿을 수 있게 되었습니다. 그러나 형제자매들이여, 아브라함과 이삭, 야곱, 사라, 리브가, 라헬, 레아의 자손들이여, 저는 오늘 밤 여러분에게 생존이 유대 민족의 이야기가 된 이유는 단지 유대 민족이 멸망하지 않았기 때문이라고 말씀드리겠습니다. 우리가 만 가지 재난을 이기고 살아남는다 해도 결국 멸망한다면 유대인의 이야기는 멸망의 이야기가 될 것입니다. 형제자매들이여, 왕과 여왕, 예언자와 성자 들의 후손들이여, 고리버들 바구니를 역사의 강에 띄워 보낸 유대 어머니들의 자손들이여, 우리는 급류 속에 내던져졌고, 이 순간이 우리의 이야기를 결정지을 것입니다.

솔로몬 왕이 알았듯이 '의로운 자는 일곱 번 넘어져도 다시 일어납니다.' 우리는 일곱 번 넘어져 일곱 번 일어났습니다. 우리는 전례 없는 규모의 재난을 겪었습니다. 집이 무너지고, 기본 시설들이 사라지고, 여진, 질병, 미사일 공격을 겪고도 견뎌 냈습니다. 이제 우리는 초강대국들로부터 자금과 무기 지원을 받는 적들에게 사방에서 공격받고 있으나 우리를 위한 지원은 점점 줄어들고 우리의 친구들은 눈길을 피하고 있습니다. 우리의 의로움은 줄어들지 않았으나 우리는 다시 넘어질 수 없습니다. 우리는 2000년 전에 패배했고, 2000년 동안 추방당하는 운명을 겪었습니다. 이스라엘 총리로서 저는 이 자리에서 오늘 밤 여러분에게 우리가 다시 넘어진다면 「애가」에 새로운 장이 추가되는 정도가 아니라 영영 끝나게 될 것이라고 말씀드립니다. 유대 민족의 이야기, 즉 우리의 이야기가 바이킹이나 마야인의 이야기와 나란히 전해질 것입니다.

「출애굽기」에는 이스라엘과 아말렉 간의 싸움이 나옵니다. 장수들이 전선 뒤 멀리 유리한 위치에서 지켜보는 가운데 사람과 사람, 군대와 군대, 민족과 민족이 맞부딪혔습니다. 모세는 전투를 지켜보다가 자신의 팔이 올라가면 이스라엘이 전진하고, 팔이 내려가면 이스라엘이 손실을 입는다는 걸 알아차렸습니다. 그래서 그는 팔을 계속 앞으로 들고 있었습니다. 그러나 우리가 거듭 상기하듯이 모세는 인간에 불과합니다. 그리고 어떤 인간도 언제까지나 팔을 들고 있을 수는 없습니다.

다행히 모세의 형 아론과 매형 훌이 곁에 있었습니다. 모세가 그들을 불렀고, 그들이 전투가 계속되는 동안 그의 팔을 받쳐주었습니다. 이스라엘은 승리했습니다.

저는 여러분에게 이스라엘 공군이 이스라엘 방위군의 다른 군대들과 협력하여 모세의 팔 작전을 개시할 것임을 알려 드립니다. 여덟 시간 후부터 엘알 항공 비행기들이 열여섯 살부터 쉰다섯 살까지의 유대인 남성과 여성을 전 세계의 주요 유대인 거주 지역에서 이스라엘의 군 기지로 데려오기 위해 출발할 것입니다. 안전한 여행을 위해 전투기들이 이 비행기들을 맞이할 것입니다. 이스라엘에 도착하면 우리의 용감하고 헌신적인 형제들이 지닌 능력을 따져서 생존 노력을 가장 잘 지원할 수 있도록 지휘할 것입니다. 작전에 대한 상세한 정보는 www.operationarmsofmoses.com에서 찾으실 수 있습니다.

우리는 이를 위해 준비해 왔습니다. 우리는 에티오피아 형제자매들을 사막에서 데려왔습니다. 러시아 유대인, 이라크 유대인, 프랑스 유대인을 조국으로 데려왔습니다. 홀로코스트의 공포에서 살아남은 이들을 조국으로 데려왔습니다. 그러나 이것은 유례가 없는 프로젝트입니다. 이스라엘 역사에도 유례가 없고, 세계 역사에도 유례없는 일이 될 것입니다. 그러나 우리의 위기 또한 유례없는 것입니다. 우리가 완전히 멸망하지 않으려면 우리의 힘을 총동원하는 길밖에 없습니다.

스물네 시간의 첫 비행이 끝날 즈음이면 5만 명이 이스라엘로 들어올 것입니다.

사흘이 지나면 30만 명이 올 것입니다.

이레째에는 조국을 떠났던 이들이 모두 돌아올 것입니다. 100만 명의 유대인들이 그들의 유대 형제자매들과 어깨를 겯고 싸울 것입니다. 그리고 이 아론들과 훌들과 더불어 우리의 팔은 승리로 들어 올려질 것이며, 우리는 평화를 명할 수 있게 될 것입니다.”

오늘 저는 성인이 아닙니다

그들은 주방 아일랜드 식탁 위에 토라를 펼쳤고, 샘이 블록 집안 사람이 한 번도 보여 준 적 없는 우아한 태도로 이를 암송했다. 있는 그대로의 자신을 온전히 내보이는 우아함이었다. 어브에게는 그런 우아함이 없었다. 그는 울 때도 남의 시선을 의식하고 눈물을 참았다. 줄리아에게도 그런 우아함이 없었다. 그녀는 예의에 너무 신경 쓰느라 아들에게 가서 옆에 서 있어 주고 싶은 가장 원초적인 본능에도 반응하지 못했다. 제이컵에게도 없는 우아함이었다. 그는 다른 사람들이 무슨 생각을 하고 있을지 궁금해했다.

토라를 말고 덮개를 씌워 선반과 미술 용품을 치워 둔 수납장에 다시 갖다 놓았다. 샘을 에워싼 사람들이 자리를 잡고 앉았고, 샘 혼자 하프토라를 암송했다. 그는 천천히, 결연하게, 자신의 눈을 수술하는 안과 의사처럼 신중하게 암송했다. 의식은 완벽했다. 남은 것은 그의 연설뿐이었다.

그는 비마 대용의 아일랜드 식탁 앞에 서 있었다. 그는 자신의 이마에서 회색의 빛이 원뿔 모양으로 퍼져 나가 자기 앞의 모든 것, 벤지의 머리에 쓴 야물크(2000년 8월 23일 줄리아와 제이컵의 결혼식), 다 만들지 않은 유령 의상처럼 할아버지를 감싼 탈리스,* 증조할아버지가 앉던 아무도 앉지 않은 접이식 의자를 만들어 내는 상상을 했다.

그가 아일랜드 식탁을 돌아 어색하게 의자들 사이로 걸어가서 맥스의 어깨에 팔을 올렸다. 샘은 다른 때 같으면 참지 못했을 신체적 친밀감을 보이며 맥스의 얼굴을 손으로 잡고 그의 귀에 대고 무언가를 속삭였다. 계획을 말하는 것이 아니었다. 비밀이 아니었다. 정보가 아니었다. 맥스는 이오차이트** 촛불처럼 누그러졌다.

샘이 아일랜드 식탁 반대편으로 돌아갔다.

"안녕하세요, 여러분. 그러니까. 좋아요. 좋습니다. 무슨 말을 하면 좋을까요?

상을 받은 사람이 상을 받지 못하리라고 확신해서 연설까지는 미처 준비하지 못한 척하는 경우가 가끔 있지요. 저는 인류 역사상 단 한 번이라도 그게 진짜였을 거라고는 믿지 않습니다. 최소한 오스카상 정도의 큰 상이고 시상식이 텔레비전으로 중계되는 경우라면 진짜로 준비를 안 해 가지는 않을 겁니다. 연설을

---

* 유대 남성이 아침 기도 때 어깨에 걸치는 숄.

** 유대교에서 부모나 형제, 근친의 기일.

준비하지 않았다고 하면 겸손해 보이거나, 훨씬 나쁘게는 현실적인 사람으로 보일 줄 아나 봅니다. 하지만 그런 사람들은 사실은 전혀 솔직하지 못한 나르시시스트처럼 보입니다.

제 생각에 바르 미츠바 연설은 폭풍우 속의 비행기와 비슷한 것 같습니다. 일단 거기 타면 끝까지 가는 것 말고는 빠져나갈 길이 없습니다. 증조할아버지는 비행기를 타 보신 지가 삼십 년 가까이 되셨지만 저에게 그 표현을 가르쳐 주셨습니다. 그런 표현들을 무척 좋아하셨지요. 아마 미국적이라고 느끼셨나 봅니다.

사실 이건 연설이 아닙니다. 솔직히 말하면 제가 이 자리에 서게 되리라고 생각하지 않았기 때문에 원래 바르 미츠바 연설 말고는 아무것도 준비하지 않았습니다. 그 연설은 모든 게 완전히 바뀌어 버렸다는 사실을 생각하면 지금은 전혀 말이 되지 않을 겁니다. 하지만 정말 꽤 공을 들인 거라서 원하시는 분이 있으면 나중에 이메일로 보내 드리겠습니다. 하여간 연설을 준비하지 않았다고 하는 배우들 얘기를 꺼낸 건 아마 준비를 안 했다는 말은 별로 믿을 만한 소리가 못 된다는 것을 저도 안다고 말씀드리기 위해서입니다. 그러면 여러분이 제 말을 믿어 주시지 않을까 해서입니다. 진짜 질문은 여러분이 저를 믿어 주실지를 제가 왜 신경 쓰느냐입니다.

하여간 할아버지는 맥스와 제가 할아버지께 무언가 설득력 있는 연설을 하면 5달러를 주시곤 했습니다. 아무 때고 뭐든지 말입니다. 그래서 우리는 끊임없이 소소한 연설을 했습니다. 왜 사람들이 개를 반려동물로 기르면 안 되는가, 왜 에스컬레이터가 비만을 조장하고 불법이 되어야 하는가, 왜 로봇이 우리 살아 생전에 인간을 패배시킬 것인가, 왜 브라이스 하퍼*를 트레이드해야 하는가, 왜 파리를 때려잡아도 되는가 등이었습니다. 우리가 논쟁거리로 삼지 않는 것은 없었습니다. 돈이 필요하지 않아도 하고 싶었으니까요. 논쟁이 쌓여 가는 게 좋았습니다. 아니면 이기고 싶었습니다. 아니면 사랑받고 싶었든가. 저도 모르겠습니다. 제가 이 말씀을 드리는 건 아마 그 덕분에 우리가 즉흥 연설을 잘하게 된 것 같아서입니다. 바로 그게 지금 제가 하려는 것이니까요. 고맙습니다, 할아버지.

저는 우선 결코 바르 미츠바를 하고 싶지 않았습니다. 도덕적이거나 지적인 이유에서 반대한 게 아니라 그저 엄청난 시간 낭비라고 생각했습니다. 그게 도덕적인 것인가요? 저도 모르겠습니다. 부모님이 진심으로 제 말에 귀를 기울여 주셨거나 바르 미츠바에 대해 다른 식으로 생각해 볼 방법을 제안해 주셨더라도 계속 반대했을지 모릅니다. 우리가 하는 일이니까 한다고만 들었으니 어땠을지 알 수는 없습니다. 치즈버거는 우리가 먹지 않으니까 먹지 않는다는 거나 마찬가지입니다. 우리가 먹지 않지만 가끔은 진짜 게살 캘리포니아 롤을 먹는다 해도 말입니다. 그리고 안식일을 지키는 게 우리가 하는 일이지만 지키지 않을 때도 많습니다. 자기한테 이로울 때 위선을 부리는 거야 그럴 수도 있지만 우리가 하는 거니까 한다는 논리를 바르 미츠바에 적용

* 워싱턴 내셔널스 소속 외야수.

하는 것은 저에게는 소용이 없었습니다.

그래서 사보타주를 하려고 했습니다. 하프토라를 배우지 않으려 했지만 엄마가 차만 타면 녹음한 것을 틀어 놓으셨어요. 진짜로 믿을 수 없을 만큼 잘 외워집니다. 모든 가족이 외울 수 있을 정도입니다. 첫 줄이 나오면 아거스도 꼬리를 흔듭니다.

선생님에게 엄청나게 못되게 굴었지만 그분은 제가 무슨 짓을 해도 부모님의 수표를 현금으로 바꿀 수만 있다면 불만이 없으셨습니다.

여러분 중에 아시는 분도 있겠지만 저는 히브리어 학교에서 부적절한 말을 썼다는 비난을 받았습니다. 믿지 못할 만큼 끔찍한 일이지만 이 행사에서 벗어날 수만 있다면 곤경에 처해도 좋았습니다. 보시다시피 벗어나게 해 주지 못했지만요.

지금 와서야 떠오른 생각인데, 제 인생에서 뭐든 일어나지 못하게 막으려고 진짜로 애써 본 적이 한 번이라도 있는지 모르겠습니다. 제 말은, 저는 분명 몸 쪽 투구를 피하려고 애썼습니다. 칸막이가 없는 소변기는 쓰지 않으려고 애쓰지만 행사는 다릅니다. 생일이나 모르겠습니다, 하누카를 막으려고 해 본 적은 없습니다. 아마 경험이 없어서 더 쉬울 거라 생각했나 봅니다. 하지만 아무리 노력해 봐도 유대식 성년은 점점 가까워질 뿐이었습니다.

그러다가 지진이 일어났고 모든 것이 바뀌었습니다. 증조할아버지가 돌아가셨고, 그 일 또한 모든 것을 바꾸었습니다. 이스라엘이 모두에게 공격받았고, 지금이 일어날 때도 아니고 일어날 곳도 아닌데 아주 많은 다른 일이 일어났습니다. 갑자기 모든 것이 달라졌습니다. 그리고 모든 것이 계속 달라지면서 바르 미츠바를 하고 싶지 않은 이유도 바뀌고 더 강해졌습니다. 엄청난 시간 낭비이기 때문만이 아니었습니다. 생각해 보면 시간은 이미 낭비했습니다. 그리고 제 바르 미츠바 이후에 많은 나쁜 일이 일어나리라는 걸 알고 있어서 바르 미츠바를 막으려는 노력이 실은 온갖 나쁜 일이 일어나지 않게 막으려는 노력이기 때문도 아니었습니다.

일어날 일을 막을 수는 없습니다. 증조할아버지가 하셨듯이 그 자리에 있지 않기로 하거나 이스라엘에 싸우러 가겠다고 큰 결심을 하신 아빠처럼 자신을 완전히 내던지거나 할 수 있을 뿐이죠. 아니면 그 자리에 있지 않기로(그 자리란 여기입니다.) 선택한 분은 아빠이고, 자신을 완전히 내던진 분은 증조할아버지일지도 모르겠네요.

올해 학교에서 『햄릿』을 읽었습니다. '사느냐 죽느냐.'는 다 아실 겁니다. 우리는 세 번의 수업에서 연속으로 그 작품에 대해 이야기했습니다. 죽음과 삶, 행동과 사색, 뭐든 둘 사이의 선택에 대해서요. 논의가 진전을 보지 못할 때 제 친구 빌리가 믿을 수 없을 만큼 똑똑한 말을 했습니다. '그 두 가지 말고 다른 선택지는 없나요? 예를 들면 주로 사는 쪽이냐 주로 죽는 쪽이냐, 그것이 문제로다.' 그 말에 어쩌면 꼭 선택을 할 필요는 없을지도 모른다는 생각이 들었습니다. '사느냐 죽느냐. 그것이 문제로다.' 살면서 죽는 것. 그것이 답입니다.

제 이스라엘 육촌 노암 형이(저기 저분이 형의 아버지 타미르 아저씨입니다.) 저에게 바르 미츠바는 치르는 것이 아니라 되는 것이라고 말해 주었습니다. 형의 말은 맞기도 하고 틀리기도 합니다. 바르 미츠바는 치르는 것이면서 되는 것 둘 다입니다. 저는 분명히 오늘 바르 미츠바를 치르고 있습니다. 제가 맡은 토라 부분과 하프토라를 암송했고, 제 머리에 총을 들이댄 사람은 아무도 없습니다. 그러나 이 기회에 여러분께 저는 성인이 되지 않겠다는 것을 분명히 말씀드리고 싶습니다. 저는 성인이 되게 해 달라고 요구하지 않았고, 성인이 되고 싶지 않습니다. 성인이 되기를 거부하겠습니다.

아빠가 언젠가 저에게 아빠가 어릴 때 잔디밭에 있던 죽은 다람쥐 얘기를 해 주셨습니다. 아빠는 할아버지가 다람쥐를 처리하는 것을 보셨습니다. 나중에 아빠가 할아버지에게 말씀하셨습니다. '저라면 못 했을 거예요.' 그러자 할아버지가 말씀하셨습니다. '당연히 할 수 있고말고.' 그러자 아빠가 말씀하셨지요. '전 못 했을 거예요.' 그러자 할아버지가 말씀하셨습니다. '네가 아빠가 되면 너 다음에는 아무도 없어.' 그러자 아빠가 말씀하셨습니다. '그래도 전 못 했을 거예요.' 그러자 할아버지가 말씀하셨습니다. '하고 싶지 않을수록 너는 더 아빠다워질 거야.' 저는 그렇게 되고 싶지 않으니까 그렇게 되지 않을 겁니다.

이제 제가 왜 이 모든 이야기를 했는지 설명드리겠습니다."

오, 유대인들이여, 그대들의 때가 왔도다!

“오, 무슬림들이여, 때가 왔도다! 신의 적들에 맞선 신의 전쟁이 승리로 끝날 것이다! 성스러운 팔레스타인 땅에서의 승리가 의로운 자들의 눈앞에 있다. 우리는 로드를 위해 복수할 것이며, 하이파와 아크레와 데이르야신*을 위해 복수할 것이다. 여러 세대의 순교자들을 위해 복수할 것이며, 알라신을 찬양하라, 알쿠드스**를 위해 복수할 것이다! 오, 유대인들에 의해 유린당하고, 돼지들과 원숭이들의 아들들에게 창녀처럼 취급받은 알쿠드스여, 우리가 그대에게 그대의 왕관과 그대의 영광을 되찾아 주리라!

그들이 쿠밧 알사크라***를 태워 없앴다. 그러나 이제 불태

---

* 1948년 제1차 중동 전쟁 당시 팔레스타인인들이 추방당한 지역들이다.

** 아랍권에서 예루살렘을 부르는 말.

*** 아랍권에서 바위 사원을 부르는 말.

워질 것은 그들이다. 오늘 그대들에게 1000명의 순교자들의 가슴을 가득 채울 말들을 전하노라. '카이바르, 카이바르, 야 야후드, 자이시 무함마드 사우프 야우드!'* 예언자 무함마드, 그에게 평화 있으라, 그가 카이바르에서 신의 없는 유대인들을 패배시켰듯이 무함마드의 군대가 오늘 유대인들에게 최후의 굴욕을 안길 것이다!

오, 유대인들이여, 그대들의 때가 왔도다! 그대들의 불에 불로 답할 것이다! 우리가 그대들의 도시와 그대들의 마을, 그대들의 학교와 그대들의 병원, 그대들의 집을 모조리 불태울 것이다! 단 한 명의 유대인도 안전하지 못할 것이다! 오, 무슬림들이여, 내 그대들에게 예언자가, 그에게 평화 있으라, 우리에게 가르친 것을 상기시키나니, 심판의 날에 돌과 나무까지 말로써 혹은 말없이 말할 것이다, 이렇게 말할 것이다. '오, 알라신의 종이여, 오, 무슬림이여, 내 뒤에 유대인이 있다, 와서 그를 죽여라!'"

* Khaybar, Khaybar, ya Yahud, Jaish Muhammad Saouf Ya'ud! '카이바르, 카이바르, 오, 유대인들이여, 무함마드의 군대가 돌아올 것이다.'라는 뜻의 아랍어.

조국으로 돌아오라

"'나를 잘 봐라.' 기드온이 지금 제가 서 있는 자리에서 멀지 않은 곳에 미디안 사람들을 마주하고 수적으로 크게 밀리는 자신의 부하들에게 말했습니다. '내 뒤를 따라라. 내가 막사 끄트머리까지 가면 내가 하는 대로 따라 해라. 나와 나를 따르는 이들이 모두 나팔을 불면 막사 주위에서 너희도 나팔을 불면서 외쳐라. '주를 위하여 그리고 기드온을 위하여.'' 그러자 우리의 단합된 모습과 소리에 적이 흩어져 도망쳤습니다.

유대 민족 대다수는 이스라엘에 살지 않기로 선택했고, 유대인들은 어떤 종교적, 정치적 신념도 공유하지 않으며, 문화나 언어도 공유하지 않습니다. 그러나 우리는 같은 역사의 강물 속에 있습니다.

전 세계의 유대인들에게, 여러분의 조부모, 증조부모를 비롯해 여러분보다 앞서 살았던 이들과 여러분의 손주들, 증손주

들과 같이 여러분 뒤에 올 사람들이 외치고 있습니다. '조국으로 돌아오라.'

여러분의 조국이 여러분을 필요로 할 뿐만 아니라 여러분에게 여러분의 조국이 필요하니 돌아오십시오.

이스라엘의 생존을 위해 싸울 뿐 아니라 여러분 자신을 위해 싸우기 위해 돌아오십시오.

집이 없는 사람은 사람이 아니듯이 조국 없는 민족은 민족이 아니므로 돌아오십시오.

이스라엘이 하는 모든 일에 동의한다거나 이스라엘이 완벽하다거나 하다못해 다른 나라들보다 조금이라도 낫다고 생각해서가 아닙니다. 이스라엘은 여러분이 되고자 하는 것이 아니라 바로 여러분 자신이므로 돌아오십시오.

여러분 각자가 지금 이 순간 선택한 것을 역사가 기억할 것이므로 돌아오십시오.

돌아와서 이 전쟁에서 이겨 영구적인 평화를 이룹시다.

돌아와서 이 나라를 더 강하게, 파괴 이전보다 그 약속에 더 가까워지게 재건합시다.

돌아와서 유대 민족의 이야기를 쓰는 펜을 쥔 또 다른 손이 됩시다.

돌아와서 모세의 팔을 높이 쳐듭시다. 그러고 나서 총이 식고, 건물들이 예전에 있던 자리에 더 자랑스럽게 세워지고, 거리가 아이들이 뛰노는 소리로 가득할 때 「애가」가 아니라 생명의 책에서 여러분의 이름을 찾게 될 것입니다.

그리고 그때는 다음에 어디로 가기로 선택하건 여러분은 항상 조국에 있게 될 것입니다."

오늘 저는 성인이 아닙니다

"이 주쯤 전만 해도 모두의 관심이 제가 바르 미츠바 연설 때 어떤 사과를 할지에 쏠려 있었습니다. 제 행동을 어떻게 설명할까? 그 일을 자백까지 할까? 비난을 받고 있을 때는 저 자신을 설명하고 싶지도 않은 판에 사과는 더더욱 할 마음이 없었습니다. 그러나 다른 일들로 모두의 관심이 돌아갔고 더는 아무도 진짜로 신경 쓰지 않게 되었으니 이제 저 자신을 설명하고 사과하고 싶습니다.

앞서 언급한 제 친구 빌리가 저에게 억눌려 있다고 말했습니다. 빌리는 정말로 아름답고 영리하고 착합니다. 제가 그 애에게 말했습니다. '어쩌면 난 그저 내면의 평화를 누리고 있는 건지도 몰라.' 빌리가 말했습니다. '어떤 집단들 간의 평화인데?' 저는 참 재미있는 질문이라고 생각했습니다.

제가 빌리에게 말했습니다. '난 정말 억눌려 있지 않아.' 빌리가 말했습니다. '억눌린 사람들이 늘 하는 말이 바로 그 말이야.' 그래서 제가 말했지요. '그럼 너는 억눌려 있지 않고?' 그러자 빌리가 말했습니다. '모두 어느 정도는 억눌려 있지.' 제가 말했습니다. '좋아. 그럼 나도 보통 사람만큼 억눌려 있는 거네.'

'가장 말하기 어려운 것을 말해 봐.' 빌리가 말했습니다.

제가 되물었습니다. '뭐라고?'

그러자 그 애가 말했습니다. '지금 바로 말고. 오래, 열심히 생각해 보지 않고서는 그게 뭔지 알 수조차 없을 거야. 하지만 뭔지 알아내면 어디 한번 해 봐.'

'그런데 내가 말하면?'

'넌 못 해.'

'그래도 만약에.'

빌리가 말했습니다. '조건을 네가 정하라고 청하겠지만 넌 너무 억눌려 있어서 진짜로 원하는 게 뭔지 나한테 말하지도 못해.'

그건 확실히 맞는 말이었습니다.

'그럼 그게 아마 진짜로 가장 하기 어려운 말일 거야.' 제가 말했습니다.

빌리가 말했습니다. '뭔데? 나한테 키스하고 싶다는 거? 그건 100위 안에도 못 들어.'

저는 그 애가 한 말을 많이 생각해 보았습니다. 그리고 히브리어 학교에서 그 단어들을 쓴 날에도 그 생각을 하고 있었습니다. 저는 단어 하나하나가 어떻게 느껴지는지 보고 있었을 뿐입니다. 그 단어들을 쓰기가, 마음속으로 생각하기가 얼마나 어려운지 보고 있었습니다. 그게 제가 그런 짓을 한 이유입니다. 하지만 중요한 건 그게 아닙니다.

중요한 건 제가 실수를 했다는 것입니다. 저는 가장 나쁜 말이 가장 하기 어려운 말이라고 생각했습니다. 그러나 실은 저능아, 나쁜 놈, 그 밖에 뭐든 끔찍한 말을 하기는 아주 쉬웠습니다. 어떤 면에서는 그 말들이 얼마나 나쁜지 우리가 잘 알기 때문에 훨씬 쉽습니다. 그 말에 두려워할 것은 아무것도 없거든요. 어떤 말을 진짜로 하기 어려운 이유는, 그것을 알지 못한다는 점에도 어느 정도 있습니다.

제가 오늘 이 자리에 선 이유는 가장 말하기 어려운 것은 단어나 문장이 아니고 사건이라는 사실을 깨달았기 때문입니다. 가장 말하기 어려운 것은 마음속으로 말하는 무언가일 수 없습니다. 그 말을 하기가 가장 어려운 사람 또는 사람들이 있어야 합니다."

오, 유대인들이여, 그대들의 때가 왔도다!

“오, 무슬림들이여, 신께서 이 유대인들의 죽음을 그의 종들에게 명하신다. 나는 예언자들을 죽이는 야수들에 맞서 최후의 전투를 벌일 것을 쿠란의 병사들에게 청하노라. 오, 무슬림들이여, 예언자에게, 그에게 평화 있으라, 그를 죽이려 독이 든 양고기를 준 유대 여인의 이야기를 해야겠는가? 예언자가, 그에게 평화 있으라, 벗들에게 이렇게 말했다. ‘이 양고기는 먹지 마시오. 이것이 나에게 독을 품고 있다 말하오.’ 그러나 동행 비슈르 이븐 알바라에게는 너무 늦어 그는 독으로 죽고 말았다. 유대 여인은 우리 예언자까지, 그에게 평화 있으라, 죽이려 하였으나 신을 찬양하라, 그녀는 실패했다. 이것이 유대인들의 본성이다, 이 거듭 저주받을 민족! 그들이 너희를 죽이려 할 것이나 알라신께서 너희의 가슴속에 그들의 사악한 행위에 대한 지식을 심어 너희를 구하실 것이다. 너희는 예언자가, 그에게 평화 있으라, 유대인

케나나 이븐 알라비에게 행한 대로 해야 한다. 그는 유대인들의 보물 바누 나디르를 숨겼다. 예언자가, 그에게 평화 있으라, 알주바이르 알오왐에게 말씀하셨다. '이 유대인이 아는 것을 죄다 불 때까지 고문하라.' 뜨거운 쇠로 그 유대인의 가슴을 지져 거의 죽게 만들었다. 그러자 예언자가, 그에게 평화 있으라, 유대인 케나나를 무함마드 빈 마슬라마에게 보내니 그가 그 유대인의 목을 베었더라! 그가 케나나의 유대인들을 노예로 삼았다. 무함마드는, 그에게 평화 있으라, 유대인들 중에서 가장 아름다운 여인을 그의 것으로 취하셨다! 오, 무슬림들이여! 유대인을 다룰 때는 예언자를 너희의 스승으로 삼아라!

오, 팔레스타인 형제들이여! 기억하라! 무슬림들, 아랍인들, 팔레스타인인들이 유대인에 맞서 전쟁을 일으킬 때 그것은 알라신을 숭배하기 위함이다. 그들은 무슬림으로서 전쟁에 임한다! 하디스*에서는 이렇게 말하지 않는다. '오, 수니파여, 오, 시아파여, 오, 팔레스타인인이여, 오, 시리아인이여, 오, 페르시아인이여, 나가 싸우라.' 대신 이렇게 말한다. '오, 무슬림이여!' 우리는 너무 오랫동안 우리끼리 싸우고 패했다. 이제 우리는 함께 싸우고 승리할 것이다.

우리는 이슬람의 이름으로 싸운다. 이슬람이 우리에게 우리의 땅을 약탈하는 자가 누구든 그에게 맞서 죽음을 불사하고 전쟁을 치르라고 명하기 때문이다. 항복은 사탄의 길이다!"

---

* 무함마드의 언행록.

조국으로 돌아오라

그러나 마지막 말이 끝나고도 카메라가 여전히 총리를 비추었다. 그의 시선은 그대로였다. 그리고 카메라도 그대로였다. 처음에는 서투른 방송 실수처럼 보였지만 우연이 아니었다.

그의 시선은 그대로였다.

카메라도 그대로였다.

그러고서 총리가 한 행동은 너무나 상징적이고 어쩌면 너무 키치적일지도 모르고, 꼭대기까지의 거리가 너무 멀어서 꼭 필요한 믿음의 도약이라 해도 받아 주려는 상대의 다리를 부러뜨릴 위험이 있는 것이었다.

그가 강연대 밑에서 뿔피리를 꺼냈다. 그 뿔피리에는 성서적 의미와 역사적 의미, 잠든 유대인들을 깨워 회개하고 돌아오게 하려는 의도, 바로 이 뿔피리가, 이 두 번 구부러진 양의 뿔이 2000년 전의 것이라는 사실, 마사다에서 발견되었고 물웅덩이

속에 숨겨져 마른 사막의 열기에서 보호되었다는 것, 그 속에는 고귀한 유대 순교자의 생물학적 잔여물이 남아 있으리라는 것을 비롯해 많은 의미가 있었지만 그는 그런 것을 설명하지 않고 뿔피리를 입으로 가져갔다.

카메라는 그대로였다.

총리가 숨을 들이쉬고 여태껏 살았던 모든 유대인의 분자를 그 양의 뿔 속으로 모았다. 왕과 생선 장수, 재단사, 성냥 제조업자, 제작 책임자, 코셔 고기 정육점 주인, 과격한 출판인, 키부츠 구성원, 경영 컨설턴트, 정형외과의, 무두장이, 판사, 병실에 모인 마흔 명이 넘는 손주들을 거느린 사람의 감사에 찬 웃음소리, 침대 밑에 아이들을 숨기고 나치의 입술에 키스하는 창녀의 가짜 신음 소리, 이해의 순간에 고대 철학자가 내뱉은 탄식, 막 고아가 된 채 숲에 홀로 남은 아이의 울음, 파울 첼란*이 주머니에 돌멩이를 가득 채우고 가라앉을 때 센강에서 솟아올라 터진 최후의 공기 거품, 무한을 마주한 의자에 몸을 묶은 최초의 유대인 우주 비행사의 입술에서 나온 준비 완료라는 말. 그리고 살아 있지 않으나 우리의 존재에 따라 존재하는 이들의 숨, 족장들, 가모장들, 예언자들, 아벨의 마지막 변명, 기적을 예상한 사라의 웃음소리, 신과 아들 둘 다에게 줄 수 없는 것을 주는 아브라함. "여기 있(나이)다."

총리가 뿔피리를 45도로, 60도로 뉴욕과 로스앤젤레스, 마

---

* 독일 출신의 유대인 시인.

이애미, 시카고, 파리, 런던, 부에노스아이레스, 모스크바, 멜버른을 향해 불었다. 텔레비전 화면들이 떨리고 흔들렸다.

오늘 저는 성인이 아닙니다

"가장 하기 어려운 말은 가장 듣기 어려운 말이기도 합니다. 부모님 두 분 가운데 한 분을 선택해야 한다면 할 수 있을 것입니다.

맥스와 벤지하고도 얘기를 했습니다. 선택을 해야 했다면 동생들도 각자 선택할 수 있었을 겁니다. 우리 중 둘은 같은 분을 선택하고, 한 명은 다른 분을 선택할 수도 있지만 선택을 해야 한다면 모두 같은 분을 선택하겠다는 점에는 의견이 같았습니다. 그래야 우리 셋이 같이 있을 수 있을 테니까요.

이 주 전 모의 유엔 총회에 갔을 때 우리가 대표한 나라인 미크로네시아가 갑자기 핵무기를 갖게 됐습니다. 우리는 핵무기를 달라고 한 적이 없고 핵무기를 원하지도 않았습니다. 핵무기는 모든 면에서 매우 무시무시한 것입니다. 그러나 사람들에게는 그것을 가져야 할 이유가 있고 갖는다고 꼭 사용해야 하는 것은 결코 아닙니다.

이것이 전부입니다. 끝났습니다."

그는 인사를 하지 않았고, 사람들은 박수를 치지 않았다. 아무도 움직이거나 말을 하지도 않았다.

언제나 그랬듯이 샘은 자신의 몸을 어떻게 다루어야 할지 몰랐다. 그러나 방 안 가득 모인 가족들과 친구들로 이루어진 유기체는 그가 움직이기에 달린 듯했다. 그가 울기 시작한다면 누군가가 위로해 줄 것이다. 그가 뛰쳐나간다면 누군가가 따라올 것이다. 그가 그냥 맥스에게 가서 말을 건다면 다들 한담을 나눌 것이다. 그러나 그가 주먹을 꼭 쥐고 그 자리에 계속 서 있는다면 사람들 역시 그대로 서 있을 것이다.

제이컵은 박수를 치고 미소를 지으며 무언가 쓸데없는 말이라도 할 수 있으리라고 생각했다. "자, 이제 식사합시다!" 같은 말이라도.

줄리아는 샘에게 가서 그를 안아 주고 그의 머리에 자신의 머리를 맞댈 수도 있으리라고 생각했다.

딱히 아무 생각을 하지 않아서 늘 어떻게 해야 할지 아는 벤지마저 꼼짝도 않고 있었다.

어브는 가족의 새로운 가부장으로서의 권위를 차리고 싶었으나 어떻게 하면 좋을지 몰랐다. 주머니에 5달러짜리 지폐가 있던가?

방 한가운데에서 빌리가 말했다. "아직."

모두 그녀를 향해 몸을 돌렸다.

"뭐?" 샘이 물었다.

목청을 키워야 할 이유도 없는데 그녀가 소리를 질렀다. "아직이야!"

오, 유대인들이여, 그대들의 때가 왔도다!

아야톨라가 마지막으로 올린 연대의 팔을 내린 후에도 박수갈채가 한참 동안 이어졌다. 그가 열 명이 넘는 사복 경호원들에 에워싸여 가설 무대 뒤로 사라진 뒤에도 한참 동안. 갈채, 박수, 연호, 고함 소리, 노래는 최측근 고문들이 줄지어 서서 그를 맞아 키스해 주고 축복의 말을 해 줄 때도 계속 이어졌다. 그가 창문이 5센티미터 두께이고 문손잡이가 없는 차에 올라타고 떠난 후에도. 갈채가 이어지고 더 거세졌지만 중력의 구심점이 없어지자 군중은 사방으로 흩어졌다.

울프 블리처와 패널이 연설에 대해 토론하기 시작했다. 통역을 완전히 이해할 시간도 없이 그냥 인용문을 토막토막 나오는 대로 끌어와서 나중에는 뒤죽박죽으로 보였다. 그러나 카메라는 여전히 군중에 고정되어 있었다. 많은 사람들이 아자디 광장에 다 들어갈 수 없어서 혈관처럼 연결된 거리들로 밀려나 있었고, 카메라 프레임 안에 다 잡히지도 않았다.

제이컵은 허공을 향해 주먹질을 하고 자신의 가슴을 치는 사람들로 가득한 테헤란의 모든 거리를 상상했다. 모든 공원과 아자디 광장처럼 사람들이 흘러넘치도록 모이는 장소들을 상상했다. 카메라가 한쪽 손등을 다른 쪽 손바닥으로 거듭해서 치는 여자, 아버지의 어깨에 목말을 타고 아버지와 함께 두 팔을 번쩍 들고 소리 지르는 소년을 비추었다. 발코니, 지붕 위, 나뭇가지에도 사람들이 있었다. 들어갈 자리를 못 찾은 사람들은 자동차 위, 너무 뜨거워서 맨살을 댈 수 없는 물결 모양 금속 차양 등 새로운 장소들을 찾아냈다.

아야톨라의 말은 10억 개 이상의 귀 속에 떨어졌고, 광장에는 20만 쌍의 고정된 눈동자가 있었고, 전 세계의 0.2퍼센트가 유대인이었다. 하지만 제이컵은 다시 재생되는 연설을 보면서, 아야톨라가 흔들어 대는 주먹과 파도처럼 물결치는 군중을 보면서 자신의 가족만 생각했다.

샘이 태어나고 병원에서 샘을 집으로 데려와도 좋다는 허락이 떨어지기 전 제이컵은 신생아를 돌보기 위한 십계명을 알려 주는 십오 분짜리 수업을 들어야 했다. 초보 부모를 위한 기초 중의 기초 수칙이었다. 아기를 흔들면 안 됩니다. 따뜻한 물과 비누를 묻힌 면봉으로 하루에 한 번 이상 배꼽이 떨어진 자리를 닦아 주어야 합니다. 숫구멍을 조심해야 합니다. 아기에게 두세 시간 간격으로 30~90밀리리터의 모유나 분유를 먹이고, 수유 후에 아기가 잠들면 트림을 시키면 안 됩니다. 기타 등등. 부모 수업을 들은 사람이라면,

아기 옆에서 시간을 보내 본 사람이라면, 아니면 유대인으로 태어나기만 했어도 이미 다 알 법한 내용이었다. 그러나 그 십계명은 제이컵에게 지워지지 않을 깊은 인상을 남겼다. 기억하세요. 언젠가는 끝납니다.

조국으로 돌아오라

손님들이 집으로 돌아간 후, 토라를 가지러 우버 택시가 온 후, 타미르가 아이들을 다 데리고 워싱턴 내셔널스 팀 경기를 보러 간 후(맥스가 사려 깊게도 머리를 쓴 덕에 샘의 바르 미츠바라는 사실이 7회째 휴식 시간에 전광판에 나왔다.), 불필요한 이메일을 조금 쓴 후, 아거스와 모퉁이까지 산책한 후 제이컵과 줄리아만 남아서 정리를 하게 되었다. 아이들을 가지기 전에 부모 노릇이라고 하면 어떤 이미지가 떠오르느냐는 질문을 받았다면 그들은 "침대에서 책 읽어 주기"나 "목욕시키기", "자전거 안장을 잡고 뛰기" 같은 대답을 내놓았을 것이다. 부모 노릇에는 이렇게 따뜻하고 친밀한 순간들도 포함되지만 그게 다는 아니다. 부모 노릇은 할 일을 해치우는 것이다. 가정생활의 상당 부분은 애정을 주고받는 것과 무관하고 의미도 없고 완수해야 할 의무뿐이다. 해냈다는 기분이 드는 완수도 아니고, 지금 자신에게 떨어진 일을 해

치우는 것뿐이다.

줄리아는 결국 종이 접시를 받아들일 수 없었고, 그래서 설거짓거리가 산처럼 쌓였다. 제이컵이 식기세척기를 가득 채워 넣고 나머지는 손으로 설거지를 했다. 그와 줄리아가 번갈아 비누칠을 하고 물기를 닦았다.

"샘을 믿지 않은 당신이 옳았어." 제이컵이 말했다.

"분명히 그랬지. 하지만 샘을 믿어 줘야 한다는 당신 말도 옳았어."

"우리가 잘못 대처한 걸까?"

"나도 모르겠어. 그게 질문이 되기나 할까? 아이들 일은 다 어느 정도는 잘못 대처한 게 돼. 그래서 배우려고 하고 앞으로는 실수를 줄이려고 하지. 하지만 그러는 동안 아이들이 변해서 배운 것이 적용되지 않지."

"어떻게 해도 소용없군."

그들이 함께 웃었다.

"어떻게 해도 다 사랑이지."

스펀지는 벌써 반죽처럼 늘어졌고, 하나 남은 깨끗한 행주는 축축해지고, 세제 양을 충분히 늘리려면 물을 타서 써야 했지만 어쨌든 그들은 설거지를 끝냈다.

"들어 봐. 체념하지 않고 책임감 있게, 회계사와 변호사와 함께 모든 일을 정리했어. 그리고……." 제이컵이 말했다.

"고마워." 줄리아가 말했다.

"하여간 당신 침대 협탁에 놓은 서류에 전부 아주 명쾌하게 잘 설명돼 있어. 봉인한 봉투 속에 있어. 혹시나 아이들이 볼까 봐."

"당신은 죽지 않을 거야."

"물론이지."

"가지도 않을 거야."

"갈 거야."

그녀가 음식물 찌꺼기 처리 장치를 켰고, 제이컵은 자신이 지옥에서 울부짖는 사탄 소리를 만들어내야 하는 효과음 담당자라면 지금 들리는 소리에 마이크를 들이댈 것이라고 생각했다.

"한 가지가 더 있어." 그가 말했다.

"뭔데?"

"끝날 때까지 기다릴게."

그녀가 기계를 껐다.

"내가 오랫동안 드라마를 한 편 써 왔다고 말한 거 기억해?"

"당신의 비밀 걸작 말이지."

"그렇게 말하지는 않았어."

"우리에 대한 거."

"아주 살짝 비슷하지."

"응, 무슨 얘기 하는지 알아."

"내 책상 제일 아래 오른쪽 서랍에 사본이 있어."

"전부 다?"

"응. 그리고 지침서가 그 위에 있어."

"지침서?"

"드라마를 위한 거야. 읽는 법에 대한 안내서랄까. 미래의 배우들, 미래의 감독을 위해."

"작품이 스스로 얘기하면 안 돼"

"스스로 얘기하는 건 아무것도 없어."

"샘은 하는데."

"그 드라마가 샘이라면 지침서는 필요 없겠지."

"그리고 당신이 샘이라면 드라마는 필요 없겠고."

"맞아."

"좋아. 그러니까 당신의 드라마와 지침서가 당신 책상 제일 아래 오른쪽 서랍에 있다는 거지. 그리고 당신이 진짜로 이스라엘에 가서 흠, 전투에서 죽을 경우에는? 그걸 당신 에이전트한테 보내면 되는 건가?"

"아니. 제발, 줄리아."

"태워?"

"난 카프카가 아냐."

"뭐라고?"

"당신이 읽어 주면 좋겠어."

"당신이 죽는다면."

"그럴 경우에만."

"당신이 얼마나 솔직한지 보고 감동할지, 아니면 얼마나 폐쇄적인지 깨닫고 상처받을지 모르겠네."

"샘의 말 들었잖아. '사느냐 죽느냐.'"

줄리아가 조리대에서 비누 거품을 닦아 내고 행주를 수도꼭지 위에 걸었다. "자, 이제 뭘 하지?"

"흠." 제이컵이 주머니에서 전화기를 꺼내 시간을 확인했다. "3시야. 자러 가기에는 너무 이른 시간이군."

"피곤해?"

"아니. 그냥 피곤함에 익숙해졌어."

"무슨 뜻인지는 모르겠지만 하여튼 좋아."

"아쿠아 바다 거품 수치."

"응?"

"꼭 뭔가 의미가 있어야 한다고 생각하지 마." 제이컵이 조리대를 짚고 말했다. "당연히 당신이야. 샘이 말했어."

"샘이 뭐에 대해 무슨 말을 했다고?"

"알잖아. 샘이 누구를 택했는지."

"그래." 그녀가 살짝 미소를 지으며 말했다. "물론 나지. 진짜 궁금한 건 반대한 애는 누구냐야."

"그건 심리전에 쓸 작은 무기로 남겨 두는 편이 낫겠지."

"당신 말이 아마 맞을 거야."

그들이 다시 웃음을 터뜨렸다.

"왜 이스라엘에 가지 말라고 부탁하지 않았어?"

"십육 년 후에는 말할 필요도 없는 거니까."

"봐! 울고 있는 히브리인 아기야."

"봐! 파라오의 귀머거리 딸이야."

제이컵이 주머니에 손을 넣고 말했다. "나 수화를 할 줄 알아."

줄리아가 웃었다. "뭐?"

"농담 아니야."

"아니, 당신은 못 해."

"당신이 나를 알고 지낸 시간 내내 할 줄 알았어."

"순 거짓말."

"아니라니까."

"수화로 순 거짓말."

제이컵이 자신을 가리킨 다음 쫙 편 오른손을 왼손 주먹 위로 가져갔다가 엄지를 위로 한 채 오른손을 뻗고 왼손 주먹으로 오른손 엄지를 잡았다가 왼손을 엄지에서 위로 뽑아냈다.

"그게 진짜인지 내가 어떻게 알아?"

"진짜야."

"수화로 해 봐. 인생은 길다."

제이컵이 양손을 아이들이 총을 나타낼 때와 같은 모양으로 만들어 양손 검지로 배를 겨눈 다음 몸통을 따라 목 쪽으로 올렸다. 그런 다음 왼팔을 쭉 펴고 오른손 검지로 주먹을 가리키고 손가락을 팔을 따라 어깨까지 움직였다.

"잠깐, 당신 울어?" 제이컵이 물었다.

"아니."

"그럼 울려는 거야?"

"아니야. 당신은?"

"난 항상 울기 직전이야."

"수화로 해 봐. 봐! 울고 있는 유대인 아기야."

제이컵이 오른손으로 얼굴을 눈높이에서 잡고 검지와 중지를 들고 팔을 앞으로 쭉 뻗었다. 두 눈은 앞의 허공을 보았다. 그런 다음 양손 검지로 한 번에 하나씩 자신의 얼굴에 눈물을 그리듯이 번갈아 볼을 훑어 내렸다. 그러고는 오른손의 네 손가락으로 가상의 턱수염을 잡아당기는 시늉을 했다. 그러고는 손바닥을 위로 하고 배 높이에 포개어 팔을 요람처럼 만들고는 앞뒤로 흔들었다.

"그 수염 쓰다듬는 거? 그게 수화로 히브리인이야?"

"히브리인, 유대인이야. 맞아."

"그거 반유대적인 동시에 여성 혐오적인데."

"당신도 알겠지만 나치는 대부분 귀머거리였어."

"응, 나도 알아."

"그리고 프랑스인이랑 영국인, 스페인인, 이탈리아인, 스칸디나비아인도. 우리 아닌 모든 사람이."

"그래서 당신 아버지가 항상 소리치시는 거잖아."

"맞아." 제이컵이 웃었다. "그건 그렇고 인색한의 수화는 유대인이랑 같아. 끝에 가서 주먹을 움켜쥐기만 하면 돼."

"맙소사."

제이컵이 양팔을 옆으로 쭉 뻗고 고개를 오른쪽 어깨 쪽으로 기울였다. 줄리아가 깔깔 웃으며 손마디가 하얘질 정도로 스펀지를 꽉 움켜쥐었다.

"무슨 말을 하면 좋을지 진짜 모르겠어, 제이컵. 당신이 언어 하나를 통째로 비밀로 해 왔다니 믿을 수가 없어."

"비밀로 하지는 않았어. 아무한테도 말하지 않았을 뿐이지."

"왜?"

"회고록을 쓰게 되면 제목을 이렇게 붙일 거야. 『왜들의 큰 책』"

"남들이 들으면 '현명한'인 줄 알겠네."*

"그렇게 생각하게 놔둬."

"당신이 제목을 '지침서'로 붙일 줄 알았는데."

줄리아가 라디오를 껐다. 라디오는 언제부터인지 모르게 무음으로 되어 있었다. "나라들마다 수화도 다르겠지?"

"응."

"그럼 유대어 수화로는 유대인을 어떻게 해?"

"나도 몰라." 제이컵이 대답했다. 전화기를 꺼내 구글에서 검색했다. "히브리어 수화로 유대인." 전화기를 줄리아에게 보여 주며 말했다 "똑같아."

"슬프네."

"그러게."

"여러 면에서 그래."

"당신이라면 어떻게 만들겠어?" 제이컵이 말했다.

"다윗의 별을 만들려면 뭔가를 많이 겹쳐야겠지."

"머리 위에 손바닥을 얹는 건 어때?"

"나쁘지 않아." 줄리아가 말했다. "하지만 그건 여자들에 대

---

* 영어 단어 'whys'와 'wise'의 발음이 같은 점을 이야기하는 상황이다.

한 설명은 안 돼. 야물크를 쓰지 않는 당신 같은 대다수 유대 남자들에게도 안 맞고. 책처럼 손바닥을 펼치는 건?"

"아주 좋아." 제이컵이 말했다. "하지만 그럼 문맹인 유대인은 유대인이 아닌가? 아기들은?"

"책을 읽는다는 뜻으로 생각한 게 아니라 책 자체를 생각한 거야. 토라라든가. 아니면 생명의 책이나. 생명은 수화로 어떻게 해?"

"인생은 길다 기억해?" 그가 다시 한번 손으로 총 모양을 만든 다음 양손 검지를 몸통을 따라 움직였다.

"그럼 이렇게." 줄리아가 책처럼 손을 펼쳐 앞으로 뻗고서 손바닥을 위로 한 채 폐 속으로 책을 밀어 넣듯이 몸통 쪽으로 움직였다.

"다음에 시온의 장로들이 모일 때 깃대에 그걸 걸어야겠다."

"비유대인은 수화로 뭐야?"

"비유대인? 누가 그런 걸 신경 쓴대?"

줄리아가 웃음을 터뜨렸고 제이컵도 웃었다.

"당신 혼자서만 아는 언어가 있을 줄은 몰랐어."

엘리에제르 벤예후다는 혼자 힘으로 히브리어를 부활시켰다. 대부분의 시오니스트들과 달리 그는 이스라엘 민족이 조국을 가질 수 있도록 이스라엘 국가를 만드는 데는 그리 열정을 보이지 않았다. 그는 그의 언어가 집을 가지기를 바랐다. 그는 국가가 없으면, 유대인이 흥정을 하고 욕을 하고 세속 법을 만들고 사랑을 나눌 곳이 없으면 언어가 살아남지 못하리라는 걸 알았다. 그리고 언어 없이는 결국 민족도 없으리라는 것을.

벤예후다의 아들 이타마르는 1000년 만에 최초로 나온 히브리어 원어민이었다. 그는 다른 언어를 듣는 것도 말하는 것도 금지된 채 키워졌다.(이타마르의 아버지가 한번은 러시아어 자장가를 불러 주었다고 어머니를 나무랐다.) 그의 부모는 그가 다른 아이들과 놀지 못하게 했다. 히브리어를 할 줄 아는 아이가 아무도 없었기 때문이다. 하지만 그의 외로움을 인정하여 마헤르라는 이름의 개를 주었다. 히브리어로 '빠르다'라는 뜻이었다. 그것은 일종의 아동 학대였다. 그러나 그는 현대 유대인으로서는 최초로 히브리어로 저속한 농담을 하고, 다른 유대인에게 히브리어로 꺼지라고 하고, 법정 속기 기계로 히브리어를 입력하고, 히브리어로 의미 없는 말을 외치고, 히브리어로 쾌락에 신음한 사람이었다는 점에서 그의 아버지보다 훨씬 많은 책임을 질 수 있었다.

제이컵이 마지막으로 물기를 닦은 머그잔을 선반에 엎어 놓았다.

"뭐 하는 거야?" 줄리아가 물었다.

"당신 방식대로 하는 거야."

"그런데 바람이 제대로 통하지도 않는데 물기가 잘 마를지 미친 듯이 걱정되지 않고?"

"응, 하지만 먼지가 잔뜩 앉을 거란 확신도 갑자기 없어지네. 반대하기도 지쳤어."

신은 모세에게 온전한 석판과 깨진 석판을 둘 다 방주에 넣으라고 일렀다. 그 유대인들은 깨진 것과 온전한 것을 가지고 사십 년 동안 방랑하다가 둘 다 예루살렘 신전에 두었다.

왜일까? 왜 그들은 신성한 말씀에 걸맞게 석판들을 그냥 묻지 않았을까? 아니면 신성모독에 걸맞게 버릴 수도 있었을 텐데?

석판들이 우리의 것이었기 때문이다.

7부
지침서

슬픔을 연기하는 법

슬픔은 존재하지 않는다. 그러니 종양처럼 숨기라.

공포를 연기하는 법

웃음을 위해.

울음을 연기하는 법

할아버지의 장례식에서 랍비가 파라오의 딸이 모세를 발견한 이야기를 했다. "봐!" 그녀가 바구니를 열어 보고 외쳤다. "울고 있는 히브리인 아기야." 랍비가 아이들에게 파라오의 딸이 한 말을 설명해 보라고 했다. 벤지는 모세가 "유대어로 울었"다는 답을 내놓았다.

랍비가 물었다. "유대어로 운다면 어떻게 들릴까?"

맥스가 메우지 않은 무덤 쪽으로 한 걸음 다가가서 말했다. "웃음소리 같지 않을까요?"

나는 한 걸음 뒤로 물러섰다.

뒤늦은 웃음소리를 연기하는 법

유머를 화학 요법처럼 공격적으로 사용하라. 머리카락이 빠질 때까지 웃어라. 웃음을 위해 연기하지 못할 것은 아무것도 없다. 줄리아가 "우리 둘뿐이야. 통화 중인 건 당신과 나뿐이라고." 라고 말할 때는 웃으면서 이렇게 말해라. "신도 있지. NSA*도 있고."

머리카락의 죽음을 연기하는 법

자신의 머리숱이 얼마나 많은지 아는 사람은 아무도 없다. 우리 머리카락이 눈에 다 보이지 않아서이기도 하고(거울이 여러 개 있어도 안 된다. 내 말을 믿어라.) 우리 눈이 우리 것이라서 그렇기도 하다.

가끔 아이들이 아직 너무 어려서 질문할 줄 몰랐을 때, 그리고 다른 사람들에게는 말하지 않으리라 믿을 수 있었을 때 나는 아이들에게 아빠 머리가 얼마나 벗어졌느냐고 물어보곤 했다. 아이들에게 고개를 숙이고 머리숱이 적어지는 것 같은 자리를 보여 주며 보이는 대로 말해 달라고 부탁했다.

---

* 미국의 국가안보국.

"아무렇지도 않아요." 아이들은 보통 그렇게 말했다.

"여기는 어떠니?"

"다른 사람들이랑 똑같아요."

"하지만 여기는 좀 숱이 적어 보이니?"

"진짜로는 아니에요."

"진짜로는 아니야? 아니면 아니야?"

"아니에요?"

"너희한테 도움을 청하는 거야. 진짜로 보고 진짜로 대답해 줄 수 있겠니?"

내 머리카락에 있는 것은 버팀목, 제약학적으로 개입하는 제품이었다. 그것이 내 두개골 속에서 내 뿌리를 움켜쥐고 있는 아론과 훌의 작은 손들이었다. 나는 대머리가 되는 것을 유전자 탓으로 돌리고 스트레스 탓으로 돌렸다. 그런 식으로 그것은 다른 것들과 똑같은 문제가 되었다.

프로페시아는 테스토스테론을 억제함으로써 효과를 냈다. 많은 관련 증거가 있고 널리 경험하는 부작용 중 하나는 성욕 감퇴이다. 의견이나 변명이 아니라 사실이다. 줄리아에게 그 이야기를 할 수 있었다면 좋았을 것이다. 하지만 그럴 수 없었다. 그녀에게 프로페시아에 대해 알릴 수 없었고, 내가 외모에 신경 쓴다고 인정할 수 없었기 때문이다. 그냥 줄리아가 나를 흥분시킬 수 없다고 생각하게 놔두는 편이 나았다.

아이들이 내 집에서 시간을 보내기 시작하고 몇 달이 지난 어느 날 벤지와 목욕을 하고 있었다. 우리는 최근에 다 읽은 『오디세이아 이야기』에 대해 이야기했다. 오디세우스가 드디어 집으로 돌아간 후에도 자신의 정체를 비밀에 붙여야 했다니 참 고통스러웠을 테지만 그럴 수밖에 없었으리라는 이야기를 했다.

"집으로 돌아가는 것만으로는 안 돼요. 거기 머물 수 있어야 해요." 벤지가 말했다.

내가 말했다. "네 말이 맞아, 벤지." 나는 그 애가 자랑스러울 때는 항상 이름을 불렀다.

"아빠는 실은 머리가 좀 벗어졌어요."

"뭐?"

"아빠 머리가 좀 벗어졌다고요."

"그래?"

"좀 그래요."

"지금까지 아빠 마음을 다치지 않게 하려고 그랬던 거니?"

"잘 모르겠어요."

"아빠 머리 어디가 벗어졌니?"

"몰라요."

"벗어진 부분을 짚어 봐."

내가 벤지 쪽으로 고개를 숙였지만 손길은 느껴지지 않았다.

"벤지?" 내가 물을 쳐다보며 물었다.

"아빠 머리 안 벗어졌어요."

내가 고개를 들었다. "그럼 왜 그런 말을 했니?"

"아빠 기분 좋게 해 드리고 싶어서요."

진짜 대머리를 연기하는 법

우리는 매년 크리스마스 때마다 다섯 명이 만리장성 쓰촨 하우스*에 가곤 했다. 우리는 팔이 덜덜 떨릴 때까지 아이들을 들어 올려 수족관을 보여 주고, 돼지고기가 들어가지 않은 따뜻한 애피타이저를 모두 주문했다. 지난 크리스마스에 내가 뽑은 포춘 쿠키는 "당신은 유령이 아니다."였다. 우리가 의식처럼 큰 소리로 그것을 읽을 때 나는 "당신은 유령이 아니다."를 보면서 이렇게 말했다. "항상 방법은 있다."

십여 년이 지나서 나는 한 달 새에 머리카락이 다 빠졌다. 벤지가 예고도 없이 크리스마스이브에 가족 다섯 명도 먹을 만큼 중국 음식을 잔뜩 가지고 나타났다.

"종류별로 하나씩 다 사 온 거냐?" 우스꽝스러운 만큼 풍성하게 사온 게 마음에 들어 물었다.

"코셔 음식 아닌 건 하나씩 다요." 그가 말했다.

"내가 외로울까 봐 걱정되니?"

"제가 걱정할까 봐 걱정되세요?"

우리는 소파에 앉아 무릎에 접시를 놓고 김이 오르는 하얀 상자들을 커피 테이블에 가득 펼쳐 놓고 먹었다. 벤지가 음식을 다시 뜨기 전에 빼곡한 테이블에 자신의 빈 접시를 놓고 양손으로 내 머리를 잡더니 아래쪽으로 기울였다. 조금이라도 예상했다면 어떻게든 피했을 것이다. 그러나 일단 그렇게 되자 그냥 포

* 미국 워싱턴 D. C.에 있는 중국 음식점.

기했다. 나는 무릎에 양손을 가만히 올려놓고 눈을 감았다.

"손이 모자라는구나, 그렇지?"

"하나도 필요 없는데요."

"아, 벤지."

"진짜예요. 머리숱이 빽빽해요."

"의사가 오래전에 이렇게 될 거라고 경고했단다. 약을 끊으면 한꺼번에 다 빠질 거라고 말이야. 의사 말을 믿지 않았지. 아니면 나만은 예외일 거라 생각했어."

"느낌이 어떠세요?"

"발기한 걸로 빵을 자를 수 있을 것 같은 느낌?"

"저 먹고 있잖아요, 아빠."

"뒷짐을 지고도 팔 굽혀 펴기를 할 수 있을 것 같은 느낌?"

"관심을 보인 게 잘못이네요." 벤지가 입가에 번지는 웃음을 참지 못하면서 말했다.

"있잖아, 한번은 달걀이 하나 필요했어."

"그래요?" 그가 장단을 맞추며 물었다.

"응. 빵을 좀 굽고 있었는데……."

"아빠가 빵을 자주 구우시죠."

"항상 해. 이런 농담을 하면서 빵을 굽고 있지 않다니 놀랍구나. 하여간 빵을 좀 굽고 있다 보니까 달걀이 하나 모자라는 거야. 최악 아니니?"

"말 그대로 최악이죠."

"그렇지?" 우리는 둘 다 기대감에 서서히 부풀어 오르기 시작했다. "그래서 원하지도 않는 달걀 열한 개를 사려고 눈 속을 헤치고 가게까지 가느니 하나 빌려 보자고 생각했단다."

"그래서 바로 저기, 아빠 작업실에 1998년 전국 유대 도서상이 걸려 있게 된 거로군요."

"머리 한번 빨리 돌아가는구나." 내가 이마를 치며 말했다.

"아빠가 제 진짜 아빠면 좋겠어요." 벤지가 웃음을 참느라 촉촉해진 눈으로 말했다.

"그래서 내가 창을 열고……." 나는 점점 다가가면서도 아직도 생각 중인 결정적인 한마디까지 온 것인지 잘 알 수 없었다. "그래서 창문을 열고 성인물 등급을 아무리 세게 때려도 모자랄 오 초짜리 판타지를 쓰고 감독해서 캐스팅까지 한 다음 잔뜩 부풀어 오른 귀두로 길 건너 이웃집 초인종을 울렸단다."

참느라 거의 바들바들 떨면서 벤지가 물었다. "그 여자한테 달걀이 있었어요?"

"그 남자야."

"남자라고요!"

"그리고 아니, 없었어."

"그런 얼간이가 있나."

"그런데 실수로 그를 장님으로 만들었어."

"모욕에 대한 대가군요."

"아니, 잠깐, 잠깐만. 다시 해 봐. 나한테 그 여자한테 달걀이 있었느냐고 물어봐."

"물어볼 게 있어요."

"최선을 다해 대답하마."

"그 여자한테 달걀이 있었어요?"

"네 엄마 말이냐? 있었지."

"그거야말로 기적이군요!"

"그런데 실수로 그 알을 수정시켰어."

참아 왔던 웃음은 나오지 않았다. 우리는 한숨을 쉬고 미소를 짓고 뒤로 기대앉아 공연히 고개를 끄덕였다. 벤지가 말했다. "안심되시겠어요."

"뭐가?"

"드디어 아빠처럼 보이는 거요."

나는 "당신은 여러 곳을 여행할 것이다."를 보고 이렇게 말했다. "나는 유령이 아니다."

『오디세이아 이야기』를 읽기 시작했을 때 벤지는 다섯 살이었다. 그 책을 샘과 맥스에게도 읽어 주었다. 두 번 다 갈수록 읽는 속도가 점점 느려져 나중에는 하룻밤에 겨우 한 페이지를 끝낼 정도가 되었다. 벤지하고는 처음 읽기 시작한 날 밤 키클롭스 이야기를 다 읽어 버렸다. 어떤 일이 일어나는 순간에 무슨 일이 일어나는지 인지하는 드문 경우였다. 벤지는 내 마지막 아이였고, 그 부분을 읽어 주는 것도 이번이 마지막이었다. 언젠가는 끝날 것이다. "'왜?'" 내가 책을 읽었다. "'왜 울음소리로 밤의 정적을 깨뜨려?'" 나는 문장 사이를 쉬면서 끊어서 읽어 주었다. "'누가 너를 해쳤어?' '아무도 아니야!' 폴리페모스가 동굴 바닥에서 몸부림치며 외쳤다. '나를 죽이려 한 사람은 아무도 아니야! 내 눈을 멀게 한 건 아무도 아니야!'"

아무도 아닌 사람을 연기하는 법

나는 줄리아에게 공항까지 우리를 따라오지 않으면 좋겠다고 했다. 여느 밤처럼 아이들 이불을 잘 덮어 주고 과장된 작별 인사 없이, 아이들에게 되도록 자주 페이스타임으로 연락하고 여행 가방 가득 장난감을 가지고 한두 주 후에 돌아오겠다고 말하고 싶다고. 그리고 아이들이 잠들어 있을 동안 떠나고 싶다고.

줄리아가 말했다. "정 그러고 싶으면 그렇게 해. 하지만 물어볼 게 있는데, 아니면 당신이 스스로에게 물어봐. 당신이 기다리는 게 대체 뭐야?"

"무슨 뜻이야?"

"다 별일 아니지. 당신은 평생 딱 한 번 언성을 높여서 나한테 내가 당신의 적이라고 말했잖아."

"진짜 그런 뜻으로 한 말이 아니야."

"알아. 하지만 침묵을 뜻하지도 않았어. 전쟁터로 떠나기 전에 아이들한테 작별 인사를 하는 게 별일이 아니라면 대체 뭐가 별일이야? 뭐 얼마나 대단한 걸 기다리는 거냐고?"

아버지가 우리를 롱아일랜드 아이슬립의 맥아더 공항까지 태워다 주었다. 나는 조수석에 앉았고, 바락은 뒷좌석에서 타미르의 가슴에 기대 자다 깨다 했다. 다섯 시간이 걸렸다. 라디오에서 모세의 팔 작전 첫날에 대한 보도가 흘러나왔다. 기자들이 전 세계의 지정된 공항에 나가 있었지만 아직 초기라 방송 시간

대부분이 몇 명이나 부름에 응답할지 추측하는 내용으로 채워졌다. 우리가 몇 주 전 워싱턴 국립공항에서 집으로 차를 타고 간 것과 반대의 상황이었다.

차 안에서의 대화는 앞좌석과 뒷좌석으로 나뉘었다. 타미르와 바락 사이에 오가는 이야기를 거의 알아들을 수 없었고, 평소 실내에서도 목소리를 줄이는 법이 없던 아버지가 처음으로 속삭였다.

"게이브 페럴먼이 거기 있을 거다. 어젯밤에 허시랑 통화했다. 아는 사람들이 많이 보일 거야." 아버지가 말했다.

"아마 그러겠지요."

"글렌 메츨링도. 래리 무버먼도 있고."

"엄마는 괜찮으시죠? 오늘 아침에 걱정될 정도로 초연하시던데."

"엄마니까. 하지만 괜찮을 거다."

"아버지는요?"

"내가 무슨 말을 하겠니? 인기 없는 진실을 말한 대가지. 집 전화기 벨이 안 울리게 해 놨다. D. C. 경찰들이 모퉁이에 차를 대고 있더라. 그만두라고 했다. 그랬더니 내가 선택할 수 있는 일이 아니라면서 말을 안 듣더구나. 다 지나갈 거다."

"그 얘기 말고요. 제가 가는 거 말이에요."

"너도 내가 쓴 걸 읽었겠지. 난 진심으로 네가 가지 않으면 좋겠지만 그래도 네가 가야 한다는 거 안다."

"이런 일이 벌어지다니 믿을 수 없어요."

"지난 이십 년간 네가 내 말에 귀를 기울이지 않았기 때문이야."

"그보다 오래됐죠."

아버지가 길에 시선을 고정한 채 내 허벅지에 오른손을 올리고 말했다. "나도 믿을 수가 없구나."

우리는 도로 가장자리에 차를 세웠다. 공항은 이스라엘로 가는 비행기들에만 개방돼 있었다. 스무 대 남짓의 차에서 사람들이 내리고 있었고, 뭉툭한 야광봉을 흔들며 "계속 가세요, 계속 가세요."라고 말하는 사람은 없고, 진녹색 옷을 입은 두 사람이 가슴팍에 기관총을 꼭 껴안고 있을 뿐이었다.

우리는 트렁크에서 더플백을 꺼내고 차 옆에 섰다.

"바락은 안 내려?" 내가 물었다.

타미르가 대답했다. "잠들었어. 차에서 작별 인사 했어. 이러는 편이 나아."

아버지가 타미르의 어깨에 손을 올리고 말했다. "용감하구나."

타미르가 말했다. "이건 용기라고 할 수 없어요."

"나는 네 아버지를 무척 아꼈단다."

"아버지도 마찬가지셨어요."

아버지가 고개를 끄덕였다. 그가 타미르의 다른 쪽 어깨에도 손을 올리고 말했다. "이제 네 아버지가 더는 안 계시니까……." 그 이상은 필요하지 않았다. 지금 이 순간 무엇을 해야 할지 태어날 때부터 알았다는 듯이 타미르가 더플백을 내려놓고 양팔을 옆구리에 붙이고 살짝 고개를 숙였다. 아버지가 타미르의 머리에 손을 얹고 말했다. "신이 너를 축복하고 지켜 주시기를. 신이 너를 빛나는 얼굴로 굽어보고 너에게 자비를 베푸시기를. 신이 너를 돌아보고 평화를 내려 주시기를."

타미르가 아버지에게 고맙다고 하고 잠시 산책하고 올 테니 안에서 보자고 말했다.

우리 둘만 남게 되자 아버지가 웃음을 터뜨렸다.

"왜요?"

아버지가 말했다. "너 루 게릭이 마지막으로 한 말이 뭔지 아니?"

"죽고 싶지 않다?"

"'망할 루게릭병, 그게 생길 줄 알았어야 했는데.'"

"재미있네요."

"이런 일이 생길 줄 알았어야 했어." 아버지가 말했다.

"아버지는 아셨잖아요."

"아니, 안다고 말했을 뿐이지."

바락이 잠에서 깨어나 조용히 주변을 둘러보더니 아마도 꿈이라고 생각했는지 다시 눈을 감고 창에 이마를 기댔다.

"매일 저희 집에 가 보실 거죠?"

"물론이지." 아버지가 말했다.

"그리고 아이들을 데리고 외출해 주세요. 줄리아가 가끔 쉴 수 있게 해 주세요."

"그러고말고, 제이컵."

"엄마 식사 잘하시게 해 주시고요."

"네 빈자리를 채워 주마."

"《타임스》에 있는 친구가 그러는데 들리는 것만큼 나쁘지는 않대요. 이스라엘이 미국의 지원을 더 얻어 내려고 실제보다 상황을 고의적으로 더 나쁘게 보이도록 만들고 있대요. 가장 유리한 평화 조약을 얻어 내려고 시간을 끄는 거래요."

"《타임스》는 반유대주의적 스미어테스트*야."

"그저 겁내지 마시라는 말이에요."

지금 이 순간 무엇을 해야 할지 태어날 때부터 알았던 것처럼 고개를 숙였다. 아버지가 내 머리에 손을 올렸다. 나는 기다렸다. 지금 이 순간 무엇을 해야 할지 태어날 때부터 알았던 것처럼 아버지의 손바닥이 오므라들기 시작하더니 움켜쥔 손가락 사이로 내 머리카락을 쥐고 나를 움직일 수 없게 했다. 나는 결코 오지 않을 축복을 기다렸다.

침묵을 연기하는 법

우선 묻는다. "이것은 어떤 종류의 침묵인가?" 당황한 침묵은 부끄러워하는 침묵이 아니다. 말없는 침묵은 말문이 막힌 침묵이 아니고, 미묘한 억제의 침묵도 아니다. 등등. 등등.

다음으로 묻는다. "이것은 어떤 종류의 자살 혹은 희생인가?"

---

* 자궁 경부 암 검사법.

높인 언성을 연기하는 법

나는 평생 딱 두 번 누군가에게 언성을 높였다. 첫 번째는 줄리아가 문자를 내 앞에 들이대고 자제심을 잃을 정도로 밀어붙이자 이렇게 소리 질렀을 때다. "당신은 내 적이야!" 그녀는 자신이 나에게 그 말을 한 적이 있다는 걸 기억하지 못했다. 그녀가 유일하게 자연 분만한 경우였던 샘을 낳느라 진통할 때, 마흔 시간 동안 나선형을 그리며 점점 깊고 점점 더 혼자만의 고통 속으로 빠져들어, 급기야 우리는 똑같은 네 벽으로 둘러싸여 있는데도 다른 방에 있는 셈이 되었다. 조산사가 우스운 이야기를 해 주고(다른 때 같았으면 줄리아가 눈이 보이지 않도록 웃었을 이야기였다.) 내가 애정 어린 말을 해 주어도(다른 때였다면 줄리아가 눈물을 흘리며 고마워했을 말이었다.) 줄리아는 여자가 내는 것 같지도 않고 인간이 내는 것 같지도 않은 신음 소리를 내면서 침대 난간을 롤러코스터 안전 바처럼 붙잡고 눈이 빨갛게 나온 어떤 사진보다 악귀 같은 눈으로 나를 노려보며 으르렁거렸다. "당신은 내 적이야!" 십삼 년 후에 그녀가 한 말을 인용할 생각을 품고 살지는 않았고, 나중에 그 말을 글로 쓸 때야 비로소 그런 일이 있었다는 기억이 떠올랐다. 진통 중 있었던 많은 일처럼 줄리아는 그 말을 전혀 기억하지 못하는 듯했다.

두 번째로 언성을 높인 것 또한 오랜 시간이 지난 후 줄리아에게였다. 달라고 요청받거나 빚지지 않은 것을 주는 편이 훨씬 쉽다. 이건 어쩌면 아거스한테 배웠는지도 모른다. 아거스에게 던진 공을 도로 물어오게 만들려면 무관심한 척하는 방법밖에 없었다. 어쩌면 아거스는 그것을 나한테 배웠는지도 모른다. 줄리아와 따로 살게 되자 나는 우리가 여전히 공유하는 도관에 내 내면 생활을 쑤셔 넣을 수 있게 되었을 뿐 아니라 그러기를 갈망했다. 그녀가 그것에 무관심해 보였기 때문이다. 그렇게 보였거나 정말로 그랬다.

줄리아와 나는 오랫동안 이야기를 나누지 않고 지냈지만 그녀야말로 내가 이야기를 하고 싶은 사람이었다. 마치 옛 시절이 없었던 것처럼 내가 전화를 하면 그녀가 받고 우리는 이야기를 했다. 내가 말했다. "난 증거를 원했었나 봐." 그녀가 말했다. "난 당신이 전화를 건 다정한 사람이야. 기억나?" 내가 말했다. "세상이 독특하게 열려 있다는 말 기억해?" 그녀가 말했다. "당신 무슨 일 있었어?" 그녀는 나를 비난하지도 도발하지도 않았다. 그저 내가 모든 것에 보일 필요가 있는 무심한 태도로 그 말을 할 뿐이었다.

나는 평생 딱 두 번 누군가에게 언성을 높였다. 두 번 다 같은 사람이었다. 달리 말하면 평생 내가 안 사람은 단 한 명뿐이었다. 달리 말하면 나는 단 한 사람에게만 나를 알도록 허락했다.

분노, 고통, 두려움을 뛰어넘는 슬픔 속에서 나는 줄리아에게 소리쳤다. "부당해! 부당해! 부당해!"

언어의 죽음을 연기하는 법

나는 대학에 들어가면서 회당을 떠났다가 줄리아가 샘을 임신하면서 다시 다녔다. 어릴 때 회당에는 그해의 특정한 주에 죽은 사람들의 이름 옆에 작은 전구들을 켜 놓는 추모 벽이 있었다. 어릴 때는 그 이름들의 플라스틱 글자들을 재배열해 아무것이나 내가 만들 수 있는 단어들을 만들었다. 아버지는 나쁜 말이란 없고 나쁘게 쓸 뿐이라고 말하곤 했다. 나는 아버지가 된 후 아이들에게 같은 말을 해 주었다.

회당의 회중 가운데 싸울 수 있는 연령대의 남자는 1400명이 넘었다. 그중에서 예순두 명이 이스라엘에 싸우러 갔고, 스물네 명이 죽었다. 이름마다 10와트의 나뭇가지 모양 촛대 끝에 불을 밝힌 전구가 두 개씩 켜졌다. 겨우 480와트의 빛. 내 거실 샹들리에보다 적은 전력. 아무도 그 이름들을 만지지 않았다. 그러나 어느 날 그 이름들은 단어들로 재배열될 것이다. 아니면 그러기를 바란다.

그 건물 안을 배회하던 때가 수백 년 전인 것 같다. 그러나 그 냄새는 기억할 수 있다. 시든 꽃 같은 시더,* 야물크 바구니의 곰팡내, 계약의 궤에서 나는 새 차 냄새. 그리고 표면들도 기억할 수 있다. 폭이 넓은 리넨 벽지 조각들이 맞닿은 자리, 벨벳 의자의 팔걸이마다 붙어 그곳에 앉을 일이 없을 듯한 누군가의 기부금을 영원히 기리는 점자판 같은 명판, 플러시 천 카펫을 깐 계단의 차디찬 쇠 난간. 나는 그 전구들의 열기와 그 글자들의 기억할 수 있다. 해설에 대한 수천 페이지의 계속 이어지는 논평으로 가득한 책상에 앉아 죽은 사람들로 만든 단어들의 사용에

* 유대교의 일용 기도서.

대해 어떻게 판단해야 할지 생각한다. 그리고 살이 있는 사람들. 살아 있으면서 죽은 모든 이들로 만든 단어들.

아무도 아닌 사람을 연기하는 법

대기 구역에는 수백 명이 있었다. 수백 명의 유대 남자들. 우리는 할례를 받은 남자들이고, 유대인의 유전자 표지를 공유하는 사람들, 똑같은 오래된 멜로디를 흥얼거리는 사람들이었다. 어릴 때 내가 스스로를 유대인으로 생각하건 말건 독일인들은 나를 유대인으로 생각한다는 말을 몇 번이나 들었던가? 공항의 대기 구역에서 아마 평생 처음으로 내가 스스로를 유대인이라고 느끼는지 여부가 궁금하지 않게 되었다. 답을 얻어서가 아니라 더 이상 그 질문이 중요하지 않게 되었기 때문이다.

아는 얼굴도 몇 보였다. 옛 친구들, 회당에서 알게 된 얼굴들, 유명한 인물들이었다. 게이브 페럴먼이나 래리 무버먼은 보지 못했지만 글렌 메츨링은 있었다. 우리는 커다란 공간의 건너편에 있는 서로에게 고개를 까딱이며 인사를 나누었다. 사람들 간의 교류는 거의 없었다. 어떤 사람들은 말없이 앉아 있거나 휴대폰으로 통화를 했다. 아마 가족들과 하는 것 같았다. 노랫소리가 들려오기도 했다. 「황금의 예루살렘(Yerushalayim Shel Zachav)」, 「이스라엘 국가(Hatikva)」……. 노래가 감정을 자극했지만 그것은 무엇이었을까? 동지애? 총회에서 청각 장애인 아버지와 함께 느꼈던 인식의 가장 극단적인 형태? 공유하는 헌신? 역사란 얼마나 크고도 작은가, 개인은 그 안에서 얼마나 무력하고도 전능한가에 대한 갑작스러운 인식? 두려움?

어른이 되고부터 줄곧 책과 대본을 썼지만 내가 그 속의 등장인물처럼 느껴진 것은 그때가 처음이었다. 장난감 같은 내 조그만 존재의 규모, 삶의 드라마가 드디어 살아 있다는 특권에 걸맞게 되었다는 느낌.

아니, 그때가 두 번째였다. 첫 번째는 사자 우리에서였다.

타미르가 옳았다. 내 문제들은 사소했다. 지상에서의 유한한 시간을 사소한 생각들을 하고, 사소한 감정을 느끼고, 아무도 없는 방으로 걸어 들어가는 데 너무 많이 허비했다. 온라인에서 무의미한 동영상들을 다시 보고, 결코 사지 않을 집들의 목록을 검토하고, 관심도 없는 사람들한테 온 성급한 이메일을 확인하는 데 얼마나 많은 시간을 보냈던가. 나 자신을 얼마나 많이 억누르고, 얼마나 많은 말과 행동을 억눌러 왔던가. 나는 아주 조금씩 스스로를 자신에게서 멀어지게 했고, 그토록 많은 세월이 흐른 후에 나 자신에게 돌아가는 길을 찾으려면 비행기가 필요할 지경이 되었다.

사람들이 노래를 불렀다. 나도 아는 노래였지만 그들과 어떻게 함께 불러야 할지 알지 못했다.

근질거리는 희망을 연기하는 법

나는 언제나 내 삶을 완전히 바꾸려면 완전히 다른 사람이 되어야 할 것이라고 믿었다.

집을 연기하는 법

『오디세이아 이야기』를 다 읽자 맥스는 상실감에 빠졌다.

"왜요?" 그가 베개에 얼굴을 묻으며 물었다. "왜 끝나야 했어요?"

내가 그의 등을 어루만지며 말했다. "하지만 너도 오디세우스가 언제까지나 떠돌아다니기를 바라지는 않잖니, 그렇지?"

"음, 그렇다면 애초에 왜 집을 떠나야 했어요?"

다음 날 아침 오븐에 구운 음식들에서 조금의 위로를 얻기를 바라는 마음에 맥스를 농산물 직판장에 데려갔다. 격주 일요일마다 정문 옆에 이동식 동물 보호소가 설치되어서 우리는 종종 그곳에 들러 동물들을 보며 감탄했다. 맥스는 스탠이라는 이름의 골든레트리버 강아지에게 끌렸다. 우리는 개를 키우는 것에 대해 한 번도 이야기한 적이 없었다. 물론 그날 아침도 개를 데려올 생각이 없었고 맥스가 그 개를 특히 좋아한다는 것조차 몰랐지만 나는 맥스에게 이렇게 말했다. "스탠을 집에 데려가고 싶으면 그렇게 해도 돼."

나만 빼고 다들 신이 나서 집 안으로 껑충껑충 뛰어 들어갔다. 줄리아는 머리끝까지 화가 났지만 계단 꼭대기에 우리 둘만 남게 될 때까지 참았다. 그녀가 말했다. "당신은 또다시 나를 나쁜 생각에 찬동하거나 나쁜 사람이 되어야 할 입장으로 만들었어."

아래층에서 아이들이 외치고 있었다. "스탠! 여기야, 스탠! 이리 와, 자!"

나는 동물 보호소를 운영하는 여자에게 어떻게 해서 그 개에게 스탠이라는 이름이 붙었는지 물었다. 강아지에게 골라 주기에는 이상한 이름이라는 생각이 들었다. 그녀가 대서양 폭풍에 붙였던 이름 가운데 더 이상 쓰이지 않는 이름을 개들에게 붙인다고 말했다. 보호소를 거쳐 가는 개들이 너무 많아서 그렇게 하면 목록을 만들기가 쉬워진다고 했다.

"죄송하지만 더 이상 쓰이지 않는 무엇의 이름이라고요?"

"폭풍에 이름을 어떻게 붙이는지 아시죠? 돌아가며 쓰는 이름이 백 개 정도 있어요. 하지만 폭풍이 특히 피해가 크거나 심하면 그 이름은 더 이상 쓰지 않아요. 세심하죠. 샌디가 또 있지는 않게 되는 거예요."

아이작이 또 있지는 않을 것처럼.

우리는 내 할아버지의 할아버지의 이름을 모른다.

할아버지는 미국으로 오면서 성을 블루멘베르크에서 블록으로 바꾸었다.

아버지는 우리 가족 중에서 처음으로 '영어식 이름'과 '히브리어 이름'을 둘 다 가진 사람이었다.

나는 작가가 되었을 때 내 이름을 이니셜을 다양하게 쓴다든가 중간 이름을 넣는다든가 가명을 쓰는 등 여러 가지로 실험해 보았다.

유럽에서 멀어질수록 우리는 그 사이에서 더 많은 정체성을 택해야 했다.

"나를 죽이려 한 사람은 아무도 아니야! 내 눈을 멀게 한 건 아무도 아니야!"

스탠에게 새 이름을 지어 주자는 건 맥스의 생각이었다. 나는 그러면 개가 헷갈릴지도 모른다고 말했다. 맥스가 이렇게 대답했다. "하지만 개를 우리 개로 만들어야 해요."

아무도 아닌 사람을 연기하는 법

우리는 작성할 간단한 양식을 받고 흰색 실험복 차림의 중년 남자 앞을 한 줄로 지나가라는 안내를 받았다. 그가 한 명씩 빠르게 육안으로 검사하고 10여 개의 긴 줄 중 하나를 가리켰다. 그 줄들은 대략 나이에 따라 나뉘기 시작했다. 강제 수용소에 들어갈 사람을 고르는 듯한 분위기가 너무나 노골적이고 부인할 수 없을 정도로 나서 의도적인 게 아니라고 생각하기 어려웠다.

줄이 움직여 내 차례가 되자 일흔쯤 돼 보이는 다부진 여성이 나에게 맞은편의 플라스틱 접이식 의자에 앉으라고 했다. 그녀가 내 서류를 받아서 양식들을 채워 나가기 시작했다.

그녀가 고개도 들지 않고 물었다. "아트 메다베르 이브리트?"*

"네?"

"로 메다베르 이브리트."** 그녀가 네모 칸에 표시하며 말했다.

"뭐라고 하셨죠?"

---

* At medaber ivrit? '히브리어 할 줄 압니까?'라는 뜻의 히브리어.

** Lo medaber ivrit. '히브리어 못 하냐고요.'라는 뜻의 히브리어.

"유대인인가요?"

"물론이죠."

"셰마*를 암송해 보세요."

"셰마 이스라엘 아도나이……."**

"유대 공동체에 소속되어 있나요?"

"아다스 이스라엘요."

"예배에는 얼마나 자주 참석합니까?"

"아마 일 년에 두 번요?"

"그 두 번이 어떤 경우인가요?"

"로시 하샤나***랑 욤 키푸르****요."

"영어 외에 할 줄 아는 언어가 있나요?"

"스페인어를 조금 합니다."

"아주 쓸모 있을 거예요. 건강상의 문제는요?"

"없어요."

"천식 없나요? 고혈압은? 간질은?"

"없어요. 습진이 좀 있습니다. 이마 선 뒤쪽에요."

"코코넛 오일 써 봤나요?" 그녀가 여전히 고개를 들지 않고 말했다.

"아뇨."

---

* 유대인이 매일 아침, 저녁 예배 때 읊는 기도.

** Sh'ma Yisrael, Adonai. '들으소서, 오, 이스라엘이여.'라는 뜻의 히브리어.

*** 유대교의 신년제.

**** 유대교의 속죄일.

"그럼 써 보세요. 군사 훈련이나 경험은?"

"없습니다."

"총을 쏴 본 적은 있나요?"

"잡아 본 적도 없어요."

그녀가 보아하니 다음에 이어지는 질문들은 물어볼 필요도 없다고 느낀 듯 많은 네모 칸에 표시했다.

"안경이 없어도 지장 없나요?"

"전혀 없느냐고요?"

그녀가 네모 칸에 표시했다.

"수영할 줄 압니까?"

"안경 안 끼고요?"

"수영하는 법을 아나요?"

"물론이죠."

"수영에서 두각을 나타내 본 적이 있나요?"

"아니요."

"매듭을 묶어 본 경험이 있습니까?"

"다 있지 않나요?"

그녀가 네모 칸 두 개에 표시했다.

"지형도를 읽을 줄 압니까?"

"보면 뭔지는 알겠지만 그걸 읽는다고 할 수 있을지는 모르겠어요."

그녀가 네모 칸에 표시했다.

"전기 공학과 관련된 경험이 있습니까?"

"예전에 한번……."

"간단한 폭탄을 해체할 수는 없겠지요."

"얼마나 간단한 거요?"

"간단한 폭탄을 해체할 수는 없겠지요."

"못하죠."

"먹지 않고 얼마 동안이나 버텨 봤나요?"

"욤 키푸르에요. 한참 전에."

"고통을 얼마나 잘 참을 수 있나요?"

"그 질문에는 어떻게 대답해야 할지 짐작조차 할 수 없네요."

"질문에 답하셨네요." 그녀가 말했다. "쇼크를 일으킨 적이 있나요?"

"아마 있을걸요. 사실은 있습니다. 자주 그랬어요."

"폐소 공포증이 있습니까?"

"심합니다."

"짐을 어느 정도까지 질 수 있습니까?"

"저, 육체적으로요?"

"추위나 더위에 약합니까?"

"다 그렇지 않나요?"

"알레르기를 일으키는 약물이 있습니까?"

"유당 불내증이지만 그걸 물어보신 건 아니겠지요."

"모르핀은요?"

"모르핀요?"

"응급 처치법은 압니까?"

"모르핀에 대해 대답하지 않았는데요."

"모르핀에 알레르기가 있습니까?"

"모르겠어요."

그녀가 무언가를 적어 넣었는데, 뜻을 짐작할 수가 없었다.

"모르핀이 필요할 때 안 들으면 걱정인데요."

"다른 진통제가 있어요."

"그것도 효과가 좋은가요?"

"응급 처치법은 압니까?"

"조금요."

"응급 조치가 조금 필요한 사람에게 조금은 위안이 되겠군요."

내가 작성한 서류를 정독하면서 그녀가 말했다. "긴급 상황 시 연락처가……."

"거기 있습니다."

"줄리아 블록이군요."

"네."

"누군가요?"

"네?"

"관계를 적지 않았네요."

"당연히 적었습니다."

"그렇다면 보이지 않는 잉크로 썼나 보군요."

"제 아내입니다."

"대부분의 부인들은 확실하게 표기해 주는 쪽을 더 좋아한

답니다."

"제가 아마……."

"미국에서 장기 기증자로군요."

"그렇습니다."

"이스라엘에서 죽는다면 장기를 이스라엘에서 쓰도록 허락하시겠어요?"

"네." 내가 끝을 길게 늘이며 대답했다.

"네?"

"네, 제가 죽는다면……."

"혈액형은요?"

"혈액형요?"

"피가 있겠지요?"

"물론이죠."

"뭔가요? A? B? AB? O?"

"줄 때 말씀이세요, 받을 때 말씀이세요?"

우리가 대화를 시작한 이후 처음으로 드디어 그녀가 내 눈을 마주 보았다. "같은 피예요."

자살 나이테를 연기하는 법

우리 집안에는 왼손잡이, 쌍둥이, 붉은 머리가 다 있는데, 이런 것들이 집안 내력이 되려면 이런 사례가 많아야 한다. 자살은 딱 한 번만으로도 집안 내력이 될 수 있지만.

할아버지의 사망 증명서를 메릴랜드 기록실에서 받았다. 이미 알고 있음을 안다는 걸 알고 싶었다. 검시관의 필적은 의사의 것과는 정반대로 활자로 찍어 낸 듯 훌륭했다. 목을 맨 데 따른 질식. 할아버지는 아침 10시경에 자살했다. 증명서에는 사건을 알린 사람이 이웃에 사는 코왈스키 씨라고 나와 있었다. 할아버지의 이름이 아이작이라는 것. 폴란드 태생이라는 것. 주방 문과 문틀 사이에 끼운 허리띠로 목을 맸다는 것.

그러나 그날 밤 침대에서 그 일을 상상하면서 나는 할아버지가 바깥에 서 있는 나무에 묶은 밧줄에 목을 매는 모습을 보았다. 할아버지의 발 그림자가 드리운 곳의 잔디는 천천히 죽어서, 그곳만 제외하고 웃자란 야생의 정원에서 한 줌의 먼지가 되었다.

그날 밤늦게 마치 지구가 중력에 대해 속죄하려는 듯이 식물들이 위로 올라가 할아버지의 발에 닿는 상상을 했다. 길게 갈라진 야자 잎이 손처럼 할아버지를 떠받쳐 밧줄이 느슨해지는 상상을 했다.

거의 잠을 이루지 못하고 한참이 지나서도 할아버지와 미국삼나무 숲속을 걷는 상상을 했다. 할아버지의 피부는 파랗고 손톱은 3센티미터였지만 그것만 아니면 할아버지는 내가 흑빵을 먹곤 하던 주방에서의 모습 그대로였다. 공공장소에서 수영복을 갈아입지 마시라고 말씀드리자 “왜 안 돼?”라고 되묻던 그 모습이었다. 할아버지가 쓰러진 거대한 나무 앞에 멈춰 서서 나이테를 가리켰다.

“여기, 이때가 우리 부모님의 결혼식이란다. 중매결혼이었지. 좋았어. 그리고 여기는.” 할아버지가 다른 테를 가리키며 말했다. "이서가 나무에서 떨어져 팔이 부러졌을 때란다."

"이서요?"

"내 형제야. 네 이름은 그의 이름을 따서 지었어."

"제 이름은 야코브라는 사람의 이름을 딴 건 줄 알았는데요."

"아니야. 우리가 네게 그렇게 말했을 뿐이지."

"어떻게 이서가 제이컵이 돼요?"

"이서는 이스라엘을 줄인 거란다. 밤새도록 야곱과 씨름하고 나서 천사가 그의 이름을 이스라엘이라고 다시 지어 주었지."

"그분은 몇 살이었어요?"

"그리고 여기는." 할아버지가 또 다른 테를 가리키며 말했다. "내가 집을 떠났을 때야. 베니와 함께. 우리 조부모님과 부모님, 다른 다섯 형제들, 다른 사람들은 모두 그대로 남았어. 나도 남고 싶었지만 베니가 나를 설득했지. 나에게 강요했어. 그리고 여기는 베니와 내가 한 명은 미국으로, 한 명은 이스라엘로 각기 다른 배를 탔던 때란다." 할아버지가 나이테를 만졌다. 긴 손톱으로 나이테를 나무껍질 쪽으로 쓸며 말했다. "이거, 여기는 네가 태어났을 때야. 여기는 네가 소년일 때. 여기는 네가 결혼한 때. 여기는 샘이 태어난 때고, 여기는 맥스가 태어난 때, 여기는 벤지가 태어난 때야. 그리고 여기는." 할아버지가 손톱으로 나무둥치의 가장자리를 레코드 바늘처럼 짚었다. "바로 지금이란다. 그리고 여기는." 할아버지가 나무둥치에서 밖으로 3센티미터 정도 벗어난 허공의 지점을 가리켰다. "네가 죽을 때지. 그리고 여기는." 할아버지가 나무둥치에서 약간 더 가까운 쪽을 가리켜 보였다.

"네 남은 삶이야. 그리고 여기는." 할아버지가 나무둥치 바로 바깥쪽을 가리켰다. "다음에 일어날 일이지."

나는 할아버지의 목맨 시신의 무게가 나무를 쓰러뜨려 우리의 역사가 눈에 보이게 했음을 그럭저럭 깨달았다.

일곱 바퀴를 연기하는 법

나는 줄리아가 어떤 종교 예식은 아름답다고 보고, 어떤 것은 여성 혐오적이며 도덕적으로 혐오스럽거나 그냥 바보 같다고 여기는지 도저히 예측할 수가 없었다. 그래서 그녀가 추파* 밑에서 내 주위를 일곱 바퀴 돌고 싶다고 했을 때 깜짝 놀랐다.

우리의 예비 학습에서(그녀의 예비 학습이라고 해야겠다. 나는 꽤 일찍 포기했다.) 그녀는 그렇게 도는 것이 가나안으로 이스라엘인들을 이끈 여호수아의 성경 이야기를 상기시키는 것이라고 배웠다. 그들이 여리고의 성벽까지 와서 약속의 땅으로 가는 길에 첫 번째 전투를 치르자, 신은 여호수아에게 이스라엘인들을 이끌고 성벽을 일곱 바퀴 돌라고 일렀다. 일곱 바퀴를 다 돌자마자 벽이 무너졌고 이스라엘인들은 도시를 정복했다.

"당신은 벽 뒤에 가장 멋진 비밀을 숨기고 있어." 그녀가 반어적이면서도 진심 어린 어조로 말했다. "그리고 내가 당신을 사랑으로 에워쌀 거고, 그 벽이 무너지면……."

"그러면 당신이 나를 정복하겠지."

---

* 유대교에서 결혼식 때 결혼하는 부부 위에 치는 캐노피.

"우리가 우리 자신을 정복하는 거야."

"난 그냥 가만히 서 있으면 돼?"

"서 있다가 쓰러지면 돼."

"내 가장 멋진 비밀이 뭔데?"

"나도 몰라. 우린 이제 시작인걸."

그녀는 우리가 끝나 갈 때가 되어서야 알았다.

마지막으로 온전히 행복했던 순간을 연기하는 법

"뭔가 특별한 일을 하자." 내가 줄리아의 마흔 번째 생일을 한 달 앞두고 제안했다. "우리답지 않은 거. 파티. 거창한 식사. 밴드랑 아이스크림 트럭이랑 마술사도 부르고."

"마술사?"

"아니면 플라멩코 댄서나."

"싫어. 그거야말로 딱 질색이야." 그녀가 말했다.

"질색이라도 고려는 해 보자고."

그녀가 웃음을 터뜨리고는 말했다. "그런 생각을 하다니 자상하기도 하지. 하지만 간단하게 하자. 집에서 저녁이나 잘 차려 먹든가."

"그러지 말고. 재미있게 놀자."

"나한테는 간단한 가족 만찬이 재미있을 거야."

나는 몇 번 그녀를 설득하려 해 보았지만 "요란한 행사"를 원치 않는다는 그녀의 뜻은 확고했고, 갈수록 강해졌다.

"진짜로 이의 없는 거지?"

"이의 없다니까. 내가 가장 원하는 건 가족들과 조용히 맛있는 저녁을 먹는 거야."

아이들과 나는 그날 아침 식사를 그녀의 침대로 가져다주었다. 갓 구운 와플, 케일과 배를 간 스무디, 우에보스 란체로스*였다.

우리는 동물원의 코끼리에게 소원을 속삭이고(기원은 알 수 없지만 오래된 생일 의식이었다.) 록 크리크 공원에서 세월의 책에 끼울 낙엽을 줍고(이것도 의식이었다.) 그녀가 제일 좋아하는 듀퐁 서클에 있는 그리스 식당의 야외 테이블에서 점심을 먹었다. 우리는 필립스 콜렉션**에 갔다. 샘과 맥스는 그곳에서 아주 열심히 관심을 보이는 척했지만 연기가 허술해서, 감동받은 줄리아가 그들에게 말했다. "너희가 엄마 사랑하는 거 알아. 지루해해도 괜찮아."

저녁 장을 본 식료품 봉투 대여섯 개를 들고 집에 돌아갔을 때는 해가 지고 있었다.(나는 필요한 것이 있다 해도 그날 저녁에 먹을 것 말고는 사지 말자고 우겼다. "오늘은 좀 실용주의적으로 살지 말자고.") 나는 샘에게 열쇠를 주었고, 아이들이 앞서 집으로 달려갔다. 줄리아와 나는 아일랜드 식탁에 봉지들을 풀어 놓고 상하기 쉬운 것들을 집어넣기 시작했다. 눈이 마주치자 그녀가 울고 있는 게 보였다.

"무슨 일이야?" 내가 물었다.

---

* 달걀 프라이나 삶은 달걀을 토르티야에 얹고 토마토소스를 곁들이는 멕시코 요리.

** 듀퐁 서클 인근에 있는 미술관.

"말하면 당신이 나를 미워하게 될 거야."

"절대 안 그래."

"엄청나게 짜증 낼 거야."

"생일은 짜증도 지불 유예하는 날이야."

그러자 그녀가 진짜로 눈물을 펑펑 쏟으며 말했다. "나 실은 근사한 걸 원했어."

내가 웃었다.

"재미없어."

"재미있어, 줄리아."

"내가 무얼 원하는지 알면서 그걸 당신한테 숨긴 게 아니야. 나는 실망하려고 애쓰지 않았어."

"알아."

"전에 내가 했던 말 말이야. 진심이었어. 집에 들어올 때까지만 해도 그랬는데, 바로 지금, 지금 이 순간 실은 내가 근사한 걸 원했다는 사실을 깨달은 거야. 내가 말이야. 진짜 바보 같지. 나 여덟 살짜리인가?"

"당신은 마흔 살이야."

"그렇지? 난 자기 자신을 너무 늦게야 알아 버린 마흔 살이야. 그리고 더 나쁜 건 이러고도 마치 당신이 죄책감을 느끼거나 상처받지 않을 것처럼 당신을 괴롭히고 있다는 거야."

"자." 내가 그녀에게 오르키에테* 상자를 주었다. "이거 가져

---

* 귀 모양의 파스타.

다 넣어 봐."

"당신의 동정심이 고작 그 정도야?"

"짜증은 지불 유예해 줬잖아?"

"그건 일방통행이야. 당신도 알잖아."

"이 파스타 같지 않은 파스타나 가져다 넣어."

"싫어. 싫다고. 오늘은 안 할래." 그녀가 말했다.

내가 웃었다.

"재미없어." 그녀가 조리대를 쾅 내리치며 말했다.

"정말 재미있는데." 내가 말했다.

그녀가 상자를 잡아채더니 위쪽을 뜯어서 파스타를 바닥에 쏟았다.

"엉망진창으로 만들었어. 그런데 내가 왜 이러는지도 모르겠어." 그녀가 말했다.

내가 그녀에게 말했다. "그 빈 상자 가져다 넣어."

"상자를?"

"그래."

그녀가 되물었다. "왜? 우울한 상징으로 만들려고?"

"아니. 남한테 이해받기 위해 꼭 먼저 자신을 이해해야 하는 건 아니니까."

그녀가 아직 이해하지 못한 무언가를 이해하고 숨을 들이쉬더니 식료품 저장실 문을 열었다. 그러자 아이들과 조부모들, 마크와 제니퍼, 데이비드와 해너, 스티브와 패티가 몰려나오고 누군가가 음악을 틀었다. 스티비 원더였다. 누군가가 복도 벽장문을 열자 풍선들이 쏟아져 나왔다. 풍선들이 샹들리에에 덜렁대며 부딪쳤고, 줄리아가 나를 쳐다보았다.

실존적인 수치를 연기하는 법

이케아에서 매기 실리먼과 마주친 기억이 오랫동안 내 머리를 떠나지 않았다. 그녀는 내 수치의 화신이었다. 나는 종종 한밤중에 깨어 그녀에게 편지를 썼다. 편지는 모두 똑같이 시작했다. "당신이 틀렸어요. 나는 좋은 사람이 아니에요." 내가 내 수치의 화신이 될 수 있었다면 그러지 않아도 되었을 것이다. 심지어 좋은 사람이 될 수도 있었을 것이다.

끊어진 고리들을 연기하는 법

첫 번째 마술을 위해 마술사는 줄리아에게 보이지 않는 카드 더미에서 카드를 한 장 뽑으라고 했다.

마술사가 말했다. "카드를 보세요. 하지만 저한테는 보여 주지 마세요."

그녀가 눈을 굴리며 그 말대로 따랐다.

"당신이 고른 카드가 어떤 건지 아시죠?"

그녀가 고개를 끄덕이고 대답했다. "네. 알아요."

"이제 벽 쪽으로 그 카드를 던져 주세요."

그녀가 과장된 와인드업 동작으로 보이지 않는 카드를 던졌다. 그 몸짓은 아름다웠다. 가짜 몸짓에 담긴 너그러움, 아주 빠르게, 아주 오래 허공을 도는 그녀의 움직임.

"맥스, 네 이름이 맥스 맞지? 어머니가 방금 던지신 카드 좀 가져다줄래?"

"하지만 보이지 않는데요." 맥스가 어머니에게 도움을 청하는 눈길을 보내며 말했다.

"그래도 가져와 봐." 마술사가 말했다. 줄리아가 허락의 뜻으로 고개를 끄덕였다.

그러자 맥스가 기쁘게 뒤뚱거리며 방을 가로질러 걸어갔다.

"와, 찾았다!" 그가 외쳤다.

"그럼 어떤 카드인지 말해 주겠니?"

맥스가 어머니를 돌아보고 말했다. "하지만 보이지 않아요."

"그래도 말해 봐." 마술사가 말했다.

"그리고 카드 종류가 뭐뭐 있는지 기억이 안 나요."

"하트, 스페이드, 클럽, 다이아몬드야. 숫자는 2부터 10까지 있고. 아니면 조커랑 퀸, 킹, 에이스거나."

"좋아요." 맥스가 대답하고 다시 어머니 쪽을 보았다. 어머니가 다시 아이에게 괜찮다는 신호를 보냈다. 맥스가 보이지 않는 카드를 들여다보더니 가늘게 뜬 눈 앞으로 카드를 치켜들었다. "다이아몬드 7이에요."

마술사는 줄리아에게 무슨 카드를 골랐느냐고 물어볼 필요도 없었다. 그녀가 울고 있었던 것이다. 고개를 끄덕이면서 울고 있었다.

우리는 케이크를 먹고 식당을 치우고 우스꽝스러운 춤을 추었다. 종이접시와 일회용 포크, 나이프를 썼다.

마술사가 얼마간 머물면서 관심을 보이는 사람들에게 마술을 보여 주었다.

"정말 근사했어요." 나는 이렇게 말하며 마술사의 등을 토닥이다가 그가 너무 말라서 놀라움과 혐오감을 느꼈다. "완벽했어요."

"기쁘군요. 다른 분들에게도 저를 추천해 주세요. 그런 식으로 일거리를 구한답니다."

"추천하고말고요."

그가 나에게 연결된 고리를 이용한 고전적인 마술을 보여 주었다. 셀 수도 없이 많이 봤지만 여전히 스릴이 넘쳤다.

"아버지가 제 다섯 번째 생일 때 마술사 노릇을 하셨지요. 그 마술로 시작하셨답니다." 내가 마술사에게 말했다.

"그럼 어떤 원리인지 아시겠네요?"

"고리가 끊어져 있죠."

그가 나에게 고리들을 건네주었다. 나는 족히 오 분은 그곳에 있어야 하는 것을 찾아보았을 것이다.

"마술이 실패하면 어떻게 되나요?" 내가 아직 고리를 돌려줄 마음을 먹지 못한 채 물었다.

"어떻게 실패하는데요?"

"누가 카드를 잘못 골랐다거나 당신에게 거짓말을 한다거나 카드 더미가 무너진다면요."

그가 대답했다. "제가 하는 건 마술이 아니에요. 과정이에요. 꼭 어떤 결과가 나와야 하는 건 아니죠."

나는 그날 밤 잠자리에서 줄리아에게 그 이야기를 해 주었다. "꼭 어떤 결과가 나와야 하는 게 아니래."

"동양적으로 들리네."

"동유럽은 확실히 아니지."

"맞아."

나는 침대 등을 껐다.

"그 첫 번째 마술 말이야. 아니면 과정. 맥스가 진짜로 당신이 고른 카드를 말했어?"

"실은 난 카드를 고르지 않았어."

"안 골랐다고?"

"고르고 싶었지만 왠지 그럴 수가 없었어."

"그럼 왜 울었어?"

"맥스가 아직 고를 수 있으니까."

아무도 아닌 사람을 연기하는 법

아이슬립에서 돌아온 날 밤 나는 곧장 아이들 방으로 갔다. 새벽 3시였다. 벤지는 상상하기도 어려울 만큼 이상하게 자는 아이의 자세로 몸을 뒤틀고 있었다. 엉덩이는 하늘로 쳐들고 다리는 빳빳이 펴고 베개에 얼굴을 묻고 몸무게를 얼굴에 싣고 있었다. 그는 시트를 덮고 땀을 흘리면서 조그만 인간 짐승처럼 코를 골았다. 내가 손을 뻗었으나 미처 손이 닿기도 전에 아이가 눈을 번쩍 떴다. "저 안 자고 있었어요."

"그래." 내가 그의 축축한 머리를 쓰다듬었다. "눈 감으렴."

"깨어 있었다니까요."

"숨소리로 보면 잠들어 있었어."

"아빠 집에 계시네요."

"그래. 아빠 가지 않았어."

벤지가 미소를 지었다. 그가 내키지 않는 듯 억지로 천천히 눈을 감고 말했다. "말해 주세요."

"무슨 말?" 벤지가 눈을 뜨고 내가 여전히 그곳에 있는 것을 보고는 다시 미소 지으며 말했다. "몰라요. 그냥 말해 주세요."

"아빠 집에 돌아왔어."

그가 눈을 감고 물었다. "전쟁에서 이겼어요?"

"너 잠들었구나."

그가 눈을 뜨고 말했다. "그냥 아빠가 전쟁에서 어땠을까 생각하는 거예요."

"아빠 가지 않았어."

"아. 그거 잘됐네요." 그가 눈을 감고 말했다. "저 그게 뭔지 알아요."

"뭐가 뭐야?"

"깜뭐라는 말요."

"그래?"

"구글에서 찾아봤어요."

"아. 그렇구나."

그가 눈을 떴다. 이번에는 미소 짓지 않았지만 아이가 내쉬는 숨소리에서 내가 계속 여기 있다는 것에 다시 안심한다는 걸 알 수 있었다.

"저는 절대 쓰지 않을게요." 그가 말했다. "절대요."

"잘 자렴, 얘야."

"잠들지 않았어요."

"막 잠들려고 해."

그의 눈이 감겼다. 나는 그에게 입을 맞췄다. 그가 미소 지었다.

"'g'는 게임처럼 발음해요?" 그가 물었다. "아니면 진저처럼 해요?"

"무슨 말이니?"

"깜뭐라는 말요. 어떻게 말하는지 모르겠어요."

"하지만 너는 그 말을 절대 쓰지 않겠다고 했잖니?"

"하지만 어떻게 쓰는지는 알고 싶어요."

"왜?"

"다시는 떠나지 않으실 거죠?"

"그래." 나는 무슨 말을 해야 좋을지 알 수 없었다. 내 아이에게나 나 자신에게.

사랑을 연기하는 법

사랑은 긍정적인 감정이 아니다. 축복도 아니고 저주도 아니다. 저주인 축복이면서 그것이 아니기도 하다. 자신의 아이에 대한 사랑은 아이들에 대한 사랑이 아니고, 자신의 배우자에 대한 사랑이 아니고, 자신의 부모에 대한 사랑이 아니며, 확대 가족에 대한 사랑이 아니고, 가족이라는 개념에 대한 사랑도 아니다. 유대교에 대한 사랑은 유대인다움에 대한 사랑이 아니고, 이스라엘에 대한 사랑이 아니고, 신에 대한 사랑이 아니다. 일에 대한 사랑은 자신에 대한 사랑이 아니다. 자신에 대한 사랑조차 자신에 대한 사랑이 아니다. 나라에 대한 사랑, 조국에 대한 사랑, 집에 대한 사랑이 만나는 곳은 어디에도 없다. 개에 대한 사랑이 자신의 개에 대한 사랑이 아니듯이 개에 대한 사랑은 자기 아이의 잠든 몸에 대한 사랑이 아니다. 과거에 대한 사랑과 미래에 대한 사랑의 공통점은 사랑에 대한 사랑과 슬픔에 대한 사랑의 공통점만큼이다. 그것은 모든 것을 말하는 것이다. 그러나 모든 것을 말하는 것에 대한 사랑은 믿을 만하지 않다.

사랑이 없으면 죽는다. 사랑이 있어도 죽는다. 모든 죽음이 동등하지는 않다.

분노를 연기하는 법

"당신은 내 적이야!"

죽음의 공포를 연기하는 법

"부당해! 부당해! 부당해!"

사랑과 분노, 죽음의 공포의 교차점을 연기하는 법

해마다 하는 스케일링을 하면서 치과 의사가 유달리 오래 내 입속을 들여다보았다. 내 이가 아니라 더 깊은 곳을 들여다보았다. 서서히 변색되어 가는, 고통을 주는 도구들은 트레이 위에 손도 대지 않은 채 놓여 있었다. 의사가 음식을 삼키기 힘들었던 적이 있느냐고 물었다.

"그건 왜 물어보시나요?"

"그냥 궁금해서요."

"약간 그런 것 같아요."

"언제부터요?"

"한 두어 달 됐나요?"

"주치의에게는 얘기 안 해 보셨나요?" 그가 나를 존스 홉킨스 병원 종양 전문의에게 보냈다.

나는 본능적으로 줄리아에게 전화를 걸고는 놀랐다. 우리는 더 이상 거의 대화를 하지 않았다. 그녀는 오래전에 재혼했다. 아이들은 성인이 되어 자기들 나름의 계획들로 바빴다. 나이를 먹어 갈수록 공유할 소식은 점점 적어졌고, 결국에는 다른 사람을 통해 듣게 되었다. 드라마에서의 대화는 한 가지 중요한 점만 빼면 실제로 일어난 일과 똑같다. 바로 실제 상황에서는 내가 울지 않았다는 것이다. 대신 소리를 질렀다. "부당해! 부당해! 부당해!"

제이컵

나야.

줄리아

목소리 듣고 알았어.

제이컵

오랜만이네.

줄리아

그리고 당신 번호가 내 전화기에 떴어.

제이컵

제이컵으로?

줄리아

그럼 뭐라고 떠?

제이컵

저기…….

줄리아

별일 없지?

제이컵

오늘 아침에 치과 의사한테 갔는데…….

줄리아

하지만 내가 예약을 잡아 주지도 않았는데.

제이컵

나 이제 꽤 유능해졌어.

줄리아

필요는 능력의 전 부인이로군.

제이컵

의사가 내 목에서 덩어리를 발견했어.

줄리아가 울기 시작한다. (아직까지는) 아무것도 아닌 일에 대한 그녀의 반응에 둘 다 놀란다. 둘 중 하나는 견딜 만하다고 생각하기 어려울 만큼 울음이 오래 계속된다.

줄리아

당신 죽어?

제이컵

치과 의사라니까, 줄리아.

줄리아

의사가 덩어리를 봤다고 했고, 나한테 전화했잖아.

제이컵

덩어리나 전화 통화 둘 다 문제없을 수도 있잖아.

줄리아

그럼 이제 어떡해?

제이컵

홉킨스 병원 종양 전문의한테 예약을 했어.

줄리아

다 얘기해 봐.

제이컵

아는 대로 다 말한 거야.

줄리아

다른 증후는 없었어? 목이 뻣뻣해진다거나? 삼키기 힘들어?

제이컵

우리가 마지막으로 통화한 후로 의대라도 다녔어?

줄리아

얘기하면서 구글 검색하고 있어.

제이컵

그래, 목이 뻣뻣했어. 그리고 삼키기 힘든 것도 맞아. 이제 나한테만 집중해 줄래?

줄리아

로렌이 잘 도와줘?

제이컵

그건 로렌이랑 요즘 데이트 중인 남자한테 물어보는 게 좋겠는데.

줄리아

헤어졌다니 유감이야.

제이컵

그리고 당신한테 처음 말하는 거야.

줄리아

아이들도 알아?

제이컵

말했잖아, 당신한테 처음으로…….

줄리아

알았어.

제이컵

이런 소식 알려서 미안해. 내가 당신 책임이 아니게 된 지가 벌써 언제인데.

줄리아

당신이 내 책임이었던 적은 없었어.

(북소리)

그리고 당신은 여전히 내 책임이야.

제이컵

확실해질 때까지는 아이들한테는 아무 말 안 할 거야.

줄리아

좋아. 그게 좋겠어.

(북소리)

견딜 만해?

제이컵

난 괜찮아. 치과 의사가 한 말일 뿐인데, 뭘.

줄리아

겁내도 괜찮아.

제이컵

그가 정말 똑똑했으면 피부과 전문의가 됐겠지.

줄리아

울었어?

제이컵

1985년 11월 18일 로렌스 테일러가 조 사이스먼*의 경력을 끝장냈을 때.

줄리아

그만해, 제이컵.

---

* 미국의 미식축구 선수들이다.

제이컵

치과 의사일 뿐이라고.

줄리아

저기, 당신이 우는 건 본 적이 없는 것 같아. 아이들이 태어났을 때 기뻐서 눈물 흘린 거 말고는. 어떻게 그럴 수가 있어?

제이컵

할아버지 장례식에서 울었잖아.

줄리아

맞아. 그때 엉엉 울었지.

제이컵

흐느꼈어.

줄리아

하지만 그때 일을 예외로 기억한다는 것부터…….

제이컵

별거 아니야.

줄리아

억눌렸던 눈물들이 전이된 거야.

제이컵

그래, 그 치과 의사 말로는 종양 전문의가 바로 그렇게 생각할 거래.

줄리아

인후암.

제이컵

암에 대해 누가 한마디라도 했어?

줄리아

인후 악성 종양.

제이컵

고마워.

줄리아

그게 얼마나 시적인지 말하기에는 너무 이른가?

제이컵

터무니없이 이르지. 아직 진단도 안 받았는데, 하물며 끝내주게 재미있는 화학 요법과 회복 과정을 다 거치고서야 그게 끝이 아니라는 걸 알게 된다면야.

줄리아

결국은 대머리가 되겠군.

제이컵

벌써 됐어.

줄리아

그렇군.

제이컵

아냐, 정말이야. 프로페시아를 끊었어. 청렴한 정치인처럼 보여. 벤지한테 물어봐.

줄리아

최근에 벤지를 봤어?

제이컵

크리스마스이브에 중국 음식을 가지고 왔어.

줄리아

착하기도 하지. 어때 보였어?

제이컵

덩치가 엄청나더라. 나이 먹었고.

줄리아

나는 당신이 프로페시아를 먹었다는다는 것도 몰랐어. 하지만 이제는 당신이 어떤 약을 먹는지 알지 못하겠지.

제이컵

실은 먹은 지 꽤 오래됐어.

줄리아

얼마나 됐는데?

제이컵

맥스 태어났을 때쯤?

줄리아

우리 맥스?

제이컵

부끄러웠어. 허리띠에 넣고 다녔어.

줄리아

그 말을 들으니 좀 슬프네.

제이컵

나도 그래.

줄리아

그냥 울어도 돼, 제이컵.

제이컵

알았어.

줄리아

진심이야.

제이컵

이건 「우리 생애 나날들」*이 아니야. 그냥 인생이지.

줄리아

무언가를 내보내면 무언가가 들어올 틈을 주게 될까 봐 두려운 거지. 난 당신을 알아. 하지만 우리 둘뿐이야. 통화 중인 건 당신과 나뿐이라고.

제이컵

그리고 신도 있지. NSA**도 있고.

줄리아

이런 사람이 되고 싶었던 거야? 만날 농담이나 하고? 만날 숨기고, 얘기를 딴 데로 돌리고, 덮어 두고? 절대 온전히 자기 자신이 되지 못하고?

제이컵

알잖아, 내가 동정을 구하려고 전화한 거.

줄리아

그런데 당신이 한 방 쏠 필요도 없이 동정심을 죽여 버렸어. 진짜

* 시련과 고통에 시달리는 시민들의 고난을 그린 NBC 방송의 드라마.

** 미국의 국가안전국.

동정은 이런 거야.

제이컵

(긴 북소리가 이어진 후)

아니야.

줄리아

뭐가 아니야?

제이컵

아니, 나는 내가 되고 싶었던 사람이 아니야.

줄리아

흠, 당신만 그런 거 아니야.

제이컵

전화를 걸기 전에 이렇게 자문했어. 말 그대로 소리 내어 몇 번이고 "온화한 영혼이 누구일까? 온화한 영혼이 누구일까?"

줄리아

왜?

제이컵

증거가 필요했나 봐.

줄리아

온화함이 존재한다는 증거?

제이컵

나를 위한 온화함.

줄리아

제이컵.

제이컵

진심으로 하는 말이야. 당신에게는 대니얼이 있어. 아이들에게는 아이들 삶이 있고. 난 이웃들이 냄새를 맡고서야 내가 죽었다는 걸 알아차리게 될 신세지.

줄리아

그 시 기억나? "당신의 존재의 증거? 그것 말고는 아무것도 없다."

제이컵

맙소사…… 기억나. 셰익스피어 앤드 컴퍼니 서점에서 그 책을 샀지. 센 강변에서 나이프도 없이 바게트 빵이랑 치즈를 먹으면서 읽었잖아. 정말 행복했는데. 참 옛날 일이군.

줄리아

주위를 둘러봐, 제이컵. 당신이 얼마나 사랑받고 있는지 보여 주는 증거가 가득해. 아이들은 당신을 우상처럼 생각해. 친구들이 당신 주위로 모여들고. 장담하는데 여자들도…….

제이컵

당신은? 당신은 어때?

줄리아

나야 당신이 전화를 건 온화한 영혼이지, 잊었어?

제이컵

미안해.

줄리아

뭐가?

제이컵

지금이 우리에게는 대제일이야.

줄리아

그게 무슨 뜻인지 나도 알 텐데 기억이 안 나네.

제이컵

로시 하샤나부터 욤 키푸르까지의 기간 말이야. 세계가 유례없이 열려 있는 날. 신의 귀와 눈과 마음도. 사람들도.

줄리아

당신도 어지간히 유대인이 되었네.

제이컵

전혀 믿지는 않지만 믿어.

(음악 소리)

제이컵

하여간 요 열흘이 우리가 "알게 모르게" 저지른 모든 잘못들을 용서해 달라고 사랑하는 사람들에게 부탁하는 기간이야.

(음악 소리)

줄리아…….

줄리아

그는 치과 의사일 뿐이야.

제이컵

내가 알게 모르게 당신한테 잘못했던 거 진심으로 미안해.

줄리아

나한테 잘못한 적 없어.

제이컵

했어.

줄리아

우리 둘 다 실수를 한 거지.

제이컵

죄짓다에 해당하는 히브리어는 '빗나가다'로 번역해. 내가 소소하게 당신에게 죄지었던 일들 미안해. 내가 가야 했던 길에서 바로 도망가 버리는 식으로 당신에게 죄지었던 일들 미안해.

줄리아

그 책에 이런 문장도 있었지. "그리고 한때는 무한히 멀고도 말할 수 없었던 모든 것이, 이제 말할 수 없는 상태로 바로 여기 이 방에 있네."

아주 완전한 침묵이 깔린다. 둘 다 전화가 끊어졌는지 잘 알 수가 없다.

제이컵

당신이 무심코 문을 열었고, 내가 무심코 그 문을 닫았지.

줄리아

무슨 문?

제이컵

샘의 손 말이야.

줄리아가 조용히 울기 시작한다.

줄리아

당신을 용서해, 제이컵. 정말이야. 전부. 우리가 서로에게 숨겼던 것들, 우리 사이에 허락했던 것들 전부. 사소한 일들. 억누르고 참았던 것. 판단하기. 이제 아무것도 중요하지 않아.

제이컵

중요했던 적도 없었어.

줄리아

중요했어. 하지만 우리가 생각한 만큼은 아니었어.

(북소리)

그리고 당신도 나를 용서해 주면 좋겠어.

제이컵

용서해.

(긴 북소리가 끝나고)

정말 당신 말이 맞아. 내 슬픔을 내보낼 수 있다면 좋을 텐데.

줄리아

당신의 분노도.

제이컵

나 화나지 않았어.

줄리아

하지만 화났어.

제이컵

진짜로 안 났어.

줄리아

뭐 때문에 그렇게 화가 났어?

제이컵

줄리아, 난…….

줄리아

무슨 일이 있었던 거야?

그들은 침묵한다. 그러나 그들이 알았던 것과는 다른 종류의 침묵이다. 그저 농담하고 숨기고 주의를 다른 곳으로 돌리는 침묵이 아니다. 벽들의 침묵이 아니라 채워야 할 공간을 만들어 내는 침묵이다.

매 초가 둘씩 짝지어 흘러가면서 점점 많은 공간이 생겨난다. 그 공간은 그들이 한 번 더 시도해 보기로 했더라면, 그들의 행복을 다시 함께 찾는 일에 깊이, 조건 없이 뛰어들기로 결심했더라면 이사했을지도 모를 집의 형태를 취한다. 제이컵은 텅 빈 공간이 잡아끄는 힘, 그에게 활짝 열린 것 속으로 받아들여지고 싶은 가슴 아픈 열망을 느낄 수 있다.

그가 운다.

마지막으로 울어 본 것이 언제였을까? 아거스를 안락사 시켰을 때? 맥스를 깨워 이스라엘에 가지 않았다고 말하자 맥스가 "아빠가 안 가실 줄 알았어요."라고 말했을 때? 천문학에 대한 벤지의 싹트는 관심을 북돋아 주려고 마파까지 데려가서 관측소 투어를 하고 조개껍데기 속의 바다처럼 눈 속에 은하수를 담았을 때 그리고 그날 밤 에어비앤드비 숙소 지붕에 누워 벤지가 "왜 우리 속삭이고 있어요?"라고 묻자 제이컵이 "속삭이는 줄도 몰랐네."라고 대답했더니 벤지가 "사람들은 별을 볼 때 속삭이게 되더라고요. 왜 그럴까요?"라고 물었을 때?

때늦은 기억들을 연기하는 법

내 가장 최초의 기억은 죽은 다람쥐를 처리하던 아버지의 모습이다.

옛 집에서의 마지막 기억은 열쇠를 우표가 붙은 봉투에 넣어 도착지나 반송지 주소 없이 우편함 속에 남겨 두었던 것이다.

어머니에 대한 마지막 기억은 요구르트를 숟가락으로 먹여 드린 것이다. 그런 짓을 하지 않게 된 지가 십오 년이 되었지만 나도 모르게 비행기 소리를 냈다. 너무 창피해서 인정하고 사과를 하지도 못했다. 어머니가 윙크를 했던 게 틀림없다.

아거스에 대한 마지막 기억은 그의 숨소리가 깊어지는 것을 듣고 심장 고동이 느려지는 것을 느끼며 그의 눈에 비친 내 모습을 보던 것이다.

타미르와 계속해서 문자와 이메일을 주고받았지만 그에 대한 내 마지막 기억은 아이슬립에서이다. 내가 그에게 말했다. "여기 있어." 그가 물었다. "그럼 누가 가?" 그러자 내가 대답했다. "아무도 안 가." 그러자 그가 물었다. "그럼 무엇으로 구해?" 그러자 내가 대답했다. "아무것으로도 안 구해." "그냥 내버려 두자고?" 그가 물었다.

지진 이전의 우리 가족에 대한 마지막 기억은 부모님이 벤지를 데려가 재우려고 대문 옆에 서 있고 샘과 줄리아는 모의 유엔 총회로 막 떠나려던 모습이다. 벤지가 물었다. "엄마 아빠가 보고 싶어지지 않으면 어떡하죠?" 물론 그는 가족이 곧 깨지리라는 걸 몰랐지만 그 말을 예언이 아니라면 무엇으로 기억할 수 있겠는가.

아버지에 대한 마지막 기억은 아버지의 쿠퍼스타운*인 바르샤바 게토로 버킷리스트 여행을 가는 아버지와 아버지의 여자 친구를 댈러스 국제공항까지 태워다 주고 이렇게 말한 것이다. "아버지 아니면 그런 생각을 대체 누가 하겠어요? 역디아스포라 졸업 무도회에 비유대인 여자를 데려가다니?" 나는 항상 아버지가 내 앞에서는 웃음을 참는다고 느꼈다. 아버지가 내 뺨을 토닥이며 말했다. "인생이란 참 놀랍지." 물론 아버지는 비행기에 오르지 못하리라는 걸 몰랐지만, 그 말을 아이러니가 아니라면 무엇으로 기억할 수 있었겠는가.

줄리아와의 결혼 생활에 대한 마지막 기억. 간식 서랍의 광이 나는 손잡이, 동석 판이 맞닿는 가장자리, 아무도 모르게 아일랜드 식탁의 돌출부 아래에 붙인, 맥스의 마지막 이를 뽑은 데 대해 주었던 '용기에 주는 특별상' 스티커, 아거스가 하루에도 여

* 미국 야구 명예의 전당이 있는 곳.

러 번 보고 아거스만 본 스티커. 줄리아가 말했다. "이 대화에서 그런 말을 하기에는 너무 늦었지."

"네 이름이 무엇이냐?"를 연기하는 법

맥스는 바르 미츠바를 해 달라고 부탁했다. 그것이 그 밑에 묻혀 있는 무언가의 표현이라 해도, 일종의 지극히 세련된 공격 행위라 해도 줄리아와 나는 기뻤다. 일 년간 공부하면서 작은 문제나 불평 하나 없이 지나갔고 예배는 아름다웠고(줄리아와 나는 함께 계약의 궤 앞에 서 있었다. 다 제대로 되고 있는 것 같아 기분이 좋았다.) 파티는 테마가 없고 진짜로 재미있었다. 맥스는 통장에 저축 채권을 충분히 넣어 두어 이십 년 후 액면가가 만기에 도달하자마자 아주 근사한 것들을 샀다. 그 시점에는 두 배의 가치도 절반처럼 보였다.

맥스가 외워야 할 부분은 파라샤였는데, 최후의 족장 야곱이 한밤중에 정체 모를 괴한에게 습격당하는 내용이 있었다. 야곱은 괴한과 몸싸움을 벌인 끝에 그냥 놔주지 않고 축복을 요구한다. 실은 천사거나 신이었던 괴한이 묻는다. "네 이름이 무엇이냐?" 야곱은 온 힘을 다해 상대를 붙잡고 "야곱입니다."라고 대답한다.(야곱은 '뒤꿈치를 움켜쥔 자'라는 뜻이다. 그는 형 에서가 태어날 때 자신이 먼저 나가고 싶어서 형의 뒤꿈치를 붙잡았다.) 그러자 천사가 말했다. "네 이름은 이제 야곱이 아니라 이스라엘이다. 그 뜻은 '신과 씨름하다'이다."

비마에서 자신의 나이에는 물론이고 내 나이라 해도 어울리지 않을 만큼 침착한 태도로 맥스가 말했다. "야곱은 축복을 받으려고 신과 씨름을 했습니다. 축복을 받으려고 에서와 씨름을 했습니다. 축복을 받으려고 이삭과, 축복을 받으려고 라반과 씨름을 했고, 매번 결국은 이겼습니다. 그는 축복이 싸울 가치가 있는 것임을 알았기 때문에 싸웠습니다. 그는 계속 갖고 있으려면 절대 놓아서는 안 된다는 것을 알았습니다.

유대인의 역사적인 조국 이스라엘은 말 그대로 '신과 씨름하다'라는 뜻입니다. '신을 찬양하라'나 '신을 경배하라'나 '신을 사랑하라', 심지어 '신에게 복종하라'도 아닙니다. 실은 '신에게 복종하라'의 반대입니다. 씨름은 우리의 조건일 뿐 아니라 우리의 정체성, 우리의 이름입니다."

그 마지막 말은 줄리아의 말처럼 들렸다.

"하지만 씨름이란 무얼까요?"

이 말은 실버스 박사의 말처럼 들렸다.

"그레코로만형 레슬링, WWF 레슬링, 팔씨름, 스모, 루차 리브레 레슬링,* 아이디어와의 씨름, 신념과의 씨름……. 이 모든 것에는 한 가지 공통점이 있습니다. 바로 근접성입니다."

그리고 그의 연설을 들어야 할 사람인 나는 예배석에서 전 부인 옆에 옷이 서로 닿을 정도로 바짝 붙어 앉아 있었다. 그들 삶의 반을 내가 놓쳐 버린 아이들도 앉아 있었다.

"계속 가지고 있으려면 절대 놓아서는 안 됩니다." 맥스가

---

* 멕시코에서 기원한 자유형 레슬링.

말했다.

"유대인의 주먹은 자위하고 펜을 쥐는 것 이상의 일을 할 수 있다." 언젠가 아버지가 한 말이었다.

"생명줄을 보려면 손을 놓아야 한다." 어느 크리스마스에 포춘 쿠키에서 꺼낸 글귀였다.

맥스는 점점 영리해졌다. 줄리아와 나는 늘 샘이 제일 영리하다고 생각했다. 맥스는 예술가이고, 벤지는 언제까지나 사랑스러울 것이라 생각했다. 그러나 체스를 진지하게 받아들인 아이는 맥스였고(16세 이하 D. C. 지역 대회에서 3등을 차지했다.) 일주일에 두 번씩 중국어 개인 교습을 받기로 한 아이도 맥스였으며(그의 뇌가 아직 '말랑말랑'하던 때) 고등학교 2학년을 마치고 하버드에 입학 허가를 받은 아이도 맥스였다.(맥스가 일 년 일찍 지원하기로 했을 때에야 나는 맥스가 보충 수업을 받고 여름 학교에 나가며 그렇게 추가로 학점을 딴 것이 다 더 오래 집에서 나가 있고 더 빨리 떠나기 위해서였음을 깨달았다.)

"근접성." 그가 회중을 살펴보며 말했다. "가까이 있기는 쉽지만 계속 그 상태로 있기란 거의 불가능합니다. 친구들을 생각해 보십시오. 취미를 생각해 보십시오. 아이디어조차도요. 그것들은 우리에게 가까이 있습니다. 가끔은 너무 가까워서 우리의 일부로 생각할 정도입니다. 그러다가 문득 보면 더는 가까이 있지 않습니다. 떠나갑니다. 무언가를 시간이 흘러도 계속 가까이 두려면 한 가지 방법밖에 없습니다. 그 자리에 붙잡아 두는 것입니다. 붙잡고 싸우는 것입니다. 야곱이 천사와 그랬듯이 땅바닥에서 씨름하고 절대 놓지 않는 것입니다. 붙잡고 씨름하지 않으면 놓아 버리게 됩니다. 사랑은 투쟁의 부재가 아닙니다. 사랑은 투쟁입니다."

그 말은 내가 되고 싶었지만 될 수 없었던 사람의 말처럼 들렸다. 맥스답게 들렸다.

아무도 아닌 사람을 연기하는 법

사진 찍는 사람을 보기도 전에 셔터 누르는 소리가 들렸다. 최초이자 유일한 나의 전쟁 사진이었다.

"이봐요." 내가 그 사람 쪽으로 성큼성큼 다가갔다. "대체 무슨 짓이에요?"

왜 그렇게 화가 났을까?

"《타임스》에서 나왔습니다." 그가 나에게 목에 건 기자증을 보여 주며 말했다.

"그래서 여기 있어도 된다는 겁니까?"

"그걸 물어보시는 거라면 영사관에서 허가를 받았습니다."

"음, 내 사진을 찍어도 좋다는 허가는 당신에게 한 적이 없는데요."

"사진을 삭제할까요?" 그가 적극적인 것도 아니고 그렇다고 달래는 것도 아닌 투로 물었다.

"괜찮습니다. 하지만 더는 찍지 마세요."

"문제를 일으킬 생각은 없습니다. 기꺼이 삭제하겠습니다."

"그냥 두세요. 하지만 더는 안 됩니다."

그는 다른 사람들을 찍으러 가 버렸다. 포즈를 취해 주는 사람도 있었다. 그의 존재를 의식하지 않거나 눈치채지 못한 척하는 사람들도 있었다. 반사적인 분노에 나 스스로도 놀랐다. 하지만 그가 찍은 사진은 그대로 두고 더 이상 찍지 말라고 고집을 부린 것은 더 설명하기 어려웠다. 왜 두 가지 방식을 요구했을까?

내 마음은 학교에서 기념사진들을 찍던 시절로 흘러갔다. 다정하게 쓰다듬어 주는 척하면서 침 바른 손바닥으로 뻣뻣이 들고 일어나는 머리카락과 씨름하고, 아이들에게 만화 영화를 틀어 주고 그 틈을 타서 근사하지만 불편한 옷을 입히고, '자연스러운' 미소의 가치를 무의식적으로 전해 주려던 서투른 노력들. 그러나 사진들은 항상 똑같이 나왔다. 다이앤 아버스*의 스크랩 더미에서 가져온 듯 입술을 꽉 붙인 억지 미소, 허공을 멍하니 응시하는 눈. 그러나 나는 그 사진들을 사랑했다. 사진들이 전하는 진실을 사랑했다. 바로 아이들은 아직 꾸밀 줄 모른다는 사실이었다. 혹은 아직은 겉과 속이 다름을 숨길 줄 모른다는 사실. 아이들은 참 예쁘게 웃는다. 최고이다. 그러나 웃는 척하는 데는 최악이다. 어린 시절이란 바로 억지로 웃는 척하지 못하는 때이다. 샘은 내 새집의 자기 방에 대해 고맙다고 말할 때 비로소 어른이 되었다.

어느 해인가 벤지는 학교 기념사진 때문에 정말로 스트레스를 받았다. 그는 사진 속의 아이가 자신이라고도 자신이 아니

---

* 미국의 사진작가로, 장애인, 소인, 거인, 성전환자 등의 사진을 많이 찍었다.

라고도 믿고 싶지 않았다. 맥스가 누구나 살아 있는 자신과 죽은 자신이 "자기 자신의 유령과 비슷하게" 동시에 존재한다고 설명하여 벤지를 더욱 괴롭게 만들었다. 한술 더 떠서 유일하게 죽은 자신을 보게 되는 때가 바로 학교 기념사진에서라고 말했다. 과연 벤지는 울었다. 나는 그를 달래 주려고 내 바르 미츠바 앨범을 꺼냈다. 벌써 수십 번은 본 사진들이었는데 벤지가 이렇게 말했다. "하지만 샘 형의 바르 미츠바는 나중에 하게 되는 줄 알았어요."

내 바르 미츠바 파티에서 친척들과 부모님의 친구들, 전혀 모르는 사람들이 나에게 저축 채권을 넣은 봉투를 주었다. 양복 주머니가 꽉 차기 시작하자 나는 어머니에게 봉투를 주었다. 어머니는 봉투를 의자 밑의 지갑 속에 넣었다. 아버지와 나는 그날 밤 주방 식탁에서 '정당한 강탈'을 표로 작성했다. 숫자는 기억나지 않지만 18로 나누어 떨어졌다는 것은 기억난다.

연어 위의, 섬들처럼 흩어진 단백질 덩어리가 기억난다. 가수가 'l, m, n, o'가 하나의 철자라고 생각하고 알파벳 노래를 부르는 아이처럼 「하바 나길라(Hava Nagila)」*의 베니스메하 부분을 애매하게 부른 기억도 난다. 의자에 앉아 외눈박이의 대관식처럼 유대인 군중 위로 높이 들어 올려진 것도 기억난다. 바닥으로 다시 내려오자 아버지가 나에게 할아버지에게 가서 잠시 같이 시간을 보내고 오라고 했다. 나는 배운 대로 할아버지를 공경

* 이스라엘 민요로, '우리 기뻐하자'라는 뜻이다.

했지만 귀찮지 않은 것은 아니었다.

"안녕하세요, 할아버지." 나는 할아버지가 키스하도록 고개를 숙였다.

"네 대학 등록금 계좌에 돈을 좀 넣어 놨다." 할아버지가 옆에 있는 빈 의자를 톡톡 치며 말했다.

"감사합니다."

"아빠가 액수를 말해 줬니?"

"아뇨."

할아버지가 양쪽을 둘러보고 내 귀를 자신의 입가로 가져오라고 손짓하고는 속삭였다. "1440달러란다."

"우와." 내가 다시 편한 거리를 두고 말했다. 그렇게 많은 액수라면 그런 식으로 말해야 하는지는 알 수 없었지만 내가 어떻게 반응해야 하는지는 알았다. "정말 믿을 수 없을 만큼 많이 주셨네요. 감사합니다."

"하지만 이것도 있다." 할아버지가 힘겹게 쇼핑백을 바닥에서 집어 들며 말했다. 할아버지가 탁자 위에 그것을 놓고 냅킨으로 싼 무언가를 꺼냈다. 롤빵 같았다. 할아버지는 종종 가방에 냅킨으로 싼 롤빵을 넣어 두었다. 그러나 그것의 무게가 느껴졌다. "펴 보렴." 할아버지가 말했다. 그 속에는 라이카 카메라가 있었다.

내가 진짜 선물은 카메라라고 생각하고 말했다. "감사합니다."

"베니하고 나는 전쟁이 끝난 후 1946년에 돌아갔단다. 아마 우리 가족이 어떻게든 살아남았을 거라 생각했나 봐. 적어도 한 사람은. 하지만 아무도 남아 있지 않았단다. 아버지의 친구였던 이웃이 우리를 보고 그분 집으로 데려갔어. 그분이 혹시나 우리가 돌아올지 몰라 우리 물건을 좀 맡아 두고 있었단다. 우리에게 전쟁이 끝났어도 안전하지 않다고, 떠나야 한다고 했어. 그래서 우리는 떠났지. 몇 가지만 가져왔는데, 이게 그중 하나였단다."

"고맙습니다."

"배에서 돈과 사진을 입고 있던 재킷 안감에 꿰맸어. 누가 내 물건을 훔치려 할까 봐 너무 걱정됐지. 절대 재킷을 벗지 않겠다고 다짐했지만 너무 더웠어. 정말 너무 더웠지. 재킷을 팔에 안고 잠들었는데 어느 날 아침 깨어나 보니 여행 가방은 여전히 옆에 있었지만 재킷이 사라지고 없었단다. 가져간 사람을 탓할 수가 없었어. 도둑이라면 여행 가방을 가져갔겠지. 그저 추웠던 거야."

"하지만 날씨가 더웠다고 하셨잖아요."

"나한테는 더웠어." 할아버지가 지뢰의 폭파 장치라도 되듯이 카메라 셔터 버튼에 손가락을 놓았다. "유럽에서 찍은 사진은 단 한 장밖에 없단다. 내 사진이야. 여행 가방 속 일기장에 넣어 두었던 거지. 형제들과 부모님의 사진은 다 그 재킷에 꿰매 두었어. 사라졌지. 하지만 이게 그들을 찍었던 카메라란다."

"할아버지 일기장은 어디에 있어요?"

"그건 버렸어."

그 잃어버린 사진들을 보았다면 무엇을 보았을까? 일기장을 보았다면 그것에서 무엇을 보았을까? 벤지는 학교 기념사진

속 자신의 모습을 알아보지 못했지만 나는 그것을 볼 때 무엇을 보았을까? 그리고 샘의 초음파 사진을 볼 때 나는 무엇을 보았을까? 하나의 생각? 인간? 나의 인간? 나 자신? 나 자신에 대한 생각? 나는 그를 믿어 주어야 했고, 그렇게 했다. 한순간도 그를 믿지 않은 적이 없었다.

샘은 바르 미츠바 연설에서 이렇게 말했다. "핵무기를 달라고 한 적이 없고 핵무기를 원하지도 않았습니다. 핵무기는 모든 면에서 매우 무시무시한 것입니다. 그러나 사람들에게는 그것을 가져야 할 이유가 있고, 갖는다고 꼭 사용해야 하는 것은 결코 아닙니다."

빌리가 외친 말은 이해하지 못했지만 샘의 눈에서 반짝인 행복은 이해했다. 방 안의 긴장은 종이 접시와 플라스틱 컵 위로 흩어졌다. 샘의 연설은 작은 대화들로 나뉘고 또 나뉘었다. 나는 그에게 음식을 가져다주면서 이렇게 말했다. "내가 네 나이에 한 것보다 훨씬 잘했다. 지금 내가 해도 너만큼 잘하지 못할 거다."

"이건 경쟁이 아니에요." 샘이 말했다.

"그래, 진보지. 잠깐 나랑 좀 같이 가자."

"어디를요?"

"어디라니, 무슨 뜻이야? 당연히 모리아산*이지."

나는 그를 위층의 내 서랍장으로 데려가서 맨 아래 서랍에서 라이카 카메라를 꺼냈다.

---

* 아브라함이 아들 이삭을 희생 제물로 바치려던 곳.

"이건 네 증조할아버지 거야. 유럽에서 가져오신 거지. 내 바르 미츠바 때 주시면서 부모 형제들의 사진은 한 장도 없지만 이 카메라로 그들을 찍었다고 말씀해 주셨어. 할아버지도 네가 이걸 갖기를 바라실 거다."

"할아버지가 그렇게 말씀하셨어요?"

"아니. 하지만 알아……."

"그럼 아빠가 이걸 제가 갖기를 바라시는 거네요."

누가 누구를 이끌었을까?

"그렇지."

샘은 카메라를 손에 들고 몇 차례 돌려 보았다. "이거 작동해요?"

"이크, 모르겠다. 작동되는지가 과연 중요할까?"

샘이 말했다. "그래야 하지 않나요?"

샘은 라이카 카메라를 다시 손보았다. 그는 그것을 세상으로 가져갔고 그 카메라가 그를 아더 라이프 밖으로 데리고 나갔다.

그는 대학에서 철학을 전공했지만 철학 공부를 더 하지는 않았다.

그는 첫 번째 부인과 신혼여행을 갔다가 페루 기차에 라이카 카메라를 두고 내렸다.

그는 서른여덟 살에 최연소로 D. C. 연방 항소 법원 판사로 지명되었다.

아이들이 내 예순다섯 번째 생일에 나를 만리장성 쓰촨 하우스에 데려갔다. 샘이 칭타오 병을 들고 아름다운 건배사 끝에 이렇게 말했다. "아빠, 아빠는 늘 살피고 계세요." 찾는다는 뜻인지 그냥 본다는 뜻인지는 알 수 없었다.

타미르는 등을 벽에 기대고 공항 터미널 바닥에 앉아 손에 든 전화기를 보고 있었다. 내가 그에게 가서 옆에 앉았다.

"다시 생각해 보고 있어." 내가 말했다.

그가 미소 지으며 고개를 끄덕였다.

"타미르?"

그가 다시 고개를 끄덕였다.

"잠깐 문자 보내는 거 멈추고 내 말 들어 줄래?"

"문자 보내는 거 아냐." 그가 전화기를 보여 주었다. 손톱만 한 크기로 화면 가득 배열된 가족사진이었다.

"나 다시 생각해 보고 있어."

"다시라고?"

"이번에는 나랑 끝까지 얘기해 주면 안 돼?"

"끝까지 얘기할 일이 뭔데?"

"넌 네 가족에게 돌아갈 거야. 난 내 가족을 떠나게 되는 거고."

"그래서?"

"그러지 마. 네 도움이 필요해."

"그런 것 같지 않은데. 내가 보기에 너에게 필요한 건 용서야."

"무엇에 대한? 난 아무 짓도 안 했는데."

"처음 한 생각 다음으로 한 모든 생각이 널 뉴어크 거리로 돌아가게 이끌 거야."

"꼭 그렇지는 않아."

"꼭 그렇지는 않다고?"

"난 여기 있어. 아이들에게 작별 인사를 했고."

"나한테 사과할 건 없어. 네 나라도 아닌데, 뭐."

"그 점은 내가 틀렸을지도 몰라."

"분명히 네가 옳았어."

"그리고 네가 말했듯이 내 조국은 아니지만 네 조국이기는 하지."

"넌 누구야, 제이컵?"

맥스는 삼 년을 내리 학교 기념사진을 찍을 때 눈을 감았다. 처음에는 약간 실망스러웠지만 재미있었다. 두 번째 해에는 실수라고 봐 주기가 어려웠다. 우리는 이런 사진이 있으면 좋은 점이 무엇이고, 조부모님과 증조할아버지가 이 사진들을 얼마나 소중히 여기는지 모르며, 고의로 사진을 망치는 것은 돈 낭비라고 설명했다. 삼 년째 되는 해 사진 찍는 날 아침 우리는 맥스에게 우리 눈을 똑바로 보면서 눈을 크게 뜨고 있겠다고 약속하라고 했다. "노력해 볼게요." 그가 파리라도 쫓듯이 눈을 마구 깜박이며 말했다. "노력하지 마." 줄리아가 말했다. "그냥 해." 사진을 받아 보니 세 아이가 다 눈을 감고 있었다. 그러나 그보다 진심에서 우러난 미소는 본 적이 없었다.

"어쩌면 이게 진짜 나인지도 몰라." 내가 타미르에게 말했다.

"네가 어떤 사람이 되고 싶은지 선택할 수가 없다는 투로군."

"어쩌면 이게 내 선택인지도 몰라."

"어쩌면?"

"어떡해야 할지 모르겠어. 그래서 나랑 끝까지 얘기를 해 달라고 부탁하는 거야."

"그럼 어디 끝까지 해 보자. 넌 누구야?"

"뭐?"

"네가 말했잖아. '어쩌면 이게 진짜 나인지도 몰라.' 그럼 어쩌면 너는 누구냐고?"

"잠깐, 타미르."

"뭐? 네 말이 무슨 뜻인지 설명해 봐. 넌 누구야?"

"그런 식으로 말할 수 있는 게 아니야."

"해 보라고. 넌 누구야?"

"좋아, 그만두자. 여기까지 와서 미안해."

"넌 누구야, 제이컵?"

"넌 누구야, 타미르?"

"난 어떤 어려움이 있더라도 집으로 돌아가는 사람이지."

"그거야말로 내가 할 말이야."

"그럴지도 모르지. 하지만 네 마음속에서는 아니야. 어디를 가든 너는 집으로 돌아가지 못할 거야."

어머니가 처음 병을 얻었을 때 어머니는 아버지가 한 달에 한 번씩 할아버지 무덤을 찾아간다고 말해 주었다. 아버지에게 그에 대해 묻자 아버지는 마치 내가 도박 중독에 대해 추궁하기라도 한 듯 피했다.

"아버지를 미국 땅에 묻은 데 대한 속죄다." 아버지가 말했다.

"거기에서 뭘 하시는데요?"

"얼간이처럼 그냥 서 있지."

"다음번에는 저도 같이 가도 돼요?" 나는 아버지에게 그렇게 물었고, 타미르에게는 이렇게 말했다. "가지 마."

"그럼 누가 가?" 타미르가 물었다.

"아무도 안 가."

"그럼 조국은 뭘로 구해?"

"아무것으로도 안 구해."

"그냥 놔두라고?"

"응."

내 생각이 옳았다. 아버지는 삭정이와 낙엽과 잡초를 치웠다. 지퍼락에 담아 재킷 주머니에 넣어 가져간 젖은 걸레로 비석을 닦았다. 다른 지퍼락에서는 사진을 꺼냈다.

"아이들이다." 아버지가 사진들을 잠시 내 쪽으로 보인 다음 땅 위에, 할아버지의 눈 위에 뒤집어 놓았다.

나는 자살자들 주위에 에루브를 만들어 그들의 수치를 치워 주고 싶었지만 나 자신의 수치는 어떻게 견뎌야 할까? 아이슬립에서 집으로 돌아가면 줄리아와 아이들의 얼굴을 어떻게 대할까?

"꼭 오 분 전에 할아버지를 묻은 기분이에요." 나는 아버지에게 그렇게 말했고, 타미르에게는 이렇게 말했다. "오 분 전에 너를 공항에 데리러 간 기분이야."

아버지가 말했다. "모든 게 오 분 전 일 같구나."

타미르가 내 귓가로 입술을 갖다 대고 속삭였다. "넌 순진해."

"뭐?" 내가 별을 보기라도 하는 것처럼 속삭였다.

"순진하다고."

"고마워."

그가 몸을 뒤로 빼고 말했다. "아니, 그러니까 너무 잘 믿는다고. 너무 어린애 같아."

"뭐, 호구라고?"

"그 말은 모르겠는데."

"무슨 말을 하려는 거야?"

"스티븐 스필버그가 화장실에 있었을 리가 없잖아."

"다 꾸며 낸 얘기였단 말이야?"

"그래."

"스필버그가 누군지 알았고?"

"이스라엘에는 전기도 없는 줄 알아?"

"정말 대단하구나." 내가 말했다.

"네가 보인다." 할아버지가 유리 화면 맞은편에서 말하곤 했다.

"넌 정말 순진해." 타미르가 말했다.

"다음에 보자." 할아버지가 말하곤 했다.

"그리고 우리는 전혀 나이 먹지 않았어." 아버지가 말하고는 조문객의 카디시를 읊조렸다.

자살하기 전에 마지막으로 본 것을 연기하는 법

여섯 개의 감은 눈, 세 개의 진심에서 우러난 미소.

환생하기 전에 마지막으로 본 것을 연기하는 법

맥아더 공항 터미널의 비상 출구. 세상의 비상 입구.

자살을 연기하는 법

벨트 버클을 풀라. 바지의 벨트 고리 다섯 개에서 벨트를 풀라. 그것을 목에 감고 꽉 조인 다음 목 뒤로 벨트 버클을 채우라. 벨트 반대편 끝을 문 위에 걸치라. 문을 닫아라. 그러면 벨트가 문의 위쪽과 문틀 사이에 단단히 끼이게 된다. 냉장고를 보라. 온몸의 무게를 실어 아래로 떨어지라. 여덟 개의 감은 눈.

환생을 연기하는 법

이사를 나간 지 몇 달이 지나서, 침실 문에 걸린 우편함에 역시나 편지 한 통 오지 않은 어느 날, 나는 아이들의 빨래 바구니를 비우다가 맥스의 속옷에서 똥을 발견했다. 맥스는 열한 살이었다. 그 후로도 몇 주 동안이나 그런 일이 있었다. 가끔은 속옷을 변기 위에서 뒤집고 남은 자국은 문질러 지우고 빨랫감 속에 던져 넣으면 됐다. 보통은 그냥 버려야 했다.

실버스 박사에게는 말하지 않았다. 진짜 의사에게 계속되는 목의 통증에 대해 말하지 않은 것과 같은 이유에서였다. 알아내고 싶지 않은 것의 증후일지 모른다는 의심이 들었다. 줄리아에게도 말하지 않았다. 맥스가 그녀의 집에서는 그런 적이 없다는 말을 듣고 싶지 않았다. 그리고 맥스에게도 말하지 않았다. 그 정도는 넘어가 줄 수 있었다. 둘 모두를 위해.

어릴 때 나는 할아버지 댁 욕실의 라일락색 카펫 위, 변기에서 불과 몇 센티미터 떨어진 곳에 똥을 흘리곤 했다. 고의로 한 짓이었다. 왜 그런 짓을 했을까? 맥스는 왜 그랬을까?

어릴 때 개를 너무 키우고 싶었지만 개는 더러워서 안 된다고 했다. 어릴 때 온 세상이 더러우니까 볼일을 보기 전에 손을 씻어야 한다고 들었다. 하지만 볼일을 본 다음에도 손을 씻어야 한다고 했다.

할아버지는 바닥의 똥에 대해 딱 한 번 말했다. 미소를 짓고 큼지막한 손으로 내 옆머리를 감싸면서 말했다. "괜찮다. 훌륭하다." 왜 그런 말을 했을까?

맥스는 자기 속옷을 손빨래해서 빨래 건조대에 널고 있는 나와 마주쳤지만 빨래 바구니의 똥에 대해서는 절대 입에 올리지 않았다. 그 애는 이렇게 말했다. "아거스는 우리가 이 집에 오기 시작한 날 죽었죠. 아빠는 여기가 아거스한테 집같이 느껴졌을 거라 생각하세요?"

죽음과 부활의 문제를 연기하는 법

그것들에 대해서는 절대 말하지 말 것.

믿음을 연기하는 법

줄리아의 두 번째 초음파 검사에서 샘의 팔다리를 보았다.(그는 아직 '샘'이 아니라 '땅콩'이었지만.) 그리하여 관념에서 사물로의 탈출이 시작되었다. 늘 생각은 하지만 도움 없이는 볼 수도 들을 수도 냄새 맡을 수도 맛볼 수도 만져 볼 수도 없는 것은 그냥 믿어야 한다. 불과 몇 주가 지나 줄리아가 땅콩의 존재와 움직임을 느낄 수 있게 되자 알 수 있게 되었으므로 더는 믿기만 할 필요가 없어졌다. 달이 차면서 땅콩이 몸을 돌리고, 발로 차고, 딸꾹질을 했고, 우리는 점점 많이 알게 되고 믿음은 줄여야 했다. 그러다가 샘이 나왔고, 믿음은 점점 사라져 갔다. 더는 필요하지 않았다.

그러나 믿음이 전부 사라지지는 않았다. 조금은 남아 있었다. 그리고 부모의 불가해하고 불합리하고 비논리적인 감정과 행동은 일 년 가까이 믿어야 했다는 사실로 부분적으로나마 설명이 된다. 부모들은 신앙심이 깊은 사람이 그렇듯 이성을 유지하는 사치를 누릴 수 없다. 신앙심이 깊은 사람들과 부모들을 대단히 참을성 있게 만들어 주는 것이 종교와 부모 노릇을 대단히 아름답게 만들기도 한다. 그것은 바로 가진 것을 다 거는 도박이다. 신념이다.

나는 비디오카메라의 뷰파인더를 통해 샘이 태어나는 모습을 지켜보았다. 의사가 나에게 샘을 건네주자 카메라를 침대 위에 놓고 잊어 버렸다. 그리고 간호사가 샘을 측정하고, 따뜻하게 해 주고, 가장 중요한 삶의 교훈(모든 사람이, 심지어 부모조차 당신을 놓아줄 것이다.)의 가르침이 옳음을 보여 주는, 신생아에게 꼭 해야 할 모든 일을 하려고 데려갔을 때에야 비로소 다시 기억해 냈다.

그러나 우리는 샘과 이십 분을 보냈다. 그래서 어두운 창을 배경으로 새 생명, 우리의 새 생명인 샘의 새로운 생명의 소리를 녹음한 이십 분짜리 동영상을 갖게 되었다. 나는 샘에게 그가 얼마나 아름다운지 말해 주었다. 줄리아에게도 샘이 얼마나 아름다운지 모른다고 말했다. 그녀에게 그녀가 얼마나 아름다운지 모른다고 말했다. 무슨 말을 해도 표현이 모자라고 정확하지 않았다. 세 가지의 완전히 다른, 본질적인 의미를 전하기 위해 똑같은, 부적당한 단어를 사용했다. 아름답다, 아름답다, 아름답다.

울음소리가 들린다, 모두의 울음소리.

웃음소리가 들린다, 줄리아와 나의 웃음소리.

줄리아가 나를 처음으로 '아빠'라고 부르는 소리가 들린다. 내가 샘에게 축복의 기도를 속삭이는 소리가 들린다. 건강하고 행복하고 평화를 누리렴. 그 말을 하고 또 한다. 건강하고 행복하고 평화를 누리렴. 전에는 내가 좀처럼 하지 않은 표현들이고, 하려고 생각해 본 적도 없는 말들이다. 그 말들은 내 생명보다 훨씬 깊은 우물 같은 곳에서 끌어낸 것이었고, 두레박을 끌어 올린 손은 내 것이 아니었다. 동영상에서 마지막으로 들리는 소리는 간호사가 문을 가볍게 두드리자 내가 줄리아에게 말하는 소리이다. "우리도 모르는 새에 이 아이가 우리를 묻고 있을 거야."

"제이컵……."

"좋아, 그럼 이 애의 결혼식에 있게 될 거야."

"제이컵?"

"이 애의 바르 미츠바는?"

"좀 익숙해질 수 없어?"

"뭐에?"

"넘겨주는 거에."

나는 거의 모든 것에 대해 틀렸다. 그러나 잃어버리는 속도에 대해서만은 옳았다. 끝나지 않을 것처럼 긴 순간들도 있었다. 끔찍했던 수면 훈련 첫날 밤, 등교 첫날 다리에 달라붙은 아이를 잔인하게(그렇게 느껴졌다.) 떼어 내던 때, 샘을 움직이지 못하게 붙잡고 있는데 샘의 손을 꿰매지 않는 다른 의사가 나에게 "지금은 아이랑 친구가 되어 줄 때가 아니에요."라고 말했을 때. 그러나 그 세월은 너무 빨리 지나가 버려서 우리가 함께한 삶의 증거를 찾으려면 동영상과 사진 앨범들을 뒤져야 했다. 그 일은 일어났다. 틀림없이 일어났다. 우리는 그 모든 삶을 살았다. 그러나 증거나 믿음이 필요했다.

샘이 다친 다음 날 밤 나는 줄리아에게 너무 많이 사랑해서 행복해질 수 없다는 말을 했다. 나는 사랑할 수 있는 내 능력 이상으로 아들을 사랑했지만, 아들에 대한 사랑을 사랑하지는 않았다. 그것은 감당하기 어려웠기 때문이다. 가혹한 일이 될 수밖에 없었기 때문이다. 내 몸에 맞을 리가 없고, 그래서 나를 고통스러울 만큼 극도로 과민해진 상태로 몰고 가서 먹이고 놀아 주는 것처럼 가장 복잡하지 않아야 할 것까지 복잡해질 것이기 때문이다. 너무 많이 사랑해서 행복해질 수 없었기 때문이다. 그 점에서도 내가 옳았다.

샘을 처음 집으로 데려오면서 모든 감정과 세부까지 빠짐없이 기억하고 싶었다. 언젠가 첫아이가 처음으로 본 정원이 어떤 모습이었는지 회상해야 할 날이 올 것이다. 카시트 걸쇠가 풀리는 소리를 알아야 할 것이다. 내 삶을 다시 방문하는 능력에 내 삶이 달리게 될 것이다. 내 아기들을 한 시간만 안아 볼 수 있다면 남은 시간 중 일 년과 기꺼이 맞바꿀 날이 올 것이다. 줄리아와 언젠가 이혼하게 되리라는 것은 알지 못했지만 그 점에 대해서도 내가 옳았다.

나는 정말로 기억했다. 모든 것을 기억했다. 할례 상처에 감은 거즈에 말라붙은 핏방울, 아이의 목 뒤에서 나는 냄새, 휴대용 유모차를 한 손으로 접는 법, 아이의 허벅지 안쪽을 닦아 줄 때 양 발목을 한 손으로 잡아 머리 위로 들어 올리기, A&D 연고의 끈적끈적함, 얼린 모유의 괴상한 느낌, 채널을 잘못 맞춰 잡음이 나는 아기 모니터, 기저귀 가방 규모 있게 꾸리기, 새 눈꺼풀의 투명함, 반듯이 누울 때마다 떨어지는 원숭이 조상들의 손처럼 갑자기 위로 허우적거리던 샘의 손, 고통스럽게 불규칙적인 아이의 숨소리, 잠시 눈을 돌린 사이 전혀 중요하지 않은 일이 일어난, 그저 일어난 순간에 대해 스스로를 용서할 수 없던 나. 그 일은 일어났다. 그 일의 모든 것이. 그럼에도 그 일이 나를 믿는 사람으로 만들었다.

너무 많은 사랑을 연기하는 법

귀에 대고 속삭이고 메아리에 귀를 기울이라.

기도를 연기하는 법

귀에 대고 속삭이고 메아리에 귀를 기울이지 마라.

아무도 아닌 사람을 연기하는 법

아이슬립에서 집으로 돌아온 날 밤이 마지막으로 줄리아와 한 침대에 든 밤이었다. 내가 이불 속으로 들어가자 그녀가 몸을 움직였다. 그녀가 웅얼거렸다. "짧은 전쟁이었네."

내가 말했다. "아이들한테 키스만 했어."

그녀가 물었다. "우리가 이겼어?"

내가 대답했다. "알고 보면 우리는 없어."

그녀가 물었다. "내가 이겼어?"

"이겼느냐고?"

그녀가 옆으로 돌아누워 말했다. "살아남았느냐고."

"내가 여기 있나이다."를 연기하는 법

우리의 법적인 이혼 합의문의 거의 끝에 있는 조항은 우리 중 하나가 아이를 더 갖게 돼도 우리가 함께 낳은 아이들을 살아 있을 때나 유언에서나 재정적으로 "조금도 차등 없이" 대해야 한다는 것이었다. 더 긴 가시들이 많았지만 유독 이 조항이 줄리아를 아프게 찔렀다. 내가 보기에 그녀가 괴로워하는 이유는 우리의 나이를 고려하면 아이를 더 가질 가능성이 나에게만 해당된다는 데 있었지만, 그녀는 그것을 인정하기보다 거기 나와 있지도 않은 문제에 집착했다.

"난 절대, 죽어도 재혼 안 해요." 그녀가 조정관에게 말했다.

"이 조항은 재혼이 아니라 아이를 갖는 문제에 관한 겁니다."

"그럴 일은 없겠지만 내가 아이를 더 낳는다면 결혼을 했다는 얘기에요. 그럴 일은 절대 없지만요."

"인생은 길어요." 그가 말했다.

"그리고 우주는 훨씬 크지요. 하지만 지적 생명체가 우리를 많이 찾아 주는 것 같지는 않군요."

"그건 우리가 아직 유대 요양원에 있는 건 아니니까 그럴 뿐이죠." 내가 그녀를 진정시키는 동시에 조정관과 조금이나마 무해한 동지애를 만들어 보려는 뜻에서 말했지만 그가 나를 어리둥절한 표정으로 쏘아보았다.

줄리아가 말했다. "그리고 인생은 길지 않아요. 인생이 길다면 내가 반이나 지나오지 않았게요."

"우린 아직 반을 지나지 않았어." 내가 말했다.

"당신은 그렇지. 남자니까."

"여자들이 남자보다 오래 살아."

"이론적으로야 그렇지."

계속 그랬듯 조정관은 미끼를 삼키지 않으려 했다. 그가 우리의 웃자란 역사에 칼을 휘둘러 길을 내려는 듯이 헛기침을 하고는 이렇게 말했다. "이 조항은 어디까지나 두 분의 경우와 같은 합의를 위한 표준안입니다. 당신이 더는 아이를 갖지 않을 경우에는 아무 영향이 없을 겁니다. 제이컵이 아이를 가질 경우 당신과 당신의 아이들을 보호하려는 것뿐입니다."

"난 그 조항을 넣고 싶지 않아요." 그녀가 말했다.

"진짜로 논쟁의 소지가 있는 것으로 넘어가는 게 어떨까?" 내가 제안했다.

"아니, 난 그 조항 넣고 싶지 않다니까."

"그렇게 하면 당신의 법적 보호를 상실하는 셈이 되는데도요?" 조정관이 물었다.

"난 제이컵이 우리 아이들보다 다른 아이들한테 더 잘해 주는 일은 없으리라 믿어요."

"인생은 길어." 내가 그렇게 말하면서 눈꺼풀을 움직이지 않고 조정관에게 윙크를 했다.

"그거 농담이야?" 그녀가 말했다.

"당연하지."

조정관이 다시 헛기침을 하고 그 조항에 선을 그어 지웠다.

줄리아는 우리가 애초에 없었던 것을 지운 후에도 그냥 넘어가지 않으려 했다. 추수 감사절, 핼러윈, 생일에는 어떻게 할지, 크리스마스트리를 둘 중 한 집에서는 법적으로 금지할 필요가 있을지 같은 전혀 관계없는 일을 의논하다가도 이렇게 말했다. "이혼은 부당하게 비난받아. 사실 그렇게 된 건 결혼 때문인데도." 이렇게 맥락에서 벗어난 발언들이 절차의 일부가, 예측할 수 없지만 놀랍지 않은 일이 되었다. 조정관은 틱 증상처럼 튀어 나오는 그녀의 행동에 거의 자폐증에 가까운 인내심을 보여 주었다. 그러나 결국 어느 날 오후 한쪽 부모에게 연락이 안 될 때 의료적 결정을 내려야 할 경우를 놓고 논의하다가 그녀가 "재혼하느니 진짜로 죽어 버릴 거예요."라고 말하자 그가 이번에는 헛기침을 하거나 순간적으로 주저하지도 않고 물었다. "그 말을 법적으로 성문화해서 넣어 드릴까요?"

그녀는 이혼하고 삼 년 후 대니얼과 데이트를 시작했다. 친절하게도 아이들이 나를 보호하려 애쓴 덕에 나는 아는 바가 거의 없지만, 어쨌든 내가 알기로 그녀는 그를 만나기 전에는 데이트를 별로 하지 않았다. 늘 말했듯이 평온과 고독을 즐겼던 것 같다. 나는 그녀가 그러리라고는 결코 믿지 않았지만. 그녀의 건축 일은 번창했다. 두 채의 집을 짓고(하나는 베세즈다에, 하나는 해변에) 듀퐁서클의 웅장한 저택을 지역 슈퍼마켓을 독점한 인물의 현대 미술 수집품을 전시하는 박물관으로 개조하는 작업을 맡았다. 형들 못지않게 친절하지만 심리적인 면에서는 훨씬 둔감한 벤지는 대개 노트북으로 영화를 편집하는 자신의 능력에 대해 얘기하면서 점점 대니얼 얘기를 많이 했다. 배우려고 반나절의 시간을 낼 뜻이 있는 사람이라면 누구나 반나절 만에 배울 수 있는 대단치 않은 기술이 벤지의 삶을 극적으로 바꾸어 놓았다. 이 년 전 하누카에 준 방수 디지털 카메라로 찍은 모든 "아기 같은" 영화들이 갑자기 완전히 실현된 "성인 영화"로 생명을 얻었다.(나는 카메라를 내 집에 두라고 한 적도 없고, 그의 전문 용어를 바로잡아 주지도 않았다.) 한번은 이 주 전부터 계획해 둔 아주 재미있는 모험들로 가득한 주말을 보내고 나서 아이들을 줄리아의 집으로 다시 데려다주는데, 벤지가 내 다리를 잡더니 이렇게 말했다. "아빠, 가야 돼요?" 나는 그렇다고, 하지만 재미있게 지낼 테고 이틀만 있으면 또 만날 수 있다고 말했다. 그 애가 줄리아를 보며 물었다. "대니얼 아저씨 있어요?" "회의에 갔어. 하지만 곧 돌아올 거야." "에이, 또 회의예요? 나 성인 영화 만들고 싶은데." 차를 타고 모퉁이를 돌다가 내 나이쯤 되고 내가 입을 법한 옷을 입은 남자가 읽을거리도 없이, 기다려야 할 목적도 없이 벤치에 앉아 있는 모습이 보였다.

나는 그가 아이들과 사파리에 갔다는 것을 알았다.

맥스를 워싱턴 위저즈 팀의 경기에 데려갔다는 것도 알았다.

그러다가 결국 그가 집으로 이사해 들어갔다. 언제인지는 모르겠다. 나한테 소식이 전해지지는 않았다.

"대니얼은 뭐 하는 사람이니?" 어느 날 저녁 인도 음식을 먹으러 갔다가 아이들에게 물었다. 당시에는 외식을 많이 했다. 장을 보고 요리할 시간을 내기가 어렵기도 했지만 더 큰 이유는 우리가 여전히 '재미있게' 놀 수 있다는 것을 아이들에게 증명해 보여야 한다는 강박에 사로잡혀 있었기 때문이다. 그리고 외식은 재미있다. 누군가가 "오늘 저녁은 어디에서 먹어요?"라고 물어보기 전까지는. 그때부터 분위기가 처지기 시작한다.

"아저씨는 과학자예요." 샘이 대답했다.

"하지만 노벨상 수상자는 아니고 그냥 과학자예요." 맥스가 말했다.

“어떤 종류의 과학자인데?”

“몰라요.” 샘과 맥스가 동시에 말했지만 아무도 “찌찌뽕.”이라고 말하지는 않았다.

“천체 물리학자예요.” 벤지가 말했다. 그러더니 이렇게 말했다. “아빠, 슬퍼요?”

“그 사람이 천체 물리학자라서?”

“네.”

줄리아가 몇 번 대니얼과 함께 술 한잔 하면서 낯을 좀 익히지 않겠느냐고 물어봤다. 그녀는 그렇게 하는 것이 자신이나 대니얼에게 큰 의미가 있고, 아이들한테도 좋을 것이라고 말했다. 내가 대답했다. “물론이지.” 내가 말했다. “그거 아주 좋겠네.” 그리고 그렇게 말하면서 스스로도 그 말을 믿었다. 그러나 그런 일은 끝내 일어나지 않았다.

맥스의 선생님과 상담을 한 후 작별 인사를 하면서 그녀가 나에게 대니얼과 결혼하기로 했다고 말했다.

“그럼 당신 죽는 거야?”

“뭐라고?”

“재혼하느니 죽는다며.”

그녀가 웃었다. “아니, 죽지 않아. 환생해.”

“당신 자신으로?”

“나 자신에 시간이 더해져서.”

“나 자신에 시간을 더하면 우리 아버지인데.”

그녀가 다시 웃었다. 자연스럽게 나온 웃음이었을까 아니면 너그럽게 웃어 준 걸까? "환생해서 좋은 점은 삶이 사건이 아니라 과정이 된다는 거야."

"잠깐, 진심이야?"

"요가 수업에서 하는 얘기일 뿐인데, 뭐."

"음, 그건 과학적인 거에 위배돼."

"내가 말한 대로야. 삶이 사건이 아니라 과정이 돼. 마술사가 당신에게 마술과 결과에 대해 얘기해 준 것처럼 말이야. 깨우침을 얻을 필요도 없고 그냥 삶에 더 가까이 다가가기만 하면 돼. 그냥 조금 더 받아들이기만 하면 된다고."

"대부분의 것들은 받아들여지면 안 돼."

"세상을 받아들이는 건……."

"그래, 난 세상에서 살고 있어."

"당신 자신의 세상."

"그건 더 복잡해."

"한 번의 삶은 압박이 너무 심해."

"마리아나 해구도 그렇지, 하지만 그런 게 현실이야. 그건 그렇고 맥스가 너무 양심적이라느니 하는 얘기는 다 뭐야?"

"쉬는 시간에도 남아서 숙제를 검토한다는 거?"

"맥스는 부지런해."

"그 애는 통제할 수 있는 걸 통제하고 싶은 거야."

"요가 얘기는 뭐야?"

"실은 나 실버스 박사한테 갔었어."

왜 그 말이 내 질투를 자극했을까? 그녀의 결혼에 대한 내 감정은 너무 극단적이라 직접적으로 표현할 수가 없어서?

"흠, 나는 웬만한 건 다 믿어. 하지만 내가 믿지 않는 것들 중에서도 첫 번째가 환생이야."

"당신은 계속해서 되돌아오는 거야, 제이컵. 언제나 자기 자신으로일 뿐이지."

나는 아이들이 나보다 먼저 알았는지, 그렇다면 언제부터 알았는지 묻지 않았다. 그녀는 언제 결정했는지, 나를 초대할 것인지 말해 주지 않았다.

내가 물었다. "이렇게 되면 난 찬밥 신세가 되나?" 그녀가 웃었다. 나는 그녀를 포옹하고 나도 정말 기쁘다고 말했다. 집으로 돌아와, 절대 사지 않기로 합의했지만 비디오 게임기를 주문했다.

결혼식은 석 달 후에 열렸고 나도 초대받았다. 아이들은 나보다 먼저 알았지만 딱 하루 차이였다. 나는 아이들에게 비디오 게임기 얘기는 엄마한테 하지 말라고 했다. 그거야말로 진짜로 빗나간 행동이었다.

내 결혼식과 비교하지 않을 수 없었다. 사람들은 더 적었지만 상당수는 같은 사람들이었다. 나를 보면서 무슨 생각을 했을까? 나에게 다가올 배짱이 있는 사람들은 전혀 어색할 것 없는 상황인 척하거나, 같이 아는 친구의 결혼식에서 잡담을 나누고 있을 뿐인 척하거나, 그냥 내 어깨에 손을 올렸다.

줄리아와 나는 이혼 후에도 곧잘 서로 눈을 맞추곤 했다. 우리가 서로를 찾는 방법이 있었다. 우리끼리 하는 농담이었다. "극장에서 당신을 어떻게 찾지?" "당신이 되어서." 그러나 우리는 오후 내내 한 번도 눈을 마주치지 않았다. 그녀는 다른 데 정신이 팔려 있었지만 그러면서도 틀림없이 내가 어디 있는지 계속 신경 쓰고 있을 터였다. 나는 여러 차례 살짝 빠져나갈까 생각했지만 그래서는 안 되었다.

아이들이 함께 사랑스러운 연설을 했다.

나는 레드 와인을 청했다.

대니얼은 사려 깊고 다정하게 이야기했다. 그가 나에게 자리를 함께해 주고 따뜻하게 맞아 주어 고맙다고 말했다. 나는 고개를 끄덕이고 미소를 지었다. 그가 다른 자리로 옮겨 갔다.

나는 레드 와인을 청했다.

내 결혼식에서 어머니가 한 연설을 기억했다. "병들 때나 병들 때나. 그게 내가 너희에게 내가 바라는 거란다. 기적을 찾거나 기대하지 마. 기적 같은 건 없어. 더는 없단다. 그리고 가장 아픈 상처에 쓸 치료제도 없어. 서로의 고통을 믿고 그것을 위해 있어 주는 것만이 약이란다." 누가 내 고통을 믿어 줄까? 누가 내 고통을 위해 있어 줄까? 탁자에 앉아 호라*를 보고, 아이들이 의자에 앉은 어머니를 들어 올리는 모습을 보았다. 그녀는 숨이 넘어가도록 웃고 있었다. 그녀를 잘 보이는 위치까지 들어 올려 주면 틀림없이 나와 눈이 마주칠 것 같았지만 우리는 눈을 마주치지

---

* 루마니아나 이스라엘에서 원을 이루며 추는 춤.

못했다.

내 앞에 샐러드가 놓였다.

줄리아와 대니얼이 테이블을 돌면서 손님들에게 일일이 인사하고 사진을 찍었다. 야구 경기에서 파도타기를 하듯 내 쪽으로 다가오는 게 보였다. 맞춰 주는 수밖에 없었다.

나는 가장자리에 섰다. 사진사가 말했다. "치즈 하세요." 하지 않았다. 사진사는 만약을 위해 세 번 찍었다. 줄리아가 대니얼에게 뭐라 속삭이고 키스했다. 그가 자리를 비켜 주었고, 그녀가 내 옆에 앉았다.

"와 줘서 기뻐."

"당연히 와야지."

"당연한 건 아니지. 당신이 선택한 거야. 간단한 일이 아닌 거 알아."

"불러 줘서 기뻐."

"당신 괜찮아?" 그녀가 물었다.

"아주 좋아."

"알았어."

나는 방을 둘러보았다. 시들어 가는 꽃, 물방울 맺힌 물잔들, 의자 위에 놓인 핸드백 속의 립스틱, 대화하는 사람들의 말소리에 점점 높아지는 기타 소리, 수천 번의 결합에 함께해 온 나이프들.

"슬픈 얘기 듣고 싶어? 난 항상 내가 행복한 쪽이라고 생각했어. 더 행복한 쪽이라고 해야겠지. 내가 행복하다고 생각한 적은 없어." 내가 말했다.

"훨씬 슬픈 얘기 해 줄까? 난 내가 불행한 쪽이라고 생각했어."

"우리 둘 다 틀렸나 보군."

"아니야, 둘 다 맞았어. 하지만 우리의 결혼 생활이라는 맥락에서만 그래."

나는 스스로를 땅에 더 단단히 붙잡아 두려는 듯이 무릎 위에 두 손을 올렸다.

"아빠가 그 말 했을 때 당신도 있었어? '맥락이 없으면 우리는 모두 괴물이 될 거다.'라는?"

"없었나 봐. 아니면 기억을 못 하든가."

"우리의 맥락이 우리를 괴물로 만들었어."

그녀가 말했다. "아니, 괴물은 아니지. 우리는 선했어. 멋진 아이들을 셋이나 키웠고."

"그리고 이제 당신은 행복해. 난 여전히 나고."

"인생은 길어." 그녀가 내가 기억한다고 믿고 그렇게 말했다.

"우주는 더 크고." 내가 그녀의 믿음이 옳았음을 보여 주었다.

농어 요리가 내 앞에 놓였다.

나는 뭔가를 좀 먹어 보려고 포크를 들고 이렇게 말했다. "질문 하나 해도 돼?"

"물론."

"우리가 왜 이혼했느냐고 사람들이 물어보면 뭐라고 대답해?"

"그런 질문을 받은 지도 한참 됐어."

"그럼 전에는 뭐라고 말했어?"

"우리가 그냥 정말 좋은 친구고 좋은 공동 부모라는 걸 깨달았다고 했지."

"그건 이혼하지 않을 이유 아닌가?"

그녀가 미소 지으며 말했다. "설명하기 어려웠어."

"나도 그랬어. 항상 뭔가를 숨기고 있는 것처럼 들렸어. 아니면 죄책감을 느끼고 있거나. 그것도 아니면 그냥 변덕이든가."

"사실 남들은 관심도 없는데."

"당신 자신한테는 뭐라고 말해?"

"스스로에게 물어본 지도 한참 됐어."

"전에는 뭐라고 말했는데?"

그녀가 숟가락을 들고 말했다. "이혼했으니까 이혼한 거야. 동어 반복이 아니야."

웨이터들이 마지막 테이블까지 식사를 날라다 주는 동안 첫 번째 테이블에는 디저트가 놓였다.

"그리고 아이들한테는?" 내가 물었다. "아이들한테는 어떻게 설명했어?"

"아이들은 한 번도 묻지 않았어. 가끔 대충 사정을 헤아려 보기는 했겠지만 절대로 깊이 들어가지는 않았어. 당신한테는?"

"한 번도 물은 적 없어. 이상하지 않아?"

"아니." 드레스를 입은 신부인 그녀가 말했다. "이상하지 않아."

내가 댄스 플로어의 실없는 아이들인 아들들을 바라보며 말했다. “왜 우리는 아이들을 물어봐야 할 처지로 만들었을까?”

내가 손가락으로 잔 테두리를 쓸었지만 음악 같은 소리는 나지 않았다.

“다시 할 수 있다면 훨씬 좋은 아빠가 될 텐데.”

“다시 할 수 있어.” 그녀가 말했다.

“아이를 더 가질 생각은 없어.”

“알아.”

“그리고 타임머신도 없어.”

“알아.”

“그리고 환생을 믿지도 않아.”

“알아.”

“우리가 잘해 나갈 수 있었을 거라 생각해?” 내가 물었다. “더 노력했더라면? 다시 돌아가서?”

“뭘 잘해 나가?”

“삶.”

“우리는 세 생명을 만들었어.”

“하나 더 만들 수도 있지 않았을까?”

“그거 질문이야?”

“안 될 건 없었잖아?”

“잘해 나간다. 실패하지 않고. 하지만 살면서 해야 할 그것보다 야심찬 일들이 있어.”

“그래?”

"그러기를 바라."

파티에 가는 길에 나는 소행성에 대한 팟캐스트를 들었다. 소행성이 우리를 향해 날아올 가능성에 대해 우리가 얼마나 무방비한가에 대한 내용이었다. 인터뷰를 한 물리학자는 만약의 사태에 대해 어떤 수를 써도 소용이 없을 거라고 설명했다. 소행성에 핵무기를 쏜다 해도 우주적 규모의 대포알을 우주적 규모의 산탄으로 바꿀 뿐이다.(인력 때문에 잔해가 몇 시간 만에 다시 뭉쳐질 것이다.) 로봇 착륙선 같은 것이 있다면 반동 추진 엔진으로 소행성의 방향을 바꿀 수도 있겠지만 그런 것은 없고 앞으로도 없을 것이다. 거대한 우주선을 쏘아 올려 그것을 '인력 트랙터'로 써서 그 자체의 질량으로 지구에서 소행성을 멀어지게 하는 것도 가능성이 없기는 비슷할 것이다. 진행자가 물었다. "그럼 우리가 무엇을 할 수 있을까요?" "아마 핵무기를 쓰는 것이겠지요." 물리학자가 말했다. "하지만 그렇게 하면 소행성이 수많은 소행성으로 깨져서 우리한테 떨어질 거라고 하셨잖습니까?" "그렇지요." "그럼 소용없는 거잖아요." "거의 확실히 그렇죠." 물리학자가 말했다. "그래도 그게 우리에게 최선의 희망일 겁니다."

우리의 최선의 희망.

그때는 그 표현에 아무런 느낌이 없었다. 줄리아의 '희망'이 내 마음의 반대쪽 전극에 연결되자 비로소 내 슬픔에 시동이 걸렸다.

"내가 전구 깼던 거 기억나? 우리 결혼식에서?"

"나한테 그걸 정말로 물어보는 거야?"

"그때 좋았어?"

"이상한 질문이네. 하지만 그래, 좋았어." 그녀가 대답했다.

"나도 좋았어."

"그게 무얼 상징하는지 도통 모르겠던데."

"당신이 물어봐 줘서 기뻐."

"그럴 줄 알았어."

"어떤 사람들은 그게 가장 행복한 순간에 이르려면 온갖 파괴가 필요하다는 사실을 상기시키려는 거라고 생각하지. 어떤 사람들은 그게 일종의 기도 같은 거라고 생각하고. 그 전구 파편이 다시 붙을 때까지 행복하게 살자는 기도 말이야. 그걸 연약함의 상징으로 여기는 사람들도 있어. 하지만 한 번도 들어 본 적 없는 해석이 가장 간단해. 바로 그게 우리의 모습이라는 거지. 우리는 망가진 세계에서 망가진 결합이 될 것에 온 힘을 바치는 망가진 개인들이야."

"기운 빼는 얘기로군."

아니, 힘을 주는 얘기야. 나는 생각했다.

내가 말했다. "망가진 가슴보다 온전한 건 없어."

"실버스 박사가 그래?"

"실은 코츠커 렙*이 한 말이야."

"설마."

"할아버지 장례식에 왔던 랍비랑 같이 공부했어."

---

* 1787~1859. 하시디즘 랍비이자 지도자.

"호기심이 고양이를 개종시켰군."

"야옹젤 토브."*

그녀의 웃음소리를 내가 얼마나 사랑했던가.

나는 줄리아를 바라보았다. 그 순간 우리가 결코 끝까지 잘 해 나갈 수 없었으리라는 걸 알았다. 그러나 또한 그녀가 나의 최선의 희망이었다는 것도 알았다.

"이상하지? 우리는 십육 년을 함께 살았어. 그 시절을 보낼 때는 그게 전부인 것 같았는데, 시간이 흐르면서 점점 우리 삶에서 적은 부분이 되겠지. 그 모든 것이 그저…… 뭘까? 한 챕터였을까?" 내가 말했다.

"그 세월에 대해 그런 식으로 생각하지는 않아."

그녀가 내가 수만 번은 보았던 방식으로 머리를 귀 뒤로 넘겼다.

내가 물었다. "당신 왜 울어?"

"내가 왜 우느냐고? 당신은 왜 울지 않아? 이게 인생이야. 난 이게 내 인생이기 때문에 우는 거야."

사료통에 국자를 꽂는 소리가 들리면 아거스가 집 안 어디에 있건 달려오듯이, 아이들은 어머니의 눈물에 텔레파시가 통하듯 이끌리는 것 같았다.

샘이 물었다. "다들 왜 울어요? 누가 금메달이라도 땄어요?"

"슬프세요?" 벤지가 나에게 물었다.

---

* '축하합니다'라는 뜻의 히브리어 '마젤 토브'로 말장난을 한 것.

"아니."

"괜찮아. 괜찮아질 거야." 줄리아가 말했다.

아내의 결혼식에서 그녀를 여전히 내 아내로 생각하는 것을 제외하고는 사람들의 이목이 나에게 집중되는 것만큼 괴로운 것도 없다.

"너무 기뻐서요?" 맥스가 자신의 셜리 템플 칵테일에서 절인 체리를 꺼내 벤지에게 주며 물었다.

"아니."

"너무 놀라서요? 뭔가 방향이 엇나가서요? 너무 비현실적이어서요?"

나는 웃었다.

"그럼 뭐예요?" 샘이 물었다.

뭐냐고? 그 감정이 뭐였을까? 내 감정이?

"절댓값에 대해 얘기했던 거 기억나니? 물리학이었던가?"

"수학요."

"그게 뭐였는지도 기억나니?"

"0으로부터의 거리죠."

"무슨 얘기인지 모르겠어요." 벤지가 말했다.

줄리아가 벤지를 자기 무릎 위로 끌어당기면서 말했다. "엄마도 모르겠다."

내가 말했다. "가끔은 감정이 그럴 때가 있단다. 긍정적인 것도 아니고 부정적인 것도 아니고 그냥 많을 뿐인 거지."

아무도 내가 무슨 말을 하는지 몰랐다. 나도 내가 무슨 말을 하는지 몰랐다. 실버스 박사에게 전화를 걸어 스피커폰으로 해 놓고 나와 가족들에게 나에 대해 설명해 달라고 할 수 있으면 좋았을 텐데.

이혼하고 나서 몇 번 짧은 연애를 했다. 그 여자들을 만나다니 운이 좋았다. 모두 영리하고 강인하고 재미있고 너그러웠다. 그들과의 관계에 어떤 문제가 있었는지 설명하다 보면, 이야기는 항상 내가 그들과는 완전히 정직하게 살 수 없다는 결론으로 흘러갔다. 실버스 박사는 나에게 "완전한 정직성"이라는 표현을 무슨 뜻으로 쓰는지 잘 생각해 보라고 채근했지만, 절대 내 추측에 이의를 달거나 내가 무의식적으로 스스로를 방해하고 있다거나 도저히 만족시키지 못할 정의들을 만들어 내고 있다고 암시하지는 않았다. 그는 나를 안쓰러워하는 한편 존중해 주었다. 혹은 그가 그렇게 느끼기를 내가 바랐다.

"그렇게 살자면 아주 힘들 겁니다. 완전히 정직하게 말이에요." 그가 나에게 말했다.

"알아요."

"많은 상처에 자신을 노출할 뿐 아니라 많은 상처를 받아야 할 겁니다."

"알아요."

"그리고 그런다고 당신이 더 행복해질 것 같지도 않고요."

"제 생각도 그래요."

그가 생각할 때면 종종 하던 습관대로, 마치 지혜는 멀리에서만 찾을 수 있다는 듯이 의자를 돌려 창밖을 내다보았다. 다시

의자를 돌리고 그가 말했다. "하지만 당신이 그렇게 살 수 있다면……." 그러다가 말을 멈추었다. 안경을 벗었다. 그와 이십 년을 알고 지내면서 그가 안경을 벗은 것은 그때가 유일했다. 그가 엄지와 검지로 콧잔등을 쥐었다. "당신이 그렇게 살 수 있다면 우리가 더는 만날 일도 없겠지요."

나는 결코 그렇게 살 수 없었지만 그와의 만남은 일 년 후 그가 조깅하다가 치명적인 심장 마비를 일으키면서 끝났다. 같은 건물에 사무실이 있는 심리 치료사로부터 전화를 한 통 받았다. 그녀가 나에게 한번 와서 이야기를 나누자고 했지만 그녀와는 이야기하고 싶지 않았다. 실버스 박사와 이야기하고 싶었다. 배신당한 기분이었다. 그가 자신의 사망 소식을 전해 주었어야 했다.

그리고 나는 내 슬픔에 대한 소식을 아이들에게 전했어야 했다. 그러나 죽었기 때문에 실버스 박사가 자신의 죽음을 나에게 알릴 수 없었듯이 나는 슬픔 때문에 나의 슬픔을 그들에게 알리지 못했다.

밴드 멤버들이 자세를 잡고 음악적 전희 따위는 다 건너뛰고 곧장 「천장에서 춤추기(Dancing on the Ceiling)」을 시작했다. 내 앞에 놓여 있던 농어 요리는 이제 없었다. 아마 치운 모양이었다. 내 앞에 놓여 있던 와인 잔도 없었다. 내가 다 마셔 버린 모양이었다.

아이들이 댄스 플로어로 달려갔다.

"나 먼저 슬며시 빠져나갈게." 내가 줄리아에게 말했다.

"아이슬립." 그녀가 말했다.

"뭐?"

"내가 슬며시 빠져나간다."* 그러더니 말했다. "미안해. 난……."

마사다를 방문했을 때 아버지는 주머니에 돌멩이를 가득 채웠다. 아버지가 뭘 하는지도 모르고 그저 아버지 마음에 들고 싶어서 나도 따라 했다. 슐로모 아저씨가 우리에게 돌멩이를 도로 꺼내 놓으라고 했다. 그가 우리에게 안 된다고 말하는 건 그때 처음 들었다. 그는 모든 사람이 돌멩이를 가져가면 마사다는 벽난로 선반과 책장과 커피 테이블로 다 흩어져 사라질 것이라고 말했다. 아이였지만 나는 말도 안 되는 소리라고 생각했다. 영원한 것이 있다면 바로 산이다.

내가 슬며시 빠져나간다.

나는 지구에 접근한 천체들이 엉겨 있는 하늘 밑에서 내 차로 걸어갔다.

결혼식 방명록 어디엔가 내 아이들의 서명이 있다. 아이들은 자기들 나름의 글씨체를 개발했다. 하지만 그들에게 이름을 준 건 나였다.

나는 도로 연석에 바퀴 두 개를 올린 채 입구 쪽에 주차해 놓았다. 어쩌면 현관문을 닫지 않고 왔는지도 모른다.

내가 여기 있나이다, 가족들이 춤추고 있을 동안 반쯤 파묻

---

* '내가 슬며시 빠져나가다'라는 뜻의 'I slip out'과 제이컵이 이스라엘에 가려 했을 때 출발지였던 아이슬립(Islip)을 이용한 말장난.

힌 내 작업실에서 글을 쓰며.

샘은 회당을 몇 개나 지었을까? 남아 있는 게 있을까? 벽이라도?

내 회당은 말로 만들어졌다. 땅이 움직이면 모든 공간이 회당을 움직이게 해 준다. 성소의 문턱에는 메이즈자가 있다. 문틀에 겹쳐 못 박은 문틀은 우리 가족의 나이테이다. 계약의 궤 안에는 깨진 것과 온전한 것이 있다. 샘의 '알아'를 향해 뻗는 손 옆에 으스러진 손. 맥스가 집에 들어오기만 하면 바로 오줌을 싸고 계속 헐떡이며 꼬리를 흔들던 강아지 옆에 제 똥을 깔고 누운 아거스. 전쟁 이전의 노암 옆에 전쟁 이후의 타미르. 할아버지의 증손주의 있지도 않은 상처에 하는 나의 입맞춤 옆에 절대 펴지지 않는 할아버지의 무릎. 백미러에 비친 잠든 아들들 옆에 검은 천을 씌운 거울에 비친 아버지, 그 옆에 이 단어들을 쉬지 않고 쓰는, 자신의 회당에 들여보내 달라고 회당 문을 주먹으로 치며 평생을 보낸 사람, 그 옆에 세계의 안전을 위한 거대한 방공호에서 도망치는 사람들의 꿈을 꾸는 소년, 무겁고도 무거운 문이 바깥쪽으로 열린다는 것을, 내가 신성한 것들 중에서도 가장 신성한 것 안에 내내 있었음을 깨닫게 되었을 소년.

8부
집

이스라엘 파괴의 여파가 오래 지속되는 가운데 제이컵은 새 집으로 이사했다. 예전 집보다는 살짝 못해도 비슷하게 좋은 집이었다. 천장이 약간 더 낮고, 바닥에는 조금 더 새것이면서 폭이 더 좁은 널빤지가 깔려 있었다. 주방에는 홈 디포에서나 맞춤식이라고 부를 만한 주방 기구들이 있었다. 비스페놀 A가 용출될 것 같고 홈 디포에서 산 듯하지만 하여간 물은 담을 수 있는 욕조가 있고, 제구실을 하는 거의 수평인 선반들이 있고 꽤 괜찮은 멜라민 벽장들이 있었으며, 다락이 없는 집인데 썩 좋지 않은 희미한 다락 냄새가 났다. 홈 디포 문손잡이가 있고, 부식돼 가는 낡은 마빈*제보다 못한 창문은 날씨나 소리를 막아 주는 장벽이라기보다는 시각적인 문턱 역할을 하는 정도였다. 벽은 습

* 창문 상표.

기 때문에 우글쭈글해졌고, 구석은 기분 나쁘게 벗겨졌다. 벽 색깔은 미묘하게 사디스트적이고, 전등 스위치 판은 빛이 바랬다. 분비물 색깔의 화장실에는 나뭇결무늬의 멜라민 서랍이 있는 가짜 도기로 된 홈 디포 경대가 있고, 아프리카에서 데려온, 점프하지 않고도 덩크슛을 넣을 수 있는 사람이나 손이 닿을 위치에 휴지걸이가 있었다. 어디를 보아도 불길하게 틈새가 벌어져 있었다. 몰딩 부품들 사이, 천장 몰딩과 천장 사이, 바닥 몰딩과 바닥 사이가 다 벌어져 있고, 싱크대와 벽, 전혀 제구실을 못 하는 벽난로 선반과 벽, 빛바랜 콘센트 판과 벽, 문틀과 벽, 플라스틱보다 플라스틱 같은 홈 디포 로제트*와 누레진 천장 사이가 벌어져 있고, 마룻장도 사이가 벌어져 있었다. 그런 것은 그리 중요하지 않았지만 눈에 거슬리기는 했다. 그는 인정하기 싫어도 자신이 생각보다 부르주아적이라는 사실을 인정해야 했지만, 무엇이 중요한지는 알았다. 그것들 역시 벌어져 있었다.

시간이, 갑자기 시간의 삶이 있었다. 제이컵의 욕구는 욕구를 충족시킬 능력이 있건 없건 욕구의 형태로 나타났다. 그는 자신의 독립을 선언했고, 메시아처럼 쏟아져 나올 온수를 기다리는 것에서 케이블 니플의 선이 충분히 노출되지 않은 빛바랜 콘센트 판까지 그 모든 것이 그를 희망으로 가득 채웠다. 혹은 희망의 한 종류로. 제이컵이 그렇게 하도록 강요했을지도 모르지만 어쨌든 별거를 선택한 건 줄리아였다. 그리고 아이슬립에서

* 천장에 다는 조명 기구의 코드 접속구.

의 귀환은 정체성에 대한 주장으로 이해될 수 있었지만 한편으로는 정체성의 상실로도 쉽게 이해될 수 있었다. 그래서 어쩌면 그는 자신의 독립 선언문을 쓴 게 아니라 기쁘게 그것에 서명했던 건지도 모른다. 그것은 행복의 한 종류였다.

마흔둘이면 젊다고 그는 스스로에게 백치처럼 끊임없이 되뇌었다. 자기 자신의 어리석음이 크고 또렷하게 들려왔지만 쉬지 않고 그렇게 선언했다. 의료 기술 분야가 많이 진보했다는 점과 더 건강한 식생활을 위해 노력하고 있다는 점, (비록 절차에 불과하지만) 그가 헬스클럽에 등록했다는 점, 샘이 전에 알려 준 사실(일 년이 지나면 기대 수명도 일 년 늘어난다는 것)을 스스로에게 상기시키려 했다. 담배를 피우지 않는 사람이라면 백 살까지 살 것이다. 요가 수련자들은 모세보다도 오래 살 것이다.

그의 집은 이제 곧 집다워질 것이다. 깔개를 깔고, 가재도구도 좀 나은 것을 사고, 벽 색깔도 적당한 것으로 바꾸고, 그림과 사진과 석판화를 걸고, 등불을 은은하게 바꾸고, 작업대에는 그림책을 쌓아 놓고, 덮개를 마구잡이로 던져 놓는 대신 산뜻하게 접어서 소파와 의자를 덮어 놓고, 구석에는 나무를 때는 난로를 놓아도 좋을 것이다. 그리고 시간이 지나면 가능성 있는 모든 것이 현실이 될 것이다. 여자 친구가 생길 수도 있고 생기지 않을 수도 있었다. 예상치 못했던 차를 살 수도 있고 사지 않을 수도 있었다. 마침내 십 년 넘게 그의 영혼을 다 바친 텔레비전 드라마와 관련해 무언가를 하게 될 것이다.(축적하려면 흩뿌려야 하는 것은 오직 영혼밖에 없으니까.) 더는 할아버지를 보호할 필요가 없어졌으니 지침서 쓰는 것을 멈추고 다시 드라마 자체로 돌아갈 것이다. 그가 남과 공유할 수 있는 일을 하던 시절에 그의 작업에 관심을 보인 제작자들 중 한 사람에게 그것을 가져갈 것이다. 많은 시간이 흘렀지만 그들은 여전히 그를 기억할 것이다.

그동안 쓴 것들을 서랍에 그대로 넣어 둬야 할 이유가 한두 가지가 아니었다. 다른 사람들을 보호하기 위해서만이 아니었다. 그러나 일단 잃을 게 없어지면 줄리아조차 그 드라마가 가정생활의 문제들로부터의 도피가 아니라 그가 가족을 망가뜨린 데 대한 속죄임을 알아 줄 것이다.

이스라엘은 파괴되지 않았다. 적어도 문자 그대로의 의미에서는. 이스라엘은 유대 군대를 보유한 유대 국가로 남았고, 국경선만 지진 이전과 무시해도 좋을 만큼 살짝 달라졌을 뿐이다. 새로운 국경선이 유대인들에게 좋은지를 놓고 끝없는 토론이 벌어졌다. 미국 유대인들이 가장 자주 쓰는 표현은 이스라엘인들에게 좋은지였지만. 그리고 이스라엘인들은 그 점이 유대인들에게 나쁘다고 생각했다.

이스라엘은 더 약해졌지만 적들은 훨씬 더 약해졌다. 우리가 불도저로 잔해를 뒤지고 있을 때 적들은 손으로 뒤지고 있다는 사실을 알아도 크게 위로가 되지는 않는다. 하지만 어느 정도는 위안이 된다. 아이작이라면 이렇게 말했을 것이다. "이보다 나쁠 수도 있었어." 아니, 그는 이렇게 말했을 것이다. "이게 더 나쁘다."

어쩌면 그가 옳았을지도 모른다. 계속 존재하기 위해 존재할 이유를 파괴해야 한다면 살아남은 것이 더 나쁠지도 모른다. 미국 유대인들이 관심을 끊어 버린 듯 보이지는 않았다. 그들은 계속해서 이스라엘에 휴가를 가고, 바르 미츠바를 하고, 이스라엘에서 자기 자신을 발견했다. 그들은 가볍게 벤 상처들이 처음 사해 바닷물에 닿을 때 움찔했고, 처음으로 이스라엘 국가에 가슴이 울릴 때 움찔했고, 통곡의 벽의 잔해들 사이에 소원을 적은 종이를 접어 끼워 넣었고, 뒷골목의 후무스 가게들에 대해 이야기했고, 멀리서 오는 로켓포 공격의 전율에 대해 이야기했고, 마사다의 햇빛이 처음 그들의 눈에 닿을 때 움찔했고, 유대인 청소부, 유대인 소방관, 유대인 노숙자를 보았을 때의 영원히 잊지 못할 전율에 대해 이야기했다. 그러나 도착했다는, 드디어 안식을 얻을 곳을 찾았다는, 집에 돌아왔다는 느낌은 사라져 갔다.

어떤 이들은 전쟁 동안 이스라엘이 한 행동을 용서할 수 없었다. 비유대인들에 대한 책임을 철저히, 노골적으로 저버린 것은 한두 차례의 학살보다도 받아들이기 어려웠다. 경비 병력과 응급 의료 종사자들을 철수시키고 다른 곳에서 긴급히 써야 할 의료 장비를 대량으로 비축한 것, 공공시설을 철수하고 여분이 있어도 식량 배급을 하지 않고 가자와 서안 지구로 가는 원조 물자를 봉쇄한 일이 그런 것들이었다. 어브의 블로그는 하루에 한 번은 밀려드는 도발들로 끓어올랐지만 그는 사사건건 이스라엘을 변호했다. "한 나라가 아니라 위급한 상황에 놓인 가족이 있다면 부모가 냉장고에는 음식을, 약장에는 일회용 밴드를 비축해 놓는다고 비난할 사람은 아무도 없을 것이다. 특히 죽음을 사랑하는 이웃들이 당신을 죽도록 미워하는 와중에 일어난 일이라면 자기 아이들을 더 돌본다고 해서 비윤리적이라고 할 수는 없다."

제이컵이 말했다. "그 가족이 자기네 집에서만 산다면 아버지 말이 옳을지도 모르죠. 그리고 모든 가족이 동등하게 자기 식구를 우선으로 챙길 수 있는 상황이라면 아버지 말이 옳을 수도 있죠. 하지만 우리가 사는 세계는 그렇지가 않아요. 아버지도 아시잖아요."

"그건 그들이 만들어 놓은 세계야."

"그 여자애, 아디아를 보면서 전혀 마음이 쓰이지 않으세요?"

"물론 마음이 쓰이지. 하지만 누구 마음이나 그렇듯이 내 마음의 크기에도 한계가 있다. 그리고 아디아냐 벤이냐가 된다면 그 애 손에서 음식을 빼앗아 벤지한테 줄 거다. 그게 옳은지 선한지 따지지도 않을 거고. 내 말은 그저 나쁜 일은 아니라는 뜻이야. 그건 선택의 문제가 아니니까. 당위는 가능을 함의한다,* 알겠니? 도덕적으로 뭔가를 해야 한다면 할 수 있어야 한다. 난 노암과 야엘, 바락을 사랑하지만 샘과 맥스, 벤지만큼 그 애들을 사랑할 수는 없어. 그건 불가능해. 그리고 내 친구들을 사랑하지만 가족만큼 사랑할 수는 없어. 그리고 믿든 안 믿든 난 아랍인들도 얼마든지 사랑할 수 있어. 하지만 유대인들만큼 사랑할 수는 없어. 이런 건 선택의 문제가 아니야."

어브는 진심으로, 그리고 강력하게 모든 유대계 미국인 남

---

* 칸트의 도덕 철학의 준칙.

성이 이스라엘에 싸우러 갈 것을 주장했다. 단호하게. 그가 다른 사람들보다 사랑하지 않을 수 없는 한 명만 예외로 하고. 그는 위선자이고 아버지였다.

"하지만 어떤 사람들은 다른 선택을 할 수 있어요." 제이컵이 말했다.

"어떻게?"

"음, 제일 먼저 떠오르는 예는 최초의 유대인 아브라함이네요."

"상원 의원님, 난 아브라함과 함께 복무했습니다. 아브라함과 아는 사이였어요. 아브라함이 내 친구였다고요. 상원 의원님, 당신은 아브라함이 아닙니다."

"제가 다른 선택을 할 수 있다는 말은 아니에요. 당연히 전 못 하죠."

당연한 사실이었을까? 어브는 가족 중 가장 어린 아이에게 관심을 집중했지만 그것이 중심이었을까? 자신에 대해서는 어떨까? 줄리아는 제이컵에게 그들이 서로보다 아이들을 더 사랑한다는 사실 때문에 슬프냐고 물은 적이 있었다. 그러나 제이컵이 자신보다 아이들을 사랑했을까? 그래야 마땅하지만 그럴 수 있었을까?

어떤 미국 유대인들은 이스라엘의 행동이 아니라 그 행동이 인식된 방식 때문에 감정적으로 거리감을 느꼈다. 이스라엘에 좋은 믿음을 갖고 있다고 여겨졌던 사람들은 입장을 바꾸거나 침묵에 빠졌고, 이에 미국 유대인들은 분개하며 옳다고 느끼기보다는 외롭다고 느꼈다.

어떤 이들은 이스라엘이 공격적인 약자도 아니고 그렇다고 석기 시대의 이웃들을 폭격해 석기 시대 이전으로 되돌릴 능력이 있는 꼬마 초강대국도 아니라는 점을 불편하게 여겼다. 다윗은 선했다. 골리앗도 선했다. 그러나 어느 한쪽을 택해야 한다.

이스라엘 총리는 모세의 팔 작전으로 100만 명의 미국 유대인을 이스라엘로 데려온다는 목표를 세웠다. 비행 첫날 2만 명이 떠났다. 목표한 5만 명에는 미치지 못해도 해 볼 만한 수치였다. 그러나 사흘이 지나면서 30만 명에 도달하지 못하고 숫자가 박스 오피스 수입처럼 반 토막이 났다. 《타임스》는 결국 3만 5000명 미만의 미국 유대인이 떠났고, 그들 중 4분의 3은 45세 이상이라고 추정했다. 이스라엘은 그들 없이 살아남았다. 군대는 방어할 수 있는 선까지 물러나 질병이 살해 임무를 떠맡도록 내버려 두었다. 텔레비전으로 방송된 500시간 동안 비극이 계속되었다. 그러나 이스라엘인들도 미국 유대인들도 드러난 것을 부인할 수는 없었다.

제이컵은 여전히 텔아비브가 활기 넘치고 세련된 곳이고 예루살렘은 누가 뭐래도 영적인 곳이라고 생각했다. 현실 같지 않은 일들이 진짜 같지 않은 사람들에게 실제로 일어난 실제의 장소들을 회상할 때면 여전히 거의 성적인 희열을 느꼈다. 총을 든 여자들은 여전히 그에게 진짜로 성적인 희열을 주었다. 극단적인 정통파에게는 여전히 혐오감을 느끼면서도 그들에 대한 부적절한 감사의 마음을 여전히 억누를 수 없었다. 그러나 무언가가 바뀌었다.

그에게 이스라엘은 무엇이었을까? 이스라엘인이란 무엇이었을까? 그들은 더 공격적이고 더 불쾌하고 더 광적이고 더 털이 많고 더 근육질인 그의 형제들이었다. 저기 멀리 있는. 그들은 우스꽝스럽고 그의 것이었다. 그들은 더 용감하고 더 아름답고 더 돼지 같고 망상이 더 심하고 남의 눈치를 덜 보고 더 무모하고 더 자기 자신이었다. 저기 멀리 있는. 그곳에서 그들은 그것들이었다. 그리고 그것들은 그의 것이었다.

거의 파괴될 뻔한 이후에 그들은 여전히 저기 멀리 있었지만 더 이상 그의 것은 아니었다.

제이컵은 매번 이스라엘의 행동을 합리화하고 변호하고 적어도 봐주려고 애썼다. 그리고 매번 자신의 말을 믿었다. 구조 물자 때문에 수송이 지연된다면 구조 물자가 들어오는 것을 규제해도 괜찮은가? 질서와 안정을 유지하기 위해 필요한 일이었다. 성전산을 빼앗는 것이 옳은 일인가? 성전산을 보호하기 위해 필요한 일이었다. 똑같이 의료 지원이 필요한 사람에 대한 동등한 지원을 철회하는 것이 옳은 일인가? 이스라엘의 아랍 이웃들과 달리 제 나라 말고는 도움을 기대할 데가 없는 시민들을 충분히 보살피기 위해 필요한 일이었다. "당위는 가능을 함의한다." 그러나 그 정도까지는 옹호하거나 적어도 용납할 수 있었을지 몰라도 그런 단계들을 거쳐 도달한 종착지는 긴급하게 필요한 원조를 깔고 앉아 세계에서 가장 논쟁적인 무슬림의 영토를 정복하고 살릴 수 있는 아이들의 어머니들이 잠긴 병원 문을 부서져라 두드리게 만든 이스라엘이었다. 다른 방도가 있을 수 없었을지라도 다른 방도가 있어야 했다.

대양이 하룻밤 사이 30센티미터 넓어진다면 다음 날 아침 누가 알아챌까? 1.5킬로미터 넓어진다면? 그 반이라면? 거리가 그 자체를 숨기듯이 수평선은 거리를 숨긴다. 미국 유대인들은 자신들이 물러섰다고 생각하지 않았고, 이스라엘과의 관계를 다른 사람들에게뿐 아니라 그들 자신에게조차 절대 그런 식으로 묘사하려 하지 않았다. 그러나 그들이 이스라엘이 승리해서 안심되고 기쁘다고 공언할 때조차, 열을 지어 행진할 때나 재건에 힘쓰는 이들에게 언짢아하며 거액의 수표를 보낼 때조차 이스라엘의 파도가 미국 해변에 닿는 데는 더 오랜 시간이 걸렸다.

예기치 않게 어브와 제이컵의 거리가 가까워졌다. 일 년 동안 그들은 함께 유대 교회에 다니고 아이작을 위해 매일 하루에 세 번 혹은 적어도 거의 매일 하루에 한 번은 카디시를 했다. 그리고 교회에 가지 않을 때는 미난은 무시하고 어브의 거실에서 방위와 상관없이 책장을 마주하고 추모 기도를 했다. 그들은 새로운 언어를 발견했다. 농담과 아이러니, 논쟁이 없지 않았지만 더는 그런 데 의존하지 않았다. 어쩌면 그것은 재발견된 언어였다.

제이컵의 이사를 도와줄 사람으로 어브만큼 자격이 부족한 사람도 없었다. 그는 슬로티드 스푼*과 매트리스용 시트도 구분하지 못했다. 그러나 어브보다 그를 많이 도와준 사람도 없었다.

* 주방에서 액체와 고형물을 분리할 때 쓰는, 작은 구멍들이 뚫린 큰 스푼.

그들은 함께 이케아와 포터리 반, 홈 디포, 갭 키즈를 돌아다녔다. 빗자루 두 개를 사고 끝이 없을 듯한 먼지를 쓸면서 변화와 시작, 덧없음에 대해 이야기를 나누었다. 아니면 말없이 비질을 했다.

"혼자 있는 건 좋지 않아." 어브가 진공청소기와 씨름하면서 말했다.

"다시 시도해 볼 거예요." 제이컵이 말했다. "아직은 준비가 되지 않았을 뿐이에요."

"내 얘기를 한 거다."

"엄마랑 무슨 일 있으세요?"

"아니다, 네 어머니야 최고지. 그저 내가 밀쳐 냈던 사람들을 생각하고 있단다."

물건들을 꾸리는 일은 제이컵이 상상했던 것보다 감정적으로는 쉬웠지만 실행 계획은 놀라울 정도로 문제투성이였다. 문제는 물건들의 양이 아니었다. 십육 년 동안 쌓인 것들이지만 놀라울 정도로 얼마 되지 않았다. 그날이 끝났을 때, 그들의 결혼의 마지막이 끝났을 때 문제는 어떤 물건을 다른 이의 것이 아니라 바로 내 것이라고 할 수 있는 기준이 무엇이냐였다. 어쩌다가 삶이 그런 문제가 중요해지는 지점까지 이르렀을까. 그리고 무엇이 그토록 오래 삶을 끌고 갔을까.

이혼할 줄 알았더라면 제이컵은 마지막을 위해 준비를 더 잘해 놓았을 것이다. '제이컵 블록의 장서'라고 양각을 찍는 고풍스러운 도구를 사서 모든 책의 속표지에 표시해 놓았을 것이다. 돈을 눈에 띄지 않게 조금씩 늘려 숨겨 두고, 없어져도 절대 티가 나지 않지만 새집에 있으면 진짜 달라 보이게 만들었을 물건들을 옮겨 놓았을 것이다.

자신의 과거가 얼마나 빠르고 완벽하게 다시 쓰일 수 있는지, 혹은 그 위에 겹쳐 쓰일 수 있는지 무서울 지경이었다. 그 모든 세월이 겪을 당시에는 가치 있게 느껴졌지만, 세월의 건너편에서 보면 불과 몇 달 같고 어마어마한 시간 낭비였다. 삶의 낭비였다. 그의 뇌는 실패한 것에서 최악을 보도록 그를 거의 견딜 수 없을 정도로 몰아붙였다. 끝나 버리기 전까지는 성공적이었다고 보느니 차라리 처음부터 실패였다고 보도록. 무언가를 잃어버렸다는 것을 부인함으로써 상실로부터 자신을 보호하려던 것이었을까? 아니면 그저 신경 쓰지 않기로 함으로써 어떤 애처로운 감정적 비승리를 얻으려던 것이었을까?

친구들이 동정할 때마다 왜 제이컵은 그렇지 않다고 박박 우겼을까? 왜 그의 십육 년에 걸친 결혼 생활을 바보 같은 말장난과 아이러니한 발언들로 돌려야 했을까? 이혼하는 게 옳은 일인 줄 알았다 해도, 미래에 희망을 품었다 해도, 행복이 앞에 놓여 있었다 해도, 왜 단 한 사람에게도, 심지어 자신에게조차 슬프다고 표현할 수 없었을까? 모든 것이 가장 좋은 일인 동시에 가장 나쁜 일이 될 수 있는 법이다.

이스라엘에 돌아간 지 사흘 만에 타미르가 네게브의 전초기지에서 제이컵에게 이메일을 보내왔다. 그곳에서 그의 탱크 부대가 다음 명령을 기다리고 있었다. "오늘 내가 총을 쐈어. 내 아들이 총을 쐈어. 내 집을 지키기 위해 내가 무기를 쓴 것이 정당하다는 것을 결코 의심하지 않아. 노암이 무기를 쓴 것 역시 그렇고. 하지만 우리 둘이 같은 날 그런 일을 한다는 사실은 옳을 리 없어. 넌 이해할 수 있겠어?"

"네가 탱크를 몰아?" 제이컵이 물었다.

"내가 쓴 거 읽기는 한 거야?"

"미안해. 무슨 말을 해야 할지 모르겠어."

"난 탄약을 재장전해."

닷새 후 카디시 기도를 하려고 책장 쪽으로 가면서 어브가 말했다. "할 얘기가 있다." 제이컵은 무슨 일이 생겼다는 것을 알았다. 그리고 더 나아가 그것이 노암 이야기라는 것을 알았다. 그는 그 일이 닥쳐오는 것을 보지는 못했지만 기차 뒤에서 기찻길을 보는 사람처럼 그렇게 될 수밖에 없다는 걸 알았다.

노암은 부상을 당했다. 중상이지만 목숨을 잃지는 않았다. 리브카가 곁에 있었다. 타미르는 가는 길이었다.

"아버지는 어떻게 아셨어요?" 제이컵이 물었다.

"어젯밤에 타미르가 전화했다."

"저한테도 말하라고 하던가요?"

"타미르한테는 내가 아버지 대신인 것 같다."

제이컵의 본능적인 첫 반응은 같이 이스라엘에 가자고 제안하는 것이었다. 사촌 옆에서 싸우기 위해서 비행기에 오르지는 않을 테지만 침대 옆에 앉아 근육과는 무관한 힘을 제공하기 위해서는 갈 것이다.

타미르의 본능적인 첫 반응은 리브카에게 매달리는 것이었다. 누군가가 그에게 한 달이나 일 년 아니면 십 년 전에 노암이 전쟁에서 부상당할 것이라고 말했다면 그는 자신의 결혼 생활이 끝나리라고 예상했을 것이다. 그러나 상상할 수 없는 일이 벌어지자 그가 상상했던 것과 정반대의 상황이 되었다.

한밤중에 문 두드리는 소리가 집을 뒤흔들었을 때 타미르는 디모나 인근의 전방 작전 기지에 있었다. 지휘관이 그를 깨워 소식을 전했다. 나중에 그와 리브카는 마치 누가 먼저 알았느냐에, 한 부모가 아는 동안 다른 쪽은 여전히 노암이 무사하리라 믿은 시간이 어느 정도였느냐에 무언가 심오한 의미가 있다는 듯이 각자 그 일에 대해 알게 된 정확한 순간을 정확히 찾아내려 애썼다. 그 첫 오 분 혹은 삼십 분 동안 그들 사이에는 그들이 만나기 전 그들을 갈라놓았던 거리보다 먼 거리가 있었을 것이다. 아마도 타미르가 집에 있었더라면 그들은 경험을 공유하면서 서로 멀어지고 경쟁적인 고통과 대상을 잘못 찾은 분노와 비난에 시달렸을 것이다. 그러나 떨어져 있었던 덕에 그들은 힘을 모았다.

그 처음 몇 주 동안 그는 몇 번이나 방에 들어가 할 말을 잊고 문 옆에 서 있었을까? 리브카가 몇 번이나 "뭐 필요한 거 있어?"라고 물었을까?

그러면 그는 대답하곤 했다. "아니."

그러면 그녀가 묻곤 했다. "확실해?"

그러면 그가 대답하곤 했다. "응." 그러나 생각하곤 했다. 다시 물어봐 줘.

그러면 그녀가 말하곤 했다. "알았어." 그러나 생각하곤 했다. 이리 와.

그러면 그가 말하곤 했다. "다시 물어봐 줘."

그러면 그녀가 말하곤 했다. "이리 와."

그러면 아무 말 없이 그가 그녀에게 가곤 했다.

그녀는 손을 그의 허벅지에 얹고, 그는 머리를 그녀의 가슴에 기댄 채 나란히 앉아 있곤 했다. 그들이 10대였다면 사랑의 시작처럼 보였을 테지만 그들은 결혼한 지 이십 년이 되었고 그것은 사랑의 발굴이었다.

노암이 부상당한 사실을 알고 나서 타미르는 일주일의 휴가를 받았다. 그는 세 시간 후 리브카와 함께 병원에 있었다. 어둠이 깔릴 때 그들은 집에 돌아가라는 말을 들었다. 리브카는 그날 밤 본능적으로 손님방에 가서 잤다. 한밤중에 타미르가 들어가 문 옆에 섰다.

"뭐 필요한 거 있어?" 그녀가 물었다.

그러자 그가 대답했다. "아니."

그러자 그녀가 물었다. "확실해?"

그러자 그가 대답했다. "응."

그러자 그녀가 말했다. "알았어."

그러자 그가 말했다. "다시 물어봐 줘."

그러자 그녀가 말했다. "이리 와." 그는 아무 말 없이 그녀에게 갔다.

그는 가로지를 거리가 필요했다. 그래서 그녀가 그것을 주었다. 매일 밤 그녀는 손님방으로 갔다. 매일 밤 그는 그녀에게 갔다.

타미르는 아들 곁에 앉아서 제이컵이 아이작의 시신을 지키고 있을 때 맥스가 시신 가까이 가 보고 싶어 했다는 이야기를 생각했다. 노암의 얼굴은 자연적으로는 절대 나타나지 않는 갖가지 자주색에다 뺨과 이마는 잔뜩 부어올라 보기 흉했다. 왜 건강은 병만큼 충격적이지 않고 그만큼의 기도를 요구하지 않을까? 타미르는 몇 주 동안이나 아들과 대화를 나누지 않아도 상관없었지만 아들의 의식 없는 몸을 아무렇지 않게 떠나지는 못했다.

노암은 정전 전날 혼수상태에서 깨어났다. 그의 부상 정도를 알아내는 데는 시간이 좀 걸릴 것이다. 그의 몸은 결코 예전 같이 기능하지 못할 것이며 심리적 피해도 있었다. 그는 생매장을 당하거나 불에 타 죽지는 않았다. 그러나 망가졌다.

정전이 조인되었음에도 거리에는 축하 분위기가 없었다. 불꽃놀이도 없고 술병을 돌리지도 않고 창가에서 노래를 부르지도 않았다. 리브카는 그날 밤 침실에서 잤다. 그들이 위기 속에서 찾아낸 다정한 거리는 평화와 함께 가까워졌다. 온 나라와 전 세계에서 유대인들이 벌써 준비성과 지혜, 윤리, 충분한 병력, 도움이 부족했다고 다른 유대인들을 비난하는 논설을 쓰고 있었다. 이스라엘 총리의 연립 정부가 무너지고 선거 일정이 잡혔다. 타미르는 잠이 오지 않아 침대 협탁에서 전화기를 집어 제이컵에게 한 문장으로 문자 메시지를 보냈다. 우리는 이겼지만 잃었어.

그때 제이컵은 D. C.에서 저녁 9시에, 잠든 아이들에게서 세 블록 떨어진 곳에 주 단위로 빌린 방 한 개짜리 에어비앤드비 숙소에 있었다. 그는 아이들을 재운 다음 떠났다가 아이들이 깨기 전에 돌아갔다. 아이들은 아빠가 집에서 밤을 보내지 않는다는 걸 알았고 그는 아이들이 안다는 걸 알았지만 그래도 위장이 필요하다고 느꼈다. 두 집을 오가는 그 시기만큼 제이컵에게 힘들었던 때도 없을 것이다. 그 기간은 반년쯤 계속되었다. 위장하기와 새벽같이 이른 시간에 일어나기, 홀로 있기 등 필요한 모든 것이 극도로 힘들었다.

제이컵은 마치 고백할 수 없는 슬픔을 나눌 수 있는 새로운 누군가가 나타나기라도 할 듯이 끊임없이 연락처 목록을 엄지손가락으로 훑었다. 타미르에게 연락해 보고 싶었지만 불가능했다. 아이슬립에서의 일 이후로, 노암이 다친 이후로는. 그래서 타미르에게 "우리는 이겼지만 잃었어."라고 문자가 왔을 때 제이컵은 안심되고 감사하는 한편으로 그런 마음을 드러내 자신의 수치심을 더할까 조심스러웠다.

뭘 이겼어? 뭘 잃었어?

전쟁에 이겼어. 평화를 잃었고.

하지만 정전 협정의 조건은

다들 받아들이는 것 같던데?

우리 자신과의 평화 말이야.

노암은 어때?

괜찮아질 거야.

그 말 들으니 마음이 놓인다.

너희 집 식탁에서 취해 있을 때

밤하늘에 난 낮의 구멍에 대해

네가 뭐라고 그랬잖아.

그거 무슨 얘기였어?

공룡 얘기 말이야?

그래, 그거.

그러니까 그게 실은 낮의 하늘에 난

밤의 구멍이었어.

그런데 어떻게 그렇게 됐지?

물속에 총알을 쏜다고 상상해 봐.

거기까지 말했으면 됐어.

이제 기억난다.

어쩌다가 그 생각이 났어?

잠이 안 와.

그래서 대신 생각을 하지.

나도 잠을 많이 못 자.

우린 이렇게 피곤하다고

말하는 사람들치고는

잠을 많이 안 자는 거야.

우리 이민 안 갈 거야.

안 올 줄 알았어.

가려고 했어.

리브카가 마음을 바꾸던 참이었어.

하지만 이젠 아니야.

뭐가 변했는데?

모든 것이 바뀌었어.

아무것도 안 바뀌었어.

맞아.

그냥 이게 우리야.

그걸 인정하게 된 게 바뀐 거야.

나도 그러려고 노력 중이야.

밤이었으면 어땠을까?

언제?

소행성이 왔을 때.

그랬다면 밤에 멸종됐겠지.

하지만 무엇을 보았을까?

밤하늘에 난 밤의 구멍?

그리고 넌 그게

어떻게 보였을 것 같아?

아무것도 아닌 것으로 보이지 않았을까?

그 후로 몇 년 동안 그들은 무미건조한 어투로 간단명료하게, 주로 아이들의 근황만 담은 짤막한 메시지와 이메일을 주고받았다. 타미르는 맥스나 벤지의 바르 미츠바나 줄리아의 결혼식(그녀가 친절하게도 초대했고 제이컵도 간청했다.)이나 데버러나 어브의 장례식에도 오지 않았다.

아이들이 그의 새집을 처음 방문한 날은 그의 남은 삶의 첫날이자 최악의 날이었다. 아이들이 돌아간 후 제이컵은 문을 닫고 반시간 동안 아거스와 누워 아거스에게 정말 착한 개라고, 최고의 개라고 말하고는 방에 온기를 주는 커피 한 잔을 가지고 앉아서 타미르에게 결코 보내지 않을 긴 이메일을 썼다. 그러고 나서 일어나 열쇠를 들고 드디어 수의사에게 갈 준비를 했다. 이메일은 이렇게 시작했다. "우리는 잃었지만 잃었어."

잃는 것의 일부는 내주는 것이었다. 일부는 가져오는 것이었다. 제이컵은 자신이 무의식적으로 무엇을 움켜쥐고 무엇을 놓아 버리는지, 그러니까 무엇을 자기 것이라고, 필요하다고 여기는지 깨닫고 놀라곤 했다.

『추락』*은 어떤가? 그가 산 책이었다. 어느 여름에 그레이트배링턴의 중고 서점에서 그 책을 발견한 기억이 났다. 심지어 줄리아가 같이 있어서, 그리고 읽을 생각이 없는 책을 갖고 싶은 욕구를 인정하기 싫어서 사지 않은 테네시 윌리엄스의 아름다운 희곡집 세트도 기억났다.

줄리아는 일 년이 넘도록 손도 대지 않고 그 자리에 놓아두었다는 이유로 그의 침대 협탁에서 『추락』을 가져갔다.(손대지 않았다는 것은 그녀의 표현이었다. 제이컵이라면 읽지 않았다고 했을 것

* J. M. 쿳시의 소설.

이다.) 샀다고 그 책에 대한 권리가 있는 것인가? 그녀가 읽었다면, 그러니까 손댔다면 그녀에게 권리가 있는 것인가? 이제 그가 손대고 읽을 것이므로 그녀가 손대고 읽었어도 책에 대한 그녀의 권리는 박탈되는 것인가? 이런 생각들은 수치스럽게 느껴졌다. 이런 생각들을 피하려면 다 줘 버리는 수밖에 없었지만 더 깨우친 사람이나 멍청한 사람이 아니고서는 두 손을 맞비비며 다 물건일 뿐인데, 뭐라고 생각하기는 쉽지 않을 것이다.

벽난로 선반 위의 파란 꽃병은 어떤가? 그녀의 부모가 그에게 선물로 준 것이다. 그들에게가 아니라 그에게 주었다. 생일 선물이었다. 아니면 아버지의 날 선물이었든가. 그는 적어도 그의 이름이 적힌 카드와 함께 그 꽃병을 선물로 받은 것을 기억할 수 있었다. 그를 안다는 데 자부심을 느꼈기 때문에 그를 위해 신중하게 고른 꽃병이었다.

그에게 준 것을 부인할 수 없지만 그들 공동의 집을 위해 준 것도 분명한, 그녀의 부모가 돈을 낸 물건의 소유권을 주장한다면 좀 야박할까? 그리고 꽃병이 아름답기는 하지만 그가 자신의 안식처이자 새로운 시작의 상징 안에 그 초자연적 에너지를 두기를 원했을까? 꽃병이 정말로 그의 꽃에게 활짝 필 최선의 기회를 주었을까?

대부분의 것은 놔 버릴 수 있었다.

그는 지난 십여 년간 사실상 거의 모든 독서를 그곳에 웅크리고 앉아서 했던 큼직한 붉은색 코듀로이 의자를 사랑했다. 그 의자가 무언가를 흡수하지 않았을까? 그래서 의자 이상의 성질을 띠게 되지 않았을까? 등판의 땀자국이 그 모든 경험에서 유일하게 남은 것이었을까? 천의 굵은 골에 무언가가 스며 있었을까? 놔 버리자. 그는 생각했다.

은식기들. 그것들이 그의 입에, 자식들의 입에 음식을 가져다주었다. 인간의 모든 활동 가운데 가장 근본적이고 없이는 살 수 없는 것. 그는 식기세척기에 넣기 전에 그 은식기들을 개수대에서 헹구었다. 샘이 염력을 발휘한답시고 구부려 놓은 스푼을 다시 폈다. 칼로 페인트 캔 뚜껑을 비틀어 열고 싱크대에 아무도 모를 물질이 딱딱하게 굳어 있는 것을 긁어 냈다. 셔츠 등판을 따라 손이 닿지 않는 가려운 곳을 포크로 긁었다. 놔 버리자. 하나도 남지 않을 때까지 다 놔 버리자.

사진 앨범들. 그중에 마음에 드는 것들도 있었다. 하지만 『그로브 미술 백과사전』 못지않게 나눌 수가 없었다. 그리고 거의 줄리아가 찍은 사진이라는 것은 어쩔 수 없는 사실이었다. 사진들 속에는 그녀가 없었다. 그녀가 없다는 것이 그녀의 소유권을 주장할 근거였을까?

주방 문틀에 새긴 성장 표. 새해 첫날과 유대식 새해 첫날이면 제이컵은 아이들을 다 불러 키를 쟀다. 아이들은 등을 서핑보드처럼 똑바로 펴고 섰다. 까치발은 절대 하지 않았지만 늘 커 보이고 싶어 했다. 제이컵이 검은색 사인펜으로 아이들의 정수리를 누르고 5센티미터 정도의 선을 그었다. 그런 다음 이니셜과 날짜를 적었다. 첫 번째로 잰 치수는 SB 2005. 1. 1이었다. 마지막 것은 BB 2006. 1. 1이었다. 그 사이에 스무 개 남짓의 선이 있었다. 그것은 무엇처럼 보였을까? 작은 천사들이 오르내리는 작은 사다리? 삶이 흘러가는 소리를 연주하는 악기의 프렛?

아무것도 가져오지 않고 그냥 처음부터 다시 시작할 수도 있었다. 다 물건일 뿐인데, 뭐. 하지만 그러면 공정하지 않을 것이다. 그 정도가 아니라 부당할 것이다. 순식간에 공정함과 부당함이 물건들 자체보다 중요해졌다. 전혀 중요하지 않은 돈의 액수를 놓고 대화를 시작하자 억울하다는 느낌이 극에 달했다. 어느 봄날 오후 창밖 가득 벚꽃이 피었을 때 실버스 박사가 그에게 말했다. "당신의 삶의 조건이 어떻든 부당하다는 말을 그렇게 자주 쓰면 결코 행복해질 수 없을 겁니다." 그래서 그는 다 놔 버리려고 했다. 물건들도, 그가 그 물건들에 부여했던 생각들도. 그는 다시 시작할 것이다.

그가 새집에 제일 먼저 산 것은 아이들이 쓸 침대였다. 벤지의 방은 작은 편이어서 서랍 달린 침대가 필요했다. 그런 것을 찾기가 진짜로 어려웠을 수도 있지만 제이컵이 그 일을 어렵게 만들었는지도 모른다. 그는 꼬박 사흘 동안 온라인을 뒤지고 가게들을 돌아본 끝에 결국 단단한 참나무로 만든 꽤 근사한 것을 찾아냈다.(디자인 위드인 리치라고 이름을 기분 나쁘게 잘못 붙인 곳에서.) 세금에 배송료까지 더하면 3000달러가 넘었다.

침대에는 당연히 매트리스가 필요하고(이것은 당연하다.) 매트리스는 당연히 유기농이어야 했다.(이것은 당연하지 않다.) 하지만 줄리아가 유기농이냐고 물어볼 테고, 그의 대답을 믿지 못해 시트를 벗기고 살펴볼 것이다. 그냥 "편하게 하기로 했어."라고 말한다고 죽나? 그렇다, 죽는다. 하지만 왜? 그녀를 실망시킬까 봐 두려워서? 그녀가 두려워서? 그녀가 옳고 아이들이 인생의 절반 가까이를 어떤 화학 물질을 깔고 누워 있는지가 중요하니까? 1000달러가 더 들었다.

매트리스에는 당연히 시트가 필요하지만 먼저 매트리스 커버가 필요했다. 벤지가 이제는 밤에 실수하는 일이 거의 없어졌다 해도 여전히 실수를 했기 때문이다. 또 이혼 탓에 퇴행할 수도 있다는 생각이 들었다. 그런 실수를 한 번만 해도 1000달러짜리 유기농 매트리스가 결딴날 것이다. 그래서 또 150달러가 들었다. 그리고 시트들도. 복수형은 시트 세트에 필요한 다양한 종류의 시트들뿐 아니라 다 여벌 시트를 두니까 두 번째 시트 세트를 위한 것이기도 했다. 그는 종종 이런 논리 앞에서 속수무책이 되었다. 이건 그래야 하니까, 남들도 다 그렇게 하니까 그런 식으로 해야 한다. 사람들은 쓸 수도 있는 사람당 은식기를 두 개씩 마련한다. 사람들은 샐러드 만드는 데 한 번이나 쓸까 싶은 특별한 식초를 산다. 그리고 포크의 기능을 왜 충분히 활용하지 않는가? 단순한 포크 하나만 있어도 거품기, 뒤집개, 샐러드 집게(이건 포크 두 개.), '매셔',* 그 밖에 사들이고 쓰지도 않을 고도로 전문화된 온갖 주방용 기구들이 필요하지 않다. 그는 필요하지도 않은 것들을 사러 가면 적어도 그것들과 비슷하지만 형편없는 것이라도 사기로 결정을 해야 마음이 편해졌다.

---

* 감자 등을 으깨는 도구.

죽어서 내세에 갔는데 천국에 왔는지 지옥에 왔는지 알 수 없는 상황을 상상해 보라.

당신은 지나가는 천사에게 물어볼 것이다. "실례합니다. 여기가 어딥니까?"

"안내 데스크에 있는 천사에게 물어보세요."

"안내 데스크는 어딘가요?"

그러나 천사는 가 버린다.

주위를 둘러본다. 천국이라고 주장할 수 있는 강력한 근거가 있다. 지옥이라고 주장할 수 있는 강력한 근거가 있다. 이케아의 모습이 그렇다.

제이컵은 아이들을 위해 새집을 단장하는 일을 끝내기까지 이케아를 대여섯 번은 다녀왔다. 그때조차 아무리 따져 봐도 이케아를 대단히 좋아하는지 끔찍이 싫어하는지 분간할 수가 없었다.

그는 합판으로 만든, 책을 꽂지 않으면 날아가 버릴 것 같은 책장이 끔찍이 싫었다.

마법 같은 가격에 물건들을 팔기 위해 8000만 번 복제될 맞춤못의 기능적이면서 가장 짧은 길이처럼 모든 세부까지 적용해야 했던 정밀 조사를 상상하기를 대단히 좋아했다.

그는 누군가가 자기 것과 똑같은 내용물을, 심지어 똑같이 쌓아서 카트에 싣고 지나가는 경험이 끔찍이 싫었다. 그리고 카트도 끔찍이 싫었다. 불구대천의 원수 셋과 중풍 환자 한 사람 같은 바퀴들과 무지개(무지개 모양이 아니라 진짜 무지개) 같은 최소 선회 반경.

그는 예기치 못한 물건, 아름답게 디자인하고 완벽한 이름을 붙여서 면도용 크림보다 밀도가 높은 재료로 만든 것을 대단히 좋아했다. 그 검은색 대리석 절구와 막자. 그것은 미끼 상품이었을까? 사랑에서 온 행동일까?

그는 불쌍한 의자를 거듭해서 치고 또 내려치는, 의자의 탄성과 악의 존재를 둘 다 확인하느라 매일같이 온종일 치고 아마 밤새도록 칠 기계가 끔찍이 싫었다.

제이컵은 뭔지는 몰라도 해초와 조랑말 털과 반대되는 것이 들어 있는 녹색 벨벳 커버로 싼 소파에 앉아서 눈을 감았다. 그는 잠을 잘 못 자고 있었다. 꽤 오랫동안. 그러나 이 소파는 느낌이 괜찮았다. 그의 앞에 낯선 사람들이 잔뜩 오가고 안락한지 보려고 가끔씩 누군가가 옆에 앉기까지 하는데도 안전한 느낌이 들었다. 그는 세상에서 세상 자체의 세상 속에 있는 세상 속의 자기만의 세상에 있었다. 모두 무언가를 찾고 있었지만 끝없이 공급되었고, 그래서 누구도 만족을 얻기 위해 다른 사람을 희생시킬 필요가 없었다. 싸울 필요도 없고 의견을 달리할 필요조차 없어졌다. 그렇다면 그것이야말로 완전히 영혼이 없는 것 아닌가? 어쩌면 천국은 영혼들이 거주하는 곳이 아니라 영혼들이 없는 곳 아닐까? 이것이 공정함 아닐까?

그는 퍼뜩 깨어나면서 처음에는 마치 자신의 탄성을 거칠게 다시, 다시, 또다시 시험하고 있는 것 같은 그 타락한 기계가 주먹으로 친 줄 알았다. 그러나 친절한 천사가 톡톡 쳤을 뿐이었다.

"저희는 10시에 문을 닫습니다." 그녀가 말했다.

“아, 정말 죄송합니다.” 그가 말했다.

그녀가 물었다. “뭐가요?”

지진이 일어났을 무렵 제이컵은 아침마다 아래층으로 내려가면서 아거스가 똥을 쌌을지 여부는 궁금하지 않았지만 어디에, 어느 정도의 굳기로 쌌을지는 궁금했다. 하루를 시작하는 좋은 방법은 아니었고, 그것이 아거스의 잘못이 아닌 줄은 알지만 시간에 쫓기고 아이들은 로봇같이 딱딱 협조해 주지 않는데 똥이 사방에 널려 있으면 제이컵은 인내심을 잃었다.

“하느님 맙소사, 아거스!”

그러면 아이들 중 하나가 아거스를 구하러 나타나곤 했다. “일부러 그런 게 아니잖아요.”

그러면 제이컵은 비참한 기분이 들곤 했다.

아거스는 페르시아와 동양식의 로르샤흐 테스트*를 만들어 놓고, 천을 씌운 가구 속을 벽장과 자기 배 속으로 옮기고, 마룻바닥을 그랜드 위저드 시어도어**처럼 박박 긁었다. 그러나 아거스는 그들의 개였다.

아거스가 고통받고 있다면, 불편한 정도가 아니라 심한 고통 속에 있다면 모든 게 훨씬 쉬웠을 것이다. 혹은 수의사가 암이라든가 심장 질환이나 신장 기능 이상이라도 발견할 수 있었다면.

---

* 좌우 대칭의 불규칙한 잉크 무늬를 이용해서 하는 인격 진단 검사법.

** 미국의 유명한 힙합 디제이.

제이컵이 줄리아에게 이스라엘에 싸우러 가겠다고 말하자 그녀는 먼저 아거스를 안락사시켜야 한다고 말했다. 그는 그렇게 하지 않았고, 그녀도 그 얘기를 다시 꺼내지 않았다. 그러나 떠나지 않고 집으로 돌아왔을 때 그것은 보이지 않지만 벌어진 상처였다.

그 후로 몇 달 동안 아거스의 상태는 다른 모든 것들과 마찬가지로 악화되었다. 딱히 이유도 없이 끙끙거리고, 서성거리다 주저앉고, 먹는 양이 점점 줄더니 급기야 거의 먹지 않게 되었다.

줄리아와 아이들이 곧 올 것이다. 제이컵은 집 안을 이리저리 배회하면서 불완전한 구석들을 찾아내 손봐야 할 것들의 무한한 정신적 타격 목록에 추가했다. 물이 똑똑 새는 샤워실의 들뜬 회반죽, 복도 벽이 바닥과 닿는 곳에 페인트를 너무 많이 발라 지저분해진 자리, 식당 천장의 회전 환기구, 과하게 꾸민 침실 창문.

초인종이 울렸다. 또 울렸다. 다시 울렸다.

"간다! 가!"

그가 활짝 웃으며 문을 열었다.

"아빠네 초인종 소리 이상해요." 맥스가 말했다.

아빠네 초인종.

"소리가 약간 이상하긴 하지. 좋은 쪽으로 이상해? 아니면 나쁜 쪽으로 이상해?"

"아마 좋은 쪽요?" 맥스가 말했다. 정말로 그렇게 생각했을 수도 있지만 친절을 베푼 것일 수도 있었다.

"들어와라." 제이컵이 말했다. "들어와. 맛있는 과자들이 좀 있어. 체다 버니스랑 벤지, 네가 좋아하는 트러플 치즈 맛도 있어. 맥스, 라임 토르티야 칩이 있다. 그리고 이탈리아 소다도 아란시아타, 리모나타, 폼펠모, 클레멘타인, 다 있어."

"우린 괜찮아요." 샘이 가족사진을 찍을 때처럼 미소 지으며 말했다.

"폼펠모는 처음 들어봐." 맥스가 말했다.

"나도 처음이야. 하지만 사 놨어." 제이컵이 말했다.

"여기 마음에 쏙 드네." 줄리아가 대본에 쓰인 말 같지만 매우 진지하고 설득력 있게 말했다. 그들은 이혼 협의를 연습하듯 방문과 두 집을 오가는 새로운 스케줄을 공유하는 방법과 너무 고통스러워서 한 번으로 끝낼 수 없었던 다른 많은 경험들을 연습해 놓았다.

"그럼 집 구경을 시켜 줄까? 아니면 그냥 너희끼리 볼래?"

"저희끼리 볼까요?" 샘이 말했다.

"그러렴. 너희 방문마다 이름을 붙여 놨으니 헷갈리지 않을 거다."

그는 자신이 말하는 소리를 들었다.

아이들이 천천히, 신중하게 위층으로 올라갔다. 아이들은 이야기를 하지 않았지만 제이컵은 아이들이 물건을 만져 보는 소리를 들을 수 있었다.

줄리아는 뒤에 남아 아이들이 3층까지 가기를 기다렸다가 입을 열었다. "아직까지는 괜찮아."

"그렇게 생각해?"

"응. 하지만 시간이 좀 걸릴 거야."

제이컵은 타미르가 집을 본다면 뭐라고 말할지 궁금했다. 아이작이라면 뭐라고 말했을까? 아이작은 유대인 요양원으로의 이사를 피했지만 제이컵의 이사도, 결국 제이컵도 보지 않게 되리라는 사실은 몰랐다.

제이컵이 줄리아를 거실로 쓸 방으로 안내했다. 거의 텅 빈 방이었다. 그들은 방 안의 유일한 가구인 녹색 소파에 앉았다. 몇 주 전 제이컵이 앉아서 잠들었던 소파였다. 바로 그 소파는 아니고 200만 개의 똑같은 형제들 중 하나였다.

"먼지가 많네." 그녀가 말했다. 그러고는 이내 말했다. "미안."

"아니, 사실인데, 뭐. 끔찍하지."

"진공청소기 있어?"

"우리 집에 있는 거랑 같은 종류로 샀어." 제이컵이 말했다. "우리 집에 있던 거? 당신 집에 있는 거? 그리고 걸레질도 해. 항상, 그런 느낌이야."

"작업 때문인지 공기 중에 먼지가 많네. 그게 계속 내려앉는 거야."

"공기 중에 있는 먼지를 어떻게 없애?"

"계속 지금 하는 대로 해야지, 뭐." 그녀가 말했다.

"그리고 결과가 달라지기를 기대하고? 미친 짓의 정의가 그거 아니야?"

"스위퍼 먼지떨이 있어?"

"뭐라고?"

"내가 하나 줄게. 진짜 유용해."

"링크 보내 주면 내가 살게."

"그냥 내가 가져다주는 게 나을걸."

"고마워."

"아거스 일은 괜찮아?"

"아니."

"괜찮아져야지."

"내 감정은 한 번도 마음먹은 대로 된 적이 없어."

"당신은 착해, 제이컵."

"뭐에 비해서?"

"다른 남자들에 비해서."

"체로 물을 퍼내는 기분이야."

"사는 게 쉽다면 누구다 다 살 거야."

"다들 살고 있잖아."

"살아 있는 사람은 많아도 태어나는 사람이 그만큼 많지는 않다는 걸 생각해 봐."

"아니면 우리 할아버지만 생각해도 되지."

"가끔 해." 그녀가 말했다. 그녀가 눈을 들어 방을 둘러보았다. "내가 이런 말 하면 짜증 날지 도움이 될지 모르겠지만……."

"왜 꼭 둘 중 하나야?"

"맞아. 흠. 벽 색깔이 좀 어둡네."

"알아, 좀 그렇지?"

"음침해."

"색채 전문가를 고용했어."

"농담하지 마."

"당신이 좋아하는 페인트를 썼는데. 패로 어쩌고 하는 거."

"패로 앤드 볼."

"그랬더니 색채 전문가 서비스를 제공해 줬어. 내가 너무 비싼 자기네 페인트를 잔뜩 사서 서비스로 해 준 줄 알았어. 그러고 나서 2500달러짜리 청구서를 받았지."

"말도 안 돼."

"그랬다니까. 2500달러. 그리고 북군 케피 모자 밑에서 사는 기분이야."

"뭐라고?"

"남북 전쟁 때 썼던 모자 있잖아. 그 모자의 역사에 대해 들었는데……."

"나한테 부탁하지 그랬어."

"당신한테 돈을 줄 여유가 없어서."

"공짜로 해 줬을 텐데."

"우리 아버지가 당신한테 공짜 색채 전문가 같은 건 없다고 가르쳐 주시지 않았어?"

"바닥에 온통 종이가 깔려 있어요." 벤지가 계단을 내려오며 말했다. 그는 자신감에 차서 어떤 일에도 당황하지 않는 듯 보였다.

"작업을 끝내는 동안 바닥을 보호하려는 거란다." 제이컵이 말했다.

"발이 엄청 많이 걸릴 것 같아요."

"네가 여기 살게 되려면 한참 있어야 할 거야. 바닥의 종이, 사다리, 먼지. 전부 다 치워질 거다."

맥스와 샘도 내려왔다.

"제 방에 작은 냉장고 놔도 돼요?" 맥스가 물었다.

"물론이지." 제이컵이 대답했다.

"뭐 하려고?" 줄리아가 물었다.

"바닥에 종이가 너무 많은 것 같지 않아?" 벤지가 형들에게 물었다.

"그 이탈리아 소다들 넣으려고요."

"내 생각에는 너희가 여기 처음 왔으니까 아빠가 특별히 준비하신 것 같은데."

"아빠?"

"매일 마시는 음료는 분명 아니지."

"샘 형, 바닥에 종이가 있으니까 안 좋지 않아?"

"좋아요, 그럼 죽은 쥐를 넣어 둘 수 있겠네요."

"죽은 쥐?"

"비단뱀을 사도 좋다고 허락했어." 제이컵이 말했다. "비단뱀이 죽은 쥐를 먹거든."

"실은 아마 얼려야 할 거예요. 그리고 그런 작은 냉장고에 작은 냉동실이 있을 것 같지는 않아요." 맥스가 말했다.

"왜 비단뱀을 갖고 싶은데?" 줄리아가 물었다.

"늘 비단뱀을 갖고 싶었거든요. 비단뱀은 굉장하니까요. 아빠가 이제 새집이 생겼으니 한 마리 살 수 있겠다고 하셨어요."

"내가 계속 발이 걸릴 거라고 했는데 왜 아무도 들은 척 안 해?" 벤지가 물었다.

그러자 그답지 않게 한참을 조용히 있던 샘이 말했다. "제방 근사한 것 같아요. 고마워요, 아빠."

그 말이야말로 제이컵이 들으면 가장 힘들어할 말이었다. 줄리아가 그에게 도움이 필요하다는 걸 눈치채고 끼어들었다.

"그래." 그녀가 말하며 손뼉을 한 번 딱 치자 의도치 않게 더 많은 먼지가 피어올랐다. "아빠랑 엄마 생각에는 이 집에 이름을 붙여 주면 좋을 것 같아."

"그냥 '아빠네 집' 아니에요?"

"맞아." 제이컵이 낙천주의를 가장하여 마음을 진정시키며 말했다. "하지만 우리 모두 우리 가족의 두 집 중 하나로 생각하고 싶잖니."

"네, 아빠가 사는 집요. 엄마가 사는 집이랑 반대되게요."

"난 이 집 마음에 안 들어." 벤지가 제이컵의 감정의 브레이크 선을 말로 끊어 버렸다.

"좋아하게 될 거야." 줄리아가 말했다.

"이 집 싫다고요."

"틀림없이 좋아하게 될 거야."

제이컵은 미끄러지는 듯한 기분이 들었다. 그가 이사를 해야 했던 게 부당하고, 떠난 사람처럼 인식되는 것도 부당하고, 이 모든 먼지가 그의 것이라는 사실도 부당했다. 그러나 또한 줄리아의 노력에 자신이 의존하고 있음을 느꼈다. 줄리아가 없다면 이 일을 할 수 없었다. 그녀가 없으면 그녀 없이 살 수 없었다.

"근사해질 거야." 줄리아가 벤지의 구멍 뚫린 행복 풍선에 자신의 낙관주의를 계속 불어넣어 제 모양을 갖추게 할 수 있다는 듯이 말했다. "아빠가 그러는데 위층에 탁구실까지 있대."

"맞아." 제이컵이 말했다. "그리고 예전에 하던 스키볼 게임 기계를 찾느라 이베이에서 낚시질을 했어."

"진짜 낚시질을 했다는 뜻이 아니시죠. 샅샅이 뒤졌다는 말이죠." 맥스가 말했다.

샘이 갑자기 생기를 띠었다. "그래도 낚시질을 한다가 낚시가 아니라 실제로 샅샅이 뒤진다는 말에서 나온 건 알지?"

"몰랐는데." 맥스가 조그만 지식을 얻게 되어 기뻐하며 말했다. "난 항상 낚시에서 나온 줄 알았어."

"그래?"

평소 같은 순간 덕분에 평소의 생활이 돌아왔다.

"스키볼은 뭐야?" 벤지가 물었다.

"볼링이랑 다트 게임을 합친 거야." 샘이 말했다.

"상상이 잘 안 되는데."

"척 이 치즈*에서 한 거랑 비슷해."

---

* 미국의 가족 오락 센터와 식당 체인.

"아, 알겠어."

평소 생활? 이 모든 엄청난 변화가 그런 야심으로 정당화되었을까?

"아케이드 하우스는 어때요?" 맥스가 제안했다.

"아케이드 파이어*랑 너무 비슷하잖아." 샘이 말했다.

"그건 너무 칙칙해." 벤지가 말했다.

"여기는 칙칙하지 않을 거야."

"대븐포트 하우스는 어떨까?"

"왜?"

"대븐포트 거리에 있잖아."

"그건 너무 옛날 집처럼 들려."

"그냥 아빠네 집이라고 하면 뭐가 어때서 그러는지 모르겠네. 뭔가 다른 것인 척할 수도 있겠지만 어쨌든 그거잖아." 샘이 말했다.

"종이 집." 벤지가 약간은 혼잣말처럼, 약간은 누구에게랄 것도 없이 말했다.

"뭐?"

"사방에 종이가 많으니까."

"하지만 너희가 들어올 때면 종이는 다 치워지고 없을 거야." 제이컵이 말했다.

"그리고 아빠는 종이에 글을 쓰시잖아요. 아빠는 작가니까."

---

* 캐나다 출신 인디 록 밴드.

"아빠는 컴퓨터로 쓰셔." 샘이 말했다.

"그리고 종이는 쉽게 찢고 태울 수 있어."

"왜 쉽게 찢고 태울 수 있는 것을 집의 이름으로 하겠다는 거야?"

"너무 몰아붙이지 마, 맥스."

"내가 뭐랬다고요?"

"그냥 잊어버리렴. 주소를 따서 2328로 불러도 돼." 제이컵이 말했다.

"아니야, 잊어버리지 마. 좋은 생각이고 우리 다섯은 똑똑한 사람들이야. 할 수 있다고." 줄리아가 말했다.

똑똑한 다섯은 생각했다. 그들은 마치 십자드라이버를 십자말풀이에 쓰는 것처럼 자신들의 지성을 결국은 지성의 문제가 아닌 것에 썼다.

어떤 종교는 내면의 평화를 강조하고, 어떤 종교는 죄를 피할 것을 강조하며, 어떤 종교는 찬양을 한다. 유대교는 지성을 강조한다. 문헌상으로나 의식 면에서나 문화적으로나 그렇다. 모든 것이 배움이고, 모든 것이 준비이며, 정신의 연장통을 계속 채워 나가서 어떤 상황에도 대비할 수 있게 만들려는 것이다.(그리고 결국은 너무 무거워서 가지고 다닐 수 없게 된다.) 유대인들은 전 세계 인구의 0.2퍼센트를 차지하지만 노벨상 수상자 중에서는 22퍼센트이다. 노벨 평화상을 제외하면 24퍼센트가 된다. 그리고 멸종에 주는 노벨상은 없고 유대인들이 기회를 별로 얻지 못한 때가 십 년 있었으니 실제 비율은 훨씬 높다. 어째서일까? 유대인들이 다른 이들보다 영리해서가 아니다. 유대인들은 스톡홀름에서 주는 상 같은 것을 중요하게 여겼다. 유대인들은 수천 년 동안 노벨상을 위해 훈련해 왔다. 그러나 만족감에 주는 노벨상이나 안전하다는 느낌에 대한 노벨상, 놔 버릴 줄 아는 능력에 대한 노벨상이 있다면 그 22퍼센트, 평화상을 빼면 24퍼센트는 낙하산이 필요할 것이다.

"전 그래도 아빠네 집이라고 불러야 한다고 생각해요." 샘이 말했다.

"하지만 나만의 집이 아니잖니. 우리 집이야."

"우리 집이라고 부를 수는 없어요. 다른 집도 우리 집이니까." 샘이 말했다.

"시계 집?"

"왜?"

"몰라요."

"폼펠모 하우스?"

"이름 없는 집?"

"먼지투성이 집."

"다음에 더 얘기하자." 줄리아가 전화기로 시간을 확인하고 말했다. "애들 머리 깎으러 가야 해."

"그래." 제이컵은 어쩔 수 없음을 알지만 단 몇 분이라도 미루고 싶었다. "누구 과자나 마실 거 필요한 사람 있어?"

"우리 늦겠어." 줄리아가 말했다. "다들 아거스한테 작별 인사 해."

"나중에 보자, 아거스."

"차오, 아거스."

"좋은 작별 인사구나." 그녀가 말했다.

"왜요?"

"아거스가 새집에서 보내는 첫 밤이잖아." 제이컵이 말했다.

"새집은 어때요?" 샘이 제안했다.

"그것도 괜찮겠다." 제이컵이 말했다. "언제까지나 새집은 아니겠지만."

"그때 가서 이름을 바꾸면 되죠." 샘이 말했다.

"프라하에 있는 오래된 새 회당처럼." 줄리아가 말했다.

"이사를 가든가요." 벤지가 말했다.

"이사는 더 이상 안 해." 제이컵이 말했다.

"이제 가자." 줄리아가 아이들에게 말했다.

아이들이 아거스에게 작별 인사를 했고, 줄리아가 무릎을 꿇고 개와 눈높이를 맞추고 말했다. "잘 지내렴, 털북숭이."

그녀는 아무것도, 제이컵만 볼 수 있는 것은 아무것도 보여 주지 않았다. 그러나 그는 볼 수 있었다. 은연중에 드러난 진실을 설명할 수는 없었다. 그녀의 얼굴에는 아무것도 드러나지 않았고, 그녀의 몸은 아무것도 드러내지 않았고, 그녀의 목소리에도 아무것도 없었다. 그러나 그녀는 그 모든 것을 드러냈다. 그는 간신히 억누를 수 있을 따름이었다. 그녀는 평정을 유지할 수 있었다. 그리고 그는 그런 점에 경외심을 품었다. 그녀는 아이들을 위해 그렇게 했다. 아거스를 위해 그렇게 했다. 하지만 어떻게 가능했을까?

"좋아." 제이컵이 말했다.

"좋아." 줄리아가 말했다.

"우리가 뭘 해야 할지 알겠어요." 벤지가 말했다.

"가야지." 줄리아가 말했다.

"아니에요. 눈을 감고 집을 한 바퀴 돌아야 해요. 안식일에 하는 것처럼요."

"다음에 와서 하는 게 어떻겠니?" 제이컵이 말했다.

샘이 앞으로, 어른의 공간으로 나섰다. "아빠, 우리 벤지를 위해 해요."

그러자 줄리아가 가방을 내려놓았다. 제이컵은 주머니에서 손을 뺐다. 의식의 정신에 위반되기 때문에 아무도 다른 사람이 눈을 감았는지 보지 않았다. 본능보다 강한 본능이 있었으므로 아무도 엿보지 않았다.

처음에는 재미로 시작했다. 재미있었다. 향수는 달콤했고 모든 게 예전 그대로였다. 아이들은 일부러 물건에 쿵쿵 부딪치고 소음을 내면서 신나게 웃었다. 그러나 누가 의도한 것도 아니고 그런 변화를 눈치채지도 못했는데 어느새 침묵이 퍼져 나갔다. 아무도 말을 멈추지 않았지만 어느새 더 이상 말하지 않았다. 아무도 웃음을 억누르지 않았지만 더 이상 웃지 않았다. 한참 동안이나 그런 상태가 계속되었다. 각자에게, 유령이나 탐험가, 신생아 같은 그들 다섯에게 시간의 양이 다르게 느껴졌다. 누군가가 팔을 뻗어 보호해 줄지 아무도 몰랐다. 누가 기어 다니는지,

다리를 휘저어 장애물을 찾는지, 줄곧 오른쪽 벽에 몸을 붙이고 손가락으로 벽을 따라가는지도 알지 못했다. 줄리아의 발이 접이식 의자 다리에 닿았다. 샘이 전등 스위치를 발견하고 엄지와 검지로 잡아서 끄는 것과 켜는 것의 가운데 자리를 찾았다. 맥스는 가스레인지 윗면을 손으로 더듬다가 전율을 느꼈다. 줄리아가 눈을 떴다. 그녀의 눈이 제이컵의 뜬 눈과 마주쳤다.

"생각해 냈어요." 보고 있지 않아도 세상이 사라지지는 않는다는 걸 알 만한 나이가 된 벤지가 말했다.

"뭘 생각해 냈는데?" 줄리아가 방 건너편에서 그를 배신하지 않으려고 보지 않으면서 물었다.

"통곡의 집요."

이케아에 마지막으로 갔을 때 제이컵은 무언가가 더 필요해서 간 것이 아니었다. 그저 위층 욕실에 놓을 손 닦는 수건, 램스이어 화분, 단독으로 세워 놓는 아크릴 그림 액자 등 필요한 것은 뭐든 만족시켜 주는 이케아에 너무 익숙해졌던 것이다. 그는 아플 때 의사가 자신보다 자신을 잘 알기 때문에 검사 약속을 잡는 것처럼 이케아가 자신보다 자신에게 필요한 것을 잘 안다고 믿게 되었다.

그는 선홍색 발판 의자, 마늘 빻는 기구, 변기 솔 세 개, 빨래 건조대, 접시 건조대, 아직은 모르겠지만 어딘가 쓰기에 딱 맞을 펠트 천 보관함 여섯 개, 수준기(지난 사십이 년 동안 수준기가 필요한 적은 한 번도 없었지만.), 도어 매트, 편지 접시 두 개, 오븐용 장갑, 콩이나 렌틸콩, 쪼개서 말린 완두콩, 팝콘, 퀴노아, 쌀 등을 저장할 수 있는 밀폐 유리병(장식용으로도 좋다.) 여러 개, 옷걸이, 벤지의 방 구석에 연결할 LED 줄 전구, 욕실마다 놓을 페달식 휴지통, 폭풍우에 두 번은 못 쓰겠지만 한 번은 쓸 수 있을 허접한 우산 등을 샀다. 그는 직물 코너에서 인조 양가죽을 펼쳐 보다가 자신의 이름을 부르는 소리를 들었다.

"제이컵?"

돌아보니 아주 아름다운 여자였다. 낡은 가죽 같은 따뜻한 갈색 눈, 탱탱하고 잡티 하나 없는 가슴골 위쪽으로 그의 시선을 잡아끄는 금색의 로켓, 한때는 살집이 더 있었던 듯 팔에서 반쯤 내려온 팔찌가 보였다. 저 로켓에는 무엇이 들어 있을까? 그녀는 아는 사람이거나 전에 알고 지내던 사람이 틀림없었다.

"매기예요." 그녀가 말했다. "실리먼."

"안녕하세요, 매기."

그녀가 1000척의 배를 항구로 데려올 수도 있을 듯한 미소를 지었다.

"딜런하고 샘이 같이 어린이집에 다녔죠. 리아하고 멜리사 선생님 반이었잖아요."

"맞아요, 그랬지요."

"십 년도 전 일이니까요." 그녀가 다정하게 말했다.

"아니, 기억해요."

"당신을 보았다고 생각했어요. 저 뒤쪽의 거실 코너에서요. 하지만 사람들 틈에 섞여서 당신을 놓쳤어요. 긴가민가했죠. 하지만 여기서 보니까 알겠네요."

"아."

"집에 돌아오셔서 안심이에요."

"아, 저 여기 살지 않아요." 제이컵이 말했다. 본능적으로 그녀에게 관심이 일면서 학년 중반쯤 그녀의 남편이 동맥류를 일으켰던 것 같다는 생각이 떠올랐다. "제 진짜 집에 쓸 물건을 몇 가지 사러 왔을 뿐이에요."

그녀는 웃지 않고 눈에 띄게 감동했다. 줄리아가 저녁 식사에 초대했던 사람이 그녀였던가?

"떠난 남자들의 명단이 있었어요."

"떠났다고요?"

"이스라엘에요. 성소 밖에 명단이 걸려 있었어요."

"몰랐어요." 그가 말했다.

"전 한 번도 기도를 한 적이 없었어요. 단 한 번도. 하지만 성소에 가기 시작했죠. 많은 사람이 그랬어요. 아침이면 보통 성소가 꽉 찼답니다. 하여간 매일 그 명단을 봤어요."

그는 생각했다. 아직 사실대로 말할 수 있지만 지금뿐이야. 이 순간이 지나면 어색한 오해는 숨기는 것보다 나쁜 거짓말이 될 거야.

"그것도 몰랐네요." 그가 말했다.

그리고 쓸모 있는 더 작은 거짓말(공항에서 돌려보내졌다는)과 반쯤은 사실인 것들(집에 안 좋은 일이 생겨서 해외의 위기보다 그 일이 훨씬 내 존재를 필요로 했다는)도 있잖아.

"실은 명단이 두 개 있었어요. 하나는 싸우러 떠난 사람들의 이름이고, 하나는 죽은 사람들의 이름이었어요. 두 번째 명단에 있는 이름들은 첫 번째 명단에도 당연히 다 있었지요."

"음, 다시 뵙다니 정말 기쁘네요." 제이컵은 진실도 싫고 거짓말도 싫었지만 그렇다고 다른 수가 없었다.

"명단을 절대 떼지 않았어요. 아마 기념비 비슷한 것으로 여겼겠지요? 아니면 전쟁이 끝났어도 어느 정도는 끝난 게 아니라서 그랬을까요?"

"말하기 어렵네요."

"무슨 일을 하셨어요?" 그녀가 물었다

"무슨 말씀이신가요?"

"이스라엘에서요. 병참 업무를 하셨나요? 보병이셨어요? 제가 용어를 잘 몰라서."

"탱크 부대에 있었습니다."

그녀의 눈이 커졌다.

"탱크 부대에 계셨다니 정말 무서우셨겠어요."

"밖에 있는 것보다 낫습니다."

그녀는 웃지 않았다. 손을 입으로 가져가더니 말했다. "탱크를 몰지는 않으셨지요?"

"네. 그러려면 훈련과 경험이 많이 필요합니다. 저는 탄약을 재장전했어요."

"굉장히 힘드셨을 것 같아요."

"그랬지요."

"그럼 전투를 보셨어요? 이게 맞는 표현인가요? 전투를 본다?"

"저도 어떻게 표현할지는 모르겠군요. 그저 몸만 갔던 거라. 하지만 네, 전투를 보았습니다. 다들 보았을 겁니다."

문장이 계속 이어졌지만 그의 마음은 "그저 몸만 갔던 거라."라는 말에 머물렀다.

"심각한 위험에 빠졌다고 느끼신 적이 있나요?"

"무언가를 많이 느꼈는지는 잘 모르겠습니다. 진부한 표현 같지만 두려워할 틈이 없었어요."

그녀가 내려다보지 않고서도 엄지와 집게손가락으로 로켓을 집었다. 그녀의 손은 로켓이 어디 있는지 정확히 알았다.

"미안해요. 제가 너무 많은 걸 여쭤봤군요." 그녀가 말했다.

"아뇨, 아닙니다." 그가 그녀의 후회의 말을 탈출구 삼아 붙잡으며 말했다. "샘을 데리러 가야 해서 이만 가 봐야겠습니다."

"샘은 잘 있나요?"

"잘 지냅니다. 물어봐 주셔서 감사합니다. 아이 이름이……."

"딜런요."

"그렇죠."

"딜런은 좀 힘들어해요."

"아, 저런. 그거 유감이네요."

"아마도." 그녀가 말을 하려다가 고개를 끄덕이며 생각을 털어 버렸다.

"네?"

"그 말을 하려고 했어요. 실례가 되지 않는다면 언제 잠깐

들러 주시면 좋겠다고요."

"샘이 좋아할 겁니다."

"아뇨." 그녀의 목에 갑자기 핏줄이 드러났다. 아니면 갑자기 눈에 띈 것일지도 몰랐다. "당신요. 제 말은 당신 말이에요."

제이컵은 더는 이해가 되지 않았다. 정말로 그녀가 뻔뻔한 것일까? 아니면 그가 그녀를 동맥류 희생자의 아내로 착각한 것처럼 그녀가 자신을 아동 심리학자인 부모로 오해한 것일까? 그는 그녀에게 끌렸고, 그녀를 원했지만 더 나아갈 수는 없었다.

"그러죠. 들르겠습니다."

"당신의 경험을 좀 나누어 주시면 딜런에게 모든 게 좀 더 구체적이 될 거예요. 덜 무서워하게 될 테고요. 지금 너무 힘들어 하는 이유가 어느 정도는 자세한 걸 모르기 때문인 것 같아요."

"무슨 말씀이신지 알겠습니다."

실은 몰랐다.

"시간을 많이 빼앗지는 않을 거예요. 딜런을 떠맡아 달라고 부탁드리는 건 아니에요."

"그렇게 들리지 않습니다."

"좋은 분이시죠." 그녀가 말했다.

"아닙니다."

그러고서 드디어 그녀가 웃었다. "글쎄요, 확실히 아는 건 당신뿐이겠죠. 하지만 좋은 분인 것 같아요."

언젠가 벤지의 잠자리를 봐주고 나왔는데 그가 제이컵을 다시 방으로 부르더니 물었다. "이름이 없는 것들도 있나요?"

제이컵이 대답했다. "그럼, 많지."

"예를 들면요?"

"이 침대 머리판이라든가."

"이건 침대 머리판이라고 부르잖아요."

"침대 머리판은 이게 무엇인지 이르는 말이지. 하지만 이것의 이름은 없잖아."

"맞아요."

"잘 자렴, 얘야."

"우리 그것들한테 이름을 붙여 줘요."

"그건 최초의 인간이 제일 먼저 한 일이로구나, 너도 알겠지만."

"네?"

"아담 말이야. 아담과 이브. 신이 아담한테 동물들에게 이름을 붙여 주라고 하셨지."

"우린 아거스라고 이름을 붙였어요."

"맞아."

"하지만 최초의 인간은 원숭이 아니었어요? 그럼 자기 이름을 스스로 지었어요?"

"그랬을 수도 있지."

"전 모든 것에 이름을 붙여 주고 싶어요."

"그러려면 일이 아주 많겠구나."

"그래서요?"

"좋아. 하지만 내일부터 시작하자."

"좋아요."

제이컵은 문지방까지 가서 늘 그러듯이 기다렸다. 벤지가 늘 그러듯이 아빠를 다시 불렀다.

"응?"

"이름만 있는 경우도 있어요?"

자살자 게토에 있는 비석에 새겨진 이름들 같은 이름들. 추모 벽에 있는 이름들 같은 이름들. 제이컵은 그 이름들을 다른 단어로 재배열했다. 절대 공개하지 않을 그의 드라마에 나오는 이름들 같은 이름들. 제이컵은 자신의 삶에 대해 수천 쪽의 글을 쓰고 또 썼지만 그녀의 목에서 맥박이 눈에 띄고 그의 선택이 결국 눈앞에 드러난 그 순간에야 비로소 그가 단어 하나의 가치라도 있는지 묻게 되었다.

"좋아요." 그녀가 미소 짓고 고개를 끄덕이고는 반 발짝쯤 발을 뗐다. "줄리아에게 안부 전해 주세요."

"그러겠습니다." 제이컵이 대답했다.

그는 카트 가득 실린 물건들을 그 자리에 놔두고 화살표들을 따라 거실, 사무실, 주방, 식당, 침실 코너를 통과해 주차장까지 가서 곧장 회당으로 차를 몰았다. 과연 명단들이 여전히 그 자리에 있었다. 그러나 그의 이름은 떠난 이들 명단에 없었다. 그는 두 번 세 번 거듭 확인했다.

그러면 어떻게 된 일일까?

그녀가 잘못 기억했을까?

아니면 그녀가 신문에서 아이슬립에서 찍은 사진을 보았고,

그의 사진을 떠올리면서 그의 이름을 기억한다고 생각했던 걸까?

어쩌면 제이컵의 말을 그냥 믿어 준 것일까?

어쩌면 모든 것을 알면서 그가 구한 삶을 파괴했던 걸까?

그는 세 개의 탯줄을 잘랐던 손으로 망자들의 이름을 만져 보았다.

"확실히 아는 건 당신뿐이겠죠." 그녀는 그렇게 말했다.

메릴랜드 게이더스버그까지 가지 않아도 훨씬 가까운 곳에 그가 아직 상담한 적 없는 수의사가 수십 명 있었다. 아거스를 위해서나 제이컵을 위해서나 반드시 그들이 만나 본 적 없는 사람에게 가야 할 것 같았다. 하지만 집에서 좀 먼 곳이어야 했다.

그는 가는 길에 아거스를 휴게소 맥도날드에 데려갔다. 그들은 주차장 옆의 잔디 언덕으로 음식을 가져갔고, 제이컵이 아거스에게 맥너겟을 먹이려 했지만 아거스는 거부했다. 제이컵은 아거스가 좋아하는 방식으로 턱 밑을 쓰다듬어 주었다.

제이컵이 생각했다. 삶은 소중해. 그것이 모든 생각 중에서도 가장 중요한 거지. 가장 분명하면서도 가장 기억하기 어려운 것. 그가 생각했다. 그렇게 해야 할 때가 오기 전에 그런 생각을 할 수 있었다면 내 삶이 얼마나 달라졌을까.

그들은 창문을 반쯤 내리고 댄 칼린*의 「하드코어 히스토리: 아마겟돈의 청사진 2」를 크게 틀어 놓고 달렸다. 칼린은 1차

---

* 미국의 정치 평론가이자 팟캐스트 진행자.

세계대전의 의미에 대해 했던 주장과 같은 맥락에서 그레이트 필터라는 개념에 대해 이야기했다. 한 문명이 그 문명 자체를 파괴할 수 있게 되는 순간이었다. 많은 이들이 1945년 핵무기의 사용을 인류의 그레이트 필터로 본다. 칼린은 기계화된 전투가 전 세계적으로 확산된 1914년이라고 주장했다. 그는 거기에서 잠깐 페르미의 역설 이야기로 샜다. 1950년 로스앨러모스에서 점심시간에 전 세계에서 가장 위대한 소수의 물리학자들이 그즈음 빈발한 UFO 목격에 관해 농담을 하고 있었다. 그들은 그 문제를 아이러니하면서도 진지하게 받아들여 종이 냅킨을 펴 놓고 어딘가에 지적 생명체가 존재할 확률을 계산해 보려 했다. 관찰할 수 있는 우주에 10^{24}개의 별이 있다고 치자. 지구의 모래알 하나당 1만 개가 있는 셈이다. 가장 보수적으로 추정해도 지구와 같은 행성은 대략 1억×1조 개 있다. 지구의 모래알 하나당 100개가 있는 셈이다. 수십억 년 후에 그것들 가운데 1퍼센트에서 생명체가 발달하고 그것들 가운데 1퍼센트에서 지적 생명체가 발달한다면 우주에는 1만×1조 개의 지적 문명이 있어야 한다. 우리 은하계에만 10만 개이다. 분명 우리는 혼자가 아니다.

그러나 그때 식탁에서 가장 유명하고 훌륭한 물리학자인 엔리코 페르미가 처음으로 입을 열었다. "그럼 다들 어디에 있습니까?" 그들이 그곳에 있어야 하는데 그곳에 없다면 왜 없을까? 분명 우리밖에 없다.

이 역설에 대해 많은 답이 있다. 우주에 수많은 지적 생명체가 있지만 우리가 어떤 메시지를 보내기에는 너무 멀리 떨어져 있어서 그에 대해 알 방법이 없을 뿐이라는 설, 인간들이 제대로 귀를 기울이지 않고 있다는 설, 다른 생명체가 우리와 너무 달라서 우리가 인식할 수 없거나 우리를 인식하지 못한다는 설, 모두 듣고 있지만 아무도 제대로 전달하지 못한다는 설. 제이컵은 이것들 하나하나가 참을 수 없이 시적이라는 생각이 들었다. 우리는 너무 멀리 있어서 메시지를 보낼 수 없다. 우리가 제대로 귀를 기울이지 않고 있다. 아무도 제대로 전달하지 못한다. 그러고 나서 칼린은 그레이트 필터의 개념으로 돌아갔다. 어느 시점에 이르면 모든 문명은 (고의로든 우연히든) 스스로를 파괴할 능력을 갖추게 되며, 자살할 능력을 가지고도 자살하지 않을 능력을 가질 수 있는가를 놓고 일종의 합격, 불합격을 가리는 시험에 직면하게 된다.

아이작은 언제 그의 그레이트 필터에 이르렀을까?

이스라엘은 언제 이르렀을까?

제이컵과 줄리아의 결혼은 언제 이르렀을까?

제이컵은 언제 이르렀을까?

그가 차를 세우고 아거스를 병원 문으로 데려갔다. 이제 목줄을 맬 필요가 없었다. 아거스는 아무 데도 가지 않았다. 그러나 제이컵은 목줄을 맬걸 그랬다고 생각했다. 그랬다면 아거스가 자기도 모르는 사이에 자신의 최후로 스스로 걸어가고 있다는 느낌이 들지 않았을 것이다. 그곳까지 그를 데려가는 것이 끔찍하기는 해도 덜 끔찍했을 것이다.

병원의 이름은 호프 병원이었다. 왠지 제이컵은 그 이름을 잊어버렸거나 아예 처음부터 몰랐다. 병원 이름에 그는 카프카의 한 구절을 떠올렸다. "오, 희망이 있다. 무한한 양의 희망이. 단지 우리를 위한 것이 아닐 뿐." 단지 아거스 너를 위한 것이 아닐 뿐.

그들은 접수대로 갔다.

"검진하러 오셨나요?" 직원이 물었다.

"네." 제이컵이 대답했다.

그는 할 수가 없었다. 준비가 되지 않았다. 수의사하고는 다음 기회가 있을 것이다.

제이컵은 제대로 보지도 않으며 잡지를 뒤적였다. 그는 아이들 중 한 명이 처음으로 자신들을 보지 않고 전화기를 본다고 그를 비난한 때를 기억했다.

"내 아기." 그가 아거스의 턱 밑을 긁어 주며 말했다. 전에도 그를 그의 아기라고 부른 적이 있었던가?

검사 기사가 와서 그들을 뒤편의 검사실로 데려갔다. 수의사는 오래 걸렸고, 제이컵이 아거스에게 접수대 위의 유리병에 든 과자를 주었다. 그러나 아거스는 거부했다.

"착하다." 제이컵은 맥스가 했듯이 진정시키려 애쓰며 아거스에게 말했다. "착하지."

우리는 이 세상에 산다. 제이컵은 생각했다. 그 생각은 언제나 이상적으로라는 단어에 맞서 밀고 들어오는 것 같았다. 이상적으로 말하면 우리는 매주 노숙자 쉼터에서 샌드위치를 만들고, 노년에 악기를 배우고, 삶에서 늦은 시기라고 생각하지 않고, 구글 말고 다른 정신적 자원, 아마존 말고 다른 물리적 자원을 이용하고, 마카로니 앤드 치즈를 완전히 끊고, 적어도 시간과 관심의 4분의 1은 마땅히 돌봐야 할 고령의 친척에게 할애하고, 절대 아이를 전자 기기의 화면 앞에 앉혀 두지 않을 것이다. 그러나 우리는 이 세상에서 살고 이 세상에는 축구 연습, 언어 치료, 장 보기, 숙제, 집을 남 보기에 깨끗하게 유지하기, 돈, 감정 기복, 피로가 있다. 또한 우리는 인간일 뿐이다. 인간은 커피 마시며 신문 보는 시간, 친구를 만나거나 한숨 돌릴 시간이 필요할 뿐 아니라 그런 시간을 누릴 자격이 있다. 그저 그렇게 할 수 없을 뿐이다. 당위지만 가능하지 않다.

거듭, 거듭, 거듭 생각한다. 우리는 이 세상에서 산다.

드디어 수의사가 왔다. 그는 여든쯤 되어 보이는 노인이었다. 늙기도 하고 구식이었다. 흰색 가운에 네모난 주머니가 있고 목에는 청진기를 걸었다. 그의 악수는 매력적이었다. 하도 부드러워서 그 느낌이 뼛속까지 전해질 것 같았다.

"무슨 일로 오셨습니까?"

"설명을 듣지 못하셨나요?"

"누구한테요?"

"전화를 드렸는데요."

"저한테 직접 말씀해 주시죠."

이건 술책인가? 젊은 여자에게 낙태 수술을 해 주기 전에 태아의 심장 박동을 들려주는 것처럼?

그는 준비가 되지 않았다.

"저, 제 개가 고통을 겪은 지 한참 됐습니다."

"오, 알겠어요." 수의사가 진료 서식을 적으려다 펜을 도로 닫으며 말했다. "개의 이름이 뭔가요?"

"아거스입니다."

"'이 개는 먼 곳에서 죽은 사람의 개이다.'"* 수의사가 우렁찬 목소리로 말했다.

"인상적이군요."

"저는 다른 삶에서 고전 교수였어요."

"기억력이 아주 좋으셨고요?"

"실은 그런 건 없답니다. 하지만 호메로스를 아주 좋아했지요." 그가 천천히 무릎을 꿇고 자세를 낮추었다. "안녕, 아거스." 그가 아거스의 얼굴 옆을 잡고 눈을 들여다보았다. "제가 제일 좋아하는 표현은 아니에요." 그가 여전히 아거스를 보면서 말했다. "안락사시킨다. 저는 보내 준다를 더 좋아해요."

"저도 그게 더 좋습니다." 제이컵은 전에 느껴 보지 못한 감사의 마음을 느꼈다.

"아프니, 아거스?"

"많이 끙끙거리고 밤새도록 그럴 때도 있습니다. 그리고 일어나고 앉는 것도 힘들어하고요."

"그거 좋지 않은데요."

"그런 지가 꽤 됐는데 지난 반년 동안 상태가 더 나빠졌습니다. 거의 먹지 못해요. 요실금도 있고요."

---

* 『오디세이아』의 한 구절로, 아거스의 이름은 오디세우스의 충직한 개 아르고스(Argos 또는 Argus)에서 따온 것이다.

“다 좋은 소식이 아니군요.”

소식이라. 지진 이후로 다른 무언가를 소식이라고 이르는 것을 듣기는 처음이었다.

“D. C.에 있는 우리 수의사가 그에게 두 달이 남았다고 했지만 거의 반년이 되었습니다.”

“너는 투사로구나, 그렇지?” 수의사가 아거스에게 말했다.

그는 그 말이 마음에 들지 않았다. 아거스가 곧 빼앗길 생명을 위해 싸우고 있다고 생각하기 싫었다. 그리고 나이와 병은 아거스가 맞서 싸우는 상대가 아니고 그냥 그곳에 있을 뿐이었다. 아거스와 제이컵, 아거스를 희생시켜 제이컵의 바람을 들어주려는 수의사. 그리 간단치가 않았다. 제이컵은 간단치 않다는 것을 알았다. 그러나 또한 어떤 의미에서는 딱 그만큼 간단하다는 것도 알았다. 우리가 이 세상에서 살지만 유감스럽게도 이곳이 우리가 살 수 있는 유일한 장소라는 사실을 개에게 전해 줄 방도는 없다. 아니면 그것을 전해 주지 않을 방도가 없는 것일지도 모른다.

수의사가 좀 더, 이번에는 말없이 아거스의 눈을 들여다보았다.

“어떻게 생각하십니까?” 제이컵이 물었다.

“어떻게 생각하느냐고요?”

“이 상황에 대해서요.”

“이 개는 당신이 누구보다 잘 알 겁니다. 이 개와 있어 본 시간이 다 해도 오 분밖에 안 되는 늙은 수의사보다야 말할 것도 없이 잘 알겠지요.”

"맞습니다." 제이컵이 말했다.

"제 경험으로는, 그리고 많은 경험이 있습니다만 사람들은 때가 되면 압니다."

"알 수 있다니 상상도 못 하겠어요. 하지만 그건 아거스의 상태보다 저에 대한 얘기인 것 같습니다."

"그럴 수도 있지요."

"때가 되었다고 느낍니다. 하지만 때가 왔음을 아는 건 아니에요."

"좋아요." 수의사가 일어서면서 말했다. "좋아요."

그가 카운터의 유리병에서 주사기를 꺼냈다. 과자 바로 옆에 있는 병이었다. 그리고 캐비닛에서 작은 유리병을 꺼냈다.

"이건 아주 간단한 절차입니다. 장담하건대 저는 주사기를 숨기는 데 꽤 능숙하고 아거스는 따끔하게 바늘 찌르는 느낌 말고는 어떤 고통도 전혀 예상하지 못하고 느끼지도 못할 겁니다. 일이 초면 숨을 거둘 겁니다. 경고해 드릴 것은 죽음의 순간이 불쾌할 수도 있다는 겁니다. 대개는 잠자듯이 죽습니다. 대부분의 주인들은 자신의 동물이 안도하는 것처럼 보인다고들 묘사하지요. 하지만 개들마다 달라요. 똥을 싸거나 눈을 희번덕거리는 일도 드물지 않습니다. 가끔은 근육이 경직되기도 하고요. 하지만 다 지극히 정상이고 아거스가 무언가를 느낀다는 의미는 아닙니다. 아거스 입장에서는 잠드는 것과 비슷할 거예요."

"좋습니다." 제이컵은 그렇게 말했지만 생각했다. 이런 일이 일어나는 걸 원치 않아. 아직 이런 일이 일어나는 데 대한 준비가 안 됐어. 이렇게 될 수는 없어. 그는 전에도 그런 기분을 두 번 느꼈다. 손가락을 봉합하는 샘을 붙잡고 있을 때, 그리고 줄리아와 별거한다는 소식을 아이들에게 알릴 때. 살 곳이 이곳뿐이라 해도 이 세상에서 살고 싶지 않은 기분이었다.

"아거스를 여기 바닥에 눕힐 수 있다면 제일 좋겠는데요. 머리를 무릎에 올리셔도 좋습니다. 그를 편안하게 해 주게요."

그가 말하면서 줄곧 아거스의 시야 밖에서 주사기를 채웠다. 아거스는 이유는 몰라도 자신이 해야 할 일인 줄 안다는 듯이 바로 바닥에 누웠다. 모든 일이 너무 순식간에 일어나서 제이컵은 마음의 준비가 되지 않았다는 극심한 공포감을 억누르지도 못했다. 그는 딱 한 번 들은 개 훈련 수업에서 배운 대로 잠이 들도록 배를 문질러 주었지만 아거스는 잠들려 하지 않았다.

"아거스는 늙었어요." 제이컵이 말했다. 진행을 늦추어 보겠다는 것 말고는 그 말을 할 이유가 없었다.

수의사가 말했다. "노인이지요. 그래서 우리가 이렇게 친해졌을 겁니다. 그가 계속 당신을 보고 있게 해 주세요."

"잠깐만요." 제이컵이 말하고는 아거스의 옆구리를 쓰다듬으며 손가락으로 갈비뼈 위와 갈비뼈 사이를 쓸었다. "이렇게 빨리 진행될 줄 몰랐어요."

"둘만 있게 시간을 좀 더 드릴까요?"

"시체는 어떻게 됩니까?"

"다른 계획이 없으시면 저희가 화장합니다."

"어떤 계획이 있을 수 있는데요?"

"매장이죠."

"아니에요."

"그럼 저희가 하는 대로 하고요."

"바로요?"

"무슨 말씀이신지?"

"바로 화장하나요?"

"일주일에 두 번 합니다. 여기서 이십 분쯤 떨어진 곳에 시설이 있어요."

아거스가 조그맣게 끙끙 소리를 내자 제이컵이 말했다. "착하지. 착하다." 그러고는 수의사에게 물었다. "그럼 그 주기에서 지금은 어디쯤입니까?"

"무슨 말씀이신지 잘 모르겠군요."

"중요하지 않은 줄은 알지만 아거스의 시체가 꼬박 나흘을 그냥 보내야 한다고 생각하고 싶지 않아서요."

개를 위해서도 스미라를 할까? 아무도 홀로 남겨져서는 안 된다.

수의사가 말했다. "오늘이 목요일이지요. 그럼 오늘 오후입니다."

"좋습니다. 그걸 알고 나니 마음이 놓이네요."

"시간을 좀 더 드릴까요? 전혀 문제없습니다."

"아뇨, 괜찮습니다."

"제가 아거스의 혈관을 좀 누를 겁니다. 바늘이 잘 들어가게 하기 위해서요. 이내 아거스가 심호흡을 하고 잠든 것처럼 보일 겁니다."

제이컵은 수의사가 아거스의 이름을 되풀이해 쓰고 아거스를 그라고 칭하지 않으려 하는 듯한 태도에 심란해졌다. 제이컵에게는 아거스의 특정한 개성이나 아거스에게 이름 붙인 사람이라는 제이컵의 정체성을 끊임없이 상기시키는 게 잔인하게 느껴졌다.

"완전히 의식을 잃은 상태지만 아거스가 몇 번 더 숨을 들이쉴 수도 있습니다. 무슨 이유에서인지 개들은 나이를 먹을수록 무의식 상태에서 하는 호흡이 더 길어지는 것 같아요."

"그거 재미있네요." 제이컵이 말했고 마지막 음절이 그의 경구개에서 풀려나는 순간 수의사가 아거스의 이름을 부르는 데 대해 느낀 불편함이 스스로에 대한 분노로 바뀌었다. 종종 깊이 묻어 두었고 종종 튀어나오기도 했지만 늘 그 자리에 있는 분노였다. 그거 재미있네요. 그 순간에 한 말치고 얼마나 멍청한 소리인지. 얼마나 중요하지도 않고 싸구려같이 보이고 구역질 나는 말인지. 그거 재미있네요. 온종일 그는 공포와 슬픔, 아거스에게 시간을 좀 더 줄 수 없다는 죄의식, 이렇게 긴 시간을 그에게 주었다는 자부심을 경험했으나 그 순간이 닥치자 이제 그저 분노만이 느껴졌다.

"그를 보내 줄 준비가 되셨나요?" 수의사가 물었다.

"죄송합니다. 아직 안 됐어요."

"당연하지요."

"착하지." 제이컵이 아거스의 어깨 사이에 축 늘어진 피부를 아거스가 좋아하는 방식으로 잡아당기면서 말했다.

수의사가 다시 한번 "준비됐습니까?"라고 물은 것으로 보아 그가 수의사에게 암시하는 표정을 지어 보인 것이 틀림없었다.

"주사를 느끼지 못하게 진정제나, 잘 모르지만 진통제 같은 건 안 주시나요?"

"주는 수의사들도 있죠. 저는 안 줍니다. 개들을 더 불안하게 만들 수 있거든요."

"아."

"어떤 사람들은 먼저 잠시 둘만 있게 해 달라고 하던데요."

제이컵이 수의사의 손에 들린 병을 가리키며 물었다. "저 액체 색깔이 왜 저렇게 밝지요?"

"그래야 다른 것과 혼동하지 않거든요."

"그렇겠군요."

그는 분노와 그 밖의 모든 것을 놔 버려야 했지만 그러려면 도움이 필요했다. 하지만 혼자서 해야 했다.

"시체 곁에 있어도 될까요? 화장할 때까지요?"

"그렇게 하시게 해 드리겠습니다."

"아거스." 제이컵이 두 번째로 그에게 이름을 주었다. 시작할 때 한 번, 끝날 때 한 번.

아거스가 눈을 들어 제이컵과 눈을 맞췄다. 눈 속에 보이는 것은 수용이 아니었다. 용서도 아니었다. 일어난 일은 모두 일어날 일이었다는 깨달음도 아니었다. 그래야 했던 대로, 그래야 하는 대로. 그들의 관계는 그들이 공유할 수 있었던 것이 아니라 공유할 수 없었던 것으로 정의되었다. 모든 두 존재 사이에 저마다 건널 수 없는 거리, 들어갈 수 없는 성소가 있다. 때로 그것은 홀로 있음의 형태를 취한다. 때로는 사랑의 형태를 취한다.

"됐어요." 제이컵이 여전히 아거스의 눈을 들여다보며 수의사에게 말했다.

"어떻게 끝나는지 잊지 마세요." 수의사가 바늘을 준비하며 말했다. "아거스는 충족감을 느끼며 죽는 겁니다. 그의 주인이 드디어 집에 돌아왔어요."

"하지만 그렇게 많은 고통을 겪은 후에요."

"그는 평화를 얻었습니다."

제이컵은 아거스에게 "괜찮아."라고 말하지 않았다.

아거스에게 말했다. "나를 봐."

스스로에게 말했다. 삶은 소중하고 나는 이 세상에서 산다.

그가 수의사에게 말했다. "준비됐습니다."

옮긴이 송은주

이화여자대학교 영어영문학과를 졸업하고 동 대학원에서 박사 학위를 받은 후 런던대 SOAS에서 번역학을 공부했다. 이후 인문과학원 HK연구교수를 거쳐 현재 건국대학교 글로컬문화전략 연구소 연구원으로 일하고 있다.
옮긴 책으로 『클라우드 아틀라스』, 『블랙스완그린』, 『피렌체의 여마법사』, 『광대 샬리마르』, 『순수의 시대』, 『엄청나게 시끄럽고 믿을 수 없게 가까운』 등이 있고, 저서로는 『당신은 왜 인간입니까』가 있다. 『선셋 파크』로 유영번역상을 수상했다.

내가 여기 있나이다 2

1판 1쇄 찍음 2019년 6월 11일
1판 1쇄 펴냄 2019년 6월 20일

지은이 조너선 사프란 포어
옮긴이 송은주
발행인 박근섭, 박상준
펴낸곳 (주)민음사

출판등록 1966. 5. 19. 제16-490호
서울시 강남구 도산대로 1길 62(신사동)
강남출판문화센터 5층 06027
대표전화 02-515-2000 팩시밀리 02-515-2007
www.minumsa.com

ISBN 978-89-374-4063-2 04840
ISBN 978-89-374-4061-8 04840 (세트)